Carolin Schairer
Marie anderswie

Carolin Schairer

Marie anderswie

Roman

Ulrike **HELMER** Verlag

Printausgabe auf säurefreiem,
alterungsbeständigem Werkdruckpapier
Printed in Germany

ISBN 978-3-89741-297-2

Unveränderter Nachdruck 2019
© 2010 Copyright Ulrike Helmer Verlag, Sulzbach/Taunus
Alle Rechte vorbehalten
Umschlaggestaltung: Atelier KatarinaS | NL
Coverfoto: © Jupiter Images 050404_5303_6448 | Fotosearch
Druck: cpi, Leck

Ulrike Helmer Verlag
Blütenweg 29, 64380 Roßdorf bei Darmstadt
E-Mail: info@ulrike-helmer-verlag.de

www.ulrike-helmer-verlag.de

Der Aufprall war vor allem laut gewesen. Blech an Blech. Sarah wusste, sie würde dieses Geräusch niemals mehr aus ihrem Gedächtnis löschen können. Die Tatsache, dass ihr Körper hart nach vorn gegen den Gurt gedrückt wurde und im selben Moment gegen einen Airbag prallte, war ihr im Vergleich zu jenem Geräusch aufeinandertreffender Bleche vergleichsweise unerheblich vorgekommen.

Es war ihr erster Autounfall, und obendrein trug sie auch noch die Schuld. Einen Lidschlag lang war sie unaufmerksam gewesen, und dieser kleine Moment hatte sich bitter gerächt. Das Auto ihres Vaters war erheblich beschädigt: die Kühlerhaube eingedrückt, der Motor defekt. Auch ihr Hintermann, ein 80-jähriger Rentner, hatte seine Gedanken offensichtlich nicht beim Verkehr, und so war das neue schwarze Mini-Cabrio nicht nur vorne deformiert, sondern auch hinten.

Es war niemand verletzt worden, doch der Schock saß tief. Vor der Polizei hatte sie sich noch völlig im Griff gehabt; hatte alle Angelegenheiten mit kühlem Kopf und souveränem Auftreten bewältigt. Die Polizisten schienen sogar ein wenig beeindruckt. Sie waren alle sehr freundlich zu ihr gewesen, selbst das Ehepaar, dessen VW Golf ebenfalls erheblich unter dem Aufprall gelitten hatte. Der Wagen wurde von einem Abschleppdienst, den die Polizei für sie gerufen hatte, zur nächsten Werkstatt gebracht. Dort hatte ein Mechaniker einen ersten flüchtigen Blick auf das Auto geworfen und ein bedenkliches Gesicht gezogen, das sie in diesem Moment lieber nicht hinterfragen wollte.

Als sie erst in der U-Bahn und dann im Bus zurück zu ihrem Elternhaus saß, war ihre Beherrschung in sich zusammengebrochen wie ein Kartenhaus. Sie begann zu zittern, malte sich aus, was alles hätte passieren können.

Als sie die Haustür aufsperrte, zitterte sie noch immer.

Im Arbeitszimmer ihres Vaters brannte Licht. Er war offensichtlich schon zu Hause. Zu dem Schock, den sie erlitten hatte, gesellte sich leise Furcht. Sie musste ihm jetzt wohl beibringen, dass sie seinen eben erst gekauften Mini-Cabrio zu Schrott gefahren hatte.

Mit einem tiefen Stoßseufzer trat sie über die Schwelle.

Ihr Vater, der an seinem Schreibtisch saß, sah von seinem Laptop auf. Es bedurfte keiner Worte. Ein Blick in Sarahs Gesicht sagte Adam Rosenberg, dass etwas nicht stimmte.

»Du lieber Himmel, was für ein Glück, dass dir nichts passiert ist! Das hätte wirklich ins Auge gehen können!«, rief er aus, als sie ihm von dem Unfall berichtet hatte, und sie war ihm dankbar für diese Reaktion. Aus Berichten von Freundinnen wusste sie nur zu gut, dass es Väter – und Mütter – gab, die auf eine Beichte dieser Art anders reagierten.

»Ich habe nur einen kleinen Schock.« Sie ließ sich auf den Besucherstuhl sinken und sah ihren Vater nachdenklich an. In seinen Gesichtszügen stand nichts als Besorgnis, und sie fühlte sich nun fast schuldig, dass sie vor diesem Geständnis solche Furcht gehabt hatte.

»Bist du dir klar, dass ich heute ein nagelneues, teures Auto zu Schrott gefahren habe?«, sagte sie leise und voller Schuldbewusstsein.

»Bin ich«, sagte er, stand auf und legte ihr die Hand auf die Schulter. »Und ich bin sehr froh, dass du dir auch darüber im Klaren bist. Die meisten in deinem Alter kapieren wahrscheinlich gar nicht, wie lange ihre Eltern arbeiten müssen, um so einen Wagen zu finanzieren. Ich bin wirklich froh, dass du da anders bist, Sarah. Vor allem aber bin ich erleichtert, dass dir nichts passiert ist. Das mit dem Wagen ist ärgerlich, aber zum Glück gibt es die Vollkasko.«

Sarah fiel ein Stein vom Herzen. Dankbar legte sie ihre Hand auf die ihres Vaters und versuchte ein Lächeln.

»Und was hast du jetzt vor, zu meiner Bestrafung? Gibt es einen Monat lang kein Taschengeld, oder hab ich Fernsehverbot?«

Adam Rosenberg musste unwillkürlich grinsen. »Interessante Vorschläge. Aber du brauchst schließlich Geld, um dein Mensaessen zu zahlen! Und nachdem unser Zweitwagen jetzt erst einmal kaputt ist, wirst du wohl auch mit der U-Bahn fahren müssen. Zumindest eine Weile. Fernsehverbot könnte dich wohl kaum treffen, so wie ich das mitbekomme.«

Auch Sarah grinste. Sie fühlte, wie ihre Lebensgeister allmählich zurückkehrten und der Schock nachließ.

»Aber du kannst mir tatsächlich einen Gefallen tun, Mäuschen.« Er benutzte ihren ältesten Kosenamen, was sie jetzt nicht einmal störte, und sah sie ernst an. »Ich hätte da einen Spezialauftrag für dich. An meinem Institut hat vor ein paar Wochen eine wissenschaftliche Mitarbeiterin begonnen, Marie Felder. Sie ist Deutsche, hat aber die letzten Jahre in Boston geforscht, bei meinem Kollegen Bernard Summers. – Erinnerst du dich an Bernard? Er war vor drei Jahren hier in Wien zu Besuch.«

Sarah konnte sich dunkel daran erinnern, den Namen schon einmal gehört zu haben, doch ihr Vater fuhr bereits fort: »Marie Felder ist eine angehende Koryphäe in der Zellforschung. Sie hat für ihr Alter schon viel publiziert, arbeitet an ihrer Habilitation … es war nicht leicht, sie für das Projekt mit diesem Pharmakonzern, der uns derzeit so viele Studien finanziert, zu gewinnen. Sie hätte in den USA weiß Gott bessere Forschungsmöglichkeiten. Ich glaube, das einzige, was sie davon überzeugt hat, sich das Projekt hier in Wien zumindest einmal anzuschauen, war die Aussicht, mehr Zeit für ihre Habilitation zu haben.« Er seufzte. »Und da sind wir schon beim Punkt. Der Vertrag ist noch nicht unterschrieben. Sie macht die Zusage, ob sie für die nächsten zweieinhalb Jahre mitarbeitet, wohl auch davon abhängig, ob sie sich hier wohlfühlt.« Er sah Sarah, die sich nicht im Geringsten darüber im Klaren war, was ihr Part bei dieser Geschichte sein sollte, beschwörend an. »Sarah, ich brauche diese Frau. Sie ist brillant. Mehr noch: unentbehrlich für das Gelingen des Projekts. Für mein Institut hängt sehr viel dafür ab, ob wir dieses Projekt erfolgreich zu Ende führen. Ich brauche sie!«

»Ja, aber was habe ich damit zu tun?« Sarah sah ihren Vater mit großen Augen an. Für die Projekte eines Biochemikers hatte sie sich nie sonderlich interessiert. Naturwissenschaftliche Problemstellungen gehörten für Sarah zu jenen Rätseln des Lebens, die sie weder lösen konnte noch wollte. Sie bewunderte ihren Vater, der Professor am bekanntesten Molekulargenetik-Institut im deutschen Sprachraum war und das Haus inzwischen sogar leitete, aber sie selbst hatte nie Ambitionen gehegt, in seine Fußstapfen zu treten. Die Galerie ihrer verstorbenen Mutter, die nun von Sarahs Tante geleitet wurde, hatte sie stets mehr in ihren Bann gezogen. Für sie war klar gewesen, dass sie nach bestandener Matura Kunstgeschichte studieren würde, und ihr Vater hatte sie – nach einigen Einwänden und Diskussionen – in dieser Entscheidung unterstützt. Sarah wusste intuitiv, dass er jede ihrer Entscheidungen unterstützt hätte, sofern sie in seinen Augen nicht nur einer spontanen Laune entsprang.

»Du sollst dich einfach ein bisschen um sie kümmern«, erläuterte er nun sein Vorhaben. »Ich möchte, dass sie sich wohlfühlt in Wien. Seit sie hier ist, arbeitet diese Frau nur, tagsüber, am Abend, sogar am Wochenende … ich fürchte, ihr Arbeitseifer resultiert daraus, dass sie sich nicht besonders wohlfühlt. Sie hat noch nicht einmal den Stephansdom gesehen!«

Sarah zuckte mit den Schultern. »Vielleicht interessiert es sie nicht. Man kann Menschen nicht zwingen –«

»Ich zwinge niemanden«, stellte ihr Vater klar. »Aber es liegt auf der Hand, dass sie hier recht allein ist. Wien ist eine fremde Stadt für sie. Sie kennt hier niemanden, sie ist …«

Er fuhr sich mit der Hand durch sein volles Haar. Sarah spürte, dass er mit sich rang, noch etwas hinzuzusetzen, doch er behielt es schließlich für sich und sagte: »Bitte, Sarah. Triff dich am Sonntag mit ihr, zeig ihr die schönen Ecken dieser Stadt, gib ihr das Gefühl, hier willkommen zu sein. Ich spüre, dass sie das braucht.«

»Warum verabredet sie sich nicht mit ihren Kollegen? In deinem Team sind über zwanzig Leute, und die meisten kennt sie sicher schon. Das ist doch viel einfacher.«

»Du weißt doch, wie das ist in so einem Institut: Die Mitarbeiter treffen sich so gut wie nie privat. Marie Felder ist in einer schwierigen Situation. Sie ist den meisten am Institut fachlich um Längen voraus; sie ist eine erklärte Einzelgängerin, und sie ist sozusagen von einer anderen Uni abgeworben worden – in Zeiten, in denen Absolventen um eine Dissertantenstelle flehen und kämpfen müssen. Vielleicht kannst du dir vorstellen, dass sie von vornherein keine leichte Stellung im Team hat.« Ihr Vater machte eine Pause, schien wieder nachzugrübeln, was er ihr noch von Marie Felder erzählen sollte. »Obendrein ist sie nicht sehr kommunikativ. Sie ist ein sehr introvertierter Mensch und absolut nicht der gesellige Typ.«

Na toll, dachte Sarah. Sie verzog das Gesicht. »Ehrlich gesagt reiße ich mich nicht darum, den ganzen Tag mit einer faden Nuss verbringen zu müssen.«

Ihr Vater überging die fade Nuss. »Ich bitte dich nicht um einen ganzen Tag. Ein paar Stunden, nächsten Sonntag. Das ist alles.«

Sarah seufzte. Nachdem sie sein Auto auf dem Gewissen hatte, konnte sie ihm den Wunsch wohl schwer abschlagen.

»Okay, wenn es also sein muss«, willigte sie ein und zauberte damit prompt ein erleichtertes Lächeln auf sein Gesicht. »Aber sag mir ehrlich: Warum ausgerechnet ich?«

»Na, weil du meine Tochter bist und ich dich am leichtesten von allen Menschen um so etwas bitten kann«, erwiderte er prompt mit entwaffnendem Lächeln. »Und weil du eine so liebe und offene Art hast, dass sie deinem Charme sicher nicht widerstehen kann. Sie wird sich wohlfühlen mit dir, da bin ich mir sicher.«

Sarah seufzte nochmals und erhob sich. »Ich werde jetzt einen Salat machen. Magst du mitessen?«

Adam Rosenberg schüttelte den Kopf. »Ich hatte mittags ein Geschäftsessen; bin noch satt.«

Sie hatte ihm bereits den Rücken zugedreht, als er sie nochmals zurückrief.

»Mäuschen, wo waren bloß deine Gedanken, als du vergessen hast, rechtzeitig auf die Bremse zu treten? Bedrückt dich etwas? In den letzten Wochen hatte ich manchmal den Eindruck.«

Nicht das schon wieder, schoss es Sarah durch den Kopf. Sie hasste diese Kind-sag's-mir-Gespräche, die ihr Vater seit Neuestem immer wieder inszenierte. Sie ahnte, dass er es tat, weil er ihr zugleich die Mutter ersetzen wollte, die vor sechs Jahren an Krebs gestorben war, und sie schätzte seine Fürsorge. Doch dass er seit rund einem Jahr immer wieder auf demselben Thema herumritt, ging ihr allmählich auf die Nerven.

»Nein, Papa, ich habe *nicht* an einen Jungen gedacht, der mir gefällt, und nein, ich habe noch *immer* keinen Freund und Liebhaber, und nein, ich habe auch niemanden *in Aussicht*, der dafür in Frage käme«, griff sie allen Fragen vor. Sie konnte nicht verhindern, dass ihre Stimme dabei leicht aggressiv klang.

Wie sie dieses Thema hasste!

»Werde doch nicht gleich giftig«, warf ihr Vater ein. »Ich will ja nur wissen, wenn ...«

Sie schnitt ihm das Wort ab. »Glaube mir: Sollte sich in dieser Hinsicht etwas Nennenswertes tun, wirst du mit ziemlicher Sicherheit der erste sein, der es erfährt.« Etwas milder setzte sie hinzu: »Du siehst mir doch eh alles an der Nasenspitze an, sagst du immer.«

Minuten später schnitt Sarah in der Küche Tomaten, Gurken und Zwiebeln für einen Salat in kleine Stücke und tat dies mit einer Vehemenz, die Filmkenner unwillkürlich an eine Szene aus »Der Axtmörder« erinnern musste.

Der heutige Tag durfte mit Fug und Recht als rabenschwarz bezeichnet zu werden. Was sie jedoch weit mehr schmerzte, war die sichere Erkenntnis, dass sie sich mit fast zwanzig Jahren noch nie in jemanden verliebt hatte.

Sie traf Marie Felder vor einem Lokal hinter dem Stephansdom, etwas abseits vom Strom der Touristen, die wieder einmal in Horden die Stadt unsicher zu machen schienen. Es war ein Sommertag, allerdings bewölkt, und Sarah vermutete, dass unter ihnen viele Urlauber waren, die ihr Quartier am Neusiedler See oder andernorts in ländlicher Umgebung gewählt hatten und den Ausfall eines Badetags für die Wien-Besichtigung nutzten.

Sarah war einige Minuten vor der Zeit da, die ihr Vater vereinbart hatte. Marie Felder kam auf die Minute pünktlich. Sie erkannten sich sofort. Kein Wunder: Sarah wusste, dass ihr Vater Marie extra ein Foto von ihr gezeigt hatte. Sie fand das peinlich, doch ihr Vater hatte lapidar ergänzt: Warum soll man es kompliziert machen, wenn es auch einfach geht?

Ihr hatte er Marie Felder beschrieben: »Sie ist blond, halblange Haare, blaue Augen, normale Statur ...«

Es waren zu wenig Details gewesen, um sich ein Gesicht vorzustellen, und Sarah hatte nachgefragt: »Ist sie also attraktiv?«

Ihr Vater hatte nach längerem Überlegen ergänzt: »Ich denke, sie könnte es sein, wenn sie es wollte. – So ist sie eher unauffällig.«

Als Sarah eine schlanke junge Frau um die Dreißig auf sich zukommen sah, wusste sie, was ihr Vater meinte: Obgleich Marie Jeans und eine lässige braune Lederjacke trug, wirkte sie insgesamt steif und wenig jugendlich. Förmlich streckte sie Sarah die Hand entgegen.

»Marie Felder«, sagte sie leise.

»Sarah Rosenberg«, stellte sich Sarah mit freundlichem Lächeln vor. Marie Felder nickte nur und steckte ihre Hände in die Hosentaschen.

Unschlüssig standen sie eine Weile voreinander, und Sarah fühlte bleiern, was sie dachte: kein besonders gelungener Start.

»Nett, Sie kennenzulernen«, sagte sie schließlich und lächelte unverdrossen weiter.

Marie Felders Gesicht blieb unbewegt.

»Was darf ich Ihnen zeigen?«, ging Sarah höflich in die Offensive.

»Was Sie wollen«, erwiderte Marie Felder, und ihr Tonfall klang in Sarahs Ohren gleichgültig. »Ich kenne nichts.«

Sie begannen die Stadtführung beim Stephansdom, weil er das Wahrzeichen Wiens und noch dazu die nächstgelegene Sehenswürdigkeit war. Als angehender Kunsthistorikerin fiel es Sarah leicht, etwas über das Gotteshaus zu erzählen. Marie Felder hatte die Hände noch immer in den Hosentaschen und sprach kein Wort, doch sie sah sich aufmerksam um.

»Wenn Sie möchten, zeige ich Ihnen jetzt die Hofburg«, bot Sarah an. Das Zusammensein mit dieser Frau war so anstrengend, wie sie vermutet hatte.

»Okay«, erwiderte Marie Felder, und sie zogen los. Das Schweigen zwischen ihnen wurde nur dann gebrochen, wenn Sarah stehenblieb, um etwas zu einem der Prunkgebäude zu erzählen. Marie Felder nahm alles, was sie sagte, wortlos zur Kenntnis, und stellte nicht einmal eine Frage.

Die ausgedehnte Tour durch die Anlagen der Hofburg verlief im gleichen Stil: Sarah erzählte, Marie Felder hörte zu. Irgendwann setzte leichter Nieselregen ein.

Mit einem Blick auf die Uhr beschloss Sarah, dass es nun reichte und die gemeinsame Zeit ein Ende haben sollte. Ein demoliertes Auto schien ihr inzwischen wie ein Klacks im Vergleich mit dieser Quälerei. Mehr aus Höflichkeit denn aus freiem Willen bot sie Marie Felder trotzdem an, den gemeinsamen Tag mit einem Kaffeebesuch zu beenden, und hoffte in Gedanken inständig, sie würde ablehnen.

Doch sie irrte sich. Marie Felder brachte es diesmal sogar fertig, eine klare Aussage zu tätigen.

»Gerne.«

Sarah lotste ihre wortkarge Begleiterin zum »Café Zentral«, einem der Wiener Prestige-Cafés. Sie ergatterten den letzten freien Zweiertisch. Da sich ihr Tischnachbar den zugehörigen Stuhl geliehen hatte, blieb Sarah nichts anderes übrig, als sich direkt neben Marie Felder auf die Sitzbank zu quetschen. Zwischen ihnen blieb eine knappe Handbreit Platz.

Sie konnte die Anspannung spüren, die Marie in sich trug. Wie verkrampft diese Frau die Getränkekarte umklammerte und wie nervös ihr Blick im Raum umherglitt!

»Möchten Sie lieber in ein ruhigeres Kaffeehaus gehen?«, schlug sie vor und gab sich Mühe, sich ihre Irritation über diese offenkundige Nervosität nicht anmerken zu lassen.

Marie warf einen raschen Blick aus dem Fenster. Es regnete noch stärker als zuvor.

»Es ist sehr hübsch hier«, sagte sie, und Sarah war angesichts des Regens froh über ihre Worte, auch wenn nichts an Marie Felders Körperhaltung darauf schließen ließ, dass sie das, was sie eben gesagt hatte, auch wirklich so meinte. Was sollte sie nur mit dieser Frau reden? Sie überließ sich ihrer Ratlosigkeit und erklärte in aller Ausführlichkeit, was sich hinter den Wiener Kaffeespezialitäten »Einspänner«, »Fiaker« und »Kleiner Brauner« verbarg. Marie hörte einfach nur schweigend zu. Am Ende bestellte sie einen Tee.

Während Sarah den Milchschaum von ihrer Melange löffelte und gleichzeitig verzweifelt nach einem neuen Gesprächsthema suchte, nippte Marie schweigend an ihrer Teetasse.

Als das Schweigen beklemmend wurde, war Sarah zu jeder Frage bereit: »Und, gefällt es Ihnen in Wien?«

»Ich habe noch nicht viel gesehen«, erwiderte Marie Felder, ohne sie anzuschauen. »Es war heute das erste Mal, dass ich in der Innenstadt war.«

Jetzt, da sie erstmals mehr als zwei Worte von sich gab, fiel Sarah auf, wie monoton ihre Sprachmelodie war. Ihre Aussage plätscherte dahin, ohne dass sie das ein oder andere Wort besonders betonte.

»Hat es Sie vorher nicht interessiert?«

Bereits drei Wochen in einer Stadt zu wohnen und noch keinen Fuß in die Innenstadt gesetzt zu haben schien Sarah unglaublich.

»Ich hatte zu tun«, bekam sie zur Antwort. »Es gibt viel Arbeit.«

Sarah erinnerte sich genau, was ihr Vater gesagt hatte, doch da sie ein Einschlafen des Gesprächs fürchtete, hakte sie nach.

»Haben Sie hier mehr zu tun als in Boston?«

Marie Felder zuckte mit den Schultern und sagte – nichts.

Sarah unterdrückte wiederum ein Seufzen und wünschte sich zu ihren Freunden, die sich um diese Zeit wohl gerade im »Q15«, ihrem Stammlokal, auf einen Drink trafen.

»Mein Vater sagte mir, Sie arbeiten an Ihrer Habilitation. Was ist Ihr Forschungsthema?«

Im Grunde wusste sie schon vorher, dass sie die Antwort nicht verstehen würde, weder sprachlich noch fachlich, und so war es dann auch. Immerhin war der Titel ihrer Arbeit der längste Satz, den Marie Felder seit Beginn ihres Zusammentreffens von sich gegeben hatte.

»Klingt sehr interessant«, sagte Sarah höflich.

»Sie müssen das nicht sagen«, erwiderte Marie Felder und sah ihr zum ersten Mal direkt in die Augen. Ihr Blick schien ein paar Sekunden lang selbstsicher, doch dann senkte sie den Blick.

Die knappe Bemerkung warf Sarah völlig aus der Bahn. Sie kam sich ertappt vor, fühlte sich nun auch unsicher. Nie zuvor hatte sie einen Menschen getroffen, mit dem eine höfliche Konversation weniger funktionierte als mit dieser verschlossenen Wissenschaftlerin.

»Es ... es tut mir leid«, stammelte sie und stieß in ihrem Zustand der Verwirrung fast ihre Kaffeetasse um. »Ich wollte nur ... wollte nur ...«

Sie verstummte hilflos. Tja, was wollte sie eigentlich? Interesse und Verständnis heucheln, wo keines war? Nein, sie würde einfach nie verstehen, weshalb jemand das Innenleben von Zellen spannender fand als eine Innenstadt voller Kulturschätze und Cafés.

»Ich begreife einfach nicht, weshalb Sie sich in den ganzen drei Wochen, in denen Sie hier sind, nicht ein einziges Mal in die Innenstadt begeben haben«, platzte es schließlich aus ihr hervor. »Es muss doch sehr öde sein, wenn man keinen Ausgleich hat! Ich weiß, dass Forscher sehr konzentriert auf ihre Arbeit sind und darüber manchmal die Zeit vergessen, aber ...«

Sie fühlte Marie Felders Blick auf sich ruhen und ihr fehlten plötzlich die Worte. Es schien, als hätten sie die Rollen getauscht: Auf einmal war sie diejenige, die auf den Boden schaute und sich angespannt und unsicher fühlte, und sie hatte nicht die geringste Ahnung, weshalb sie so empfand.

Eine federleichte Berührung flog über ihren Oberschenkel. Für eine Sekunde hatte eine Hand ihr Bein gestreift. Als Sarah den Blick hob, sah sie Marie Felder direkt in die Augen und versank in leuchtendem, tiefem Blau.

Diesmal war es Marie Felder, die den Blick abwandte. Sie nahm den kleinen Löffel und rührte eifrig in ihrer Teetasse. »Ich finde es sehr nett, dass Sie mir die Stadt zeigen«, sagte sie, ohne Sarah dabei anzusehen. »Es war ein sehr schöner Nachmittag.«

Als sie sich wenig später verabschiedeten, sann Sarah darüber nach, wie die vielen anderen Nachmittage in Marie Felders Leben wohl verlaufen waren. Wahrscheinlich wollte nicht nur ich höflich sein, sagte sie sich schließlich.

»Sarah, ich bitte dich doch nicht um viel ... und letzten Sonntag hattet ihr doch auch eine nette Zeit!«

Fast beiläufig hatte ihr Vater beim Abendessen erwähnt, dass Marie Felder auch noch Schloss Schönbrunn sehen wollte.

»Papa! Ich habe schon einen ganzen Nachmittag mit ihr verbracht. Das reicht doch!«

»Ja, aber du hast ja selbst erzählt, dass du ihr im Regen nicht alles zeigen konntest.«

»Das geht sich an einem Nachmittag doch sowieso nicht aus, ob es nun regnet oder nicht«, erwiderte Sarah spontan, und merkte zu spät, dass sie sich in eine Falle manövriert hatte. »Wien ist zu groß.«

»Eben«, meinte ihr Vater triumphierend. »Also spricht doch nichts dagegen, noch eine zweite Runde mit ihr zu drehen.«

Sarah sah gequält von ihren Spaghetti Bolognese auf, die ihr plötzlich gar nicht mehr schmecken wollten.

»Es war furchtbar, Papa!«, erwiderte sie, obgleich sie wusste, dass dies wirklich eine Übertreibung war. Es war nicht furchtbar gewesen, aber anstrengend.

»Sie fand es anscheinend nett«, sagte er ruhig. »Sie hat sich jedenfalls sehr positiv geäußert.«

»Positiv geäußert? Hat sie sich wirklich *geäußert*?« Sarahs Stimme triefte vor Sarkasmus. »Ich kann mir nicht vorstellen, dass sie sich überhaupt zu irgendetwas äußert. Sie hat während unseres Treffens ziemlich wenig gesagt.«

»Sie spricht wirklich nicht viel«, gab ihr Vater zu. »Aber fachlich ist sie brillant.«

»Ja, mag sein. Aber sozial ist sie gestört«, warf Sarah ein. »Die Frau ist echt komisch! Irgendetwas stimmt mit ihr nicht.«

»Du urteilst sehr hart. Das kenne ich gar nicht an dir.«

»Vielleicht wird man so, wenn man dazu verurteilt ist, einen ganzen Nachmittag mit der personifizierten Schweigsamkeit zu verbringen«, konterte Sarah und stocherte lustlos in ihren restlichen Spaghetti herum.

»Na ja, es ist ja nicht so, dass sie nichts gesprochen hätte, wenn ich mich recht an deinen Bericht von eurem Treffen erinnere …«

»Was in diesem Café stattgefunden hat, kann man wohl schwer als Gespräch bezeichnen«, bemerkte Sarah mit spöttischem Lächeln. Dann wurde sie ernst. »Bitte, Papa, tu mir das nicht an. Es macht mir wirklich keinen Spaß. Sie ist merkwürdig. Es ist mühsam mit ihr. Ich habe echt keine Lust!«

»Sarah, es ist wirklich nicht viel, was ich von dir verlange«, begann ihr Vater erneut. »Zeig ihr Schloss Schönbrunn oder was auch immer noch sehenswert ist. Ich habe dir doch gesagt, warum es so wichtig ist, dass sie sich hier wohlfühlt. Sie wird sonst nicht unterschreiben, und ich brauche sie für dieses Projekt. Es war schwer genug, einen Spezialisten auf diesem Gebiet zu finden.«

Sarah hatte das Gefühl, sich mit ihrem Vater im Kreis zu drehen. All das, was er ihr da sagte, hatte er ihr doch schon vor ein paar Tagen lang und breit erklärt …

»Ehrlich gesagt, ich frage mich, wie sich Marie Felder dabei fühlt, dass ihr die Tochter ihres Chefs als Freizeitbegleitung aufs Auge gedrückt wird«, warf sie ein.

Ihr Vater hob die Schultern. »Offensichtlich ganz gut, sonst würde sie ja nicht noch einen Tag mit dir verbringen wollen.«

Etwas an seinem Gesichtsausdruck machte Sarah misstrauisch. »Sag mal … war das wirklich *ihr* Vorschlag, noch einmal mit mir auf Tour zu gehen, oder hast du es ihr angeboten und sie hat lediglich zugestimmt?«

Ihr Vater antwortete nicht gleich.

Sarah war vormittags mit ihrer Freundin Simone reiten gewesen, hatte sich dann von ihr nach Hause fahren lassen und ihr in knappen Worten erklärt, dass sie jetzt nicht mit ins Freibad fahren konnte, da sie gewisse Verpflichtungen hatte. Sie hatte nicht ins Detail gehen wollen, doch gerade damit hatte sie Simones Neugierde geweckt, und so musste sie ihr die Hintergründe dessen, was sie ihre »Verpflichtung« nannte, ein wenig erläutern.

»Kurzum, ich werde noch einen Nachmittag mit dieser komischen Frau verbringen müssen«, hatte sie mit missmutiger Miene ihren Bericht geschlossen und zumindest von Simone einige Worte aufrichtiger Anteilnahme geerntet.

Sarah hatte noch versichert, dass sie sicher abends zum allsonntäglichen Treffen in ihrem Stammlokal kommen würde, und war schnell im Haus verschwunden.

Eilig hatte sie sich geduscht und umgezogen, war in einen geblümten Rock und ein dazu passendes Trägertop geschlüpft und hatte ihre Haare zu jenem lockeren Knoten zusammengesteckt, der ihre Lieblingsfrisur war.

Diesmal trafen sie sich auf Marie Felders Vorschlag hin bereits um 14 Uhr, was Sarah sehr entgegenkam. Wenn sie sich früher trafen, würde sie früher wieder nach Hause gehen können. Sie hatte dann noch Zeit, sich in Ruhe umzuziehen und zu stylen, ehe sie ins »Q15« fuhr.

An der Bushaltestelle musste sie diesmal lange warten. Mit zehn Minuten Verspätung und Schweißperlen auf der Stirn, weil es fast 30 Grad hatte und sie das letzte Stück Weg gehastet war, kam sie vor den Toren von Schloss Schönbrunn an.

Die andere erwartete sie bereits; ehe Sarah vor ihr stand, bemerkte sie schon, wie Marie Felder nervös von einem Bein auf das andere trat und unruhig ihren Blick durch die Gegend schweifen ließ. Sie trug Jeans und ein schlichtes blaues T-Shirt, und Sarah fragte sich, ob diese Frau keine andere Kleidung besaß – zum Beispiel ein luftiges Sommerkleid.

Eilig entschuldigte sie sich für die Verspätung und musste mit Marie Felders wenig verständnisvoller Antwort klarkommen, die da lautete: »Unpünktlichkeit ist eine Form der Machtausübung.«

Sarah schluckte trocken und wünschte zuerst sich selbst auf den Mond und dann, da es dort wahrscheinlich wenig attraktiv war, Marie Felder. Zunächst überspielte sie ihren Ärger und ihre Verletzung, indem sie im großen Vorhof des Schlosses die Historie der einzelnen Gebäude erläuterte, doch plötzlich, mitten in einem Satz, konnte sie sich nicht mehr beherrschen und sagte in Marie Felders angespanntes Gesicht: »Im Übrigen wollte ich keine Macht ausüben. Ich habe einfach nur unverhältnismäßig lange auf den Bus gewartet.«

Marie Felder wich rasch ihrem Blick aus.

»Ja«, sagte sie nur, und Sarah fühlte sich völlig hilflos. Was sollte das bedeuten? Was konnte sie darauf erwidern?

Offenbar würde dieses Treffen noch weitaus unangenehmer als das letzte.

Marie Felders nächste Worte kamen unvermittelt. »Der Rock und das türkise Shirt ... das sieht hübsch an dir aus.«

Sarah war erst zu verdutzt, darauf zu reagieren, so dass es eine Weile dauerte, bis sie ein Danke über die Lippen brachte.

Sie gingen auf die andere Seite des Schlosses und durchquerten den unteren Teil des Parks. Schweigend.

»Möchten Sie das Schloss von innen sehen?«

Sarah hatte im Grunde keine Lust, bei dem herrlichen Wetter durch Prunksäle zu laufen, doch andererseits stellte sich ihr die Frage, was sie sonst mit ihrer seltsamen Begleiterin tun sollte.

»Das möchte ich nicht«, erwiderte Marie – und schwieg.

»Möchten Sie hochwandern zur Gloriette?« Sarah deutete auf das kleine Gebäude an der Hügelkuppe des Schlossparks. »Von dort aus hat man einen großartigen Blick über die Stadt.«

Sie folgte Marie Felders Blick, der über den steil ansteigenden Serpentinenweg zur Gloriette glitt.

»Wie du willst«, sagte sie nur.

»Ich habe das schon oft gemacht«, erwiderte Sarah und gab sich Mühe, sich nicht anmerken zu lassen, wie Marie Felder schon wieder ihre Nerven strapazierte. »Es geht hier aber nicht um mich. Sie sind neu in dieser Stadt, und ich möchte Ihnen ein paar schöne Eindrücke vermitteln.«

»Danke«, sagte Marie Felder und sah sie dabei nicht an.

»Bitte«, erwiderte Sarah automatisch und wartete ab, ob noch eine klare Aussage käme. Es kam nichts.

Schweigend spazierten sie zur Vorderseite des Schlosses zurück und kamen dabei an dem Café vorbei, das für die Besucher der Anlage auch heute der Anziehungspunkt Nummer Eins zu sein schien.

»Möchten Sie einen Eiskaffee trinken?«, schlug Sarah vor.

Marie Felder warf einen kurzen Blick auf die Menschen,

die bereits Schlange standen, um einen freien Tisch zu ergattern. Sie schüttelte den Kopf.

»Es sind so viele Leute hier«, bemerkte sie leise.

Oh Gott, was soll ich nur mit ihr machen?, überlegte Sarah angestrengt. Überall waren bei diesem herrlichen Wetter viele Leute, und obendrein schien es sowieso ein Ding der Unmöglichkeit, etwas zu finden, was Marie Felder begeisterte. Auf den Prater konnte sie mit ihr nicht gehen – da waren gewiss auch viele Leute, und außerdem hatte sie erhebliche Zweifel, dass ausgerechnet die Atmosphäre eines Rummelplatzes die introvertierte Wissenschaftlerin ansprechen würde. In der Innenstadt waren sie bereits das letzte Mal gewesen. Es blieb also nicht mehr viel übrig.

»Kann ich Ihnen die Donauinsel zeigen? – Wir könnten uns dort ein ruhiges Fleckchen suchen und ...« Sie verstummte. Ja, was eigentlich? Was konnten sie dort tun, an einem ruhigen Fleckchen?

»Ja«, sagte Marie nun unerwartet. »Das hört sich gut an.«

Eine nicht enden wollende, schweigsam verbrachte U-Bahn-Fahrt später waren sie an der Donau. Sarah hatte sich kurzfristig umentschieden. Nicht auf die Donauinsel, sondern an die alte Donau würden sie fahren. Marie Felder konnte sich sicher nicht für übergewichtige Nacktbader, Kebab grillende türkische Großclans und lärmende Kinder begeistern. Auf der Donauinsel einen Ort zu finden, der all das nicht aufzuweisen hatte, war wohl unmöglich.

»Wir werden ein Boot mieten«, sagte Sarah und packte ihren Entschluss diesmal nicht mehr in eine Frage. Marie Felder sagte wie erwartet nichts, stieg aber bereitwillig in das Tretboot. Schweigend traten sie in die Pedale.

Da die Sonne vom Himmel brannte, lenkte Sarah das Boot in einen der schattigeren Seitenarme der weit verzweigten Donaualtwässer. Marie Felder hörte bald zu treten auf. Als sie Sarahs fragenden Blick auffing, fragte sie: »Könnten wir hier ein bisschen bleiben ... wenn es dir nichts ausmacht?«

Sarah, erstaunt, erstmals einen direkten Wunsch von ihrer Begleiterin zu hören, nickte.

»Gerne.« Sie kletterte nach hinten auf die freie Fläche des Bootes, setzte sich vorsichtig an den Rand und ließ die Beine ins Wasser baumeln.

Marie Felder sah sich um.

Die Blätter an den Bäumen waren dicht und spendeten Schatten; die Sonnenstrahlen, die durch das Laub drangen, tauchten diesen Ort in ein sanftes, idyllisches Licht. Es war hier, abseits der Badestrände und Uferhäuser, angenehm still. Außer ihnen gab es nur ein weiteres Tretboot, das in einiger Entfernung auf dem Wasser trieb und dessen jugendliche Passagiere sich innig in den Armen lagen.

Sarah spürte einen leichten Stich im Herzen, wie so oft in letzter Zeit, wenn sie Liebespaare sah. Sie hatte sich bisher so gut wie nie verliebt, nicht einmal in der Schule, wo sie sich damit tröstete, dass sie die meisten Jungs in ihrer Klasse einfach schon zu lange kannte, um erotische Gefühle ihnen gegenüber zu entwickeln. Im Studium, sagte sie sich, würde es sich schlagartig ändern. Doch abgesehen davon, dass in den meisten Vorlesungen und Proseminaren, die sie besuchte, nur Mädchen waren, hatte sie sich bisher auch nicht in einen der wenigen Jungs verliebt, die ihre Wege kreuzten. Sie fand viele Männer nett, war mit ihnen befreundet – aber sobald ihr jemand zu erkennen gegeben hatte, dass er von ihr mehr wollte als nur Freundschaft, hatte sie sich zurückgezogen.

»Was ist?«

Eine Stimme riss sie aus ihren Gedanken. Sie bemerkte, dass Marie Felders Blick dem ihren gefolgt war, und spürte, wie sie errötete. Zugleich war sie überrascht, dass diese Frau, die zuvor generell teilnahmslos schien, plötzlich persönliches Interesse an ihrem Gemütszustand zeigte.

»Nichts«, beeilte sie sich zu versichern. »Ich habe nur nachgedacht.«

»Über was?«

Sarah glaubte sich verhört zu haben. Eine solch direkte,

persönliche Frage war gewiss das Letzte, womit sie gerechnet hätte.

»Über so einiges«, sagte sie ausweichend. Sie hatte nicht vor, mit jemandem, der nicht einmal einen Smalltalk führen konnte, über ihr Intimleben zu reden. Als sie Marie Felders Blick weiterhin auf sich ruhen fühlte, setzte sie mit einem Seufzer hinzu: »Ich habe überlegt, warum ich neulich einen Autounfall hatte.«

Das war eindeutig nicht gelogen. Sie war unaufmerksam gewesen, weil sie über Simones Worte nachgegrübelt hatte: Wie seltsam sie es doch fände, dass Sarah noch keinen Freund hatte (»Du bist schon neunzehn, fast zwanzig!«), dass sie zu wenig raffiniert war, um Männer in ihren Bann zu ziehen (»Die mögen keine Unschuldsengel!«) und dass sie an ihrem Auftreten arbeiten müsse. (»Du wirkst einfach zu schüchtern! Das schreckt ab.«)

Sarah hatte auf der Fahrt nach Hause gerätselt, ob ihre Freundin wohl recht haben konnte. Warum hatte sie bisher sämtliche Annäherungsversuche abgeblockt, wenn ein Mann sie ausnahmsweise interessant genug fand, um sie näher kennenlernen zu wollen? – Ihre Suche nach der Antwort auf diese Frage hatte im Kofferraum eines VW Golf geendet.

»Wann war das?«, wollte Marie Felder nun wissen, und Sarah wunderte sich immer mehr über das plötzliche Interesse an ihrem Leben.

»Vergangene Woche, am Mittwoch.«

Marie Felder schien nachzudenken. Nach einer Weile meinte sie jedoch nur: »Zum Glück ist dir nichts passiert.«

»Ja, zum Glück«, stimmte Sarah zu. Sie plantschte mit den Beinen im Wasser und betrachtete die Luftblasen. Dann sah sie ihre Begleiterin an, die immer noch reglos neben ihr kauerte, und meinte: »Wollen Sie nicht auch ein Fußbad nehmen, Frau Felder?«

»Frau Felder«, wiederholte Marie und ihre Lippen kräuselten sich leicht. Sarah schien es fast wie ein amüsiertes Lächeln.

»Ich wusste nicht, ob ich Sie … dich Marie nennen darf«, schob sie nach.

»Ja, wie denn sonst?« Marie hob verwundert die Augenbrauen. »Du musst mich nicht die ganze Zeit siezen, wenn ich dich duze.« Jetzt erst fiel Sarah auf, dass sie ihre Brauen zupfte. Der leichte Schwung und die geordneten Härchen waren eindeutig nicht auf Mutter Natur zurückzuführen. Offenbar war Marie ihr Aussehen doch nicht ganz so egal, wie es zunächst schien.

»Die Beine ins Wasser halten geht nicht. Ich habe Jeans an«, lautete die überraschende Antwort auf Sarahs Frage.

Sarah zuckte mit den Schultern. »Zieh sie aus. Hier ist sowieso niemand außer uns, und mich stört es nicht.«

Marie Felder schwieg zunächst. Dann meinte sie langsam: »Ich glaube, mich stört es.« Immerhin gab sie nun ihre sichtlich unbequeme Haltung auf und legte sich flach auf das Boot. Sie ließ ihre Arme ins Wasser gleiten und wirkte so entspannt, wie Sarah sie noch nie erlebt hatte. Plötzlich nahm sie ihre geschlossene Hand aus dem Wasser und setzte sich auf. Als sie die Hand vorsichtig öffnete, sah Sarah, dass ein winziges Insekt darauf herumkrabbelte. Marie betrachtete es aufmerksam, bis Sarah ihre Beine aus dem Wasser zog und sich das Insekt ebenfalls ansah.

»Was ist das?«

»Eine Wasserspinne«, erwiderte Marie, ohne den Blick von dem Insekt abzuwenden. »Das bedeutet, dass das Wasser hier relativ sauber ist. Eine Wasserspinne ist ein Indikator für Gewässer mit guter Wasserqualität. Und da sie selten zu finden ist, gehört diese Spinnenart zu den gefährdeten Arten.«

Sie ließ die Spinne wieder von ihrer Hand ins Wasser gleiten. Beide sahen ihr nach, wie sie davonschwamm.

Maries Redseligkeit ermutigte Sarah zu einer nächsten Frage. »Hast du Biologie studiert?«

Die Antwort kam prompt und war erschöpfend.

»Ja.«

»Warum?«

»Weil es mich interessiert hat.«

»Hat?« Sarah war nicht entgangen, dass Marie von der Vergangenheit sprach.

»Ich mache jetzt etwas vollkommen anderes«, erwiderte Marie knapp. Sie schien wenig daran interessiert, das Gespräch fortzusetzen, doch Sarah ließ nicht locker – sie fand es kaum verlockend, sich den Rest der Zeit, die sie auf diesem Tretboot verbringen würden, wieder gegenseitig anzuschweigen. Marie hatte in den letzten Minuten schließlich bewiesen, dass sie reden konnte, also sollte sie es auch tun.

»Zellforschung und Molekularbiologie sind auch Biologie«, sagte sie daher. »Also machst du doch das, was du studiert hast – in gewisser Weise.«

»Ich denke, du solltest das als Laiin nicht beurteilen«, erwiderte Marie. Für Sarah fühlten sich ihre Worte an wie eine verbale Ohrfeige.

»Mein Vater ist auch Biologe und hat mir immer viel erklärt, daher habe ich sehr wohl eine gewisse Ahnung von diesen Dingen«, entgegnete Sarah gekränkt.

»Ich sage auch nicht, dass ich eine Ahnung habe von Kunst, nur weil du mir ein paar klassizistische Bauten gezeigt hast«, konterte Marie.

Warum bist du so eine miesepetrige Kratzbürste, lag es Sarah auf der Zunge. Doch sie dachte an das Projekt ihres Vaters und rang sich ein nachsichtiges Lächeln ab.

»Du hast wahrscheinlich recht.«

Die nächste Stunde verbrachten sie damit, sich den Rücken zuzuwenden. Das wenige, worüber sie sprachen, ging über Belanglosigkeiten nicht hinaus. Irgendwann hatte Sarah genug. Sie beschloss, dass ihr Engagement für heute und damit für immer und ewig an seine Grenzen gestoßen war. Es wurde höchste Zeit, dieses Miteinander zu beenden.

»Wir sollten das Boot zurückgeben, ehe die Anlegestelle schließt«, leitete sie ihren Entschluss ein, als Marie keine Anstalten machte, zurückzufahren.

»Sie schließt doch erst um zwanzig Uhr«, erwiderte Marie gelassen, und Sarah wunderte sich im Stillen, ob dieser Frau wohl je irgendetwas entging.

»Ich denke, es ist genug«, sagte Sarah und bemühte sich, ihrer Stimme einen festen und bestimmten Klang zu verleihen. Es war normalerweise nicht ihre Art, über den Kopf anderer hinweg Entschlüsse zu fassen.

Da von Marie kein Einspruch kam, raffte sie sich auf und kletterte zurück auf den Steuersitz. Ihr Rock blieb dabei am Stuhl hängen, und als sie sich befreite, rutschte ihr Top nach oben.

Sie spürte, dass Marie sie fixierte. Schnell zog sie ihr Oberteil herunter. Maries durchdringender Blick auf ihren entblößten Bauch war ihr unangenehm.

»Du hast ein Piercing am Nabel«, bemerkte Marie nun prompt. Sie trat dicht an Sarah heran. Das Boot wackelte unter ihren Bewegungen. »Darf ich es noch mal sehen?«

Sarah blieb fast die Luft weg bei dieser Frage.

Nein, sicher nicht, schnauzte sie in Gedanken zurück. Doch dann dachte sie erneut daran, wie wichtig Marie Felder für die Arbeit ihres Vaters war. Unwirsch schob sie das Top wieder etwas nach oben.

Marie Felder streckte die Hand aus und berührte den Metallstecker. Dann fuhr sie mit der Fingerspitze zart über nackte Haut. Entsetzt zog Sarah ihren Bauch ein und zerrte eilig am Saum ihres Tops. Was sollte das?!

»Tut das nicht weh?«, fragte Marie Felder nun. Es klang ehrlich interessiert.

»Nein, natürlich nicht. Ich spüre es gar nicht.«

Sie traten beide in die Pedale, doch Marie ließ nicht locker.

»Bleibst du nie damit hängen? Reibt es nicht?«

»Nein, woran denn?«

Marie antwortete erst nicht, und Sarah dachte zunächst, das unliebsame Bauchnabel-Piercing-Thema hätte sich damit erledigt. Doch sie hatte sich getäuscht.

»An der Kleidung. Wenn du dich anziehst, zum Beispiel. Oder beim Sex.«

Sarahs Augen weiteten sich. Sie kann das nicht gesagt haben, durchfuhr es sie. Ich muss mich verhört haben. Diese nahezu fremde Frau, die in meiner Gegenwart nicht mal ihre Jeans in einem Tretboot ablegen wollte, fragt mich, ob mein Bauchnabel-Piercing beim Sex stört?

Maries Blick ruhte gelassen auf ihr. Sarah vergaß vor Entsetzen einen Moment lang, in die Pedale zu treten, fasste sich nach einer Weile jedoch wieder und sagte steif: »Nun also, es gab bisher noch keine Situation in meinem Leben, bei der das Piercing störend gewesen wäre.«

»Aha«, sagte Marie ohne jeden Hauch von Emotion. Schweigend traten sie weiter in die Pedale, die Anlegestelle des Bootsverleihs kam näher.

»Warum hast du einen Stecker gewählt, der die Form eines Delphins hat?«

Zumindest das war eine akzeptable Frage.

»Ich hab es mir vor drei Jahren stechen lassen, da war ich halt noch jünger, und ein Delphin war cool und süß. Heute würde ich mich wahrscheinlich für etwas anderes entscheiden.«

»Für was?«

»Für einen Ring oder eine Spirale, vielleicht mit Kristall-Besatz.«

»Warum hast du es bisher nicht ausgetauscht?«

Sarah zuckte mit den Achseln.

»Keine Ahnung. Es war mir nicht wichtig genug, außerdem ist es kostspielig, in meinem Fall. Ich vertrage nur echtes Silber oder Gold.«

»Es sollte für deinen Vater doch kein Problem sein, dir so etwas zu schenken.«

Sie geht zu weit, dachte Sarah und wunderte sich gleichzeitig über sich selbst, als sie sich antworten hörte: »Mein Vater weiß nichts von dem Piercing. Er würde ausrasten.«

Sie waren bei der Anlegestelle angelangt. Als Sarah ihren beim Bootsverleih hinterlegten Reisepass wieder in Empfang genommen hatte, suchte sie nach geeigneten Worten zur Verabschiedung.

Marie Felder kam ihr zuvor. »Gehen wir noch etwas trinken?«

Sarah warf einen demonstrativen Blick auf die Uhr. Um halb sieben Uhr pflegte sich ihre Clique im »Q15« zu treffen. Zudem hatte sie von ihrer Begleiterin allmählich genug.

»Nur kurz«, sagte sie und gegen ihren eigentlichen Willen. »Ich habe dann einen Termin.«

»Ja, okay. Danke.«

Sarah brachte sie in die »Crèperie«, ein französisches Lokal mit Bar und Blick aufs Wasser, weil es das nächstgelegene Restaurant war. Marie gefiel die Atmosphäre dort offensichtlich, denn sie wirkte nicht ganz so angespannt wie am Sonntag zuvor im »Café Zentral«. Sarah bestellte sich einen Orangensaft, Marie eine Cola und Fisch vom Grill, was Sarah ärgerte, weil damit abzusehen war, dass die Einkehr inklusive Essen länger als eine Stunde dauern würde. Marie, die heute anscheinend einen gesegneten Appetit hatte, orderte anschließend noch ein Dessert, und Sarah spielte nach einem nervösen Blick auf die Uhr mit dem Gedanken, sie einfach in diesem Lokal sitzen und ihr Mousse au Chocolat alleine löffeln zu lassen. Doch da sie dazu viel zu höflich war, blieb sie sitzen in dem Wissen, dass all ihre Freunde schon im »Q15« saßen und Spaß hatten.

Der Spaß mit Marie Felder hielt sich dagegen weiterhin in Grenzen. Ihre Gespräche verliefen ähnlich schleppend wie zuvor, doch Sarah war inzwischen schon dankbar darüber, dass Marie nicht wieder auf Sex, Väter und Bauchnabelpiercings zu sprechen kam. Träge Konversation und minutenlanges Schweigen schienen dagegen noch die geringeren Übel.

Es war halb neun, als sie sich in der U-Bahn voneinander verabschiedeten.

»Vielen Dank für den schönen Tag«, sagte Marie Felder und drückte zum Abschied ihre Hand.

»Ebenfalls«, erwiderte Sarah, obgleich sie es nicht so meinte.

Sie lächelte höflich, sogar noch beim Aussteigen, sogar

noch, als die U-Bahn mit Marie weiterfuhr und sie selbst an der U-Bahn-Station zurückblieb. Dann aber sackte ihr Lächeln in sich zusammen, und sie war nur noch wütend – auf ihren Vater, der ihr diese Treffen antat, und natürlich auf diese seltsame Frau.

Als Sarah das »Q15« betrat, fühlte sie sich erst einmal überrollt vom Kneipenlärm. Nach der Stille, die sie den ganzen Nachmittag über umgeben hatte, war ihr das Stimmengewirr regelrecht unangenehm.

Wie immer war das Lokal am Sonntagabend voller Leute, die meisten davon in ihrem Alter. Es war derzeit eine der angesagtesten Kneipen der Stadt. Aus den Lautsprechern dröhnte »We like it loud« von Scooter. Auf dem Weg vorbei an der Bar zu jener Ecke, in der ihre Clique gewöhnlich ihren Platz bezog, wurde Sarah mehrmals angerempelt.

»Unglaublich, dass du auch noch kommst! Ich habe schon gar nicht mehr mit dir gerechnet.« Der Sarkasmus in Simones Worten war nicht zu überhören. Sie begrüßten sich mit Bussi links, Bussi rechts auf die Wange. Simone trug ein schwarzes Stretchkleid und stand auf Pfennigabsätzen. Normalerweise waren sie und Sarah ungefähr gleich groß, heute überragte sie sie um einen halben Kopf.

»Ich habe doch gesagt, dass ich komme«, meinte Sarah lahm. Sie fühlte sich plötzlich wie erschlagen. Die laute Musik, der beißende Zigarettengeruch – warum fiel ihr das heute so stark auf?

»Heeeelllooo!« Natascha, eine weitere Freundin aus der Clique, rutschte von ihrem Barhocker und begrüßte sie ebenfalls. Ihr Blick glitt über Sarahs Outfit, den Blümchen-Rock und das Shirt, und sie fragte mit unverhohlener Missbilligung: »Wie siehst du denn aus? Kommst du direkt aus dem Freibad?«

Natascha selbst trug eine eng anliegende, glänzende Lederhose und ein bauchfreies Shirt mit Glitzersteinen.

»Oh Gott!«, quietschte Simone nun entsetzt. »Jetzt sehe ich es: Du trägst nicht mal Make-up!«

Sarah verdrehte nur die Augen und ließ sich dankbar auf dem Barhocker nieder, den ihr Markus, einer aus ihrer Runde, nun vom Nachbartisch organisiert hatte.

»Warum kommst du so spät?«, fragte er. »Normalerweise bist du doch immer die Superpünktliche!«

Sie mussten sich anschreien, um gegen die laute Musik anzukommen.

»Ich hatte noch zu tun«, erklärte Sarah und fühlte sich irgendwie fehl am Platz. Ihr innerer Groll, den sie kurzzeitig verdrängt hatte, brach wieder auf. Da saß sie nun als graues Mäuschen inmitten modisch gestylter Menschen, verschwitzt von der Sonne, die sie tagsüber genossen hatte, mit unfrisiertem Haar, ziemlich müde und schlecht gelaunt. Alles nur wegen Marie Felder! Im Grunde war es doch eine Frechheit gewesen, dass Marie sich Essen bestellte, obgleich sie ihr zuvor gesagt hatte, sie hätte nur kurz Zeit.

»Warst du etwa bis jetzt mit dieser komischen Tussi unterwegs?«, erkundigte sich Simone und zündete sich eine Zigarette an. Sie blies den Rauch kunstvoll nach oben und warf dabei lässig den Kopf in den Nacken. Sarah nickte und sah den kleinen Rauchwölkchen nach. Einen Moment lang wünschte sie sich, Simone zu sein. Simone, die überall sofort Kontakte knüpfte, die immer einen coolen Spruch auf Lager hatte, die allein durch ihre Körperhaltung stets lässige Überlegenheit ausstrahlte und mindestens vier Verehrer gleichzeitig hatte.

Vor drei Jahren noch war ihr Verhältnis sehr innig gewesen. Sarah hatte sich keine bessere Freundin als Simone vorstellen können: Sie waren verbunden durch dieselben Hobbys, ähnliche Vorstellungen vom Leben und auch die gleichen Freunde, sie teilten alle Sorgen miteinander, wussten immer, was die andere bedrückte.

Jetzt, im »Q15«, während sie gleichzeitig eine *Strawberry Margarita* bei der Bedienung orderte, wurde Sarah erstmals bewusst, dass sie eigentlich schon lange nicht mehr wusste, was in Simone vorging. Simone jammerte gelegentlich über ihr BWL-Studium und klagte über ihre Mutter, die in ihren

Augen ein Kontrollfreak war, aber was sie innerlich beschäftigte, hatte sie schon seit langem nicht mehr erwähnt. Sarah wusste beispielsweise nicht, ob Simone mit ihrem neuen Freund Daniel, einem Jura-Studenten, wirklich glücklich war, oder ob ihr die Gerüchte, die im Freundeskreis kursierten, nicht doch zusetzten. Es hieß, Daniel sei ein erklärter Schwerenöter und noch nie einer Frau treu gewesen.

Wie auf ein Stichwort tauchte nun Daniel prompt neben Simone auf und schlang seine Arme um ihre schlanke Figur. Die beiden versanken in einen demonstrativen Kuss.

Sarah sah zur Seite.

»Mit welcher Tussi hast du dich getroffen?«, wollte Natascha nun neugierig wissen.

Sarah sah Marie Felders verschlossenes Gesicht vor sich, hörte in Gedanken ihre Frage, ob ihr Piercing beim Sex störte, und der Groll, den sie in sich trug, wurde zur Wut. »Mein Vater hat mir eine seltsame Frau aufs Auge gedrückt, der ich die Stadt zeigen soll«, erklärte sie. »Sie redet nichts, und wenn sie etwas redet, dann irgendwelche Peinlichkeiten. Gott sei Dank war es jetzt das letzte Mal, das ich etwas mit ihr unternehmen musste.«

»Wie hast du sie heute unterhalten?«, schaltete sich Simone ein, die bereits Sarahs Bericht vom Vormittag kannte.

Sarah erzählte von ihrer Bootsfahrt, nippte an ihrem Cocktail und fühlte sich allmählich besser. Sie schilderte ausführlich den merkwürdigen Tag und Marie Felders Verhalten, amüsierte damit die ganze Tischrunde, fühlte sich dadurch noch besser und bestellte noch eine weitere *Strawberry Margarita*.

»Sie saß wirklich bei dieser Bruthitze die ganze Zeit mit Jeans und T-Shirt am Boot?«, fragte nun Natascha ungläubig. »Wir waren heute Nachmittag im Freibad und sind alle zehn Minuten ins Wasser gesprungen, weil wir es kaum ausgehalten haben!«

»Vielleicht hat sie Haare an den Beinen«, mutmaßte Simone amüsiert. »So richtig dichte, schwarze.«

»Behaarte Beine wie die Wasserspinne«, kicherte Markus, »was erklärt, warum sie die Viecher so toll findet.«

Alle lachten, und auch Sarah stimmte mit ein, obgleich sie seit heute wusste, dass Wasserspinnen keine behaarten Beine haben. Wie wohl Marie Felders Beine aussahen?

»Wahrscheinlich spricht sie sonst nur mit Zellkulturen«, grinste Daniel. »Da wird man halt zur ... Marie anderswie.«

Auch er erntete schallendes Gelächter.

»Sarah war also mit einer Laborratte unterwegs«, stichelte Simone und legte Sarah den Arm um die Schulter. »Aber keine Sorge, Sarahchen, jetzt bist du wieder bei uns und alles wird gut. Der Horror ist vorbei!«

»Sarah und die Horrorbraut«, steuerte nun Markus, der derzeit ein Praktikum bei der Kronenzeitung machte und mächtig stolz darauf war, dass er einen der wenigen Plätze ergattert hatte, eine passende Schlagzeile bei. Wieder lachten alle, und Sarah mit ihnen.

Sechs Tage später kam Sarah braungebrannt und guter Laune vom Freibad zurück. Sie war gerade dabei, ihre Wäsche an der Wäschespinne im Garten aufzuhängen, um die letzten Sonnenstrahlen des Abends zum Trocknen zu nutzen, als ihr Vater um die Ecke bog.

»Na, einen netten Tag gehabt?«

»Ja, wir waren baden«, erwiderte Sarah. »Und jetzt treffen wir uns bei Simone zum Grillen.«

»Klingt nach einem tollen Programm«, meinte ihr Vater. »Aber schau, dass es heute nicht zu spät wird! Schließlich kannst du morgen ja nicht bis in alle Ewigkeiten ausschlafen.«

Sarah stutzte kurz. Hatte sie ihrem Vater denn vom geplanten Ausflug zum Neufelder See erzählt? – Anscheinend schon, denn woher sollte er sonst davon wissen?

»Wir fahren erst um elf Uhr los«, sagte sie unbekümmert. »Außerdem kann ich am See weiterschlafen.«

Ihr Vater, der bereits im Begriff gewesen war, ins Haus zu gehen, blieb stehen und schaute sie stirnrunzelnd an.

»Wieso um elf Uhr? Warum zum See fahren? – Ich dachte, ihr seid für halb zehn Uhr zum Frühstücken verabredet?«

Nun lag das Erstaunen ganz auf Sarahs Seite.

»Was?«

Sie starrten sich beide entgeistert an.

»Wovon sprichst du?«, fragte Sarah schließlich irritiert.

»Na, von deinem Treffen mit Marie Felder«, erwiderte ihr Vater, ebenfalls irritiert. »Ihr seid doch morgen im ›Bundys‹ verabredet.«

Sarah wusste: Ihr Gesicht würde niemals dümmer aussehen als in dieser Minute.

»Ich bin überhaupt nicht mit ihr verabredet!«

»Doch, natürlich.« Adam Rosenberg schüttelte verwundert den Kopf. »Ich habe dir doch davon erzählt, letzten Mittwochabend … ich habe dir doch gesagt, dass sie nach dir gefragt hat, und dass ich dieses Frühstückslokal empfohlen habe …«

»Nein, das hast du nicht, Papa!« Sarahs Stimme klang schriller als beabsichtigt. »Wir haben uns letzten Mittwoch am Abend nämlich gar nicht gesehen, weil ich beim Jazzdance war und du im Theater mit Tante Irene! Ich höre davon zum ersten Mal! Und ich werde *auf gar keinen Fall* mit deiner blöden Felder frühstücken gehen! Frühstücke doch selbst mit ihr, wenn sie dir so wichtig ist!«

»Möglich, dass ich vergessen habe, den Termin mit Marie zu erwähnen«, gab ihr Vater zu, wirkte aber kein bisschen reumütig. »Aber ich dachte, unsere Vereinbarung sei doch sowieso klar. Sonntags kümmerst du dich um sie!«

»Davon war nie die Rede!«, begehrte Sarah auf. »Einmal, ja. Vielleicht noch ein zweites Mal, okay. Aber jetzt reicht es! Ich will nicht. Du kannst nicht einfach über meine Zeit verfügen!«

»Aller guten Dinge sind drei«, entgegnete ihr Vater lakonisch. Dann setzte er seinen gefürchteten Weichspülerblick auf: »Schau, mein Schatz, sie scheint dich zu mögen. Jedenfalls hat sie nach dir gefragt, und ich habe dieses Sonntagsfrühstück vorgeschlagen. Sie war sofort begeistert.«

»Aber *ich* bin absolut nicht begeistert!« Sarah war wütend. Sie stemmte die Hände in die Hüften und sah ihren Vater mit blitzenden Augen an. »Ich will nicht ständig Kindermädchen für irgendwelche gestörten Mitarbeiterinnen von dir sein!«

»Ständig bist du es nicht«, konterte ihr Vater. »Bisher habe ich dich auch nie um dergleichen gebeten. Und nenne Marie Felder nicht gestört, denn das ist sie nicht. Sie ist introvertiert, sie ist eine geniale Wissenschafterin. Allerdings ist sie keines dieser Luftikus-Geschöpfe wie deine Freundin Simone, und das ist auch gut so!«

Sarah ging auf den Seitenhieb bezüglich Simone, die ihr Vater noch nie sonderlich gemocht hatte, nicht ein und wollte sich wortlos an ihm vorbei ins Innere des Hauses drängen, doch er ergriff sie am Arm und hielt sie fest.

»Ich kann mich also auf dich verlassen?«

Sarah entriss ihm ihren Arm und funkelte ihn böse an. Es war selten, dass es jemand schaffte, sie zur Weißglut zu bringen.

»Du kannst dich darauf verlassen, dass ich mich nicht noch einmal mit ihr treffe!«, antwortete sie bissig. »Ich werde morgen mit meinen Freunden an den See fahren. Ich habe ein Recht auf meine Freizeit!«

»Jetzt ist es wohl an der Zeit, Tacheles zu reden.« Die Stimme ihres Vaters klang nun nicht mehr ruhig, und auch in seinen Augen stand unverhohlene Verärgerung. »Du hast Semesterferien. Du hast jeden Tag die Woche frei, bis auf Montag und Mittwoch, wo du deiner Tante in der Galerie zur Hand gehst. Anders als viele andere Studenten in deinem Alter hast du das Glück, dir in den Ferien nicht deinen Lebensunterhalt verdienen zu müssen. Und du lebst in einem großen Haus am Stadtrand. Kurz gesagt, es geht dir ausgesprochen gut. Dann fährst du ein nagelneues Auto kaputt, und ich sage nichts! Ich bitte dich lediglich um einen Gefallen, und du weigerst dich, mir selbst bei dieser Kleinigkeit behilflich zu sein. – Danke, Sarah. Ich bin enttäuscht von dir.«

Er wandte sich ab und ließ sie vor der Terrassentüre einfach stehen.

Benommen verharrte Sarah auf der Schwelle.

Ich bin enttäuscht von dir. – Die Worte hallten in ihr wider und hinterließen einen dumpfen Schmerz. Sie sah sich auf einmal durch die Augen ihres Vaters, und was sie sah, ließ sie seine Reaktion verstehen. Sie wollte kein verwöhntes, undankbares Geschöpf sein, das egoistisch handelte und den Menschen, die es gern hatte, nicht behilflich war. Minutenlang rang sie mit sich. Dann betrat sie ebenfalls das Haus, fand ihren Vater in seinem Arbeitszimmer und sagte: »Es tut mir leid. Ich werde mich mit ihr zum Frühstücken treffen und Simone bitten, eine Stunde später an den See zu fahren.« Sie schenkte ihm einen tiefen Blick und setzte hinzu: »Aber es ist das allerletzte Mal, dass ich etwas mit ihr unternehme!«

Diesmal war es Sarah, die als erste am Treffpunkt angelangt war. Sie wartete direkt vor der Tür des »Bundys« auf Marie, die wieder auf die Minute pünktlich vor ihr stand. Marie trug einen unsäglichen marineblauen Baumwollrock und eine weiße Bluse, die sie bis oben zugeknöpft hatte. Ihre blonden Locken waren zu einem streng zurückfrisierten Zopf geflochten.

Sarah fand, dass sie noch nie langweiliger gekleidet war.

»Hallo«, sagte Marie Felder so steif, wie sie aussah, und Sarah streckte ihr mechanisch die Hand entgegen. Doch Marie missachtete die Hand, was Sarah schon wieder aufbrachte. Frau Marie anderswie fand es offenbar normal, Menschen mit ausgestreckter Hand verhungern zu lassen! Sarah wandte sich ab und wollte das Lokal betreten, als etwas Unerwartetes geschah: Marie machte ein paar unsichere Schritte auf sie zu, verharrte kurz und sah sie mit einem merkwürdigen Ausdruck an. Dann beugte sie sich rasch vor und gab ihr einen flüchtigen Kuss auf die rechte Wange.

»Hallo«, sagte sie noch einmal, diesmal weniger steif.

»Hallo«, gab Sarah verdutzt zurück. Die flüchtige Berührung von Maries Lippen brannte auf ihrer Haut. Es war jedoch kein unangenehmes Brennen.

Wenig später saßen sie sich im Garten des Lokals vor Tee und frischen Semmeln, Obst, Schinken und Käse gegenüber. Marie schmierte mit vollster Inbrunst Butter auf ihre Laugensemmel und Sarah überlegte sich, wann wohl der richtige Augenblick war, um ihrem schweigenden Gegenüber zu sagen, dass sie höchstens zwei Stunden Zeit hatte. Sollte sie es jetzt gleich kundtun oder lieber später? – Da sie Unangenehmes hasste und dies eindeutig in diese Kategorie fiel, entschied sie sich für einen späteren Zeitpunkt.

Sie biss herzhaft in ihre Schinkensemmel und dachte mit Vorfreude an den Badetag am Neufelder See, der sie erwartete.

»Du siehst so hübsch aus … heute.«

Sarah verschluckte sich fast an ihrer Schinkensemmel.

»Aubergine passt gut zu deinen dunklen Haaren«, schob Marie nach.

Um Sarahs Fassung war es geschehen. Sie hustete kurz, hielt sich die Hand vor den Mund und versteckte eine jäh aufwallende Gesichtsröte hinter der Stoffserviette.

Als sie sich von Maries unerwarteten Komplimenten erholt hatte, bedankte sie sich artig und suchte angestrengt nach belanglosen Gesprächsthemen. Sie fand schließlich eines, indem sie von Friedensreich Hundertwasser erzählte, in dessen Stil der Gastgarten gestaltet war.

Marie hörte offensichtlich zu, gab aber durch nichts zu erkennen, ob sie das, was Sarah ihr erzählte, überhaupt interessierte.

So unauffällig wie möglich warf Sarah einen Blick auf ihre Armbanduhr. Eine Stunde noch, dann würde sie für immer erlöst sein.

»Ich … ich habe dir etwas mitgebracht.« Marie kramte in der blauen Leinentasche, die sie schon beim ersten Treffen bei sich getragen hatte, und legte ein kleines rechteckiges Päckchen vor Sarahs Teller. Es war in ein Geschenkpapier mit roten und grünen Herzen verpackt und mit einer grünen Schleife verziert.

»Ein Geschenk für mich? Weshalb?« Sarah konnte ihr Erstaunen nicht verbergen.

»Pack es aus«, bat Marie, und Sarah kam zögernd der Aufforderung nach. Als sie die Schmuckschatulle, die zum Vorschein kam, mit einer gewissen Vorahnung öffnete, atmete sie zunächst einmal tief durch.

»Ich kann das nicht annehmen«, sagte sie leise. Bei dem hübschen Bauchnabel-Stecker, den sie nun in den Händen hielt, handelte es sich um einen mit weißen Kristallen besetzten Silberring. Sie suchte Maries Blick, doch diese sah schnell zur Seite und fixierte einen nicht vorhandenen Fleck auf der Wand.

Sarah fühlte sich durch das überraschend persönliche Geschenk merkwürdig berührt. »Das ist viel zu wertvoll, Marie.«

Marie erwiderte nichts, wich aber noch immer Sarahs Blick aus. Sarah betrachtete den Stecker von allen Seiten. Er war wunderschön, da gab es keinen Zweifel.

»Warum machst du mir so ein teures Geschenk?«

Marie reagierte nicht. Sie schien ganz in sich selbst versunken und begann aus den Zahnstochern, die sich in einer kleinen Plastikdose auf dem Tisch befunden hatten, verschiedene Muster zu legen. Sarah sah ihr eine Weile dabei zu, während ihre Gedanken Purzelbäume schlugen.

Warum gab Marie Felder so viel Geld für sie aus? Warum redete sie kaum mit ihr? Warum ließ sie Fragen unbeantwortet? Warum ging sie so selten auf das ein, was man zu ihr sagte? Warum legte sie jetzt lieber Muster aus Zahnstochern, als ihre Frage zu beantworten?

Sie fand keine befriedigende Antwort.

»Danke jedenfalls«, sagte Sarah schließlich. »Der Stecker ist wunderschön.«

Marie wandte sich ihr wieder zu, blieb aber stumm und schenkte sich Tee nach. Sarah seufzte leise. »Gefällt dir das Lokal?«, fragte sie, nur um irgendetwas zu sagen.

»Ja«, nickte Marie, ohne eine besondere Regung. Sie trank ihren Tee und schien durch Sarah hindurchzuschauen.

Offene Frage, ging es Sarah durch den Kopf. Stell ihr eine offene Frage, dann kann sie nicht nur eine einsilbige Antwort geben.

»Und was gefällt dir hier am besten?«

Sie war stolz auf diese Frage, denn sie ließ sich, wie Sarah bereits in Gedanken durchgespielt hatte, auf keinen Fall mit nur einem Wort beantworten.

Die Antwort war kürzer, als sie erwartet hatte. Marie sah sie zum ersten Mal an diesem Tag direkt an und sagte mit unbewegter Miene: »Du.«

»Was?« Irritiert blinzelte Sarah mit den Augen. Das musste ein Missverständnis sein. Sicher hatte Marie die Frage nicht verstanden.

»Du gefällst mir hier am besten«, wiederholte Marie mit fester Stimme. Dann spielte sie wieder mit den Zahnstochern, als hätte es Sarahs Frage nie gegeben.

Sarah schloss kurz die Augen und versuchte ihre Verwirrung zu bewältigen. Doch ihr Gehirn war wie blockiert. Sie konnte sich beim besten Willen nicht erklären, was in dieser Person vorging. Schweigend frühstückten sie weiter.

»Wenn wir heute wieder auf diesem Boot sind, werde ich die Beine ins Wasser hängen lassen«, sagte Marie plötzlich unvermittelt. »So wie du am vergangenen Sonntag.«

Sarah zuckte unweigerlich zusammen. Es war offensichtlich: Marie rechnete damit, den Tag mit ihr zu verbringen.

Ich hätte es ihr vorher sagen müssen, gleich zu Beginn des Treffens, schalt sich Sarah in Gedanken. Jetzt hatte Marie ihr ein teures Geschenk gemacht und sich offenbar felsenfest darauf eingestellt, mit ihr an die Donau zu fahren. Wie sollte sie ihr nun beibringen, dass sie andere Pläne hatte?

Sarah seufzte innerlich. Sie musste ihr klipp und klar sagen, dass sie keine Zeit für sie hatte. Wenn sie es nicht täte, würde sie einen weiteren langweiligen Nachmittag an einer Mauer des Schweigens verbringen, während ihre Freunde am Neufelder See Spaß hatten.

Sie gab sich einen inneren Ruck. »Das mit der Donau klappt heute nicht«, erwiderte sie zögernd und fühlte sich miserabel, als sie einen Anflug ungläubigen Erstaunens über Maries Gesicht gleiten sah. »Ich ... ich habe schon etwas anderes geplant.«

»Okay«, war Maries einziger Kommentar, und Sarah wollte sich gerade erleichtert zurücklehnen und freuen, wie gut sie ihre Absage aufgenommen hatte, als Marie hinzusetzte: »Was werden wir machen?«

Sarah begriff, dass ihre Aussage komplett anders angekommen war. »Ich habe mich mit Freunden verabredet«, sagte sie schließlich tapfer. »Wir fahren an einen See in der Umgebung, zum Baden.«

Marie Felder sagte zunächst nichts, sondern begann wieder mit den Zahnstochern zu spielen. »Ja«, sagte sie dann nur, und Sarah war genauso ratlos wie zuvor.

Hatte Marie jetzt verstanden, dass es keinen gemeinsamen Tag geben würde?

Die Zeit war schon fortgeschritten. Sarah winkte der Bedienung und verlangte die Rechnung. Als diese kam, zahlte Marie, ehe es Sarah verhindern konnte.

»Du sollst nicht so viel Geld für mich ausgeben«, sagte Sarah, als sie vor dem Lokal standen. »Du musst mich nicht immer einladen, wenn wir zusammen unterwegs sind.«

»Ja«, erwiderte Marie darauf nur und machte keinerlei Anstalten, sich von ihr zu verabschieden. Sie stand einfach nur da und schien abzuwarten, was Sarah tat.

»Ich muss jetzt zur U-Bahn-Station Gumpendorfer Straße«, sagte Sarah. »Dort werde ich abgeholt, und wir fahren weiter zum See.«

»Okay«, sagte Marie, rührte sich aber nicht von der Stelle.

Sarah fühlte sich hilflos. Wie sollte sie sich verhalten? – Marie hatte ihr ein teures Geschenk gemacht und dann auch noch die Rechnung für das opulente Frühstück beglichen, und nun musste sie sie kalt abblitzen und einfach stehen lassen! Das passte nicht ganz in das Bild, das sie von sich haben wollte.

»Also, dann ...«, leitete sie unschlüssig die Verabschiedung ein, doch Marie kam ihr zuvor.

»Ich begleite dich noch ein Stück«, sagte sie plötzlich.

Sarah war dies alles andere als recht, aber da sie sich sowieso schon wie ein Scheusal fühlte, wagte sie nicht zu widersprechen. Schweigend fuhren sie U-Bahn, schweigend stiegen sie an der Gumpendorfer Straße aus, schweigend gingen sie die Treppe der alten Station hinunter in Richtung Ausgang.

Nervös rieb Sarah ihre Hände aneinander. Sie musste Marie loswerden. Dringend. Bald würde Simone mit ihrem Auto um die Ecke biegen, und sie wollte ihr auf gar keinen Fall Marie Felder vorstellen müssen.

Auf der kleinen Treppe vor der U-Bahn-Station blieb sie stehen.

»Marie«, begann sie, und ihre Stimme hörte sich unsicherer an, als es ihr lieb war. »Vielen Dank für das schöne Geschenk und das Frühstück. Das war sehr nett von dir. Ich muss jetzt ... werde jetzt ...« Es war noch schwieriger, den endgültigen Abschied über die Bühne zu bringen, als zuvor bereits befürchtet – zumal Marie sie nun mit großen, scheinbar ahnungslosen Augen ansah. »Ich werde jetzt ...«, begann Sarah von neuem, kam aber nicht weiter.

Denn auf einmal erklang Simones aufgeregte Stimme hinter ihnen.

»Gott sei Dank, du bist schon da! Wir müssen uns beeilen. Wir haben keinen Parkplatz in der Nähe bekommen; Daniel hat einfach ums Eck am Straßenrand gehalten, wir stehen total ungünstig ...«

Sie brach mitten im Satz ab, als sie Marie Felders Anwesenheit gewahr wurde.

»Hallo«, sagte sie und reichte ihr die Hand. »Simone von Thum.«

»Marie Felder.«

Simone bedachte Sarah mit einem schnellen Blick. Sie wusste, um wen es sich handelte, kein Zweifel.

»Schön, Sie kennenzulernen«, erwiderte Simone. Sie warf

einen zweiten, fragenden Blick auf Sarah, die hoffte, dass ihr die Verzweiflung deutlich genug in den Augen stand, um Simone zu vermitteln, dass sie Marie Felder dringend loswerden wollte, und sagte dann zu Sarahs fassungslosem Entsetzen: »Es freut mich, dass Sie mitkommen.«

»Aber … ist im Auto überhaupt noch Platz?« Sarah bedachte Simone mit einem tödlichen Blick. Was sollte das?

Simone ließ sich nicht beirren. »Natürlich.« Ihre Stimme klang zuckersüß. »Bei uns fährt ansonsten nur noch Markus mit. Natascha und ihr Bruder fahren extra, wir treffen uns mit ihnen am Badeplatz. – Aber wir müssen jetzt wirklich los, sonst gibt es möglicherweise noch einen Unfall, so ungünstig, wie wir mit unserem Auto stehen.«

Sie trabte auch schon los, benommen setzte sich Sarah ebenfalls in Bewegung. Marie Felder folgte ihr in wenigen Schritten Abstand.

Sie breiteten ihre Decken und Strandmatten mitten in der Sonne aus. Marie Felder ließ sich – ohne Matte – etwas abseits im Schatten nieder, und Sarah sah sich vor die schwierige Frage gestellt, was sie nun tun sollte: ihre Höflichkeit hätte es wohl erfordert, sich zu Marie in den Schatten zu legen und ihr die Hälfte ihrer großen Decke als Unterlage anzubieten, doch ihr innerstes Bestreben war es, so weit wie möglich Abstand von dieser Frau zu halten und sich statt dessen im Kreis ihrer Freunde zu sonnen.

Sie legte rasch ihr Trägershirt und ihren kurzen Rock ab, unter dem sie bereits ihren knapp geschnittenen Bikini trug, und stürzte sich als erstes in den See. Ihr Ärger auf Simone war noch nicht verflogen. Sie wartete nur auf den rechten Augenblick, um mit ihr unter vier Augen zu reden.

Als Simone ebenfalls ins Wasser kam und gleich ein paar Längen hinausschwamm, schob Sarah ihre Furcht vor tiefen Gewässern beiseite und schwamm neben sie.

»Wieso hast du mir das angetan?«, prustete sie los. »Bist du verrückt geworden? – Ich wollte sie gerade loswerden, und du lädst sie hierher ein!«

Simone setzte ein überraschtes Gesicht auf.

»Was hast du denn? – Ich dachte, du wolltest sie dabei haben und bist deshalb mit ihr zur U-Bahn-Station gekommen! Ist doch auch egal.« Sie schaute zum Ufer, und Sarah folgte ihrem Blick. Marie hatte sich mittlerweile gegen die große, schattenspendende Eiche gelehnt und las in einem Buch, das sie offensichtlich in ihrer Leinentasche mit sich getragen hatte.

»Sieh doch, sie beschäftigt sich selbst. Es ist eigentlich komplett egal, ob sie dabei ist oder nicht. Sei doch froh, dass ich dir erspart habe, sie mühsam abzuservieren! Ich weiß doch, wie du sowas hasst. Und so komisch finde ich sie gar nicht. Eigentlich sieht sie nicht schlecht aus, und eigentlich wirkt sie nicht unsympathisch. Sie ist eben nur still. Vielleicht ist sie schüchtern.«

»Und eigentlich hast du noch nicht stundenlang mit ihr zusammen Zeit verbringen müssen. Und eigentlich kannst du es daher nicht wirklich beurteilen«, setzte Sarah in ärgerlichem Tonfall Simones Sätze fort.

»Gott, Sarah!« Simone verdrehte die Augen. »Mach doch nicht aus allem ein Drama. Du musst echt cooler werden.«

In diesem Moment flog Sarah ein großer Wasserball an den Kopf, den Markus in ihre Richtung geworfen hatte. Simone ergriff ihn mit einem begeisterten Aufschrei und bald waren sie in ein wildes Ballspiel verwickelt. Es wurde gelacht und geschrien, nur Sarah war für ihre Verhältnisse außergewöhnlich still und konnte nicht recht an der freudigen Tollerei teilhaben.

Sie fühlte sich schlecht. Es war einfach alles anders gelaufen als geplant.

Marie Felder musste doch mitbekommen haben, dass ihre Anwesenheit hier nicht vorgesehen war! Warum berührte sie das alles nicht? Warum ignorierte sie sämtliche Winke mit dem Zaunpfahl, fuhr trotzdem mit und saß nun unbeteiligt lesend unter dem Baum? Ließ wirklich alles in ihrer Umgebung sie unberührt oder tat sie nur so?

Sarah lag rund eine Stunde in der Sonne und versuchte zu

schlafen, doch Natascha, die nun mit ihrem Bruder eingetroffen war, rauchte eine Zigarette nach der anderen und hüllte ihre gesamte nähere Umgebung in Rauchwolken. Zudem versuchte Markus ständig, sich als engagierter investigativer Nachwuchsreporter in Szene zu setzen. Sarah wusste, dass er seit längerem ein Auge auf sie geworfen hatte, doch sie selbst hielt ihn für kindisch und unreif. Seine Art, ständig aus allem einen Witz zu machen, gefiel ihr nicht sonderlich, und es störte sie, dass er nie zuhören konnte. Als sie begriff, dass sie neben ihm nie Ruhe haben würde, stand sie auf, nahm ihre Decke und ihre Badetasche und entschuldigte sich: »Tut mir leid, Markus, aber ich muss mich etwas um Marie Felder kümmern.«

»Die liest doch eh«, bemerkte er lakonisch. Trotzdem wandte er sich sogleich Natascha zu und begann, ihr die neuesten Erlebnisse in der Chronik-Redaktion der Kronenzeitung zu berichten.

»Ich komme ein bisschen zu dir, wenn es dir recht ist.« Ohne Maries Antwort abzuwarten, breitete Sarah ihre große Decke neben ihr aus und legte sich in den Halbschatten.

Marie klappte ihr Buch zu und ließ ihren Blick offen über Sarahs Körper schweifen.

»Du bist schön«, sagte sie unvermittelt. Ihre Stimme klang rau.

Ob der Platzwechsel von Markus zu Marie wirklich eine so gute Idee gewesen war? – Sarah versteckte ihre Verunsicherung hinter einem Grinsen, von dem sie hoffte, dass es cool wirkte, und bot beherzt an: »Du kannst gerne zu mir auf die Decke kommen.« Es war eine rein barmherzige Geste. Sie hatte bemerkt, dass am Boden eine Ameisenstraße entlangführte, und sie konnte sich vorstellen, dass es alles andere als angenehm war, auf dem blanken Erdboden zu sitzen. »Es ist genug Platz«, schob sie nach, als sie Maries Zögern bemerkte.

Marie ließ sich nun tatsächlich neben ihr nieder, peinlich darauf bedacht, den Abstand zwischen ihnen zu wahren.

Sie nahm ihr Buch wieder zur Hand. Sarahs Blick fiel automatisch auf den Umschlag. »Was Gene können«, las sie und stutzte. Sie kannte das Buch sogar, hatte ihren Vater zu einer Lesung begleitet! Der Autor und ihr Vater kannten sich berufsbedingt seit langem, und er hatte ihm danach gesagt: »Du wirst zu populärwissenschaftlich, mein Guter.« Der Autor, Professor wie er selbst, hatte daraufhin nur gelacht.

»Was denkst du darüber?«, wollte sie nun von Marie wissen. »Glaubst du, dass alles genetisch bedingt ist?«

»Ich denke, dass die Gene viel determinieren, aber nicht alles ausmachen«, erwiderte Marie. »Folglich bin ich mit dem Autor einer Meinung.«

Überrascht, eine vernünftige und nahezu ausführliche Antwort erhalten zu haben, fragte Sarah weiter. »Aber was ist vererbt, und was machen Umwelteinflüsse aus?« Sie wurde mutiger. »Hohe Intelligenz zum Beispiel – wie bei dir, ist das reines Erbgut, oder ist es frühzeitige Förderung?«

»Meine Intelligenz«, wiederholte Marie Felder. Sie schien nachdenklich. Dann hob sie den Kopf und blickte Sarah direkt ins Gesicht. »Wer hat gesagt, dass ich intelligent bin?«

»Mein Vater«, gab Sarah ungeniert zu. »Er hält dich für ein Genie.«

Maries Mundwinkel verzogen sich, und sie gab ein eigenartiges Glucksen von sich. Sarah sah darin ein vages Zeichen dafür, dass Marie Felder diese Offenbarung amüsierte.

»Und, bist du das, ein Genie?« Sarah warf ihr ein kokettes Lächeln zu. Vielleicht gelang es ihr ja, sie aus der Reserve zu locken. »Hältst du dich selbst für hyperintelligent?«

»Ich weiß es nicht«, erwiderte Marie ernst. »Ich kann mir gewisse Dinge sehr gut merken. Vieles ist mir sofort klar, während sich andere noch den Kopf zerbrechen. Wenn du das als Intelligenz definierst, bin ich es wahrscheinlich.«

»Hast du mal einen IQ-Test gemacht?«

»Ja.«

»Und?« Sarah sah sie neugierig an.

»Ich bin anders«, entgegnete Marie dumpf.

Sarah sann über ihre Antwort nach und versuchte sie einzuordnen. Was sollte das nun wieder heißen? – Da sie es für zwecklos hielt, nachzufragen, wechselte sie das Thema.

»Du kannst übrigens gerne meinen zweiten Bikini haben. Magst du dich nicht auszuziehen? Es muss doch furchtbar heiß in den Kleidern sein.«

Marie schwieg und starrte in ihr Buch.

Sarah unterdrückte, wie so oft in ihrer Gegenwart, ein Seufzen. Kaum war das Gespräch einmal gut angelaufen, geriet es auch schon wieder ins Stocken. Es war einfach nicht möglich, mit dieser Frau normal zu kommunizieren.

»Magst du nicht?«, fragte sie trotzdem nach.

»Mir passt deine Größe nicht«, bekam sie nun zur Antwort.

»Ich habe Größe 34, du allenfalls 38, und Bikinis dehnen sich.« Sarah entschied, nicht locker zu lassen, ehe sie eine klare Antwort bekommen hatte. »Du könntest dann auch ins Wasser gehen. Oder willst du nicht?«

Die Antwort, die sie bekam, überraschte sie zutiefst.

»Ich kann nicht schwimmen.«

»Oh.« Sarah hatte noch nie jemand Erwachsenen kennengelernt, der nicht schwimmen konnte. »Du kannst dich ja dort abkühlen, wo es flach ist«, meinte sie schließlich. »Nahe beim Ufer kann man stehen.«

Marie blieb ihr die Antwort schuldig und war bereits wieder in ihr Buch vertieft. Sarah legte sich auf den Rücken.

»Darf ich auf dein Angebot mit dem Bikini zurückkommen?«, hörte sie plötzlich Marie Felders Stimme.

Überrascht hob sie den Kopf und setzte sich auf.

»Natürlich.« Sie kramte aus ihrer Badetasche ihren Zweitbikini hervor und reichte ihn Marie, die prompt das Oberteil gleich wieder zurückgab. »Das Höschen reicht«, sagte sie. »Ich behalte die Bluse an.«

»Wie du meinst«, erwiderte Sarah. Minuten später kam Marie ohne Rock, aber in Sarahs Bikini-Höschen zurück, und Sarah stellte fest, dass der Vergleich mit der behaarten Wasserspinne auf keinen Fall zutraf. Marie Felder hatte makellose, wenngleich auch sehr blasse Beine. Marie Felder hatte keinen besonders tollen Geschmack, wenn es darum ging, sich zu kleiden, doch sie war zweifelsohne eine gepflegte Frau.

»Ich bin bereit für ein Fußbad«, sagte sie unerwarteterweise. »Kommst du mit?«

Minuten später stand Marie bis zu den Oberschenkeln im Wasser, und Sarah plantschte um sie herum. Marie wirkte entspannt bis zu jenem Augenblick, in dem Markus und Michael mit lautem Gejohle an ihnen vorbeiliefen, sich ins Wasser platschen ließen und sogleich begannen, beide Frauen mit Wasser zu bespritzen.

»Spinnt ihr?«, kreischte Sarah empört, die sich plötzlich unangenehm gestört fühlte, während sich Marie einfach wortlos abwandte und ans Ufer ging. Sarah bespritzte Markus und Michael nun auch. Eine wilde Wasserschlacht begann. Der Spaß war jedoch vorbei, als Markus untertauchte, kurze Zeit später direkt hinter Sarah aus dem Wasser kam und den Verschluss ihres Bikinis öffnete.

»Was soll das?!« Sarah hielt ihr Oberteil fest und bedachte ihn mit einem ärgerlichen Blick. »Bist du verrückt geworden? Geht's dir noch gut?«

»Sei doch nicht so verklemmt«, maulte er ohne jede Entschuldigung. »Da ist doch nichts dabei. Es gibt hier viele Mädels, die oben ohne baden.«

»Ich aber nicht«, fauchte ihn Sarah an und versuchte ihr Oberteil wieder zu schließen. Es gelang ihr nicht. Eine Hand auf dem Rücken, watete sie durch das seichte Wasser und ging zu ihrem Platz zurück.

Marie hatte sich auf der Decke ausgestreckt und las. Als Sarah ihr Bikini-Oberteil für einen Moment ganz ablegte, um sich abzutrocknen, schien das Buch für Marie plötzlich weniger interessant zu sein als zuvor. Sie legte es beiseite und starrte Sarah ungeniert auf den Busen. Sarah beschloss, das zu ignorieren, und trocknete sich weiter ab.

»Du bist so schön, Sarah.« Maries Stimme war ein sanftes Flüstern.

Das war beim besten Willen nicht zu ignorieren.

»Das sagtest du heute bereits«, erwiderte Sarah abweisend und beeilte sich, das Oberteil wieder anzulegen.

Sie begann, sich mit Sonnenmilch einzuschmieren und schielte in Richtung der anderen. Simone sollte ihr den Rücken eincremen. Oder Natascha. Doch beide Mädchen waren im Wasser, und die einzigen zwei Menschen, die jetzt am Liegeplatz waren, waren Markus und Michael.

Sarah drückte Marie die Sonnenmilch in die Hand.

Das ist das geringere Übel, dachte sie sich, hatte aber kein besonders gutes Gefühl dabei.

»Bitte schmier mir den Rücken ein.«

Wenige Augenblicke später spürte sie Maries Hände auf ihrer Schulter. Ihre Berührung schien Sarah wie ein sanftes, massierendes Streicheln, und sie musste vor sich selbst zugeben, dass sie es genoss. Mit einem Mal glitten Maries Hände von hinten um ihre Taille und legten sich auf ihren Bauch. Sarahs Muskeln spannten sich, als sie zwei Daumen spürte, die sich sanft bewegten. Das zarte Streicheln ließ Sarahs Herz schnell und laut gegen ihre Brust klopfen. In ihrem Bauch machte sich ein eigenartiges Ziehen breit.

Marie, es ist gut jetzt, wollte sie sagen, doch das einzige, was sie hervorbrachte, war ein leises, hilfloses »Marie …«.

Maries Arme schlossen sich fester um ihre Taille. Eine Hand schob sich zu ihrem Nabel vor; ein Finger begann um den Delphin-Stecker zu kreisen. Sarah glaubte, ihr Herz würde jeden Augenblick zerspringen, als sie etwas Sanftes, Weiches zwischen ihren Schulterblättern spürte. Es war die Berührung warmer, feuchter Lippen.

»Sarah, kommst du mit, ein Eis holen!«

Abrupt zog Marie ihre Hände zurück. Sarah fühlte sich schlagartig nackt und auf seltsame Weise verloren. Simone hatte sich wie eine nasse, aber entschlossene Rachegöttin vor ihnen aufgebaut. Ihre Frage war kein Vorschlag gewesen, sondern ein Befehl. Sarah erhob sich benommen, fischte ihre Geldbörse aus ihrer Tasche und setzte sich in Bewegung.

Ihr Herz raste noch immer.

»Sag mal, was war denn da los?« Die Irritation in Simones Stimme war nicht zu überhören. »Hat sie dich etwa begrapscht?«

»Nein, Unsinn, sie hat mir nur den Rücken eingecremt«, erwiderte Sarah ausweichend und hoffte, Simone würde ihr den aufgewühlten Zustand, in dem sie sich befand, nicht anmerken.

»Sie hat dich aber beinahe geküsst!«, empörte sich Simone. »Hast du das nicht gemerkt?«

Sarah schüttelte den Kopf. »Sie hat mir den Rücken eingecremt«, wiederholte sie.

»Sarah, also, du bist wirklich naiv!« Simone schüttelte nun ebenfalls den Kopf. Dann senkte sie verschwörerisch die Stimme. »Ich sag's dir: mit der stimmt etwas nicht. Die ist irgendwie pervers. Oder lesbisch. Oder beides.«

»Unsinn«, widersprach Sarah. Ihr Herz beruhigte sich allmählich. »Wieso denn pervers?«

Simone blieb stehen und schaute sie irritiert an.

»Na, das ist doch klar«, meinte sie und schüttelte wieder den Kopf. »Wenn sie eine Lesbe ist, ist es ja schon schlimm genug. Aber eine über 30-jährige Frau, die eine 19-Jährige begrapscht, das ist ja schon irgendwie pädophil!«

Sie sagte das, als ginge es um eine Greisin.

Sie waren am Kiosk angelangt und kauften Eis für alle. Eines davon überreichte Sarah später Marie und wollte sich wieder bei ihr niederlassen, doch Simone zog sie energisch am Arm. »Du musst mal wieder an die Sonne«, sagte sie entschieden. »Hier im Schatten wirst du nur ganz blass und krank.«

Gegen 18 Uhr brachen sie auf. Wie auf dem Hinweg saß Sarah zwischen Marie und Markus, der sich jetzt mit Daniel munter über irgendein Computerspiel austauschte. Sie hörte nur mit halbem Ohr zu. In ihrem Kopf herrschte ohnehin ein gedankliches Durcheinander. Marie hatte, seitdem sie ihr das Eis überreicht hatte, fast nichts mehr gesprochen, saß nun reglos neben ihr und starrte aus dem Fenster. Sarah fühlte sich unwohl, weil sie Maries plötzliche Teilnahmslosigkeit darauf zurückführte, dass sie so abrupt mit Simone verschwunden war. Wenn sie sich da nicht ausgesprochen unhöflich verhalten hatte, wann sonst? – Doch je länger Sarah nachdachte, desto mehr wurde ihr klar, dass es nicht nur darum ging, unhöflich gewesen zu sein. Es ging ihr auch um Marie.

Sie hatten erstmals ein richtiges Gespräch geführt. Marie war freundlich zu ihr gewesen und hatte sich viel zugänglicher gezeigt als zuvor.

Und dann Maries Hände, als sie sich um ihren Bauch legten … Hatte Simone womöglich recht mit ihrer Theorie, dass sie lesbisch war?

Marie hatte ihr Komplimente gemacht. Aber gut, das sagte noch gar nichts. Die Frau war einfach etwas seltsam. Außer diesen Komplimenten gab es schließlich keinen Hinweis darauf, dass sie etwas von ihr wollte. Außerdem würde eine neue Mitarbeiterin ja wohl kaum die Tochter ihres Chefs anbaggern, die noch dazu überhaupt keine Neigungen in dieser Richtung hatte.

Marie hatte ihr nur den Rücken eingecremt.

Sarah hatte sich gerade selbst beruhigt, als sich Marie neben ihr leicht bewegte. Ihre Beine stießen aneinander, Haut an Haut. Maries Rock war etwas nach oben gerutscht. Ihre Haut fühlte sich warm und glatt an. Sarah wollte ihr Bein schnell fortnehmen, doch das hätte bedeutet, näher zu Markus rutschen, und das wollte sie schon gar nicht. Da war es doch besser, Marie so nahe bei sich zu haben.

So saß sie angespannt da, die Arme vor sich im Schoß, und fühlte, dass Marie sich leicht, fast unmerklich, gegen sie lehnte. Sie schaute jetzt nicht mehr mit unbewegter Miene aus dem Fenster, sondern auf Sarahs Beine. Sarah konnte wie in Zeitlupe beobachten, wie sich Maries Hand in die Richtung ihres Oberschenkels schob. Sie wusste, dass sich ihre Hände gleich berühren würden, und unternahm doch nichts, um es zu verhindern. Wie aus der Ferne betrachtete sie einfach nur, was geschah.

Als sich Maries Finger um ihre linke Hand schlossen, traf sie der unerwartete warme Schauder dennoch wie ein Blitz. Es fühlte sich an, als hätte sich soeben ein Energiekreis geschlossen. Alles floss, warm, gleichmäßig und auf seltsame Art vertraut.

Sie wehrte sich nicht, als Marie ihre Hand sanft zu sich herüberzog und ihren weiten Rock darüber legte.

Sarah schaute starr geradeaus. Ihr Herzschlag hatte sich wieder beschleunigt.

Sie warf einen ängstlichen Seitenblick auf Markus. Was war, wenn es jemand mitbekam, dass Marie unterm Rock ihre Hand streichelte und ihr dabei den Unterschenkel ans Bein presste? – Sarah dachte an Simones entsetzte Reaktion, als sich Maries Hände vorhin um ihre Taille gelegt hatten. Was würde sie Simone sagen, wenn sie entdeckte, was Marie jetzt gerade tat?

Doch Simone hatte sich nun in das Gespräch über die neueste Spielesoftware eingeschaltet und achtete im Moment gar nicht weiter auf die beiden anderen im Fond. Und so verharrte Sarah bewegungslos und ließ es zu, dass Marie ihr den Handrücken streichelte, während ihr Herz raste und ihr Kopf wie leer war.

»Sarah!« Simones drängende Stimme riss sie aus ihrem Betäubungszustand. »Markus hat dich etwas gefragt.«

»Wie, was?« Entsetzt schaute Sarah erst zu Simone, dann zu Markus. »Was denn?«

Marie hielt ihre Hand noch immer in der ihren.

»Wann dein Auto wieder intakt ist«, gab Markus Auskunft. »Das war doch ein echt geiler Wagen.«

»Mein Vater hat das Auto an die Werkstatt verkauft, zum Ausschlachten«, erwiderte Sarah. »Die Reparatur hätte sich anscheinend nicht gelohnt. Der Mechaniker hat was von Achsenbruch gesagt.«

»Das schafft auch nur Sarah: beim Autounfall einen Totalschaden fabrizieren«, amüsierte sich Daniel, und Sarah ärgerte sich insgeheim. Wie gut kannte Daniel sie nach zwei Monaten eigentlich, um so etwas behaupten zu können?

»Kriegst du jetzt dann wieder so ein geiles Mini-Cabrio?«, erkundigte sich Markus neugierig.

»Es war nicht mein Auto«, stellte Sarah klar. »Es war der Zweitwagen meines Vaters.«

»Ja, und ihr lebt zu zweit im Haushalt«, erwiderte Simone sarkastisch. »Ob Zweitwagen oder dein Auto – das ist in diesem Fall dasselbe.«

Sarah sah das anders, sagte aber nichts. Marie hatte wieder begonnen, ihren Handrücken zu streicheln, und die Hitze in Sarah wuchs mit jedem Streicheln mehr. Sie hatte das Gefühl, dass sogar das Atmen allmählich schwierig wurde.

»Und wann schafft sich dein Vater wieder einen Zweitwagen an?« Markus betonte das Wort »Zweitwagen« so süffisant, dass es nicht zu überhören war.

Sarah wollte antworten, doch Simone kam ihr zuvor: »Na, dann, wenn Sarah oft genug mit Frau Felder ausgegangen ist und ihr die ganze Stadt gezeigt hat!«

Marie hörte auf, ihre Hand zu streicheln.

Sarahs Herz krampfte sich zusammen. Wie konnte Simone nur so etwas sagen? Bevor sie protestieren konnte, redete Simone schon weiter.

»Sarahs Papa hat ihr das als Bedingung auf das Auge gedrückt, damit sie wieder einen fahrbaren Untersatz bekommt. Wahrscheinlich richtet sich die Größe des Wagens nach dem Grad der Zufriedenheit von Frau Felder mit dem Unterhaltungsprogramm, das ihr Sarah bietet.«

Marie ließ schlagartig ihre Hand los.

Simone lachte über ihre eigenen Worte, und Markus und Daniel stimmten herzhaft in das Gelächter ein.

»Dann streng dich an, Sarah«, meinte Markus grinsend. »Es muss mindestens wieder ein Mini-Cabrio sein; mit was Geringerem sind wir nicht zufrieden.«

»Ich glaube, da musst du dir keine Sorgen machen«, entgegnete Simone wie aus der Pistole geschossen. »Sarah hat sich heute mit ganzem Einsatz darum bemüht, dass Frau Felder das volle Programm bekommt. Nicht wahr, Sarah?«

Sie drehte sich zu ihr um und zwinkerte ihr belustigt zu.

Sarah fühlte sich nur elend. Und weil sie sich so elend fühlte, gelang es ihr nicht einmal, Simone mit dem tödlichen Blick zu treffen, den sie ihr gedanklich zudachte.

Obwohl sie sich nicht mehr berührten, fühlte sie, dass Marie starr geworden war. Sie schien sich komplett in sich zurückgezogen zu haben, hatte sich zur Fensterseite gedreht und sprach auch für den Rest der Fahrt kein Wort.

»Du solltest mir dankbar sein, anstatt mir Vorwürfe zu machen«, empörte sich Simone. Sarah war mit ihr alleine in der Wohnung von deren Eltern, in Simones geräumigem Zimmer. Seit vor zehn Minuten die Türe hinter ihnen ins Schloss gefallen war, hatte Sarah ihr Vorhaltungen wegen ihrer Lästereien über Marie Felder gemacht.

»Dich haben diese Treffen doch sowieso genervt! Ich weiß noch sehr gut, wie du dich letzten Sonntag darüber beklagt hast. Und ich kann das jetzt auch gut verstehen, nachdem ich diese Frau selbst erlebt habe. Hast du bemerkt, wie unbeholfen sie sich manchmal umsieht? – Als wäre sie nicht von dieser Welt! Sie ist wirklich eigenartig. Sei doch froh, dass ich für Klarheit gesorgt habe und sie dich jetzt in Ruhe lässt.«

»Ich will niemanden verletzen«, erwiderte Sarah und ließ sich auf Simones Bett sinken. Sie kam sich unverstanden vor und fühlte sich wegen des Vorfalls noch immer schlecht.

»Nein, du lässt dich lieber angrapschen!«, kommentierte Simone sarkastisch.

Sarah dachte an Maries Berührungen und die seltsamen Gefühle, die sie bei ihr erzeugt hatten. Die Scham über das, was sie dabei empfunden hatte, überrollte sie wie eine Woge. Sie kämpfte mit den Tränen.

Simone hatte recht. Sie hatte sich wirklich angrapschen lassen und nichts dagegen unternommen.

»Ich hab das heute doch nur für dich getan, Sarah!« Simone ließ sich ebenfalls auf dem Bett nieder und legte den Arm um Sarahs Schultern. Ihre Stimme klang deutlich milder, als sie fortfuhr: »Mensch, glaubst du, ich habe nicht mitbekommen, dass sie auf der Rückfahrt schon wieder an dir herumgefingert hat? – Du warst ja komplett unter Schock, wie gelähmt – ich hab doch bemerkt, wie blass du warst! Du hast dich kaum mehr zu bewegen getraut, geschweige denn, Widerstand zu leisten!«

Sarahs Tränen flossen nun in feinen Rinnsalen aus ihren Augen. Sie begann zu schluchzen, ohne genau zu wissen weshalb, und lehnte sich dankbar gegen Simones Schulter.

Simone nahm sie tröstend in die Arme und sprach beruhigend auf sie ein. »Komm, Sarah … ist nicht so schlimm. Es ist jetzt vorbei. Alles wird gut. – Du hast halt wenig Übung mit solchen Situationen, und deshalb bist du so paralysiert, wenn dann so etwas passiert. – Du brauchst einfach so bald wie möglich einen netten Freund, der dein Selbstbewusstsein stärkt, und dann wirst du insgesamt cooler und findest die richtigen Worte, wenn dich nächstes Mal jemand belästigt.«

»Ich werde nie einen Freund finden«, brach es aus Sarah hervor, und sie wusste selbst nicht, warum sie das sagte. Vielleicht, weil es das war, was sie in diesem Moment fühlte?

»So ein kompletter Unsinn!«, begehrte Simone auf. »Du gehst jetzt erstmal unter die Dusche, und dann machen wir uns schick und gehen gemeinsam ins ›Q15‹. Und dann helfe ich dir, einen feschen Typen aufzureißen!«

Dass Simone äußert hartnäckig sein konnte, wenn sie einmal einen Plan gefasst hatte, wusste Sarah aus Erfahrung. Doch mit welchem Stress dies für sie persönlich in diesem Fall verbunden war, begriff sie erst, als Simone ihr abends den dritten Jungen vorstellte und sie immer drängender animierte, sich länger mit den jeweiligen Kandidaten zu unterhalten.

Der Kandidat, der jetzt vor ihr stand, hieß Mario, war Halbitaliener, aber in Wien aufgewachsen, studierte Medizin und war zwei Jahre älter als sie. Dass sie ihm gefiel, war nicht zu übersehen: Er machte ihr elegante Komplimente und fragte sie interessiert über ihr Studium und ihre Interessen aus. Sarah fand ihn nicht unsympathisch, aber das war auch alles, was sie empfand. Als er von sich erzählte, flogen ihre Gedanken automatisch zu Marie Felder, und sie fühlte wieder Schuldgefühle in sich aufsteigen.

Es war nicht fair gewesen, sie so zu verletzen! Marie hatte sich schließlich ihr gegenüber immer anständig verhalten und durchaus mit ihrem Einverständnis berührt. Sie aber hatte zugelassen, dass Simone schreckliche Dinge sagte.

Und während sie darüber nachdachte, wie sie ihre Treffen mit Marie ins rechte Licht rücken und Simones radikalen Fehleinschätzungen hätte Einhalt gebieten können, kam ihr noch ein zweiter Gedanke, der ihre ersten reumütigen Überlegungen im Grad der Entsetzlichkeit noch weit in den Schatten stellte: Sie hatte den Auftrag gehabt, Marie ein gutes Gefühl zu vermitteln, damit sie das Forschungsprojekt für die nächsten Jahre unterstützte. Womöglich würde sie den Vertrag nun nicht unterschreiben und wieder fortgehen! Sarah hoffte nur, dass ihr Vater nie erfahren würde, zu welchem Vorfall es im Auto gekommen war.

»Und, was hältst du davon?«

Marios sonore Stimme riss sie aus ihren Überlegungen. Erschrocken zuckte sie zusammen.

»Entschuldige«, stammelte sie. »Ich ... ich ... die Musik, ich habe dich nicht gehört.«

Er grinste und nahm einfach ihre Hand.

»Gehen wir nach draußen, hier ist es so laut.«

Er zog sie mit sich, an Simone vorbei, und Sarah sah aus den Augenwinkeln, dass Simone zufrieden lächelte. Zumindest eine von uns ist zufrieden, dachte sie.

Vor dem »Q 15« war es deutlich ruhiger. Die Musik war hier nur gedämpft zu hören; bis auf wenige junge Leute, die in Gruppen zusammenstanden und offensichtlich Luft schnappen wollten, war der Vorplatz fast menschenleer. Auf einem Mauervorsprung saß ein Liebespaar und knutschte. Sarah fühlte sich auf einmal unwohl.

»Ich hab dich gefragt, ob du morgen mit mir am Neusiedler See segeln willst, Sonnenschein.«

Sie wollte es nicht. Ganz und gar nicht. Schließlich kannte sie ihn noch keine sechzig Minuten.

»Ich muss morgen arbeiten«, sagte sie, und war froh, dass sie nicht einmal zu lügen brauchte.

»Dann übermorgen«, schlug er unbeirrt vor.

»Da muss ich …«, ihr fiel so schnell keine passende Ausrede ein, »… auch arbeiten.«

Als er ansetzte, darauf erneut etwas zu sagen, setzte sie rasch hinzu: »Es ist die ganze Woche schlecht; ich arbeite jeden Tag.«

»Schade.« Mario wirkte aufrichtig enttäuscht. »Und auch abends?«

»Der Job ist sehr anstrengend. Ich bin abends total erledigt.«

Bilder aufhängen, Kundenadressen ordnen, Briefumschläge etikettieren oder Einladung für Vernissagen verschicken fiel sicher in die Kategorie »hochgradig anstrengend«. Sarah hoffte, dass er nicht weiter danach fragte, was genau sie arbeitete.

Ihre Hoffnung wurde erfüllt.

»Dann also am Wochenende«, sagte er. »Am besten, wir machen gleich etwas aus, dann kommt nichts dazwischen.«

Sarah kam sich vor, als würde sie in ein Korsett gepresst, in dem sie kaum mehr Luft bekam. »Es ist mir lieber, wenn wir uns vorher anrufen«, sagte sie.

»Okay, dann gib mir deine Handynummer.«

Nur widerwillig nannte sie die Nummer und hatte nur noch den Wunsch, schnellstmöglich nach Hause zu fahren.

»Ich muss jetzt gehen«, sagte sie hastig. »Es ist schon spät.«

»Nicht so schnell, mein Sonnenschein.« Er griff blitzschnell nach ihrer Hand und zog sie zurück. Ehe Sarah wusste, wie ihr geschah, fühlte sie seine Lippen auf den ihren und seine Zunge in ihrem Mund. Sie dachte an ihr Gespräch mit Simone, und dass sie wirklich einen netten

Freund brauchte, und küsste ihn zurück. Als er sie umarmte, erwiderte sie seine Umarmung mechanisch.

Nach einer Zeit, die ihr vorkam wie eine Ewigkeit, machte sie sich mit sanfter Gewalt von ihm frei.

»Ich muss jetzt wirklich heim«, sagte sie.

»Wirklich schade. Aber ich freue mich auf unser gemeinsames Wochenende, Sonnenschein!«

Sarah erwiderte nichts darauf.

Als sie im Taxi nach Hause saß, dachte sie daran, wie wenig dieser Kuss doch dem entsprochen hatte, was mit Verliebtsein zusammenhing. Weiche Knie. Sterne am Himmel. Herzklopfen. Nichts davon hatte sie gespürt. Marios Zunge hatte sich wie ein Klumpen Fleisch in ihrem Mund angefühlt, und sein salopper Drei-Tage-Bart hatte ihr auf der Haut gekratzt. Es war rundum ein enttäuschendes Erlebnis gewesen.

Sie hatte ein Bild fallen gelassen, bei dem prompt der Rahmen gesprungen war, die Kundenadressen falsch einsortiert und die Einladung an Frau von Bülow-Trube in das Kuvert von Hofrat Meyers gesteckt. Zum Glück war ihrer Tante der Irrtum noch aufgefallen, ehe die Kuverts zugeklebt waren. Gemeinsam sahen sie sich die über 200 Einladungen zur »Alte Meister«-Vernissage durch und entdeckten drei weitere Kuverts, die einen anders adressierten Brief zum Inhalt hatten.

Als Sarah schließlich die Briefe zur Post bringen wollte, jedoch ohne den Packen aus der Tür stürmte, ihren Lapsus erst zwei Meter hinter der Türschwelle bemerkte und wieder zurückkehrte, hielt ihre Tante sie auf.

»Was ist denn heute mit dir los?«, fragte sie irritiert. »Du bist doch sonst nicht so zerstreut.«

»Entschuldige«, sagte Sarah. »Ich hab wahrscheinlich schlecht geschlafen.«

»Bist du etwa zu spät ins Bett gekommen?«

Sarah seufzte innerlich. Sie mochte ihre Tante Irene, die für sie eine Art Ersatzmutter geworden war. Am liebsten hätte sie ihr erzählt, dass eine Frau sie zärtlich berührt hatte, dass Simone sich übel verhalten hatte und dass Marios Kuss ein voller Reinfall gewesen war. Das waren die Dinge, die in ihrem Kopf kursierten – und genau in dieser Reihenfolge. Sie wollte ihr gerne das Herz ausschütten, doch sie konnte es nicht. Ihre Tante hätte komplett entsetzt reagiert und wäre sehr beunruhigt gewesen. Obendrein hätte sie sofort Sarahs Vater angerufen und ihm erzählt, dass seine Mitarbeiterin sich an seine unschuldige Tochter heranmache. Er würde garantiert ausrasten, Marie erst zur Schnecke machen und dann kündigen ...! Wann immer sie an Marie dachte, übermannten sie schlimme Schuldgefühle.

»Wahrscheinlich bin ich wirklich zu spät ins Bett gekommen«, meinte sie vage. »Tut mir leid, Tante Irene. Am Mittwoch bin ich ausgeschlafen. Versprochen.«

Am Donnerstag kam ihr Vater nach Hause und öffnete eine Flasche Sekt. »Ein kleiner Freudenumtrunk, Prinzesschen!«

Sarah sah ihn überrascht an. »Prinzesschen« nannte er sie gewöhnlich nur dann, wenn er ganz besonders guter Laune war. Seit dem Tod ihrer Mutter war das nicht mehr besonders oft vorgekommen.

»Was gibt es denn zu feiern?«, erkundigte sie sich skeptisch, als er ihr ein volles Glas reichte. Sie selbst war ganz und gar nicht in Feierstimmung, im Gegenteil. Nicht nur, dass sie noch immer an den Vorfall vom Wochenende dachte, sondern auch, weil sie ein höchst unangenehmes Telefongespräch mit Simone hinter sich hatte.

»Ich verstehe nicht, warum du dich nicht mit Mario verabredet hast! So laufen dir die besten Männer weg«, hatte sie gesagt. »So wird das nie etwas mit dir, Sarah!«

Dass Sarah Marios Kuss, milde ausgedrückt, nicht sehr toll gefunden hatte, konnte die Freundin dagegen sogar verstehen. »Manche Männer küssen eben verdammt schlecht«, hatte sie wissend erklärt. »Und am Anfang ist sowieso nichts besonders toll. Du weißt ja: Mein erstes Mal war schrecklich. Aber inzwischen bin ich richtig scharf drauf.«

Simone hatte ihre Unschuld mit fünfzehn am Strand von Bibione auf der Toilette einer Stranddisko an einen italienischen Automechaniker verloren. Ungünstigerweise waren sie mittendrin auch noch vom Diskobesitzer überrascht worden, der sich daran störte, dass die einzige Toilette so unverhältnismäßig lange besetzt war.

Simone hatte Sarah gleich am nächsten Tag angerufen und ihr unter Tränen die gesamte Geschichte erzählt – unter anderem auch, dass Marco, der italienische Automechaniker, sie unmittelbar danach einfach stehenließ und sie ab da ignorierte.

Sarah konnte sich nicht vorstellen, ihre Unschuld auf einer Toilette zu verlieren, und noch dazu an einen Kerl, der sie absehbar stehenließ. Aber im Grunde konnte sie sich nach ihrem Kusserlebnis mit Mario noch weniger vorstellen, dass es überhaupt je zu diesem vielbesprochenen, mythenumrankten Ersten Mal kommen würde. Sie war immerhin fast zwanzig. Wenn es bis jetzt noch nicht passiert war, wann dann? Als ihr Vater ihr mit strahlenden Augen zuprostete und offensichtlich in einer Wolke von Glück schwebte, fühlte sie sich wahrhaft wie eine alte Jungfer.

»Marie Felder hat endlich den Vertrag unterschrieben!«, jubilierte Adam Rosenberg.

Sarah verschluckte sich fast am Sekt. »Was … wieso denn?«

Er runzelte kurz die Stirn. »Wieso denn nicht? Was ist denn das für eine Frage? Offensichtlich gefällt ihr inzwischen der Gedanke, die nächsten Jahre in Wien zu wohnen.« Er stellte sein Sektglas auf den Tisch und umarmte sie herzlich. »Vielen Dank für deine Unterstützung. Ich weiß doch, wem ich das zu verdanken habe! Du hast sehr viel für mich getan, weil du dich so gut um sie gekümmert hast.«

Sarah schluckte nur und fühlte sich schrecklicher denn je.

»Weißt du, Prinzesschen …« Ihr Vater strahlte sie an. »Wir sollten über einen neuen Zweitwagen reden. Es ist doch auf Dauer recht mühsam, wenn du immer auf den Bus warten musst, der hier alle heiligen drei Zeiten kommt. Ich glaube, ein Mini wird es zwar nicht mehr werden, aber vielleicht tut es fürs Erste ja ein gebrauchter Fiat. Oder was hältst du von einem flotten Japaner?«

»Eigentlich möchte ich kein Auto mehr«, sagte Sarah und bemühte sich, so überzeugend wie möglich aufzutreten. Simones hämische Worte waren ihr präsenter denn je. »Das Benzin wird eh immer teurer, und mit den Öffis komme ich ja auch ganz gut überall hin.«

Ihr Vater sah sie ungläubig an. »Bist du dir sicher? – Das ist doch mühsam, so ganz ohne Auto. Oder hast du jetzt nach dem Unfall Angst, wieder selber am Steuer zu sitzen?«

Sarah schüttelte den Kopf. »Nein, es hat andere Gründe. Ich möchte es einfach nicht.«

»Okay, wenn du meinst.« Ihr Vater schenkte sich zufrieden lächelnd ein zweites Glas Sekt ein. »Ist es nicht herrlich, dass Marie Felder endlich unterschrieben hat? – Ich kann es noch immer kaum glauben.«

Sarah konnte es auch nicht glauben, nach allem, was passiert war. Doch sie behielt ihre Gedanken für sich und fragte stattdessen das, was ihre Seele quälte: »Hat sie eigentlich mal etwas über mich gesagt, in den letzten Tagen?«

»Nein, Sarah, wieso fragst du?«

»Nur so … ich wollte nur wissen, ob ich mir beispielsweise nächsten Sonntag wieder freihalten soll.«

»Nein, natürlich nicht.« Ihr Vater lachte. Er war wirklich bester Stimmung. »Am Samstag kommt sie doch sowieso zu uns.« Als er ihren verdutzten Gesichtsausdruck bemerkte, schob er nach: »Aber du weißt doch, Sarah – das Gartenfest! Da ist immer mein ganzes Team eingeladen.« Als er ihren mangelnden Enthusiasmus bemerkte, ergänzte er eilig: »Natürlich ist das kein Pflichttermin für dich. Das Catering ist schon bestellt, du musst dich um nichts kümmern und kannst mit deinem Samstagabend anfangen, was du willst. Aber natürlich bist du herzlich willkommen.«

Sarah nickte nur.

»Ich werde darüber nachdenken«, sagte sie dann, und fühlte sich nicht besser als zuvor.

Sie war erleichtert gewesen, eine wirklich gute Ausrede zu haben, um Mario für Samstagabend abzusagen. Er war enttäuscht gewesen und hatte sie so lange beschwatzt, bis sie eingewilligt hatte, sich dafür am Sonntag mit ihm zu treffen. Sie hatten vereinbart, am Vormittag noch einmal zu telefonieren, um – je nach Wetterlage – zu besprechen, was sie am Nachmittag unternehmen wollten.

Sie sah diesem Treffen mit gemischten Gefühlen entgegen, weil sie die Vorahnung hatte, dass sie sich dadurch nur wieder ein Problem mehr aufhalsen würde. Was sollte sie tun mit einem Mann, der Feuer gefangen hatte, während er sie absolut kalt ließ?

Neben diesem Problem gab es jedoch ein viel größeres, und das trug zu blonden, offenen Locken an diesem Tag sogar ein tailliertes, langes Sommerkleid in einer passablen Farbe. Olivgrün. Marie Felder war der dritte Gast, der eingetroffen war, wie immer pünktlich bis auf die Minute. Sie begrüßte Adam Rosenberg steif, aber freundlich, und Sarah, die direkt neben ihm stand, ebenso. Es war, als ob sie sich nie zuvor gesehen hätten.

Während ihr Vater Marie und einen Kollegen, der unmittelbar nach ihr eingetroffen war, in den Garten begleitete, erteilte Sarah den Catering-Lieferanten letzte Anweisungen, wie und wo genau sie das kalte Buffet drapieren sollten.

Sie hatte lange darüber nachgedacht, wie sich Simones Aussagen in ein Licht rücken ließen, in dem sie sich ohne Peinlichkeit und Schuldgefühle bewegen konnte. Doch sosehr sie nach plausiblen Erklärungen für Simones saloppe Sprüche suchte – sie war immer wieder auf den Punkt zurückgekommen, der die Ursache allen Übels barg. Sie hatte Marie verraten. Woher sollte Simone denn wissen, wie sehr ihr die Treffen mit Marie auf die Nerven gegangen und wie sehr sie sie als Pflichtübung gesehen hatte, wenn nicht von ihr selbst?

Marie mochte in einiger Hinsicht merkwürdig sein, doch sie war alles andere als dumm. Es musste ihr sonnenklar sein, woher Simones Äußerungen rührten.

Weitere Gäste kamen. Das Sommerfest nahm seinen Lauf. Sarah unterhielt sich mal hier, mal dort und musterte immer wieder verstohlen Marie, die nur gelegentlich mit einem der Kollegen aus dem Institut sprach. Sie gab sich auch hier wortkarg und Sarah hatte den Eindruck, dass sie sich regelrecht zwingen musste, nicht davonzulaufen.

Die Zeit verstrich Stunde um Stunde, es wurde schließlich dämmrig und dann bewölkt. Irgendwann wurden die Wolken schwarz. Die Gäste flüchteten in das geräumige Wohnzimmer. Sarah und einige jüngere Kollegen aus dem Institut schafften die Reste des Buffets nach innen, ehe sie in dem sintflutartigen Regen untergingen, der mit einem Mal vom Himmel stürzte. Sarah, die sich als Tochter des Gastgebers beim Hereintragen von Schüsseln und Platten engagierte, war im Handumdrehen nass wie ein gebadeter Hund.

Sie wollte gerade nach oben in ihr Zimmer gehen, um sich umzuziehen, als sie registrierte, wie Marie auf ihren Vater zusteuerte. Ihre Absicht schien eindeutig: Sie wollte sich verabschieden.

Sarah kämpfte mit sich. Zwar wusste sie immer noch nicht, was sie sagen sollte, doch sie wollte auf keinen Fall, dass Marie ohne ein weiteres Wort verschwand. Vor allem musste sie sich unbedingt entschuldigen! Und sie wollte … ja, was wollte sie eigentlich? Sie wusste es auch dann noch nicht, als sie ihren ganzen Mut zusammennahm, zu ihr ging und sie zum ersten Mal an diesem Abend direkt und persönlich ansprach.

»Marie, bitte geh noch nicht. Ich muss mit dir reden!« Ihre Worte kamen hastig, fast atemlos über ihre Lippen.

Sie hatte mit Widerstand gerechnet oder zumindest mit einem abweisenden Blick. Doch Marie sagte einfach nur in komplett neutral klingendem Tonfall: »Gut.«

»Gehen wir in mein Zimmer, bitte?«

Sarah schloss die Türe hinter sich. Sie war nervös. Noch immer wusste sie nicht, wie sie anfangen sollte. Sie deutete auf ihren Schreibtischstuhl, neben dem Bett die einzige Sitzmöglichkeit in ihrem Zimmer.

»Bitte nimm Platz.«

Sie selbst setzte sich auf ihr Bett.

Warum blieb Maries Miene oft so ausdruckslos? Und warum konnte Marie sie nicht wenigstens jetzt einfach anschreien oder ihr zumindest schonungslos sagen, dass sie sie für ein Miststück hielt und auf sämtliche Erklärungen verzichtete? – Sarah hätte jede Reaktion verstanden. Alle außer der, dass Marie einfach nur da saß, mit verschränkten Händen, und auf ihre Hände starrte.

Sie atmete tief durch.

»Marie. Ich weiß, du hast das denkbar schlechteste Bild von mir, und wahrscheinlich liegst du mit allen Gedanken, die du über mich hast, absolut richtig. Ja, ich habe mich komplett falsch verhalten, und ja, es war charakterlich absolut mies, verurteilenswert und böse. Aber bitte glaub mir: Ich wollte dich nicht verletzen. Es war nie meine Absicht, dich in irgendeiner Form zu kränken. Ich wollte dir niemals den Eindruck vermitteln, dass die Treffen mit dir eine lästige Verpflichtung sind.«

Sie war den Tränen nahe. Was sollte sie noch sagen?

»Marie, ich ...«, begann sie von Neuem – und wurde abrupt unterbrochen.

»Ich weiß.« Maries Tonfall klang weiterhin absolut neutral. Sie stand auf, drehte sich zu Sarahs CD-Regal und wandte ihr damit den Rücken zu. Doch sie sprach weiter. »Ich weiß das alles, Sarah. Ich weiß, dass du mich nicht verletzen wolltest. Ich weiß auch, dass du niemals gewollt hättest, dass ich von der Sache mit dem Auto erfahre. Dass du also eine großzügige Belohnung für unsere Treffen bekommst.«

»Marie, ich ... das mit dem Auto ist nicht so! Ich ...«

Sie wurde unterbrochen.

»Bitte, lass mich ausreden«, sagte Marie. »Es ist mir egal, ob du etwas dafür bekommst, dass du dich mit mir triffst. Ich hatte seit unserem ersten Treffen nicht angenommen, dass du dich mit mir verabredest, weil es dir solche Freude macht. Das kann ich nicht erwarten. Ich bin mir absolut darüber bewusst, dass es für dich mühsam ist, so wie es für jeden Menschen mühsam ist, mit mir zu kommunizieren. Es ist auch für mich mühsam, Sarah.«

Sie drehte sich um und sah Sarah, die noch weniger verstand als zuvor, mit der für sie typischen Ernsthaftigkeit und Starrheit in den Gesichtszügen an.

»Es ist für mich Tag für Tag mühsam, mit anderen Menschen zusammen zu sein – mit ihnen zu reden, auf sie einzugehen, Dialoge zu führen. Es kostet mich viel Energie, und ich weiß, sosehr ich mich auch bemühe, es wird niemals vollkommen gelingen – oder auch nur normalen Gesprächsstandard erreichen. Ich kann mich sehr gut auf meine Arbeit konzentrieren, auf interessante Dinge ... wie Zellen, wie Chromosomen, wie DNA-Bestandteile ... Dinge, die nicht sprechen und Emotionen äußern, die ich nicht interpretieren kann und die mich verwirren. Deshalb bin ich so gut in dem, was ich tue – weil es nichts gibt, das mich ablenkt. Aber etwas anderes gibt es für mich nicht. Zu anderem bin ich nicht wirklich fähig.«

Sarah war komplett durcheinander. Sie konnte nicht einordnen, wovon Marie hier sprach, und sie versuchte zu verarbeiten, dass Marie plötzlich fähig war, so viele Sätze am Stück zu sprechen. Schon allein das schien ihr den Inhalt ihrer Worte zu widerlegen. »Warum sagst du, du könntest nicht kommunizieren, wenn du es gerade tust?«

»Ich sage nur, was ich dir sagen wollte«, stellte Marie klar. »Jetzt bin ich am Ende meines Textes und damit auch am Ende mit dem, was ich dir noch sagen könnte. Es ist aber so: Dass ich nicht weiß, was ich dir noch sagen könnte, liegt daran, dass ich gar nicht weiß, ob du nervös bist, ob du traurig bist, ob du dich noch immer schuldig fühlst. Ich weiß nicht, was in dir vorgeht.«

Natürlich nicht, dachte Sarah. Wer kann schon hellsehen?

»Was glaubst du denn, was in mir vorgeht?«, sagte sie. Ihre Stimme klang dünn und unglücklich. Sie verstand noch immer nicht, auf was Marie eigentlich hinaus wollte.

»Ich weiß es nicht, Sarah. Ich weiß es nicht.«

Marie bedachte sie mit einem ernsten, aber auch traurigen Blick.

»Ich weiß es wirklich nicht«, wiederholte sie leise. »Leuten wie mir fehlt die Fähigkeit, das zu erkennen.«

Leuten wie ihr? – Sarah verstand immer weniger. Sie fühlte sich verwirrt und elend zugleich. Sie hatte auf ein klärendes Gespräch gehofft, stattdessen herrschte mehr Chaos als zuvor.

Marie trat auf sie zu, kauerte sich in Hockstellung vor sie und nahm ihre Hände in die ihren.

Obgleich sie zunächst nichts sprachen, fühlte sich Sarah sofort besser. Es war wie auf der Autofahrt vor knapp einer Woche: Mit Maries Berührung schloss sich ein unsichtbarer Energiekreis, der sie eng miteinander verband.

»Ich verstehe nicht, was du mir sagen willst«, sagte Sarah schließlich leise und suchte vergeblich eine Regung in Maries unbewegten Gesichtszügen. »Willst du mir ... willst du mir sagen, dass du irgendwie ... anders bist?«

»Ja. Ich bin allerdings anders. Meine Mutter nannte es: Marie lebt in ihrer eigenen Welt.«

Da Sarah eigentlich eine andere Antwort erwartet hatte, traf sie Maries Umschreibung überraschend. Fragend riss sie die Augen auf.

»Was meinte sie damit?«

Marie ließ ihre Hände los und setzte sich zu ihr auf das Bett. »Weißt du, was Autisten sind?«

Sarah runzelte die Stirn. »So etwas wie *Rain Man*?«

»So ähnlich.«

Sarah dachte nach. Sie erinnerte sich nur noch undeutlich an den Film, den sie vor Jahren gesehen und der sie nicht sonderlich beeindruckt hatte. Umso mehr beeindruckt hatte sie dagegen eine Reportage über einen anderen Autisten, der eine sogenannte Inselbegabung hatte und eine ganze Stadt als Luftbildaufnahme nur aus dem Gedächtnis heraus malen konnte. Dagegen war er nicht in der Lage, mit anderen Menschen zu reden. Er sprach einfach nichts.

»Willst du mir sagen, dass du autistisch bist? – Tut mir leid, aber das nehme ich dir nicht ab, Marie! Dafür bist du einfach zu normal.« Unweigerlich dachte sie an den Tag am See.

»Sarah.« Marie ergriff wieder ihre Hände. »Nicht alle Autisten sind gleich. Es gibt spezielle Formen. Das, was ich habe, heißt Asperger-Syndrom. Ich bin auf der einen Seite hochbegabt ... begabter als andere ..., ich kann mir vieles gut merken und mich sehr in meine Arbeit vertiefen. Aber ich kann schlecht mit Leuten kommunizieren. Mir fehlt die Fähigkeit, Emotionen zu erkennen und selbst zu zeigen. Ich kann mich deshalb nur schwer mit anderen unterhalten. Oft verstehe ich Fragen nicht als Fragen, und wenn ich antworte, sage ich manchmal Dinge, die seltsam klingen. Das macht mich zu einer sonderbaren Gestalt, von der die meisten Menschen Abstand halten. Ich weiß das. Du hast dich ganz normal verhalten. Ich würde wahrscheinlich auch nicht gerne mit mir beisammen sein, wenn ich die Wahl hätte. Leider habe ich sie nicht.«

Marie hatte nüchtern und mit ihrer üblichen monotonen Stimme gesprochen, ohne Bedauern, ohne Selbstmitleid. Vielleicht war es gerade dieses unerschütterliche, emotionslose Aufzählen von unabänderlichen Tatsachen, das Sarah bis ins Mark erschütterte. Sie sah Marie plötzlich mit anderen Augen: als bedauernswerte Person, die einsam durchs Leben spazieren musste, konzentriert auf die Arbeit und von den meisten Leuten abgelehnt. Zum Beispiel von Leuten wie ihr und Simone.

Tränen traten in Sarahs Augen. Sie hatte sich unweigerlich in Maries Situation versetzt, sah sich mehr denn je als Übeltäterin und schluchzte hellauf. Die Tränen strömten aus ihren Augen und über ihre Wangen, und sie konnte sie nicht stoppen.

»Bitte, Sarah, nicht weinen.« Marie drückte ihre Hand. »Ich weiß nicht einmal, warum du weinst. Ich habe dir doch gesagt, ich bin dir nicht böse. Ich verstehe dich.«

Sie saßen eine ganze Weile nebeneinander. Marie streichelte ihre Hand.

Als Sarah sich wieder einigermaßen im Griff hatte, sagte sie: »Du musst dich schrecklich einsam fühlen.«

Marie streichelte weiter. Erst nach einer Weile antwortete sie: »Nein, überwiegend eigentlich nicht.«

»Tut es dir nicht weh, wenn Menschen auf dich seltsam reagieren?«

»Manchmal«, erwiderte Marie. »Aber manchmal fällt es mir nicht einmal auf. Wie gesagt, ich erkenne die Empfindungen anderer nur schwer, und Unterschwelliges, Zweideutiges oder subtile Anfeindungen verstehe ich meist nicht. Ich kann die Emotionen anderer nur dann erfassen, wenn ich gelernt habe sie zu verstehen.«

»Seit wann hast du das, dieses ... Syndrom?« Sarah suchte nach dem richtigen Ausdruck, und Marie kam ihr zur Hilfe.

»Asperger-Syndrom. – Es wurde diagnostiziert, als ich acht Jahre alt war. Ich kann mich nicht daran erinnern, dass es je anders mit mir gewesen wäre.«

»Ist das erblich?«

»Es ist nicht vollständig bewiesen, aber sehr wahrscheinlich ist es genetisch bedingt.«

»Hat deine Mutter oder dein Vater das auch?«

Bei allem Mitleid, das sie für Marie empfand, war nun auch Sarahs Interesse erwacht.

»Das weiß ich nicht genau«, erwiderte Marie. »Ich bin ... bin nicht bei meinen leiblichen Eltern aufgewachsen. Ich bin schon als Baby adoptiert worden.«

Sarah fühlte einen dicken Klumpen in ihrem Hals. Maries Geschichte wurde immer schlimmer. Sie wollte ansetzen, um etwas Teilnahmsvolles zu sagen, doch Marie fuhr bereits fort: »Als ich achtzehn war, hatte ich das Recht, die Adoptionsunterlagen einzusehen. Ich konnte nachlesen, dass meine Mutter vier Kinder hatte, dass der Vater nach Geburt des vierten Kindes – das war ich – auf Nimmerwiedersehen verschwunden ist, und dass ihr die Kinder dann relativ rasch vom Jugendamt weggenommen worden sind, weil sie sie vernachlässigt hat. Ich vermute, dass sie auch Asperger hatte und ihre Unfähigkeit, sich um ihre Kinder zu sorgen, daher rührte. Ich persönlich könnte mir nicht einmal vorstellen, überhaupt ein Kind zur Welt zu bringen, geschweige denn, dafür zu sorgen.«

Sarah schwieg. Sie versuchte vergeblich, sich Marie als Mutter vorzustellen. »Hast du je versucht, deine leiblichen Eltern kennenzulernen?«

»Nein. Das würde nichts bringen.«

»Und deine Adoptiveltern? Hast du zu ihnen ein gutes Verhältnis?«

»Wir sehen uns zwei- bis dreimal im Jahr. Sie haben viel für mich getan.«

»Das klingt trotzdem nicht nach einem innigen Verhältnis.«

»Es war nicht schön, ein Kind wie mich zu haben«, stellte Marie sachlich fest.

Wieder herrschte nachdenkliches Schweigen zwischen ihnen. Sarah unterbrach es, angetrieben von ihrer Neugierde und dem Rest an Schuldgefühl, das einfach nicht verfliegen wollte.

»Wenn du sagst, dass Menschen generell belastend für dich sind ... wie war das für dich dann mit mir? Es muss doch furchtbar anstrengend für dich sein.«

»Ja«, gab Marie unumwunden zu. Und ließ das Ja unkommentiert im Raum stehen. Als Sarah begriff, dass mehr nicht kommen würde, fragte sie behutsam: »Aber ... wenn es so anstrengend war, warum hast du dich dann überhaupt mit mir getroffen? Weil mein Vater dein Boss ist und du sein freundliches Angebot nicht ablehnen wolltest?«

»Ja. Ich dachte, ich müsste es tun.«

Sarah schloss kurz die Augen und versuchte das Gesagte zu verarbeiten.

»Folglich haben wir uns getroffen, obwohl wir beide es nicht wollten«, bemerkte sie dann nachdenklich. »Aber warum hast du mich dann noch einmal getroffen? Und ein drittes Mal? Da hat mein Vater doch gar nicht mehr interveniert.«

»Weil ich es wollte«, erwiderte Marie ohne zu zögern.

»Obwohl es noch immer anstrengend war?«

»Es wird besser, je öfter ich jemanden treffe. Ich kann mich dann intensiver auf die Person einstellen und ihre Gefühle leichter interpretieren.«

»Und wie fühlst du dich selbst dabei?«

Marie schwieg und schaute auf den Boden. Sie wirkte einen Moment lang so verloren, dass Sarah spontan das Bedürfnis verspürte, sie in die Arme zu nehmen. Doch im selben Moment dachte sie an Simone, die fand, sie ließe sich von Marie in eindeutiger Hinsicht »begrapschen«.

»Fühlst du dich inzwischen auch mit mir wohler?«, fragte sie stattdessen mit leiser Stimme.

Marie griff nach einer Strähne von Sarahs Haar und ließ diese durch ihre Finger gleiten.

»Du bist ganz nass«, stellte sie fest.

Der plötzliche Themenwechsel kam für Sarah unvermittelt. Sie schloss daraus, dass Marie offensichtlich ihre Frage nicht beantworten wollte, und ging darauf ein. »Ich wollte mich sowieso umziehen.«

»Ich werde jetzt gehen.« Marie erhob sich und wandte sich zur Tür.

»Nein!« Sarah war über sich selbst erstaunt. Warum klang ihre Stimme so panisch? Warum wollte sie überhaupt, dass Marie blieb? War nicht alles schon gesagt? Sie sollte doch zufrieden sein: Marie war ihr nicht böse und sie hatten ein offenes Gespräch geführt. Jetzt war doch alles in bester Ordnung, und sie konnten sich getrost voneinander verabschieden und ihre Leben leben. Doch sie hörte sich sagen: »Marie, bitte bleib noch etwas. Ich möchte noch nicht, dass du gehst! Ich werde mich nur rasch umziehen.«

Marie drehte sich wieder zu ihr.

»Warum?«

»Weil ich dringend aus meinen nassen Klamotten raus muss. Ich friere allmählich.«

War diese Begriffsstutzigkeit auch ein Symptom von Asperger?

»Warum soll ich bleiben?«

Sarah begriff, dass soeben sie selbst die Begriffsstutzige gewesen war.

»Weil ich es möchte.«

Sie war sich im Klaren darüber, dass ihre Worte im Grunde nichts aussagten, doch wie sollte sie Marie eine Frage beantworten, auf die sie selbst die Antwort nicht wusste? Erleichtert nahm sie Maries fast unmerkliches Nicken zur Kenntnis.

»Ich bin gleich wieder da.«

Im Badezimmer legte sie rasch ihre nasse Kleidung ab. Erst als sie nackt vor dem Spiegel stand und die Reste ihres regenverschmierten Make-ups beseitigte, wurde ihr bewusst, dass sie vergessen hatte, trockene Ersatzkleidung mitzunehmen. Sie biss sich auf die Lippen und ließ ihren Blick im Badezimmer umherschweifen. Was sollte sie tun? Sich in ihr Duschtuch wickeln und so ins Zimmer zurückkehren? Wenn Marie Situationen und Emotionen anderer wirklich missverstand, was lag näher als die Fehlinterpretation, dass sie mit diesem Aufzug etwas bezweckte?

Da Sarah keine bessere Lösung einfiel, schlüpfte sie schließlich in ihren Schlafanzug, der an der Badezimmertüre an einem Haken hing. Sie warf unwillkürlich einen letzten Blick in den Spiegel, ehe sie das Badezimmer verließ, und musste bei ihrem eigenen Anblick schmunzeln: die rosa Schlafanzughose und die übergroße Hello-Kitty-Figur auf ihrem weißen Shirt machten jeden Verdacht vermeintlich erotischer Absichten zunichte. Sie stellte sich vor, dass es Mario war, der in ihrem Zimmer auf sie wartete, und sah sein geschocktes Gesicht vor sich, wenn er sie in diesem Schlafanzug sähe. Die Vorstellung amüsierte sie.

Marie gab in keiner Weise zu erkennen, dass sie Sarahs Erscheinungsbild überraschte. Sie stand vor dem Bücherregal und besah sich den Inhalt. Dann deutete sie auf das kleine gerahmte Bild einer jungen Frau mit dunklem, welligem Haar.

»Ist das deine Mutter?«

Sarah schluckte. Sie mochte es nicht, auf ihre Mutter angesprochen zu werden, denn dann musste sie an sie denken. Das tat weh, weil ihr bewusst wurde, wie sehr sie sie vermisste. Sie war acht Jahre alt gewesen, als man bei ihrer Mutter Krebs diagnostiziert hatte, und dreizehn, als sie diesem Leiden schließlich erlegen war.

»Ja«, sagte sie kurz. »Soll ich Musik auflegen?«

»Du siehst ihr ähnlich. Sie hat dasselbe Lächeln wie du. Und dieselben großen dunklen Augen. Nur die Nase ist anders, die hast du von deinem Vater.«

»Du scheinst mich ja sehr genau anzusehen«, erwiderte Sarah unwillkürlich, wandte sich dann aber gleich der Musikfrage zu. Es war ihr unheimlich, wenn sich Marie so intensiv mit ihrem Äußeren beschäftigte. »Magst du Jazz?«

»Ja«, sagte Marie nur. Ob sie es auf ihre intensiven Betrachtungen oder auf die Frage nach der Musik bezog, war für Sarah nicht schlüssig. Wahllos wählte sie eine Jazz-CD, schon erfüllten die ersten Klänge den Raum.

Marie stand noch immer vor dem Regal. Sie wirkte unschlüssig, wusste offensichtlich nicht, was sie jetzt tun sollte.

Sarah hatte sich gewünscht, dass sie blieb, doch auch sie hatte kein Konzept, wie es jetzt weitergehen sollte. »Du kannst dich ruhig auf mein Bett setzen«, bot sie schließlich an. »Es ist wirklich der einzig bequeme Platz hier.«

Marie kam näher und schob sich neben sie. Minutenlang saßen sie steif nebeneinander und lauschten der Musik. Wieder einmal wurde Sarah bewusst, wie schwierig Kommunikation mit Marie war. Aber zumindest musste sie sich jetzt nicht mehr den Kopf zerbrechen, dass es an ihr lag.

»Mach es dir doch bequemer«, sagte sie nach einer Weile. »Du kannst dir gerne mein Kopfpolster zurechtrücken und dich anlehnen!«

Wie eine Marionette, an deren unsichtbaren Fäden man gezogen hatte, leistete Marie der Aufforderung Folge. Sarah lehnte sich zuerst an die Wand, merkte aber schnell, dass dies noch unbequemer war, als steif auf der Bettkante zu hocken, und bettete ihren Kopf schließlich neben Marie auf das Kissen. Bewegungslos verharrten sie nebeneinander, und Sarah kam die Situation sekündlich absurder vor.

»Ist dieses Asperger-Syndrom eigentlich heilbar?«

»Nein.«

Sarah wandte Marie den Blick zu, indem sie sich leicht zu ihr drehte. »Aber nach dem, was du vorhin sagtest, hatte ich den Eindruck, dass die Krankheit in deiner Kindheit schlimmer war.«

»Es ist keine Krankheit«, erläuterte Marie. »Es ist eine Behinderung. Und sie verändert sich nicht in ihrer Ausprägung. Bei einem Kind fällt es nur mehr auf, weil es nichts überspielen kann. Im Laufe der Zeit lernst du dich anzupassen, indem du das Verhalten anderer beobachtest und nachstellst – rein über den Verstand.«

»Ist es deshalb so anstrengend für dich, mit anderen Menschen zu kommunizieren, weil all deine Reaktionen und Handlungen über den Verstand laufen müssen?«

»Ja. Wahrscheinlich.«

»Aber du sprichst heute ganz normal. Ich würde nichts merken, wenn du es mir nicht gesagt hättest.«

»Ich bemühe mich«, erwiderte Marie. Und etwas geschah, womit Sarah niemals gerechnet hatte – sie lächelte. Ein dünnes, aber doch klares Lächeln, das ihr Gesicht erhellte und ihre sonst so angespannt wirkenden Gesichtszüge weich und sanft erscheinen ließ.

»Ist es für dich also immer noch anstrengend mit mir?«, fragte Sarah. »Sich bemühen« klang in ihren Ohren nach Anstrengung.

Marie sah sie weiterhin an, mit diesem unergründlichen Lächeln, sagte aber nichts.

Ich will, dass sie sich wohlfühlt, dachte Sarah und wünschte sich das aus tiefstem Herzen. »Im Moment … ist es denn auch im Moment schwierig für dich, hier, mit mir?«, fragte sie nach, als auch noch nach einer Weile keine Antwort gekommen war.

»Ja, etwas.«

Maries Worte trafen sie mehr, als sie zeigen wollte. Intuitiv hatte sie offenbar fest mit einer anderen Antwort gerechnet.

»Aber warum«, stotterte sie, völlig aus der Fassung gebracht. »Ich ... ich meine ... ich tue doch gar nichts.«

»Du liegst neben mir.« Eine simple, nüchterne Feststellung.

Sarah setzte sich sofort auf. Es hatte wohl wenig Sinn, Marie hierbehalten zu wollen, wenn das alles für sie eine immense Anstrengung war. Außerdem fühlte sich Sarah nun selbst höchst unbehaglich bei dem Gedanken, dass es für einen anderen Menschen unangenehm war, in ihrer Nähe zu sein.

»Ich will dich nicht weiter quälen«, sagte sie daher leise. »Wenn du lieber nach Hause willst, ist es für mich auch okay.«

»Ja«, sagte Marie – und blieb liegen.

Sarah musterte die junge Frau, die mit ausdruckslosem Gesicht auf ihrem Bett lag, nachdenklich. Was ging in ihr vor? Ging überhaupt etwas in ihr vor?

»Bist du manchmal traurig?«, fragte sie schließlich.

»Weswegen?«

»Dass du das hast. Dieses Asperger-Syndrom, meine ich.«

»Es ist so. Ich kann es nicht ändern. Ich lebe damit.«

»Und abgesehen davon ... empfindest du überhaupt so etwas wie Freude ... oder Trauer ... oder Schmerz, so wie andere Menschen?«

»Ich weiß nicht, was andere empfinden und in welchem Ausmaß. – Aber auch ich fühle mich nicht immer gleich, also muss es wohl etwas in dieser Art sein, was ich empfinde. Manchmal fühle ich mich sehr schlecht, manchmal sehr gut.«

Sarah versuchte sich die Gefühlswelt auszumalen, in der Marie zu Hause war, doch es gelang ihr nicht. Sie sank wieder neben sie in das Kissen zurück.

»Kann ich irgendetwas tun, dass es für dich weniger anstrengend ist?«

Marie streckte die Hand aus und zeichnete mit dem Zeigefinger sanft ihr Profil nach. Sarah schloss für einen Moment die Augen. Angrapschen, hatte Simone gesagt. Aber eigentlich waren es doch nur harmlose Gesten gewesen. So wie gerade eben.

»Nichts reden«, sagte Marie nun leise. »Einfach nur liegen und Musik hören.«

Sie lagen nebeneinander und lauschten eine Weile stumm der Musik.

»Darf ich dich in den Arm nehmen?«

Maries Frage kam unvermittelt und traf Sarah wie ein Blitz. Sie zuckte fast unmerklich zusammen und starrte Marie perplex an. Nichts in deren Gesichtszügen deutete daraufhin, dass sie diese Frage Überwindung gekostet hatte oder dass sie irgendwelche Absichten damit verband. Sie sah Sarah einfach nur an, so, als hätte sie gerade eben um ein Glas Wasser gebeten.

Simone bildet sich das alles nur ein, dachte Sarah. Es ist eben Maries Art. Und es ist nichts dabei, neben ihr auf dem Bett zu liegen, und vielleicht auch in ihrem Arm … es war jedenfalls gemütlicher, vertrauter. Damals, ehe Simone sich in Bibione entjungfern ließ, hatten sie doch auch miteinander Händchen gehalten und gekuschelt. Sie waren wie Schwestern gewesen, die sich sehr nahe standen.

Sarah schmiegte sich an Marie, legte den Kopf in deren Armhöhle. Maries Körper fühlte sich warm und weich an. Sie konnte den Herzschlag spüren. Er war ruhig und gleichmäßig.

Simone und sie hatten gemeinsam Kunstgeschichte studieren wollen, in Italien. Sie hatten sogar schon davon gesprochen, wie sie ihre gemeinsame Wohnung einrichten wollten, und sich gegenseitig ausgeschmückt, wie sich ihr Leben in Italien insgesamt gestalten würde.

Für Sarah war es ein fester Plan gewesen. Sie wollten sich Florenz, Ravenna und Perugia als mögliche Studienorte näher ansehen. Sarah freute sich schon sehr auf die Reise. Zwei Tage, bevor es losgehen sollte – Sarah hatte in Vorfreude schon gepackt –, überraschte Simone sie mit der

Nachricht, dass sie sich in Wien inskribieren würde. Und zwar für BWL.

Da Sarah nicht alleine nach Italien gehen wollte, hatte auch sie ihren Plan aufgegeben. Auch aus der gemeinsamen Wohnung war nichts geworden. Beide wohnten sie noch immer bei ihren Eltern, wenngleich Simone auch häufig über ihre Mutter und deren Kontrollwahn schimpfte. »Du hast es gut, du hast diesen Zirkus nicht«, war Simone unlängst herausgerutscht, und Sarah hatte sie nur schockiert ansehen können.

Sie hätte lieber ihre Mutter gehabt als die Freiheit, die sie mit all ihren Vorzügen und auch Nachteilen nun genoss.

Eine warme Hand schob sich sanft unter ihr Schlafanzugshirt und legte sich auf ihre nackte Haut. Marie hatte sich noch weiter herübergedreht und begann nun sanft und gleichmäßig Sarahs flachen Bauch zu berühren.

Sarah wurde es heiß, sie fühlte sich wie gelähmt. Unwillkürlich versteifte sie sich. War das richtig, dass sie sich hier von einer Frau – einer Frau! – über den Bauch streicheln ließ?

Marie schien von dem, was in ihr vor sich ging, nichts zu bemerken, sie ließ ihre Hand weiterhin ruhig und gleichmäßig über die nackte Haut fahren.

Ich sollte das nicht so geschehen lassen, dachte Sarah. Das ist sicher nicht normal. Oder doch? Was würde Simone dazu sagen? Andererseits – Simone war nicht da und hatte dazu nichts zu sagen. Hier gab es nur Marie und sie. Und das, was Marie hier tat – fühlte sich gut an.

Sarah atmete tief durch und entspannte sich wieder.

Marie änderte ihr Streicheln. Sie ließ ihren Finger um Sarahs Bauchnabel kreisen, fuhr sanft über ihr Piercing, ließ ihre Fingerspitzen von oben nach unten über den Bauch gleiten. Ein angenehmes Prickeln durchlief Sarahs Körper. Jetzt zeichnete Maries Finger ihr kleine Wellen auf die Bauchdecke. Von oben nach unten, von unten nach oben. Sarah hatte das Gefühl, dass warme Hitzewellen wie Lavaströme durch ihren ganzen Körper flossen. Sie hatte so etwas noch nie zuvor gefühlt. Ihr stockte fast der Atem, als sich Maries Hand nun langsam unter ihre Schlafanzughose schob.

Nicht, wollte Sarah sagen, doch ihre Zunge war wie gelähmt. Sie beruhigte sich erst wieder, als sie bemerkte, dass Marie lediglich ein wenig unterhalb des Nabels streichelte. Sie streichelte erst sanft, so, wie Sarah die Wange eines Babys gestreichelt hätte. Dann jedoch begann sie, ihre Fingerspitzen in kreisenden Bewegungen über ihre Haut wandern zu lassen, und Sarah verschlug es fast den Atem. In ihrem Unterleib machte sich ein merkwürdiges, sehnsuchtsvolles Ziehen breit.

Sie hielt still; ließ es zu, dass Marie sie in dieser Art berührte. Sie dachte noch einmal kurz an Simone und an das, was sie sagen würde, wenn sie davon wüsste. Dann verdrängte sie den Gedanken. Dass Marie sie derart streichelte und all das, was sie dabei empfand, gehörte ihr ganz allein.

Sie entspannte sich und überließ sich Maries Berührungen. Sie spürte das schnelle und laute Klopfen eines Herzens und wusste nicht, ob es ihr eigenes war oder das von Marie.

In ihrem Körper begannen Lava-Ströme zu kochen. Sarah hatte das Gefühl zu glühen und zu schmelzen. Sie atmete nur noch flach.

Und dann ging Marie mit ihrer Hand tiefer ... und Sarahs Verstand meldete sich schlagartig zu Wort.

»Nicht!«, rief sie. Diesmal kamen die Worte sogar über ihre Lippen und blieben nicht in ihrer trockenen Kehle stecken. »Bitte nicht, Marie. Das ist mir ... zu viel.«

Marie zog sofort die Hand zurück. Sarah spürte, wie sich ihre Muskeln anspannten. Sie wollte sich aufsetzen, die Umarmung, in der sie noch immer verharrten, lösen. Es war Sarah, die sie mit sanfter Gewalt auf das Kopfkissen zurückdrückte.

»Bitte, lass uns einfach so zusammenliegen. Ich mag das. Aber das andere ... ist mir zu viel.«

Marie sagte nichts. Ihre Augen waren geschlossen. Ihre Muskeln entspannten sich wieder.

Sarah ließ sich erneut zurücksinken. Ihre Schläfen pulsierten, der Kopf fühlte sich gänzlich leer an und war doch voller Gedanken.

Simone hatte recht behalten. Marie war lesbisch.

Und sie begrapscht mich, sagte sich Sarah, korrigierte sich dann aber sogleich. Nein, begrapschen war ein viel zu scheußliches Wort. Sie war berührt worden, zärtlich, einfühlsam, sanft. Aber nicht begrapscht. Die Frau, die neben ihr lag und deren raschen Atem sie in ihrem Haar spürte, war nicht zudringlich und ordinär gewesen. Sie hatte etwas versucht, sie hatte eine Grenze überschritten, doch sie, Sarah, hatte sie gestoppt, und damit war doch eigentlich alles gesagt und geklärt.

Die ruhige Musik und die Wärme, die Maries Körper an ihrer Seite ausstrahlte, ließen sie schläfrig werden. Sie schmiegte sich noch enger an Marie, roch ihre Haut, die nach warmer Milch, Honig und Mandeln duftete, und tastete dann langsam nach ihrer Hand. Maries Finger schlossen sich um die ihren.

Sie war ihr also wegen der Abfuhr nicht böse.

Sarah schloss schläfrig die Augen. Ihr Herzschlag wurde ruhiger, ihre Glieder schwerer. Entspannt lauschte sie den Klängen der Musik und fiel in sanften, traumlosen Schlaf.

Sie wachte auf, weil sie neben sich Bewegung spürte. Marie hatte sich aus ihrer Umarmung geschält und aufgesetzt. Sarah setzte sich ebenfalls auf und blinzelte verschlafen in ihr immer noch hell beleuchtetes Zimmer. Es dauerte einige Sekunden, bis sie sich in Erinnerung rief, warum sie hier war und weshalb gerade mit Marie.

»Ich werde jetzt nach Hause fahren«, sagte Marie. Ihre Stimme klang müde.

»Aber warum ...« Sarah brach im Satz ab, denn ihr Blick war auf ihren Radiowecker am Nachtkästchen gefallen. Er zeigte kurz nach drei Uhr früh.

Der Regen, der sie hierhergeführt hatte, trommelte noch immer gegen die Fensterscheiben.

»Kannst du mir ein Taxi rufen?«

»Ja, klar«, sagte Sarah automatisch.

Im unteren Stockwerk herrschte Dunkelheit. Die Gäste waren bereits nach Hause gegangen, Sarahs Vater ins Bett. Im Wohnzimmer warteten sie gemeinsam einige Zeit auf das Taxi.

Marie stand mit verschränkten Armen vor der Bücherwand und studierte die Titel auf den Buchrücken; Sarah trug ein paar Weingläser, die noch auf dem Couchtisch herumgestanden hatten, in die Küche, und stellte sie in die Spülmaschine.

Als sie ins Wohnzimmer zurückkam, drehte sich Marie zu ihr um.

»Sarah – das, was ich dir heute gesagt habe ... ich möchte nicht, dass es andere wissen.«

Sarah schaute sie perplex an. Sie hatte keine Sekunde daran gedacht, darüber mit jemandem zu sprechen, wunderte sich aber dennoch, weshalb Marie so viel daran gelegen war.

»Ja. Klar«, erwiderte sie eilig.

»Ich möchte lieber als sonderbar gelten, anstatt für geisteskrank gehalten zu werden, verstehst du?« Marie strich eine Haarsträhne zur Seite, die ihr ins Gesicht gefallen war. »Ich möchte nicht, dass mich alle behandeln wie eine Behinderte. Oder mitleidig. Ich habe das schon als Kind gehasst. Ich komme gut mit meinem Leben zurecht. Das Problem sind die anderen.«

Sie sprach wie zu sich selbst, sah Sarah nicht an.

Das Problem sind die anderen. – Obgleich die Thematik ernst war und Sarah sehr wohl begriff, was Marie meinte, konnte sie sich ein Schmunzeln nur schwer verkneifen. Der Satz klang in ihren Ohren zu simpel, um ihn akzeptieren zu können.

Sie trat dicht an Marie heran.

»Bin ich also auch ein Problem?«

Marie sah sie an. In ihren Augen stand Unsicherheit.

»Ich weiß nicht«, sagte sie unschlüssig. »Vielleicht.«

Als Sarah nichts erwiderte, fügte sie hinzu: »Ich weiß nicht, was ich darauf sagen soll.«

»Ich weiß auch nicht, was ich sagen soll, wenn du findest, dass ich vielleicht ein Problem bin«, erwiderte Sarah. Als sie Maries fortgesetzte Unbeholfenheit im Umgang mit ihrer Frage sah, fügte sie hinzu: »Sind wir jetzt also Freundinnen?«

»Wie meinst du das?« Maries Stimme klang alarmiert.

»Freundinnen«, wiederholte Sarah. »Freundinnen, die sich ab und zu sehen, etwas gemeinsam unternehmen, sich gegenseitig etwas anvertrauen … das ganze Programm.«

»Ich kann so etwas nicht«, erwiderte Marie. »Es tut mir leid.«

Es war die Tatsache, dass sie in diesem Augenblick so unglücklich wirkte, die Sarah bewog, hartnäckig zu bleiben.

»Du hast es jetzt gerade auch gekonnt, Marie. Und du hast mich nicht nur einmal getroffen, sondern ein zweites und ein drittes Mal. Sogar freiwillig, wie du mir vorher erzählt hast, und obwohl es für dich anstrengend ist. – Warum das alles, wenn du jetzt meine Freundschaft nicht willst?«

Marie schwieg und schaute auf den Boden.

»Okay«, sagte Sarah und atmete tief durch. »Ich mach es dir einfach: Schreib mir deine Telefonnummer auf, damit ich dich anrufen kann und wir uns verabreden können, ohne meinen Vater als Sprachrohr zu brauchen.«

Sie reichte ihr einen Stift und einen Zettel.

Unschlüssig hielt Marie beides in den Händen.

»Ich weiß nicht, ob das gut ist«, sagte sie nach einer Weile. »Ich blockiere nur deine Zeit. Ich habe dir heute gesagt, was mit mir los ist, damit du nicht immerzu denkst, dass du Schuld hast. Aber ich möchte dich nicht weiter in Anspruch nehmen. Ich möchte dir nicht wehtun.«

»Ich wüsste nicht, wie du mir wehtun solltest«, sagte Sarah wahrheitsgemäß. »Für mich ist alles klar. Ich würde dich gerne wiedersehen – als Freundin. Es gibt in Wien noch viel zu entdecken.« Sie blinzelte ihr zu. »Und beim nächsten

Treffen werde ich dich in die Tiefen des Wiener Waldes verschleppen, an einen menschenleeren Ort.«

Erst, als sie die Skepsis in Maries Augen sah, wurde ihr bewusst, was sie da gesagt hatte. In Anbetracht dessen, dass Marie ihre Hand etwas zu tief hatte wandern lassen, schien diese Äußerung sowohl gewagt als auch eindeutig.

Sarah spürte, dass sie rot wurde. »Ich meine, ich …«, stammelte sie konfus.

Sie hörten beide das Taxi vorfahren.

»Schon gut.« Marie kritzelte schnell etwas auf den Zettel und legte ihn auf den Wohnzimmertisch. Eilig verabschiedeten sie sich voneinander.

Am nächsten Tag rief Mario an. Sarah hob ab, weil sie wusste, wie unhöflich das Gegenteil gewesen wäre – zumal sie sich ja lose verabredet hatten.

Sie hatte in dieser Nacht zu wenig geschlafen und war früh aufgestanden. Ihr Bett war ihr kalt und leer vorgekommen, nachdem Marie gegangen war, und ihre Gedanken kreisten unablässig um alles, was ihr Marie anvertraut hatte. Gleich als sie morgens aufgestanden war, hatte sie im Internet »Asperger« eingegeben und darüber nachgelesen. Was sie in Erfahrung gebracht hatte, bestätigte weitgehend Maries Schilderungen, offenbarte ihr aber noch viel mehr. Nachdem sie online noch zwei Reportagen über Betroffene nachgelesen hatte, besaß Sarah ein klares, aber auch aufrüttelndes Bild davon, mit welchen Herausforderungen und Defiziten diese Menschen zu kämpfen hatten. Ihr war bewusst, dass Marie nur einen kleinen Teil dessen offenbart hatte, was das Leben mit dieser Behinderung für sie bedeutete.

Mario eröffnete das Telefongespräch mit den höchst originellen Worten: »Wie geht's dir, Sonnenschein?«

Sarah fühlte sich – passend zum Wetter – innerlich eher nach Regen, versicherte aber, es ginge ihr gut. Die Tatsache, dass sie sich für den Nachmittag in der Albertina verabredeten, wo derzeit die Kunstsammlung eines verstorbenen

Industriellen ausgestellt wurde, war daher auch eher auf Marios Engagement und Hartnäckigkeit zurückzuführen als auf die ihre.

Als sie auf den Stufen der Albertina auf ihn wartete, dachte sie: Ich weiß nicht einmal mehr, wie er aussieht. Als er jedoch vor ihr stand, konnte sie sich wieder vage erinnern, die Rose in seiner Hand half ihr dabei.

Er zog sie an sich, als seien sie seit Jahren ein Paar.

Während sie durch die Hallen gingen, von Bild zu Bild, stellte er viele Fragen zu den Werken und zu den Künstlern. Sarah beantwortete sie, so gut sie konnte. Alles wusste sie schließlich auch nicht – sie hatte ja keine Kunstlexika auswendig gelernt. Scheinbar war dies aber Marios Erwartungshaltung, denn wenn sie bei einer seiner zahlreichen detaillierten Fragen ins Strudeln geriet, fragte er immer mit erstauntem Gesichtsausdruck: »Aber du studierst doch Kunstgeschichte?«

Nachdem er diese Anmerkung zum fünften Mal gemacht hatte, wünschte sich Sarah in Gedanken Marie an ihre Seite. Es war immer so still mit ihr gewesen. Angenehm still.

Sie war froh, als sie die Ausstellung endlich verließen. Mario lud sie zu einem Kaffee im Starbucks ein. Sie mussten eine Viertelstunde warten, ehe sie einen freien Tisch fanden. Sarah hatte ihren Kaffee schon während der Warterei auf freie Plätze fast zu Ende getrunken. Mario wollte ihr sofort noch einen zweiten besorgen, doch sie lehnte ab.

»Ich will nachts ja noch schlafen können«, meinte sie.

Er grinste sie an und legte seine Hand auf ihren Schenkel.

»Willst du das wirklich, Sonnenschein?«

Verblüfft sah sie ihn an. Als ihr klar wurde, auf was er anspielte, rückte sie unwillkürlich zur Seite und sagte ausweichend: »Ich muss morgen arbeiten, wie jeden Montag. Das hab ich dir schon letztes Mal gesagt.«

»Ach, komm«, meinte er mit einer abwertenden Handbewegung. »Du bist doch noch keine sechzig. Wir sind jung und flexibel. Außerdem – das gibt doch Energie, findest du nicht?«

Sarah wusste nicht, was sie darauf sagen sollte. Im Augenblick fühlte sie sich jedenfalls ziemlich energielos.

»Segelst du nur am Neusiedler See oder auch am Meer?«

Es schien ihr am sinnvollsten, Mario im Gegenzug über sein Hobby auszufragen. Der Ablenkungsversuch gelang. Zwei Stunden später sprach ihr Begleiter noch immer von seinen Bootsabenteuern und den Finessen des Segelsports. Schließlich warf Mario einen Blick auf seine Armbanduhr und stellte überrascht fest: »Schon kurz nach sechs. – Schauen wir noch im ›Q15‹ vorbei?«

»Ja, gerne.«

Sarah war regelrecht erleichtert, dass er das »Q15« vorschlug. Sie hatte damit gerechnet, dass er sie gleich mit zu sich nach Hause nehmen wollte.

In ihrem Stammlokal stießen sie erwartungsgemäß auf Simone, Daniel und die anderen aus der Clique. Auch ein paar Freunde von Mario kamen diesmal an ihren Tisch. Mario stellte ihr alle namentlich vor. Sein bester Freund hieß Michael, nannte sich aber Mike und sah auch wie ein Mike aus. Es kostete Sarah einige Mühe, ihre Überraschung über diese Freundschaft zu verbergen. Mario passte so nahtlos zu den übrigen Besuchern der Kneipe: Anfang zwanzig, gebräunt, adrett gekleidet, mit eleganter Markenjeans und Poloshirt mit dem Logo eines bekannten Modelabels. Mike hob sich schon allein durch das Goldkettchen um seinen Hals und die Tattoos auf den muskulösen Unterarmen von der übrigen Gesellschaft ab.

Er verdiente sein Geld als DJ im »Pidario«, einer Nobel-Disko in der Innenstadt. Sarah war noch nie dort gewesen. Es war schwierig, als Nicht-Promi überhaupt Einlass zu bekommen. So überraschte es sie wenig, dass Simone nun ihre Chance witterte und Mike gleich in ein intensives Gespräch verwickelte. Mario legte den Arm um Sarah, zog sie an sich und drückte seine Lippen auf die ihren. Sarah fand es nicht besser als am vergangenen Sonntag. Sie fing aus den Augenwinkeln Simones Blick auf, der alles aussprach, was diese sich dachte.

»Du hast mit Mario echt das große Los gezogen«, sagte sie zu Sarah dann auch, als sie sich später auf der Toilette trafen. »Das ist ein so cooler Typ! Und noch dazu aus einer steinreichen Familie: Sein Vater ist ein hohes Tier bei der OMV, und seine Mutter Rechtsanwältin mit einer riesigen Kanzlei.«

»Ich will ihn aber gar nicht heiraten«, stellte Sarah amüsiert klar. »Außerdem kenne ihn noch keine zehn Tage.«

»Na, logisch!«, räumte Simone grinsend ein. »Ich will dir ja nur sagen, dass du dir für dein Erstes Mal keine schlechte Partie geangelt hast.«

Sarahs Gesicht erstarrte zu einer Maske. Warum musste Simone immer davon sprechen, dass sie es noch vor sich hatte?

Simone interpretierte ihren Gesichtsausdruck offenbar völlig falsch.

»Oder habt ihr schon …?«

»Nein! Ich sehe ihn heute das zweite Mal! Du glaubst doch nicht im Ernst, dass ich …«

»Ich würde aber nicht zu lange warten«, erwiderte Simone ungerührt. »Jungs sind halt einmal ganz wild darauf, und Mario ist sehr begehrt. Ich hab gerade von Mike erfahren, dass beispielsweise diese kleine Blonde, mit der jetzt Markus herummacht, auch ganz scharf auf ihn ist.«

Es ist alles kompliziert, hatte Marie gesagt.

Wie recht sie doch hatte. Die Welt war kompliziert – sogar, wenn die Welt in diesem Fall nur der Mikrokosmos des »Q15« war.

»Es wird sich schon alles so ergeben, dass es passt«, sagte Sarah ausweichend. Sie wollte mit Simone nicht länger über ihre kommenden sexuellen Erfahrungen sprechen, zumal nicht hier auf der Toilette, wo sich junge Frauen die Klinke in die Hand gaben, und die sie zumal nur aufgesucht hatte, um Marios immer drängenderen Berührungen zu entgehen.

»Ich gebe dir lediglich einen Rat«, erwiderte Simone und wirkte fast ein bisschen beleidigt. »Mag sein, dass du ihn nicht heiraten willst. Wäre ja auch reichlich komisch, den ersten Freund gleich zu heiraten. Aber bring es hinter dich. Du krankst du schon seit Jahren daran, noch Jungfrau zu sein.«

Sie sprach den letzten Satz so laut aus, dass die zwei Mädchen, die gerade am Waschbecken standen und ihr Make-up auffrischten, neugierig zu ihnen hinübersahen. Sie kicherten.

»Ich will dir doch nur helfen«, sagte Simone nun deutlich milder, als sie Sarahs betroffenes Gesicht sah. »Wir sind schließlich Freundinnen.«

»Hat Marie einmal nach mir gefragt?«

Da Sonntag war und Sarah zufällig zeitgleich mit ihrem Vater aufgestanden war, frühstückten sie gemeinsam auf der Terrasse. Die Sonne schien, Vögel zwitscherten; aus dem Wohnzimmer erklang gedämpft Mozarts »Zauberflöte«. Adam Rosenberg liebte Opern.

Es war ein Sonntagmorgen wie aus dem Bilderbuch, doch was in Sarahs Innerem vor sich ging, passte nicht recht zu diesem Szenario. Sie fühlte sich auf eigenartige Weise unruhig und traurig, ohne sagen zu können, was genau sie bedrückte.

Lag es an der Tatsache, dass sie in den vergangenen zwei Wochen mehrmals abends telefonisch Marie zu erreichen versucht hatte, und dies immer erfolglos? Oder lag es an Mario?

Sie hatte ihn in den letzten zwei Wochen insgesamt dreimal getroffen. An einem dieser Abende hatte er sie in die Pizzeria eingeladen und bestellte dort für beide in perfektem Italienisch. Sarah fand seinen Plan, sie zu beeindrucken, recht durchsichtig und machte ihm trotzdem artig ein Kompliment.

Sie fand ihn nett. Er war höflich, er hatte eine gute Erziehung, er war galant und er interessierte sich für sie, ihre Hobbys und ihr Studium. Sie hatte inzwischen viel über Boote und das Segeln am Neusiedler See sowie in der kroatischen Adria erfahren.

Ich bin undankbar, sagte sich Sarah nach jedem dieser Treffen, wenn sie sich von Mario verabschiedete und ihm die Enttäuschung, dass sie den Abend nicht im intimeren Rahmen fortsetzen wollte, ins Gesicht geschrieben stand. Er war nett. Und Simone hatte ja recht: Es war wirklich kein Zustand, noch Jungfrau zu sein.

Mario hätte diesen Zustand beenden können ... Doch stattdessen sagte sie ihm für das gemeinsame Segeln am Neusiedler See, das er ihr für heute vorschlug, mit einer Ausrede ab. Ihre Tante sei dabei, die Galerie komplett umzugestalten, und das könne nur am Sonntag erledigt werden, wenn keine Kunden kämen. Sie müsse ihr helfen.

Adam Rosenberg schenkte ihr und sich Tee nach.

»Nein, hat sie nicht.«

Als er die offenkundige Enttäuschung in ihrem Gesicht sah, fragte er: »Brauchst du etwas von ihr?«

»Ich wollte nur hören, wie es ihr geht«, erwiderte Sarah. Das entsprach der Wahrheit, sagte aber noch nicht alles. Sie waren schließlich mit dem Beschluss auseinandergegangen, Freundinnen zu sein. Dazu gehörte definitiv nicht, nichts mehr von sich hören zu lassen.

»Ach, ich denke, es geht ihr ganz gut«, meinte ihr Vater unbekümmert. »Ihr Forschungsprojekt macht gute Fortschritte, und letzte Woche wurde in einem der international renommiertesten Fachmagazine ein Artikel von ihr veröffentlicht, der mit großer Anerkennung zur Kenntnis genommen worden ist.«

Als ob das alles wäre, was zählt, dachte Sarah unwillkürlich. »Und sonst?«, fragte sie daher. »Glaubst du, sie hat sich in Wien jetzt schon besser eingelebt?«

»Schwer zu sagen«, erwiderte er. »Ich gebe dir inzwischen recht. Sie ist manchmal ziemlich merkwürdig. Nicht wirklich teamfähig.«

Natürlich nicht, dachte Sarah. Ihr wurde klar, dass ihr Vater noch nie soviel über Marie nachgedacht hatte, dass es ihm in den Sinn gekommen wäre, sie könnte gravierendere Defizite haben als nur einfach ein schwieriger Mensch zu sein. Er sah sie als brillante Wissenschaftlerin, und weiter befasste er sich nicht mit ihr, seit sie den Vertrag unterschrieben hatte.

»Im Team zu arbeiten ist nicht für jeden etwas«, sagte sie zu Maries Verteidigung. »Manche arbeiten halt lieber allein.«

Ihr Vater betrachtete sie nachdenklich. »Du magst sie, stimmt's? Deshalb nimmst du sie in Schutz, wo es nichts in Schutz zu nehmen gibt. Ich sage ja sowieso, dass sie ein kluger Kopf ist, und ich bewundere ihre Intelligenz. Aber ich habe eben auch festgestellt, dass sie sich zeitweise sehr merkwürdig verhält. Sie spricht kaum mit den Kollegen, geht ihnen aus dem Weg ... sie ist sehr in sich gekehrt. Auf wissenschaftlicher Ebene habe ich hohe Achtung vor ihr, aber rein menschlich ist sie nicht die Person, mit der ich abends noch ein Bier trinken würde.«

»Ich kenne sie jetzt besser«, sagte Sarah ausweichend, und spürte in sich jenen dumpfen Schmerz, der sie die ganze Woche begleitet hatte. Sie wollte ihrem Vater gerne die Gründe für Maries Verhalten sagen, wollte ihm vom Asperger-Syndrom erzählen – nur, damit er Marie nicht verurteilte. Doch sie hatte ihr ein Versprechen gegeben. Also sagte sie das, was sie wirklich bewegte: »Ich möchte sie wieder einmal treffen.«

»Dann musst du dich halt wieder mit ihr verabreden«, antwortete ihr Vater Schulter zuckend.

»Ja, aber das ist nicht so einfach. Ich erreiche sie nie in ihrer Wohnung.«

»Weil sie jede freie Minute im Labor ist. Unter der Woche ist sie stets die letzte, die geht. Auch Samstag und Sonntag ist sie im Institut, soviel mir berichtet wurde. Sie ist eben ehrgeizig und nimmt ihre Aufgaben ernst.«

»Ist sie heute auch im Labor?«

Ihr Vater hob erneut die Schultern. »Woher soll ich das wissen? – Ich nehme an, ja. Warum interessiert dich das so?«

»Weil ich sie sehen will«, sagte Sarah. »Es ist wunderschönes Wetter, und ich will nicht, dass sie den ganzen Tag im Labor verbringt.«

Ihr Vater runzelte die Stirn. »Ich schätze deine soziale Ader, aber ich glaube, es ist unnötig, dass du dich länger um Marie Felders Wohlergehen bemühst. – Geh mit deinen Freunden schwimmen, genieß den Tag! Du musst dich nicht mehr um sie kümmern. Sie hat schließlich jetzt unterschrieben.«

Sarah stand auf und begann, das benutzte Frühstücksgeschirr auf das Tablett zu stellen. Sie fühlte sich unverstanden. Zudem enttäuschte sie das Verhalten ihres Vaters.

»Kann sein, dass es dir einzig und allein um den Vertrag geht«, sagte sie. »Aber ich mag sie, ich will sie wiedersehen, und zwar heute. Und wenn ich dafür ins Institut und sie aus diesem Labor herausholen muss.«

»Gleich soviel Eifer und Engagement?« Ihr Vater schmunzelte. Als er bemerkte, dass Sarahs Gesicht ernst blieb, fügte er hinzu: »Gut, wenn es dir so wichtig ist, fahre ich auf dem Weg zu deiner Tante am Institut vorbei und setze dich dort ab. Ohne Generalschlüssel kommst du ja am Sonntag gar nicht hinein.«

»Danke.« Sarah hatte das Tablett schon an sich genommen, als ihr bewusst wurde, was ihr Vater gerade noch gesagt hatte. »Auf dem Weg zu Tante Irene? Was machst du denn bei ihr?«

»Wir müssen etwas wegen der Galerie besprechen.«

»Was denn?« Sarah war hellwach. Die Galerie war ihre Zukunft. Was gab es da zu besprechen?

»Nichts Wichtiges.« Ihr Vater kniff sie in die Nase und grinste dabei. »Du neugieriges Näschen.«

Die Gefühle, die Sarah schon als Kind empfunden hatte, wenn sie das Institut betrat, waren noch immer dieselben: eine Mischung aus Skepsis und Ehrfurcht. Skepsis, weil ihr die ganzen Gerätschaften in den Labors Respekt einflößten, zumal sie noch immer nicht wusste, für was sie gut waren. Ehrfurcht, weil sie sehr wohl begriff, dass hier die Grundlagen für wichtige Dinge geschaffen wurden – beispielsweise für Substanzen, die später zum Bestandteil eines Wirkstoffes in einem neuen Medikament werden konnten.

Sie folgte ihrem Vater durch die schmalen, hellen Gänge.

Irgendwann blieb er stehen.

»Hier müsste sie sein. Wenn sie überhaupt da sein sollte.« Er stieß die Tür auf und betrat das Labor. »Und da ist sie auch schon.«

Marie Felder saß an einem Mikroskop. Sie schien hochkonzentriert.

»Frau Dr. Felder …«

Marie zuckte zusammen und blickte auf. Ihre Augen richteten sich auf Sarah. Verwirrung war in ihnen zu lesen.

»Sie haben Besuch«, erklärte Adam Rosenberg und wies auf Sarah. »Sarah will sie von der Arbeit abhalten und hat darauf bestanden, dass ich sie hierher bringe. Und da sie jetzt hier ist, werde ich mich auch gleich verabschieden. – Viel Spaß!«

Er winkte zum Abschied und verschwand.

Schweigend sahen sie sich zunächst an.

Dann sagte Marie steif: »Ich will das nicht.«

Sarah fuhr sich mit der Zunge über die trockenen Lippen. Sie dachte nach.

Autisten brauchen Routine und kommen mit Spontaneität nicht gut klar. Das hatte sie gelesen.

»Was willst du nicht?«, fragte sie trotzdem nach.

»Dass du hier bist. Ich will hier arbeiten.«

»Das kannst du morgen wieder«, sagte Sarah ruhig. »Von morgens fünf Uhr früh bis nachts um zwölf Uhr oder länger. Ganz wie du willst. Aber jetzt bin ich da, und jetzt werde ich dich nach draußen entführen.«

Marie schwieg. Sie presste ihre Hände so stark auf ihre Oberschenkel, dass die Knöchel weiß hervortraten. Ihre Augen glitten nervös im Zimmer auf und ab, ganz so, als suche sie einen Fluchtweg aus dem Dilemma, in dem sie sich plötzlich befand.

»Du musst jetzt nichts sagen. Du kannst erst einmal einfach nur zuhören.« Sarah nahm einen Schemel, der in ihrer Nähe stand, und ließ sich darauf nieder. »Ich weiß, dass dich mein plötzliches Auftauchen hier durcheinander bringt und dass ich deine Pläne und deine Routine störe. Ich weiß, dass du keine Zeit hattest, dich darauf einzustellen, und dass dich das im Moment überfordert. Aber, Marie, ich weiß auch, dass wir neulich vereinbart hatten, Freundinnen zu sein. Und Freundinnen rufen sich nun einmal ab und zu gegenseitig an und unternehmen etwas. Und wenn die eine Freundin von der anderen ewig nichts hört, beginnt sie sich Sorgen zu machen und sich zu fragen, wie es ihr wohl geht. Und dann kann es schon vorkommen, dass sie irgendwann einmal dort auftaucht, wo sie die Freundin vermutet, um nach ihr zu sehen.«

»Ich habe dir gesagt, ich kann das nicht«, erwiderte Marie steif. »So ist das. Ich kann es nicht. Ich habe dir das erklärt.«

»Du hast mir erklärt, dass du gewisse Schwierigkeiten hast«, erwiderte Sarah. »Du hast mir aber nicht gesagt, dass du mich nicht mehr sehen willst.«

»Ich …« Marie schloss die Augen. Sie wirkte erschöpft, obgleich Sarah erst vor wenigen Minuten den Raum betreten hatte.

Was tue ich da eigentlich, ging es Sarah durch den Kopf. Ich quäle jemanden mit meiner Anwesenheit, der allein glücklicher ist.

»Ich … ich weiß im Moment nicht, wie ich mich verhalten soll«, sagte Marie schließlich leise. »Das ist mir gerade zuviel. Ich wollte … ich habe den Tag anders geplant. Ich wollte hier sein. Allein.«

Sarah nickte. Das dumpfe Gefühl in ihrer Magengegend kehrte zurück. Es war wirklich nicht sinnvoll gewesen, Marie Felder hier zu überfallen. Sie musste akzeptieren, dass eine Freundschaft mit dieser Frau wirklich nicht funktionierte.

»Ich werde gehen«, sagte sie daher, und bemühte sich, sich die Enttäuschung nicht anmerken zu lassen. »Es war keine gute Idee. Ich verstehe, dass du arbeiten willst. Tut mir leid. Ich wollte nur sehen, ob es dir gut geht.«

»Ich will das nicht«, sagte Marie. Sie erhob sich, machte aber keinen Schritt auf Sarah zu. »Bitte geh nicht. – Ich kann mit Spontaneitäten nicht gut umgehen. Aber ich will nicht, dass du gehst. Ich muss mich erst daran gewöhnen, dass du hier bist. Das ist alles.«

Eine halbe Stunde später verließen sie gemeinsam das Institut, und Marie wirkte bereits etwas entspannter. Sie fuhren bis an die Endstation einer U-Bahnlinie, durchquerten eine Siedlung und passierten dann das Tor eines großen Naturparks, der nahtlos in den Wiener Wald überging.

Der Weg, den sie wählten, führte steil bergauf. Sie sprachen wenig; waren ganz damit beschäftigt, die Steigung zu bewältigen.

Nach einer Weile blieb Marie stehen. Sie rang sichtlich nach Atem.

»Ich habe keine Kondition«, sagte sie entschuldigend.

»Weil du so etwas zu selten machst«, erwiderte Sarah mit einem Lächeln. »Wenn du nicht immer im Labor sitzt oder stehst, sondern öfters mit mir unterwegs bist, bist du nächstes Jahr um diese Zeit durchtrainiert wie ein Bergsteiger.«

»Nächstes Jahr«, wiederholte Marie. Es klang nachdenklich. »Ich bin gern im Labor«, sagte sie dann.

»Es ist schön, wenn man einen Job hat, der Spaß macht«, bestätigte Sarah. »Ich könnte mir für mich auch kaum anderes vorstellen als das, was ich studiere und dann machen möchte.«

»Hier sind wenige Leute.«

Mit Marie vernünftige Dialoge zu führen, war tatsächlich eine Herausforderung.

»Die meisten sind heute wohl im Freibad«, meinte Sarah. »Oder auf Urlaub.«

»Warum bist du nicht im Freibad?«

»Weil ich lieber etwas mit dir unternehmen wollte, und weil im Freibad viele Leute sind und du Menschenansammlungen nicht magst. Außerdem hast du mir gesagt, dass du nicht schwimmen kannst – und da dachte ich alles in allem, der einsame Wiener Wald sei besser«, erklärte Sarah geduldig.

»Oh.«

Marie wirkte überrascht. »Das ist nett«, sagte sie nach einer Weile. »Aber ich möchte nicht, dass du wegen mir auf etwas verzichtest.«

»Ich verzichte nicht«, stellte Sarah klar. »Ich wollte es so.«

Sie setzten schweigend ihren Weg fort.

»Warum bist du nicht im Urlaub?«, fragte Marie dann unvermittelt.

»Ich war schon in der ersten Juli-Woche in Griechenland, mit meinen Freunden. Auf Kos. Wir fliegen meistens auf griechische Inseln. Das Wasser ist dort so schön und klar. – Wo verbringst du deine Urlaube?«

»Ich mache kaum Urlaub. Ich fühle mich wohler in einer Umgebung, die ich kenne.«

»Verstehe.« Sarah wusste aus ihren Recherchen, dass dies durchaus typisch war für Asperger-Betroffene.

Eine Stunde später kamen sie bei einer Hütte mit Gastgarten an. Sie waren unterwegs nur ein paar Wanderern begegnet, folglich wunderte es Sarah nicht, dass auch hier wenig los war. Dankbar um den Schatten, ließen sie sich abseits unter einer Eiche nieder. Sarah hatte in ihrem Rucksack extra eine dünne Decke mit sich getragen, die als Unterlage diente. Gierig tranken sie Wasser, das sie in der Hütte besorgt hatte. Dann legte Sarah sich flach neben Marie, die gegen den Baumstamm gelehnt saß.

»Wenn ich anstrengend für dich bin ... ich kann auch nichts reden, wenn du dich dann besser fühlst.«

Marie strich ihr sanft über ihr Haar. »Sei einfach du selbst«, sagte sie leise.

Die Wurzeln des Baumes machten den Boden uneben. Eine dicke Wurzel bohrte sich in Sarahs Nacken und machte ihr das Liegen unbequem. Sie versuchte ihrer Position mehr Bequemlichkeit zu verleihen, doch wie auch immer sie sich drehte und hin und her rutschte – überall gab es Wurzeln, die mal hier, mal dort drückten. Schließlich wollte sie vorschlagen, die Decke insgesamt zu verschieben, doch Marie lehnte mit geschlossenen Augen am Baumstamm. Sie wirkte so entspannt, dass Sarah sie auf keinen Fall stören wollte.

Unwillkürlich dachte sie daran, wie warm und weich sich Maries Körper angefühlt hatte, als sie nach dem Gartenfest in ihrem Zimmer auf dem Bett gelegen hatten. Sie hatte sich wohlgefühlt, war lediglich erschrocken, als Marie ihre Hand zu tief hatte wandern lassen. In den vergangenen Tagen hatte sie oft über die Situation nachgedacht. Inzwischen war sie sich wieder gar nicht mehr so sicher, ob ihre Vermutungen über Marie Felders sexuelle Orientierung richtig waren. Abgesehen von ihrer zarten Streichelei deutete nichts darauf hin, dass Marie etwas von ihr wollte – sogar eine harmlose Freundschaft musste sie ihr einreden. Im Übrigen hatte sie bei ihren Recherchen erfahren, dass Autisten überwiegend uninteressiert an Sex waren, diese Art von Nähe kaum anstrebten und aushielten. Es war womöglich nur ein Versehen, dass Marie sie beinahe dort berührt hätte, wo sie sich bisher nur selbst angefasst hatte.

Sarah legte ihren Kopf auf Maries Schoß, überließ sich dem Wunsch, ihren weichen Körper zu spüren.

Marie öffnete die Augen und sah zu ihr hinab.

»Ist es okay?«, fragte Sarah vorsichtshalber. Als Marie nickte, schloss sie entspannt die Augen.

Minuten später spürte sie Maries Hand, die erst sanft ihre Stirn streichelte und dann über Gesicht und Oberkörper zum Bauch hinunter wanderte. Marie musste sich strecken, um das Shirt nach oben zu schieben, und Sarah, diesmal nicht erschrocken, sondern nur angenehm berührt von der Aussicht, Maries Hand zu spüren, rückte heran, um besser erreichbar zu sein.

Keine sprach ein Wort, als Marie schließlich ihre Hand zart über Sarahs Bauchdecke gleiten ließ. Sarah überließ sich der Sanftheit ihrer Berührungen und schloss erneut die Augen. Bald begann Maries Zeigefinger kleine, symmetrische Kreise um ihren Nabel zu ziehen, Kreise, die immer enger wurden.

Sarah fühlte sich wie ein Stück Gummi. Weich und willenlos.

»Du hast den Stecker ausgetauscht«, sagte Marie, als ihr Finger das Piercing berührte. »Du trägst meinen.«

»Hmmmm«, erwiderte Sarah. Unter dem Eindruck von Maries kreisendem Finger fiel es ihr schwer, zu sprechen. Ihre Empfindungen irritierten sie selbst zutiefst. Warum fühlte sie dieses seltsame Ziehen ihrem Unterleib?

Sie blinzelte in die Sonne und in Maries unbewegtes Gesicht. Ihre Begleiterin schien gar nichts dabei zu finden, sie so zu berühren. Bemerkte sie überhaupt, was sie damit auslöste?

Sarah erinnerte sich an das, was Marie ihr gesagt und was ihr bei ihren Recherchen über die Behinderung bestätigt worden war: Von Asperger Betroffenen fehlte die Fähigkeit, Reaktionen anderer auf emotionaler Ebene wahrzunehmen. In diesem Fall beruhigte sie diese Unfähigkeit – zumindest würde Marie niemals wissen, welcher Zauber von ihren Fingerspitzen ausging …

Als sie glaubte, kaum noch normal atmen zu können, legte sie ihre Hand auf Maries und hielt sie fest. Alles war gut, solange Marie sie nicht unterhalb des Nabels berührte.

»Ich habe im Internet über Asperger nachgelesen«, sagte Sarah. »Da gab es einen Bericht über einen Mann, der Telefonbücher auswendig konnte, und einen anderen, der die Stadtpläne ganzer Städte im Kopf hatte. Hast du auch so eine versteckte Leidenschaft für etwas derart Spezielles?«

»Nein«, antwortete Marie. Ein feines Lächeln glitt über ihre Lippen. »Mit mir verirrst du dich eher. – Das sind Savants, eine andere Form von Autismus. Ich kann nichts Besonderes, außer, mir das meiste auf Anhieb zu merken, das ich irgendwo lese.«

»Ich habe bei YouTube einen Film aufgerufen, eine Dokumentation über eine junge Frau, die Asperger-Autismus hat. Sie ist hochintelligent, studiert und schreibt Sachbücher, aber sie isst jeden Tag dasselbe, nämlich Kartoffeln. Sie lebt bei ihrem Bruder und dessen Frau, aber es gibt einen genauen Küchenplan, damit sie niemandem begegnen muss.«

»Ich kenne die Dokumentation«, erwiderte Marie.

Sie schwieg, weshalb Sarah nachfragte.

»Und? Wie ist das bei dir? Isst du auch jeden Tag dasselbe?«

»Nein. Aber ich brauche schon gewisse Routinen. Und es würde mich nicht stören, jeden Tag dasselbe zu essen.«

»Dieses Mädchen musste mit Hilfe einer Therapeutin sprechen lernen. Sie hat dann ihre eigene Sprache entwickelt.«

»Es ist nicht jeder gleich, Sarah.« Marie strich ihr wieder übers Haar. »Es gibt so viele unterschiedliche Formen, in unterschiedlicher Ausprägung. Ich bin auch sicher nicht so stark betroffen wie andere. Und dann gibt es wieder Leute mit Asperger, die führen ein komplett normales Leben, nur sind sie ab und zu für andere seltsam – oder sondern sich ab. Es gibt Asperger-Betroffene, die sogar Familien gründen und Kinder zeugen. Manchmal klappt das sogar ganz gut, erstaunlicherweise. Gemeinsam ist uns im Grunde nur, dass wir die Emotionen anderer nicht gut erkennen und nicht richtig damit umgehen können.«

Sarah dachte nach. Sie versuchte die Informationen, die sie erhalten hatte, weiterhin zu ordnen und mit ihrem Bild von Marie in Einklang zu bringen. Gerade eben hatten sie sich doch völlig normal unterhalten – oder bedeutete es für Marie noch immer Stress, wenn sie zusammen waren?

Sarah wollte ihr diese Frage nicht schon wieder stellen. Sie hatte leise Furcht, dass sie die Antwort nicht zufriedenstellen konnte.

Einer spontanen Laune folgend, setzte sie sich auf und sah Marie an. »Was geht gerade in mir vor?«

Marie sah sie ratlos an.

»Ich weiß nicht. – Ist das ein Test?«

»Ja und nein. Ich will dir zeigen, wie ich aussehe, wenn ich nachdenklich bin. Jetzt denke ich gerade nach, und wenn ich nachdenke, schaue ich so wie jetzt. Du musst das sozusagen nur intellektuell abspeichern, und du wirst zukünftig immer erkennen, wenn ich nachdenklich bin.«

Marie schmunzelte leicht. »Ich weiß nicht«, meinte sie wenig überzeugt. »Du siehst wahrscheinlich nicht immer genauso aus, wenn du nachdenklich bist.«

»Doch, ganz sicher«, erklärte Sarah mit fester Stimme, obgleich sie selbst nicht ganz überzeugt war von dem, was sie sagte. »Und so sehe ich aus, wenn ich glücklich bin.« Sie lächelte. »Und so, wenn ich böse bin.« Sie legte die Stirn in Falten und bemühte sich um ein grimmiges Gesicht. »Und so sehe ich aus, wenn ich unglücklich bin.« Sie setzte ein trauriges Gesicht auf, was ihr gar nicht so leicht fiel. Denn im Moment fühlte sie sich ziemlich glücklich.

»Und was bedeutet das?« Sie verzog ihr Gesicht.

Marie betrachtete sie eingehend. »Du hast Zahnschmerzen?«, meinte sie schließlich.

Sarah musste unwillkürlich lachen. Sie knuffte Marie leicht in die Seite. »Ich bin verzweifelt«, sagte sie, noch immer lachend. »Das ist ein *verzweifeltes* Gesicht!«

»Oh.« Marie lächelte auch. »Du wirst diesbezüglich mit mir ziemlich oft verzweifeln, fürchte ich.«

Es gibt unangenehmere Arten zu verzweifeln, ging es Sarah durch den Kopf. »Wie haben deine Adoptiveltern gemerkt, dass du anders bist?«, fragte sie dann, ehrlich interessiert.

»Wenn du Babys anlächelst, lächeln sie sehr häufig zurück. Wenn du mit ihnen sprichst, fangen sie allmählich an, dich zu imitieren. – Bei mir war das alles nur schwach ausgeprägt. Das kam ihnen seltsam vor, nehme ich an. Sie waren sehr aufmerksam und haben mich von Arzt zu Arzt geschleppt. Erst wurde ihnen gesagt, dass ich entwicklungsgehemmt bin oder geistig zurückgeblieben, doch diese Diagnose war offensichtlich nicht haltbar, weil ich mit anderen Dingen sehr gut zurecht kam – leblosen Dingen, die keine Reaktion von mir erwarteten. Sie haben sich sehr um mich gekümmert. Als ich etwa acht war, wurde die Diagnose gestellt.«

»Hast du nicht mit anderen Kindern gespielt?«

»Ich kann mich nicht erinnern. Es war zu viel für mich. Kinder sind besonders unberechenbar.«

»Also wurde es besser, als du älter wurdest?«

»Nein.« Marie schwieg.

Sarah fragte sich gerade, ob sie mit ihren Fragen etwa zu weit gegangen war, als Marie unvermittelt sagte: »Du fragst immer nur mich. Du erzählst nichts von dir.«

Überrascht sah Sarah sie an. »Du hast mich nichts gefragt. Ich wusste nicht, was dich interessiert. Zumal nicht viel passiert ist.«

Marie schwieg. Sarah dachte angestrengt nach. Es war nicht einfach, ohne Frage und nähere Anhaltspunkte irgendetwas von ihrem Leben zu erzählen. Sie dachte an ihre Erlebnisse im »Q15«, daran, wie sie die Tage mit ihren Freunden verbrachte – selbst ihr Studienalltag erschien ihr plötzlich zu trivial, um als Gesprächsthema zu dienen.

»Über was denkst du am meisten nach?«, fragte Marie, nachdem sie wohl schon mehr als fünf Minuten nachgedacht haben mochte.

Sarah schluckte. Darüber, warum ich mich mit Männern so schwer tue, mit fast zwanzig meinen ersten Freund habe und seine Küsse eklig finde, schoss es ihr durch den Kopf. Laut sagte sie: »Ich denke oft an meine Mutter«, und es war die Wahrheit. Sie dachte sehr oft an sie, gerade in letzter Zeit. Sie fehlte ihr, weil sie sich vorstellte, wie schön es wäre, mit ihr über alles reden zu können, was ihr Kummer bereitete – und auf Verständnis zu stoßen. Ihr Vater gab sich zweifelsohne Mühe, für sie da zu sein. Aber er war einfach nicht der richtige Ansprechpartner für Menstruationsbeschwerden, für die Unsicherheit, die sie manchmal bezüglich ihres Aussehens verspürte (Bin ich hübsch? Sieht nicht jeder den Pickel auf der Stirn? Bin ich zu mager?) oder eben ihre Selbstzweifel, was ihre Wirkung auf Männer anging. Ihre Mutter war viel zu früh gestorben.

Irene, ihre Tante und die jüngere Schwester ihrer Mutter, hatte sich immer sehr um sie bemüht. Selbst kinderlos, hatte sie besonders viel Energie darauf verwandt, eine gute Ersatzmutter zu sein. Doch erstens war das nicht dasselbe, zweitens hatte es im Leben ihrer Tante unzählige Phasen gegeben, in denen sie einfach nicht für Sarah da sein konnte – auch wenn sie es noch so sehr wollte. Vor vier Jahren war bei ihr Brustkrebs diagnostiziert worden – allerdings in einem so frühen Stadium, dass ihr geholfen werden konnte. Sie galt als geheilt, lebte aber bis heute mit der Angst, der Krebs könne wiederkehren. Während sie noch in Chemotherapie war, fand ihre schon immer sehr schwierige Ehe ein abruptes Ende, da ihr Mann nun mit seiner Geliebten zusammenzog – Sarah bekam aus einem Gespräch zwischen ihrem Vater und Irene mit, dass diese wohl schwanger war. Die Scheidung verlief äußerst hässlich, da der Mann, ein erfolgreicher Rechtsanwalt, nicht den geringsten Grund sah, Unterhalt zu zahlen.

Alles in allem hatte Sarah in diesen Jahren nie wirklich einen Freiraum gesehen, um mit ihren Problemen, die ihr im Vergleich zu diesen Schrecklichkeiten allzu trivial schienen, bei ihrer Tante aufzuwarten.

Dies und noch mehr erzählte sie Marie, während sie nebeneinander auf der Wiese saßen, Stunde um Stunde, und sich erst bei Einbruch der Dämmerung auf den Heimweg machten – und das nur, weil sie wussten, dass um 22 Uhr die Parktore geschlossen wurden.

Sarah fuhr direkt nach Hause.

Sie hatte keine Lust mehr, an diesem Tag noch ins »Q15« zu gehen. Als sie sich nur vorstellte, wie sie durch die Türe des Lokals trat und das rauchige und laute Innere sie jäh umfing, verspürte sie eine heftige Abneigung. Es zog sie nicht an. Heute nicht. Es schien ihr so, als würde die Kneipenatmosphäre die schönen Stunden mit Marie ausradieren und damit auch das Gefühl von Glück, das sie in sich trug.

»Es gibt so anstrengende Kunden«, stöhnte Irene, nachdem der Herr mit Gehstock, der sie zwei Stunden lang mit seinen Fragen beschäftigt hatte, endlich die Galerie verlassen hatte.

»Ich wusste am Schluss nicht mehr, was ich ihm noch über flämische Malerei erzählen soll. – Danke übrigens für deine Unterstützung, Sarah.«

»Ich kam mir auch schon vor wie bei einer Kunstgeschichte-Prüfung«, gab Sarah zu. »Zum Glück habe ich viel dazu gelesen. Aber der Schlag ins Gesicht ist ja, dass du dich mit so einem arroganten Affen ewig befasst, und dann kauft er nicht mal etwas!«

Irene seufzte. »Tja, Sarah, daran musst du dich gewöhnen. Das wirst du noch oft erleben.«

»Es geht mir ja nicht einmal so sehr darum, dass er nichts kauft«, erwiderte Sarah. »Ich mochte vor allem seine Art nicht, wie er mit uns umging. Der Kerl sprach fast nur im Imperativ! Wie mit Dienstboten oder Sklaven, die einzig und allein für sein Wohlbefinden zuständig sind. – Außerdem, hast du gesehen, wie er dir in den Ausschnitt geschaut hat?«

»Das hat er nicht«, widersprach Irene, wurde aber rot. Verlegen strich sie sich eine Strähne ihres schulterlangen dunklen Haares hinter das Ohr und rieb sich mit dem Zeigefinger über den Nasenrücken – eine Geste, die Sarah von ihr kannte, wenn sie nervös war. Würde ihre Mutter, wenn sie noch lebte, auch noch so schlank und grazil sein wie Irene? Die beiden Schwestern hatten sich immer sehr ähnlich gesehen. Oder änderte sich das doch mit den Jahren? Ihre Mutter war schließlich rund zehn Jahre älter gewesen als ihre kleine Schwester.

Während Sarah dies durch den Kopf ging, wurde ihr gleichzeitig bewusst, dass ihre Tante erst knapp vierzig war – bei Gott keine alte Frau. Sie wusste selbst nicht, warum es ihr so schwer fiel, Verwandte in dieser Hinsicht einzustufen. Sie schienen sich nie zu verändern, sahen fast immer gleich aus und waren, wenn sie sich die Realität nicht bewusst vor Augen führte, immer schon alt. Bei ihrem Vater ging es ihr genauso.

»Ich wünschte, wir hätten keine alten Meister in der Galerie, sondern etwas Moderneres«, sprach Sarah aus, was sie seit längerem bewegte. »Das würde dann andere Kunden anziehen. Junge Leute, die aufgeschlossen und freundlich sind, nicht diese alten stinkreichen verbitterten Greise!«

»Jetzt bist du aber ungerecht«, meinte Irene. »Es sind nicht alle alten Leute böse und ungut, und nicht alle jungen nett und freundlich. Das ist Schubladendenken.«

»Ich meine ja nur, dass etwas Modernität nicht schaden würde.« Sarah ließ sich auf einem der Thonet-Stühle nieder, die ebenfalls zum Verkauf angeboten wurden, und erntete von ihrer Tante sofort einen mahnenden Blick. Gehorsam stand sie auf, sagte aber: »Genau das meine ich. Es ist hier alles so nobel, teuer und antiquiert.«

»Tja, das ist eben die Linie, in der deine Mutter und ich die Galerie etabliert haben«, meinte Irene. »Und damit haben wir einen recht netten Kundenstamm aufgebaut.«

»Sag bitte nicht nett. Nett war der Mann nun wirklich nicht.«

»Ich meinte nett im Sinne von groß, und das weißt du auch.« Irene erhob sich und ging ins Hinterzimmer, in dem unter anderem die Kaffeemaschine stand. Sie kam mit zwei Tassen Kaffee und einem Klappstuhl zurück.

»Hier – als Alternative zu Thonet.« Sarah nahm darauf Platz. Sie wollte gerade nach ihrer Kaffeetasse greifen, als aus dem Hinterzimmer der Klingelton ihres Handys ertönte.

Auf dem Display stand Simones Name. Sarah hob ab und wurde gleich mit einem Schwall wirrer Worte überfallen.

»Das ist total megageil, Sarah, du glaubst nicht, was mir passiert ist! Ich kann es immer noch nicht fassen, das ist die Chance meines Lebens!« Ehe Sarah Gelegenheit hatte, nachzufragen, klärte Simone sie auch schon über die Ursache ihres Freudentaumels auf: »Mike nimmt mich mit ins Pidario!«

Es dauerte ein paar Sekunden, bis Sarah die Information richtig einordnen konnte.

»Oh. Toll«, erwiderte sie dann automatisch, ohne Simones Euphorie teilen zu können. »Wie hast du denn das geschafft?«

»Das ist doch me-ga-geil!«, kreischte Simone so laut ins Telefon, dass Sarah den Apparat weit von sich halten musste, um ihr Trommelfeld zu schonen. »Ich habe mir das doch schon immer gewünscht!« Nachdem sie ihre Begeisterung ausgetobt hatte, beantwortete sie doch noch Sarahs Frage: »Mike und ich haben Telefonnummern ausgetauscht, neulich. Mike ist so ein cooler Typ! Er steht auch total auf *Scooter*, so wie ich.«

Sarah hatte bis dato keine Ahnung gehabt, dass Simone solch ein großer Techno-Fan war. Sie hatte vor einiger Zeit beiläufig erwähnt, dass sie Techno doch gar nicht so schlecht fände, nachdem sie neulich die Band *Scooter* auf einem Musikkanal gehört hatte. Vor eineinhalb Jahren war sie noch ein begeisterter Madonna-Fan gewesen.

»Weißt du, was das Geilste an der Sache ist?«, fuhr Simone fort, ohne eine Antwort zu erwarten. »Ich habe mit Mike ausgehandelt, dass ich eine Freundin mitnehmen darf, und an wen habe ich da gleich gedacht? – An dich natürlich, Süße!«

»Oh, danke. Das ist nett. Aber wird da nicht hauptsächlich Techno gespielt?«

»Nein, nicht nur«, widersprach Simone. »Mike sagt, das ist total geile Musik und eigentlich für jeden etwas. – Ich bin soooo happy, dass das endlich klappt! Ich habe schon gedacht, ich erlebe es nicht mehr, da hineinzukommen!« Sie wurde plötzlich ganz geschäftig. »Du kannst ja nach der Arbeit gleich zu mir kommen, und wir können uns gemeinsam stylen. Ich hab eh genug Sachen da, die dir passen – meine ganzen Miniröcke. Vorher könnten wir noch im ›Q15‹ vorbeischauen auf einen Drink, und uns von dort von Mike abholen lassen.«

»Du meinst … wir gehen *heute* ins Pidario?«, fragte Sarah irritiert. Für sie kamen die Informationen im Moment etwas zu schnell. Außerdem geisterte ständig das Wort »geil« durch ihren Kopf. Es fiel ihr zum ersten Mal auf, wie oft Simone in letzter Zeit dieses Wort verwendete.

»Ja klar, warum denn warten?«, sagte Simone aufgedreht. »Mike sagt, am Montag ist es fast genauso voll wie am Sonntag! Es ist ja auch ein After-Work-Clubbing. – Also, wann bist du bei deiner Tante fertig? Oder kannst du heute nicht schon früher gehen? Wir könnten noch bei Mango oder Zara vorbeischauen, ob wir coole Klamotten für heute Abend finden.«

»Hmm.« Sarah zögerte. Was sollte sie ihr sagen? Sie wollte Simone nicht vor den Kopf stoßen, doch die Vorstellung, heute auszugehen, reizte sie nicht im Geringsten. Es war stark bewölkt und leicht regnerisch, und sie hatte sich auf einen gemütlichen Abend zu Hause eingestellt. Außerdem musste sie bis zum Ende der Semesterferien eine Seminararbeit abgeben und hatte noch kein einziges Buch zum Thema gelesen. Bisher hatte sie die Semesterferien nur genossen; allmählich jedoch packte sie das schlechte Gewissen.

»Heute geht es überhaupt nicht«, sagte sie daher. »Meine Tante hat Theaterkarten für uns; ich bin echt schon verplant.«

Kaum ausgesprochen, wurde ihr bewusst, dass dies die ungeschickteste Ausrede war, die ihr hatte einfallen können – schließlich hatten die gesamten Bundestheater Sommerpause. Doch Simone war gedanklich zu sehr bei ihrem ersehnten Disko-Besuch, um das zu bemerken.

»Sarah, das ist ja echt urblöd!«, erwiderte sie mit mauligem Unterton. »Kann deine Tante nicht mit jemand anderem gehen? Wir haben endlich diese einmalige Chance, und du lässt sie verstreichen!«

»Simone, es tut mir leid, ich kann wirklich nicht.«

»Du warst gestern auch nicht im ›Q15‹«, sagte Simone vorwurfsvoll. »Warum eigentlich nicht?«

»Ich war den ganzen Tag unterwegs und am Abend ziemlich müde«, erwiderte Sarah ausweichend und wunderte sich nicht über Simones bohrende Frage.

»Unterwegs? Wo denn, und mit wem?«

»Mit Marie. Im Lainzer Tiergarten.«

»Was?« Das Entsetzen der gesamten Welt lag in Simones

Stimme. »Mit dieser verschrobenen Person? – Ich dachte, das hätte sich! Hat dir dein Vater das schon wieder aufs Auge gedrückt? – Sarah, du musst dich wehren! Du kannst dich nicht so ausbeuten lassen, dein Vater versklavt dich ja richtiggehend! Du hast überhaupt kein Leben mehr, wenn das so weitergeht!«

»Ich habe mich freiwillig mit ihr getroffen«, stellte Sarah klar. »Sie ist nicht so, wie du denkst.«

»Hast du vergessen, dass sie dich begrapscht hat?«

»Das ist absoluter Unsinn!« Sarahs Stimme klang sogar in ihren eigenen Ohren ungewöhnlich scharf. »Das hat nur so geschienen«, setzte sie eine Spur milder hinzu. »Es war überhaupt nichts mehr in dieser Richtung.«

Sie dachte an die Wärme von Maries Körper und Maries Hand auf ihrem Bauch. Es war doch nichts dabei, sich wohlzufühlen. Warum musste Simone immer alles so durch den Dreck ziehen?

»Wie du meinst.« Simone klang sichtlich verstimmt. »Wenn du lieber mit dieser Marie durch die Gegend ziehst, bitte. Wenn du lieber mit deiner Tante ins Theater gehst, auch schön. Dann werd ich eben auch jemand anderen fragen, ob er mich ins ›Pidario‹ begleitet. Aber falls es dich interessiert: Mario hat gestern auch im ›Q15‹ auf dich gewartet. Er hat dich nicht am Handy erreicht, hat er gesagt, du hattest den ganzen Tag über wohl keinen Empfang. Jedenfalls war er ziemlich verstimmt, dass du ihn hast hängen lassen. Diese Babsi hat sich auch gleich voll an ihn herangeschmissen.«

Mario. Sarah unterdrückte ein Seufzen. Sie hatte ihn tatsächlich komplett vergessen. Andererseits – was hieß hier, sie habe ihn hängen lassen? Schließlich waren sie nicht einmal verabredet gewesen. Und natürlich hatte er sie nicht erreicht! Mitten im Wiener Wald hatte sie nun einmal keinen Empfang. Aber wer sagte denn, dass sie immer für ihn erreichbar sein musste? – Sie hatten sich doch erst am Vortag gesehen! Ihre Gedanken behielt sie allerdings für sich und fragte stattdessen: »Welche Babsi denn?«

»Na, die kleine Blonde von der Bar«, erwiderte Simone und klang, als müsse Sarah doch nun wirklich wissen, um welche Babsi es ging, und das auch nur, weil Markus sie letztes Mal angesprochen hatte.

»Du musst echt aufpassen«, raunte Simone. »Die lässt nicht locker, Und dein Mario ist sehr gefragt. Du musst da schon dran bleiben, Sarah!«

Unter dem Vorwand, dass sie sich um Kunden kümmern müsse, die die Galerie betreten hätten, beendete Sarah das Gespräch. Sie hatte keine Lust, mit Simone noch eine Sekunde länger über heikle Themen wie Marie oder gar Mario zu sprechen, außerdem war es ihr herzlich egal, ob und an wem eine Babsi Gefallen fand. Es bestürzte sie selbst, wie egal ihr dieser Umstand war. Im Moment ärgerte sie sich nur darüber, dass Mario ihre Anwesenheit im »Q15« erwartet hatte. Sie war doch keinerlei Verpflichtungen mit ihm eingegangen!

Zwei Tage später arbeitete sie wieder bei ihrer Tante in der Galerie. Sie diskutierten gerade wieder einmal über Sarahs Leidenschaft für moderne Kunst, als plötzlich die Tür aufging und Mario mit einem strahlenden Lächeln die Galerie betrat.

Sarah war zunächst so überrascht über sein Auftauchen, dass sie stocksteif auf der Stelle verharrte und seine Begrüßungsworte nur wie durch eine dumpfe Nebelwand wahrnahm.

»Hallo, Sonnenschein! Ich wollte mal sehen, wo du arbeitest, nachdem ich dich seit Tagen nicht erreiche.«

Schon schlang er seine Arme um sie und küsste sie vor den Augen ihrer verblüfften Tante mitten auf den Mund. Dann begrüßte er auch Irene – höflich, galant und mit einem Satz, der ihrer Tante dezente Röte ins Gesicht und Sarah einen Anflug von Ärger bescherte.

»Sarah hat mir bisher ganz verschwiegen, dass sie so eine junge Tante hat. Sie könnten ja fast Schwestern sein!«

Musste er immer so übertreiben?

»Darf ich mich vorstellen? Mario Negrello, ich bin Sarahs Freund. Sicher hat sie mich schon erwähnt.«

Sarah bemerkte den verwunderten Seitenblick ihrer Tante. Sarah konnte ihr das Erstaunen nicht verdenken. Schließlich war sie selbst davon überrascht, mit welcher Selbstverständlichkeit Mario die von ihm selbst gewählte Rolle vortrug.

»Ja, ein paar Mal hat sie Ihren Namen erwähnt«, erwiderte Irene, höflich lächelnd.

Sarah wusste, ihre Tante wollte letztendlich nur liebenswürdig sein. Trotzdem ärgerte sie sich – sowohl über Mario, der hier in ihre Familie eindrang, ohne vorher zu fragen, als auch über ihre Tante, die ihn unbewusst darin bestärkte.

»Nett, Sie kennenzulernen. Möchten Sie einen Kaffee?«

Natürlich wollte er. Während Irene im Nebenzimmer die Maschine bediente, erkundigte sich Mario in gedämpftem Tonfall: »Ich hab schon tagelang nichts mehr von dir gehört. Warum gehst du nicht ans Handy, wenn ich anrufe?«

»Ich war in den letzten Tagen an meiner Seminararbeit, ich habe an nichts anderes gedacht.«

»Nicht mal an mich?« Er sah sie erstaunt an.

»Weißt du, wenn ich arbeite … dann tauche ich in eine völlig andere Welt ein«, verteidigte sich Sarah. »Ich blende dann die Umgebung völlig aus. Das ist nicht persönlich gemeint.«

Die Wahrheit war: Sie hatte an ihn gedacht, als er gestern zum fünften Mal anrief und das Läuten ihres Handys nicht länger zu ignorieren war. Sie hatte nicht abgehoben, weil sie wusste, dass er sich meldete, um ein neuerliches Treffen auszumachen, auf das sie keine Lust hatte. Etwas war in ihr, eine Art Sperre, die ihn auf Distanz hielt. Sie konnte rational nicht begründen, was es war und woher es kam; sie wusste nur, dass sie keine Sehnsucht nach ihm verspürte und sich durch sein plötzliches Auftauchen in der Galerie einfach nur gestört fühlte.

Sie tauschten sich über ein paar Belanglosigkeiten aus, als Irene mit dem Kaffee zurückkam, und führten Smalltalk, wobei Mario immer wieder dezente Komplimente an beide Frauen einflocht. Irene schien sich wirklich über die unerwartete Beachtung ihrer Person zu freuen. Sie lachte herzhaft und amüsierte sich anscheinend bestens.

Auch Sarah entspannte sich allmählich.

Eigentlich ist es ja nett von ihm, dass er hier vorbeischaut, versuchte sie sich zu besänftigen. Ich weiß selbst nicht, was mit mir los ist. Ich bin vielleicht wirklich eine Zicke. Er ist nett, er hat Humor, er hat viele Interessen und Hobbys. Obendrein sieht er sehr gut aus. Vielleicht bin wirklich ich das einzige Problem, wenn es um Männer geht?

Das Problem sind die anderen.

Sie dachte an Maries Satz. Er mochte in ihrem speziellen Fall zutreffen, doch für sie, Sarah, musste er anders lauten: Das Problem bin ich.

Da sie kein Problem sein wollte und sich außerdem schmerzhaft an das sexuelle Problem erinnerte, dass ihr Simone letztens im »Q 15« so drastisch vor Augen geführt hatte, willigte sie ein, als Mario für den Abend ein Treffen vorschlug.

Sie musste ihn vielleicht einfach nur besser kennenlernen, und irgendwann würde sie sich dann an ihn gewöhnt haben. Wahrscheinlich war die Liebe so oder so nur ein Gewöhnungsprozess. Bei manchen lief er schneller ab, bei anderen langsamer. Und sie gehörte eben zu den Superlangsamen.

»Ein netter Bursche«, sagte ihre Tante, als sich Mario wieder verabschiedet hatte. »Kompliment. Du hast wirklich einen sympathischen Freund. – Aber warum hast du mir nie von ihm erzählt?«

»Es weiß keiner«, sagte Sarah. »Weil es nämlich noch nicht lange läuft.«

»Dein Vater also auch nicht?«

Sarah schüttelte den Kopf.

»Vielleicht solltest du ihm Mario bald vorstellen«, schlug Irene vor. »Ich weiß schon jetzt, dass er ihn mögen wird!«

Es war Sonntagvormittag. Sarah hatte mit ihrem Vater gefrühstückt; nun versuchte sie sich wieder ihrer Unilektüre zu widmen. Doch die wissenschaftlichen Ausführungen über die Skulpturen der Spätantike konnten sie diesmal nicht fesseln. Immer wieder glitten ihre Gedanken ab.

Sie dachte an ihr letztes Treffen mit Mario. Sie waren im Kino gewesen, hatten eine romantische Liebeskomödie angeschaut. Mario hatte seine Hand auf ihren Oberschenkel gelegt und sie die ganze Zeit dort liegen lassen. Irgendwann begann sich seine Hand in der Dunkelheit des Kinos zwischen ihre Schenkel zu schieben, und Sarah fühlte sofort diese seltsame innere Sperre, die sie manchmal selbst dann bei sich bemerkt hatte, wenn es nur um einen harmlosen Flirt mit einem jungen Mann gegangen war. In ihrem Inneren war etwas, das ihr ein einfaches »Stop!« entgegenstellte. Sie hatte Marios Hand festgehalten – er hatte verstanden und sie einfach nur auf ihren Oberschenkel zurückgelegt, als sei nichts geschehen.

Nach dem Kino waren sie noch auf einen Drink in eine Bar gegangen. Danach hatte Mario salopp gefragt: »Gehen wir jetzt zu mir?«

Unter dem Einfluss einer Erdbeer-Margarita war Sarah locker und kommunikativ geworden; sie hatte mit ihm gescherzt und sich über diverse verschrobene Professoren an der Uni lustig gemacht. Doch Marios Frage ließ bei ihr alle Alarmglocken schrillen.

Es war ihr nicht leicht gefallen, die richtigen Worte zu finden. Sie fand ihn nett und unterhaltsam. Sie wollte ihn nicht vor den Kopf stoßen. »Es geht mir alles zu schnell, Mario«, hatte sie deshalb mit leiser Stimme gesagt. »Wir kennen uns doch noch kaum.«

Seine Enttäuschung und Verwunderung war nicht zu übersehen gewesen. Trotzdem hatte er ihre Hand ergriffen und gesagt: »Du bist etwas ganz Besonderes, Sarah. Ich habe schon lange keine so tolle Frau mehr getroffen.« – Er hatte sie offen angelächelt, ihre Hand gedrückt und ergänzt: »Mir gefällt, dass du nicht so schnell zur Sache gehst wie andere. – Du bedeutest mir wirklich viel, Sarah. Ich habe das Gefühl, ein absoluter Glückspilz zu sein. Ich meine: Schau dich an. Du bist bildschön, blitzgescheit … wir haben einen ähnlichen Freundeskreis. Mir kommt es vor, als wären wir wie geschaffen füreinander!«

Sie hatte nichts darauf erwidert, sondern ihn geschickt auf ein anderes Thema gelenkt.

Jetzt gingen ihr seine Worte durch den Kopf und sie fühlte sich grässlich. Er war wirklich sympathisch. Sie konnten zusammen lachen. Und es war ganz offensichtlich, dass er in sie verliebt war.

Warum aber konnte sie sich nicht einfach darüber freuen und das Gefühl, begehrt zu werden, genießen? Hatte sie sich nicht all die Jahre danach gesehnt, dass ihr jemand Komplimente machte? Auch Marie hatte ihr Komplimente gemacht. Das hatte sie verunsichert. Aber trotzdem hatte sie nicht diese innere Beklemmung verspürt.

Warum auch? – Von Marie hatte sie ja nichts zu befürchten. Freundinnen machten einander manchmal Komplimente. Und Marie hatte ihr selbst erklärt, dass sie oft nicht die richtigen Worte fand. Sie hatte wahrscheinlich nur etwas Nettes sagen wollen und dabei vielleicht ein bisschen übertrieben.

Marie. Sarah fühlte sich bei dem Gedanken daran, dass Marie in knapp vier Stunden vor ihrer Haustüre stehen würde, ganz kribbelig. Vor zwei Tagen hatten sie telefoniert. Sarah war es, die angerufen hatte, spät am Abend, und sie war überrascht und erleichtert gewesen, als Marie abhob. Betont lässig hatte sie Marie für Sonntag zu sich nach Hause eingeladen und war innerlich bereits auf Widerstand eingestellt gewesen. Wahrscheinlich würde sie all ihre Überredungskünste aufbieten müssen. Doch Marie hatte gleich eingewilligt und sich freundlich bedankt. Ob sie sich über ihren Anruf freute, war schwer zu sagen. Jedenfalls hatte sie ohne besonderen Überschwang auf die Einladung reagiert. Das Gespräch war kaum länger als zwei Minuten gewesen und für Sarah eine Bestätigung mehr für das, was ihr Marie immer wieder drastisch vor Augen führte: Dass sie im Zeigen von Emotionen ihre Schwierigkeiten hatte.

Sich dies in Erinnerung rufend, nahm sie Maries nüchterne Zusage wenigstens nicht persönlich. Worüber sie sich dennoch Gedanken machte, war Marie selbst: Was für ein Leben musste sie führen? Wie schwer musste es ihr letztendlich fallen, Freundschaften zu knüpfen? Sie konnte sich beim besten Willen nicht mehr vorstellen, dass Marie sich nicht einsam fühlte.

Immer wieder sah Sarah nervös auf die Uhr. Als sie eingesehen hatte, dass sie es nicht schaffen würde, stillzusitzen, ging sie in die Küche und rührte Waffelteig an. Schließlich wollte sie Marie etwas anbieten können, und Kochen und Backen lenkten sie erfolgreich ab, wenn ihr etwas im Kopf herumspukte.

Seltsam nur, dass sie diesmal so gar nicht wusste, was die eigentliche Ursache ihrer Unruhe war.

Als es um drei Uhr nachmittags, pünktlich auf die Minute, an ihrer Tür läutete, fühlte sie sich regelrecht erlöst. Schwungvoll riss sie die Tür auf und strahlte. »Komm rein!«

Marie wirkte, wie bisher zu Beginn jeden Treffens, recht distanziert. Steif erwiderte sie Sarahs Umarmung. Offenbar brauchte sie immer etwas Zeit, um mit Menschen warm zu werden. Erst als sie im Wohnzimmer eine Weile auf dem Sofa saßen und über Belanglosigkeiten geplaudert hatten – wobei Sarah diejenige war, die plauderte, und Marie fast nur zuhörte –, begann Marie sich nach und nach zu entspannen. Sie lächelte über Sarahs Scherze, wenn sie sie als solche erkannte, und beteiligte sich schließlich am Gespräch.

Das Läuten ihres Handys riss Sarah aus der Unterhaltung. Sarah erkannte Nataschas Namen auf dem Display und hob ab.

»Du weißt es sicher schon«, überfiel sie Natascha ohne Begrüßung. »Was sagst du dazu? Ist das nicht unfassbar? Ich bin noch immer total geschockt!«

Sarah hatte keine Ahnung, wovon sie sprach. Da Natascha jedoch allgemein ein hektischer Typ war, beunruhigte ihr Schockiertsein sie nicht sonderlich. Natascha war des Öfteren geschockt, und das auch wegen Bagatellen.

»Ich weiß nichts«, sagte Sarah. »Von was redest du?«

»Was, du weißt es nicht? Hat dich Simone noch nicht angerufen? – Simone hat sich von Daniel getrennt!«

Sarah schwieg. Sie war tatsächlich verblüfft – nicht, weil es sie überraschte, dass sich Simone offenbar von ihrem Freund getrennt hatte, sondern weil sie von Natascha davon erfuhr und nicht von Simone selbst. Sie hatte Simone am Donnerstagnachmittag kurz auf einen Kaffee in der Innenstadt getroffen. Da hatte sie lediglich von ihrem Besuch im »Pidario« geschwärmt, der wohl ihre kühnsten Erwartungen übertroffen hatte, aber kein Wort darüber verloren, dass ihre Beziehung mit Daniel schlecht lief.

»Oh Gott, du wusstest es wirklich nicht!«, schloss Natascha nun aus ihrem Schweigen. »Das gibt es doch nicht … ich dachte, Simone hätte dir davon erzählt … und ich wollte eigentlich von dir wissen, ob das Gerücht stimmt, dass sie jetzt mit diesem DJ zusammen ist, dem Freund von deinem Mario, wie heißt er doch … Mike?«

Für Sarah ergab die plötzliche Trennung von Daniel ein stimmiges Bild. Sie erinnerte sich deutlich an den schwärmerischen Tonfall, in dem Simone von Mike gesprochen hatte.

»Ich weiß es nicht. Ich habe Simone seit Donnerstag nicht mehr gesehen.«

»Was? Aber sie ist doch deine beste Freundin!«

Unweigerlich schürte Natascha das Feuer, das in Sarah zu schwelen begonnen hatte. Sie grämte sich tatsächlich darüber, dass Simone nicht mit ihr gesprochen hatte. Teilten sie nicht sonst alle Sorgen und Geheimnisse?

»Und von Mario hast du auch noch nichts gehört? – Der muss doch von Mike schon was erfahren haben!«

»Ich weiß es nicht. Wir haben nicht darüber gesprochen.«

Sarah formulierte ihre Antwort absichtlich so, dass sie die Wahrheit, nämlich, dass sie Mario auch nicht täglich am Telefon hatte, umgehen konnte. Sie wollte bei Natascha nicht für den nächsten Schock sorgen.

Da sie nicht weiter fündig wurde, verabschiedete sich Natascha rasch. Sarah wollte das Handy gerade wieder auf den Tisch zurücklegen, als der Name von Markus am Display erschien.

»Hi, Sarah.« Zumindest er hielt sich an elementare Höflichkeitsregeln, ehe er zum Kern der Sache kam. »Hast du schon gehört, dass ...«

Sie ließ ihn nicht ausreden. »Ja, ich weiß bereits, dass Simone und Daniel jetzt getrennte Wege gehen.«

Er schnaubte. »Nett ausgedrückt, Sarah – aber klar, du musst das ja auch sagen, schließlich ist Simone deine beste Freundin. Aber bei mir stand gestern Abend Daniel vor der Tür, und er war völlig fertig!«

Seine Stimme war so anklagend, dass Sarah kurzfristig das Gefühl hatte, sie sei für das Auseinanderbrechen der Beziehung verantwortlich.

»Wusstest du, dass sie ihn kaltschnäuzig abgesägt hat, einfach so?«

»Nein, wusste ich nicht.«

»Typisch, dass sie dir dieses Detail verschwiegen hat!« Markus schnaubte. »Sie hat sich dir gegenüber wahrscheinlich als das arme, bedauernswerte Opfer hingestellt!« Er ließ sie gar nicht zu Wort kommen, sondern fuhr aufgebracht fort: »Sie hat ihm ins Gesicht gesagt, dass er ihr zu uncool ist und dass er ihr nicht mehr zu bieten hat. Kannst du dir das vorstellen? – Und das nur, weil sie jetzt diesen komischen DJ kennengelernt hat! Diesen tätowierten Mike. Angeblich hat der sie auch schon flachgelegt.«

»Hmm«, machte Sarah. Sie wusste nicht recht, was sie dazu sagen sollte. Instinktiv hatte sie damit gerechnet, dass es so kommen würde.

Markus interpretierte ihre mangelnde Beredtheit auf seine Weise. »Findest du das etwa gut, wie sich Simone verhält? – Ich meine, Daniel ist völlig am Ende!«

Sarah seufzte. »Nein, ich finde das nicht gut, aber was erwartest du von mir? Es ist Simones Leben, Simones Entscheidung. Das alles geht mich nichts an!«

»Sie ist deine beste Freundin«, schnappte Markus entrüstet. »Ich hätte schon erwartet, dass du da mehr Einfluss auf sie hast und ihr auch die Leviten lesen kannst. Falls es dich dann doch interessiert: Daniel würde sie sogar zurücknehmen, trotz der Sache mit Mike. Er ist momentan völlig fertig und denkt sogar an Selbstmord.«

Sarah wurde die Diskussion allmählich zu dumm. Daniel tat ihr leid, aber sie kannte ihn gut genug, um zu wissen, dass er im Grunde ein stabiler Charakter war, der sich nur immer wieder gern als Sensibelchen zur Schau stellte, nicht zuletzt weil er meinte, dass Frauen auf solche Typen stehen würden.

»Er wird schon darüber hinwegkommen«, erwiderte sie. »Ich wüsste wirklich nicht, was ich da tun kann. Ich finde es auch schade, aber mehr kann ich dazu nicht sagen.«

»Dir gefällt wahrscheinlich, dass sie jetzt mit dem besten Freund von deinem Freund zusammen ist«, klatschte ihr Markus ins Gesicht und machte sie daher wirklich wütend.

»Was soll das? Ich habe dir gesagt, dass es mir für Daniel leid tut, und das meine ich auch so. Mehr kann ich dazu nicht sagen. Es reicht jetzt, Markus.«

Sie legte auf.

Mit entschuldigendem Blick wandte sie sich wieder Marie zu, die ihre Gespräche unbewegt mitverfolgt hatte.

»Tut mir leid. Meine Freundin hat sich offensichtlich gerade von ihrem Freund getrennt, wegen eines anderen, und das sorgt in unserem Freundeskreis für Unruhe.«

Marie erwiderte nichts. Es war offensichtlich, dass sie damit nichts anfangen konnte. Stattdessen sagte sie nach einer Weile: »Du hast sehr viele Freunde.«

Es klang wie eine simple Feststellung, doch Sarah war es dennoch ein Bedürfnis, dazu Stellung zu nehmen. »Wie man es nimmt. Ich bin hier geboren und aufgewachsen; ich glaube, da ist es ganz normal, dass man mehr Leute kennt.«

»Wenn man so ist wie du, dann sicher.«

Die Art, wie Marie dies sagte, ließ Sarah aufhorchen. Es klang nicht nach einem Kompliment.

»Was meinst du damit?«

»Dass du eben so bist, dass dich alle mögen.«

»Das musst du mir erläutern.«

»Du siehst hübsch aus, du bist in jeder Hinsicht ange-passt und du bist zu jedem freundlich. Warum sollte man dich also nicht mögen? Du bietest keinerlei Angriffsfläche.«

»Danke für diese liebenswerte Kurzbeschreibung meiner Person«, erwiderte Sarah ironisch. Sie war zutiefst gekränkt. Dass ausgerechnet Marie sie so schwarzweiß sah, tat ihr weh. Marie schaute sie unbeteiligt an, so, als wäre ihr nicht im Geringsten klar, dass sie Sarah mit dieser Bemerkung verletzt hatte.

Ist es ihr wohl auch tatsächlich nicht, machte sich Sarah bewusst.

»Ich bin sicher nicht hässlich, aber ich finde mich auch nicht so hübsch, außerdem ... ist das nicht egal? – Wenn du mit angepasst meinst, dass ich nicht der Punkszene angehö-re, nicht mit Drogen deale oder mich irgendwelchen Sekten anschließe, hast du sicher recht. Aber das ist auch nicht negativ zu sehen, oder ist es das in deinen Augen?«

Marie saß regungslos vor ihr, weshalb Sarah, durch ihre Teilnahmslosigkeit aufgebracht, fortfuhr. »Und ja, ich bin prinzipiell zu jedem freundlich. Muss ich mich jetzt dafür rechtfertigen?«

»Du machst keine Unterschiede. Du bist zu jedem nett und freundlich«, sagte Marie. Ihre Stimme klang dumpf und sie sah Sarah nicht an. »Du bist sogar zu mir freundlich.«

Sarah, die inzwischen aufgestanden war, sah Marie an. Nur wenige Schritte trennten sie, doch Sarah hatte in diesem Augenblick das Gefühl, als lägen Meere zwischen ihnen. Sie verstand nicht, was plötzlich mit Marie los war, und fühlte sich hilflos. Hatten sie zuvor nicht ganz normal miteinander geplaudert?

»Ich bin sogar jetzt zu dir freundlich, obwohl ich im Moment nicht verstehe, warum du so auf mich losgehst«, sagte Sarah leise. »Vielleicht ist das wirklich ein Kardinal-fehler von mir, dass ich immer freundlich bin. Ich tue mich nur einfach schwer damit, Leute schlecht zu behandeln. Besonders, wenn ich sie mag.«

»Mich kannst du nicht mögen«, erklärte Marie und sah Sarah immer noch nicht an. »Ich tue dir nur weh und merke es nicht einmal. Mit mir kann man keine Freundschaft haben. So ist das.«

Sarah betrachtete die in sich zusammengesunkene Gestalt auf ihrem Sofa. Sie verstand noch immer nicht, wie ein so heiter begonnener Nachmittag plötzlich solch eine Wendung nehmen konnte.

»Ich werde besser gehen.« Marie erhob sich schwer. Sie wirkte wie eine alte Frau, der jeder Schritt Mühe bereitete. »Ich weiß, dass ich dein Leben kompliziert mache. Das möchte ich nicht.«

Sie ging an Sarah vorüber, die vor Schock über diesen plötzlichen Abgang wie gelähmt war, in Richtung Tür. Ehe sie die Klinke drücken konnte, löste sich Sarahs Erstarrung.

Sie trat ihr entschlossen in den Weg. »Du tust mir weh, wenn du jetzt gehst. – Bitte, Marie …«

Sie hatte noch mehr sagen wollen, doch ihre Stimme versagte, als sie Maries Hand ergriff und plötzlich all deren Schmerz und Kummer verspürte. Sie begriff schlagartig, dass sie für Marie das verkörperte, was diese selbst nicht hatte: ein soziales Leben. Freunde. Die Fähigkeit, mit anderen zu kommunizieren und an deren Leben teilzunehmen. Die beiden Telefonate mit ihren Freunden hatten offensichtlich Wunden aufgerissen und Maries Behauptung widerlegt, sie sei sehr gerne mit sich allein sein. Sarah erkannte mit einem Schlag, in welcher emotionalen Zwickmühle sich Marie befinden musste: Es war für sie anstrengend, mit Menschen zusammen zu sein, da es ihr schwer fiel, normale Gespräche zu führen. Andererseits sehnte sie sich wie jeder Mensch nach der Gesellschaft und Zuneigung anderer.

Sie zog Marie stumm auf das Sofa zurück. Einer spontanen Eingebung folgend, schlang sie die Arme um sie und zog sie dicht an sich. Sie spürte Maries Herzschlag und ihren heißen Atem an ihrer Wange. Ihre Haut war sanft und weich. Sie rechnete mit Tränen, doch Maries Augen blieben trocken.

Minutenlang verharrten sie so. Dann erwiderte Marie ihre Umarmung, ganz vorsichtig und behutsam, als hätte sie Angst, Sarah könne bei ihrer Berührung zerbrechen. Sarah fühlte sich umfangen und geborgen wie in einem Nest. Sie schloss die Augen. Dass Marie sich plötzlich nach hinten auf das Sofa fallen ließ und sie mit sich riss, kam für Sarah gänzlich unerwartet. Sie sank über Marie und starrte wenige Sekunden in ein Augenpaar, das über die Position, die sie jetzt am Sofa einnahmen, genauso erschrocken schien wie sie selbst.

Marie versuchte sich aufzusetzen, doch Sarah machte ihren Versuch zunichte; sie lag mit vollem Gewicht auf ihr und ihr linkes Bein befand sich unter Maries, sie wusste selbst nicht, wie es dahin geraten war.

»Entschuldigung«, sagte Marie und schaute zur Decke, um Sarahs Augen auszuweichen. Sarah fragte sich, für was eigentlich – für ihre entbehrliche Diskussion zuvor oder für die Lage, in der sie sich jetzt befanden.

»Ich finde es eigentlich sehr bequem. Du fühlst dich sehr angenehm an.«

»Findest du?« Ein ernstes Augenpaar richtete sich wieder auf sie. »Tut mir leid.«

»Was denn? Dass ich dich fast zerquetsche?« Sarah lächelte und hoffte, Marie würde ihr Lächeln erwidern. Doch Marie blieb ernst.

»Alles«, flüsterte sie. »Ich wollte dich nicht ... wollte nicht ...«

Sarah war es jetzt gelungen, sich abzurollen und ihr Bein unter Maries Körper hervorzuziehen. Sie ließ sich der Länge nach neben Marie gleiten, die sofort etwas zur Seite rutschte und ihr Platz machte. Sarah strich ihr sanft über die Wange. Noch immer war ihr, als spüre sie das Leid, das Maries Leben mit sich brachte, am eigenen Leib. Sie konnte Marie verstehen, verstand alles, sah die Welt in diesem Moment durch ihre Augen – eine Welt, in der alle Spaß hatten und in der Marie nur die äußerliche Betrachterin war.

»Schon gut«, sagte sie daher leise. »Wir haben es ja jetzt geklärt. Eigentlich dachte ich das schon bei unserem letzten Zusammentreffen. Aber vielleicht muss ich ja in regelmäßigen Abständen wiederholen, dass ich mich inzwischen auf gänzlich freiwilliger Basis mit dir treffe. – Ich mag dich wirklich, Marie.«

»Ich verstehe das aber nicht. Ich meine, ich …«

Sarah ließ sie nicht ausreden. »Du musst nicht alles verstehen, auch wenn dein IQ überdurchschnittlich hoch ist.«

Marie seufzte. »Ich verstehe mich ja manchmal selber nicht.«

»Ich mich auch nicht«, flüsterte Sarah und dachte: Zum Beispiel jetzt. Ich verstehe nicht, warum wir hier eng aneinander geschmiegt auf dem Wohnzimmersofa liegen, warum ich noch immer ihre Wange streichle, warum ich mir wünsche, dass wir noch eine Weile so liegen bleiben können. – War das nicht irgendwie … komisch?

Sie drehte sich, so dass sie sich in die Augen schauen konnten und fuhr der verwunderten Marie zart über den Nasenrücken, hinab zu ihren Lippen. Sarah lächelte, ohne zu wissen, weshalb. Sie fühlte sich wohl, auf dieser Couch, mit Marie an ihrer Seite. »Ist es dir unangenehm, hier mit mir so zu liegen?«, fragte sie dann doch, weil sich Simones Worte wieder in ihre Gedanken drängten.

Doch Marie tat gar nichts. Sie lag einfach nur da und sah sie an. »Nein. Es ist schön«, antwortete sie schlicht auf die Frage und verfolgte Sarahs Finger, die sich plötzlich selbstständig zu machen schienen und über ihre Halsbeuge strichen. Sie legte den Kopf in den Nacken und ließ Sarah gewähren.

»Ist es für dich noch immer anstrengend mit mir?«

Sarah sprach ganz leise. Ihr eigenes Herz schlug schnell. Maries Haut fühlte sich so gut unter ihren Fingern an, so weich! Ich bin es, die hier begrapscht, nicht Marie, dachte sie verwirrt.

»Manchmal«, erwiderte Marie, fast ebenso leise. »Jetzt gerade nicht.« Ihre Stimme klang ruhig. Beruhigend.

Es war nichts falsch an dem, was sie tat. Marie fand auch nichts komisch. Nur Simone, die eigenartige Ansichten hatte und Sachen hineininterpretierte in Situationen, die sich völlig richtig anfühlten.

Als Simone das »Q15« betrat, grüßte sie alle überschwänglich lächelnd und salopp wie immer, doch selbst im Dämmerlicht der Kneipe erkannte Sarah an ihren geröteten Augen, dass sie geweint hatte. Vor den Freunden ließ sie sich jedoch nichts anmerken, bestellte erst einen Capirinhia, dann einen Daiquiri, und trank beide Cocktails in großen Schlucken, als handle es sich um Fruchtsäfte.

Keiner sprach Simone auf ihre Trennung von Daniel an – auch nicht Markus. Sarah fand es merkwürdig, dass er es nicht schaffte, ihr ins Gesicht zu sagen, was er von ihrer Aktion hielt.

Daniel war nicht gekommen. Er war sowieso nur über Simone zu ihrer Clique gestoßen; insofern überraschte Sarah sein Fernbleiben nicht.

Natascha hatte sowohl ihren Bruder als auch eine Freundin mitgebracht – Christiane und sie kannten sich, ähnlich wie Sarah und Simone, noch aus dem Kindergarten. Während Natascha nun nach den Semesterferien mit ihrem Sozialpädagogikstudium beginnen wollte, hatte Christiane vor eineinhalb Jahren die Schule abgebrochen und zu modeln begonnen. Sie lebte inzwischen ein gänzlich anderes Leben als der Rest der Freunde und war nur noch selten in Wien. Gerade hatte sie zwei Wochen Urlaub und besuchte ihre Eltern.

Das Gespräch mit Christiane war eine willkommene Abwechslung zu den üblichen Gesprächsthemen innerhalb ihres Freundeskreises, bei denen Sarah in letzter Zeit immer öfter den Eindruck hatte, im Hintergrund laufe ein Nonstop-Tonband. Die Unterhaltung mit Christiane lenkte sie auch von Mario ab, der von hinten die Arme um sie geschlungen hatte und beharrlich an ihrem Ohrläppchen kaute. Sarah fand es nicht gerade angenehm, dass ihr Ohr nass und nässer wurde, doch sie wollte ihn auch nicht vor den anderen wegstoßen. Sie war doch keine Zicke, die sich von ihrem eigenen Freund nicht berühren ließ.

Simone sagte die ganze Zeit über sehr wenig und tat so, als würde sie Christianes Erzählungen mitverfolgen, doch Sarah bemerkte sehr wohl, dass sie gedanklich ganz woanders war. Als Simone schließlich in Richtung Toilette ging, schloss sich Sarah ihr an.

»Was ist denn mit dir los?«, fragte sie besorgt, als sie im Vorraum standen. »Du siehst total fertig aus.« Sie wollte Simone tröstend die Hand auf die Schulter legen, als diese mit einem entschiedenen Schritt zurücktrat und sie böse anfunkelte.

»Schön, dass es dir auffällt!« Ihre Stimme triefte vor Sarkasmus. »Ich habe schon gedacht, dich interessiert überhaupt nicht mehr, wie es mir geht und was ich tue!«

»Wie?« Sarah runzelte irritiert die Stirn. »Was meinst du?«

»Du weißt, dass ich mich von Daniel getrennt habe, und du hast nicht einmal bei mir angerufen!«, warf ihr Simone vor. »Ich finde das echt total daneben.«

»Was?« Sarah hatte das Gefühl, im falschen Film zu sein. Schließlich hatte ihr Simone selbst bis jetzt kein einziges Wort von ihrer Trennung gesagt! »Ich dachte, du bist dir eh in allem sicher, was du da tust! Woher soll ich wissen, dass das so ein Drama für dich ist?«

Simone schnaubte. »Mann, Sarah, du hast ja echt keine Ahnung! Du bist ein gefühlsarmer Freak, weißt du das? Man merkt wirklich, dass du keinen blassen Dunst davon hast, wie es ist, eine Beziehung zu führen! Sonst wüsstest du, dass es einfach immer weh tut, wenn etwas aus ist, egal, unter welchen Umständen es zu Ende geht!«

Sarah schwieg.

Ja, Simone hatte recht: Sie wusste wirklich nicht, wie es war. Sie dachte an Mario. Würde er ihr denn fehlen, wenn er plötzlich nicht mehr da wäre?

»Ich weiß, dass Natascha dich angerufen hat und dir von meiner Trennung erzählt hat«, fuhr Simone aufgebracht fort. »Nur falls du dich jetzt darauf rausreden willst, dass du nichts davon gewusst hättest! Ich weiß, dass sie dich heute Nachmittag angerufen hat, weil sie nämlich unmittelbar danach mich anrief. Wenigstens sie war für mich da, als ich sie brauchte. Mir geht es echt schlecht …«

Tränen standen in Simones Augen und weckten Sarahs Mitleid. Vielleicht war sie wirklich eine schlechte Freundin.

»Tut mir leid«, sagte sie zerknirscht. »Ich habe wirklich nicht gewusst, dass dich das so mitnimmt. Ich dachte, dass du mit Mike zusammen bist und alles prima läuft … du hast recht, ich weiß wirklich nicht, wie eine Trennung ist.«

»Wie soll ich denn mit Mike zusammen sein, wenn er mich gar nicht will?«

Jetzt flossen die Tränen über Simones Wangen und zerstörten ihr kunstvolles Make-up. Ihre Wimperntusche verwandelte die Tränen in schwarze Rinnsale. Mitleidig legte Sarah ihr den Arm um die Schultern und zog sie an sich. Diesmal wehrte sich Simone nicht, sondern schluchzte herzzerreißend an ihrer Schulter. Das ist es also, dachte Sarah trotz des Mitgefühls, dass sie für Simone empfand. Es geht gar nicht so sehr um Daniel, sondern darum, dass Mike kein Interesse an ihr hat.

»Warum glaubst du, dass er dich nicht will? Hat er das gesagt?«

»Er hat gesagt …« Der Rest von Simones Antwort ging in heftigem Schluchzen unter. Als sie sich etwas beruhigt hatte, wiederholte sie ihre Worte, die eigentlich die seinen gewesen waren. »… dass er findet, man sollte das in unserem Alter eher locker sehen und nicht gleich in eine fixe Beziehung mit Verpflichtungen ausufern lassen. Und seitdem hat er sich nicht mehr bei mir gemeldet.«

Sarah überlegte. Sie versuchte, das Verhalten und den Ablauf der gesamten Geschichte einzuordnen. Ganz gelang es ihr nicht.

»Habt ihr etwa miteinander geschlafen?«

Simone schaute sie an, als hätte sie ihr soeben vorgeschlagen, nach Alaska auszuwandern, um Eisbären zu züchten.

»Ja, was denn sonst?«, erwiderte sie irritiert. »Glaubst du, wir haben nur Händchen gehalten, so wie du mit Mario? – Das würde Mike ja gar nicht mitmachen. Mich wundert sowieso, warum sich Mario so von dir auf Distanz halten lässt.«

»Wir lassen uns eben Zeit«, meinte Sarah, der das Thema unangenehm war. »Wir haben das so vereinbart.«

»Du hast das wahrscheinlich so vereinbart, und er will dich nicht verlieren«, brachte es Simone auf den Punkt, wandte sich dann aber wieder ihrem eigenen Problem zu.

»Jedenfalls war das am Samstagabend, und am Sonntagfrüh hab ich mit Daniel Schluss gemacht, und Mike meldet sich seither nicht mehr! «

Sarah dachte kurz nach. Sie ließ sich die Fakten durch den Kopf gehen. »Aber das ist noch keine 24 Stunden her«, stellte sie dann fest. »Vielleicht ist er einfach nur beschäftigt.«

»Mensch, Sarah!« Simone stöhnte. »Manchmal weiß ich wirklich nicht, warum ich überhaupt noch mit dir darüber rede. Du bist echt ein emotionaler Laie, in dieser Hinsicht. Wenn man in jemanden verknallt ist, sind schon sechs Stunden des Nichtmeldens ein Horror! – Telefonierst du mit Mario denn nicht täglich?«

»Nein«, sagte Sarah wahrheitsgemäß. »Ich glaube, wir sind da beide etwas nüchternere Typen als du.«

Simone schüttelte ungläubig den Kopf. »Ich verstehe dich nicht ganz, Sarah. Aber lassen wir das.« Sie griff sich eines der Papierhandtücher und schnäuzte hinein. Offenbar wollte sie noch etwas sagen, hatte schon den Mund geöffnet, als die Türe zum Lokal aufging und Natascha den Kopf hineinsteckte.

»Was macht ihr denn Ewigkeiten auf dem Klo? Kommt ihr noch, oder wollt ihr hier übernachten? Mario hat mich geschickt. Er vermisst dich schon, Sarah.«

Mario. Mario. Mario. – Durfte sie nicht einmal mehr mit ihrer besten Freundin zur Toilette gehen, ohne dass er ein Zeitlimit setzte? Sarah bereute spontan, dass sie ihn jemals geküsst hatte. Das war der Anfang von allem gewesen. Hätte sie es nicht getan, würde er sich wohl jetzt kaum als ihren Freund bezeichnen. Vielleicht sollte ich ihn wenigstens ab jetzt nicht mehr küssen! Vielleicht wäre dieser ganze Prozess dann reversibel.

Sie ging zurück zum Tisch. Den Kuss, mit dem Mario sie begrüßte, erwiderte sie dennoch. Es schien ihr so, als hätte sie keine andere Wahl, und sie ärgerte sich über sich selbst.

Eine Woche. Fast sieben ganze Tage. Das waren 168 Stunden, wobei sie sicher 63 davon geschlafen hatte. Doch die 105 Stunden, die übrig blieben, waren für Sarah ein einziges Warten – Warten, dass wieder Sonntag wurde, der Tag, an dem sie Marie wiedersehen würde.

Sie hatte schon kurz nach dem letzten Treffen Pläne für das nächste Wochenende geschmiedet. Bei ihrer Wanderung durch den Lainzer Tiergarten, dem großen Parkareal am Rande des Wiener Walds, hatte Sarah festgestellt, dass Marie diese langen Spaziergänge abseits des Großstadtlärms gefielen. Und ihr selbst ebenso. Sie hatte sich daran erinnert, dass sie oft mit ihren Eltern am Wochenende spazieren gegangen war, ehe ihre Mutter erkrankte und schließlich bettlägerig wurde. Von da ab war alles anders geworden. Es hatte keine Spaziergänge mehr gegeben, sondern nur noch Krankenhausbesuche, tränenreiche Abschiede und immer wieder einen kleinen Funken Hoffnung, dass sich der Zustand doch noch ändern ließe. Doch es war nie mehr besser geworden.

Mit Marie entdeckte sie jetzt ein Stück ihrer Kindheit wieder. Es hatte ihr Spaß gemacht, mit ihr durch den Wiener Wald zu wandern. Die Unternehmung war ein echtes Alternativprogramm zu der Art und Weise, wie sie sonst die sonnigen Sonntage verbrachte – im Freibad, mit ihren Freunden.

Oder lag es hauptsächlich an der Gesellschaft? – Marie sprach noch immer nicht besonders viel, doch Sarah, die ja nun den Grund wusste, störte sich nicht mehr daran. Im Gegenteil: Sie lernte die Ruhe zu schätzen. Wenn sie mit Simone unterwegs war, plapperte die in der Regel fast non-stop, und sie selbst kam kaum zu Wort. Mit Marie unterwegs zu sein bedeutete dagegen, Details wahrzunehmen wie das Zirpen einer Grille, das Rauschen der Bäume im Sommerwind oder das Summen jener Biene, die fortwährend über ihrem Kopf kreiste und sie damit ganz nervös machte.

Sie hatten auf einer Wiese vor einem Weinberg Rast gemacht und lagen auf Sarahs Picknickdecke, eine Rebe Weintrauben zwischen sich, die ganz offensichtlich der Grund waren, weshalb die Biene so großen Gefallen an ihrer Nähe zu finden schien. Sarah schlug mit der Hand nach ihr, um sie zu verscheuchen. Die Biene drehte tatsächlich ab. Zufrieden grinsend steckte sich Sarah eine Weintraube in den Mund.

»Jetzt holt sie ihre Freundinnen«, bemerkte Marie. »Und erzählt ihnen, dass es hier süße italienische Weintrauben gibt.«

Sarahs Grinsen vertiefte sich. »Wie gut, dass sie nicht reden kann. Sonst hätten wir wirklich ein Problem.«

»Aber sie kann reden«, meinte Marie. »Sehr gut sogar. Honigbienen haben von allen bekannten Verständigungssystemen eines der höchstentwickelten hervorgebracht: die Tanzsprache. Sie unterhalten sich mittels Vibrationen und Geräuschen, und das im Übrigen sehr erfolgreich. – Wusstest du das nicht?«

»Ich habe mich noch nie mit der Biene im Detail beschäftigt«, gab Sarah zu und steckte Marie eine Weintraube in den Mund. »Und wenn diese Biene jetzt zu ihren Freundinnen fliegt, sagt sie ihnen: Dort drüben gibt es süße italienische Weintrauben, aber eine absolut aggressive Frau, die sie bewacht und verteidigt.«

»Du sprichst wohl von dir?« Marie lächelte, und Sarah fiel auf, dass sie an diesem Tag schon sehr häufig gelächelt hatte. Sie dachte daran, wie ausdruckslos Maries Miene zu Beginn ihrer Treffen oft gewesen war. Seitdem hatte sich eindeutig etwas geändert. Egal, ob Marie ihre Gefühlsregungen rein intellektuell steuerte oder ob sie doch aus ihrem Inneren kamen – sie verhielt sich in ihrer Gegenwart wie ein normaler Mensch. Ein introvertierter Mensch zwar, der manchmal sehr monoton redete, aber insgesamt nicht auffälliger als manch andere.

»Natürlich spreche ich von mir. Du liegst schließlich nur neben mir, isst Weintrauben und wartest, bis die Biene uns angreift und piekst«, scherzte Sarah.

»Vielleicht, weil ich genau weiß, dass uns diese Biene nur dann stechen wird, wenn sie sich angegriffen fühlt«, erwiderte Marie ernsthaft. »Ich tue ihr nichts, also muss sie sich nicht verteidigen.«

Das Thema schien Marie zu begeistern. Sie begann ausführlich über das ausgefeilte Verständigungssystem der Bienen, über die Arbeitsteilung und deren Grundlage, die in bestimmten DNA-Sequenzen lag, zu referieren. Sie sprach von Basenpaaren, die in einer hochvariablen Anzahl aufeinander folgten, erwähnte Begriffe wie »Allele« – was Sarah dunkel an den Biologieunterricht erinnerte – und Mikrosatelliten, die Sarah eher dem Weltall als der Genetik zugeordnet hätte. Maries Vortrag belehrte sie eines besseren.

Sie hörte aufmerksam zu, ohne allzu viel zu verstehen, doch es faszinierte sie, wie flüssig, lebhaft und viel Marie am Stück sprechen konnte, wenn es um eine hochkomplexe Materie ging, die nur mit Fachwissen, nicht aber mit zwischenmenschlichen Verhaltenweisen und Emotionen zu tun hatte.

Plötzlich brach Marie abrupt ab. »Tut mir leid«, sagte sie und sah Sarah dabei nicht an. »Ich langweile dich.«

»Nein, eigentlich nicht.« Sarah riss einen langen Grashalm aus und fuhr damit über Maries Halsbeuge. Marie wandte sich ihr wunschgemäß zu. Sarah spürte, dass sie gerade dabei war, sich in das unsichtbare, innere Schneckenhaus zurückzuziehen, dass sie immer dann aufsuchte, wenn sie sich unsicher oder unwohl fühlte. »Ich verstehe nichts von dieser komplexen Materie, aber ich finde es faszinierend, dass du es tust. Ich bewundere Leute, die sich so viel merken können.«

»Wie du weißt, ist mein Gedächtnis nicht das Problem«, erwiderte Marie steif.

Sarah hätte ihr gerne gesagt, wie verzweifelt sie oft gewesen war, wenn sie zu Schulzeiten physikalische oder mathematische Zusammenhänge verstehen sollte und dabei kläglich versagte, und wie schwer es ihr auch jetzt noch fiel, für die Kunsthistorik bedeutende Jahreszahlen auswendig zu lernen.

Ich kann gut mit Menschen umgehen und habe Mühe, Wissen zu behalten. Bei dir ist es andersrum. Kein Mensch ist ohne Schwächen, wäre ihre Botschaft gewesen, doch angesichts Maries verschlossener Miene zog sie es vor, das Thema zu wechseln. »Wann hast du dich mit Bienen befasst?«

»In Boston. Es gab da ein Projekt, an dem ich mitgeforscht habe. Durch die Untersuchung verschiedener, unabhängig voneinander vererbter Mikrosatelliten kann man zum Beispiel Vaterschaften bestimmen – übrigens auch beim Menschen. Im Grunde war das Ziel des Projekts, gewisse Analogien zwischen der variablen Mikrosatelliten-DNA bei Biene und Mensch zu erkennen. Die Honigbiene ist deshalb so geeignet, weil Honigbienenvölker im Allgemeinen eine höhere genetische Vielfalt aufweisen als Familienverbände vieler anderer Arten. Das ist deshalb so, weil zwar die Arbeiterinnen alle von der gleichen Mutter, der Königin, abstammen, die sich aber bei ihrem Hochzeitsflug mit etwa zehn bis zwanzig Männchen paart. Daher gibt es innerhalb eines Bienenvolks Vollgeschwister, die von demselben Vater abstammen, sogenannte Patrilinien, und Halbgeschwister mit verschiedenen Vätern. Ähnlich wie in der Zwillingsforschung beim Menschen nutzen wir dies, um die genetisch erklärbaren Anteile an den Verhaltensunterschieden zwischen Individuen abzuschätzen.«

Sie sah Sarah entschuldigend an. »Tut mir leid. Es passiert ständig, wenn ich von diesen Projekten spreche ... ich will dich nicht damit belasten, es kann dich gar nicht interessieren. Ich vergesse das leider oft. Normalerweise spreche ich deshalb gar nicht über meine Arbeit.«

»Ich finde es interessant«, erklärte Sarah aufrichtig. »Und es schadet bekanntlich nie, über seinen Tellerrand zu blicken. Aber erzähl mir von Boston. Wie lange warst du denn dort?«

»Fast fünf Jahre. Es war ein sehr gutes Institut; ich wäre auch noch länger dort geblieben.«

Schwang da Wehmut in ihren Worten mit? – Sarah vermochte es nicht zu sagen. »Und dann kam das Angebot aus Wien, und du hast gewechselt. – Warum?«

»Ich habe hier die Chance, an einem Grundlagenprojekt zu forschen, das stärker in Richtung meiner eigentlichen Zielsetzung geht«, erklärte Marie sachlich. »Ich habe anfänglich in Boston an Projekten mitgearbeitet, die sich mit Grundlagenforschung zur Multiplen Sklerose befasst haben, und darauf habe ich meine Publikationen und meine Habilitation aufgebaut. Die Bienen wären da auf Dauer nicht förderlich gewesen.«

Sarah überlegte lange, ob sie die Frage, die sich ihr sofort stellte, aussprechen sollte. Sie wollte Marie damit nicht auf ein Thema bringen, das ihr unangenehm sein könnte, doch ihr Interesse an Maries Person und ihrem Leben überwog.

»Aber ist es für dich nicht recht anstrengend, wieder in eine neue Stadt zu ziehen und mit neuen Abläufen, einer neuen Umgebung und neuen Menschen konfrontiert zu sein? Du hast mir ja damals erklärt, du fühlst dich am sichersten, wenn du eine gewisse Routine hast ...«

»Es ist anfangs immer die Hölle für mich«, erwiderte Marie ehrlich. »Es ist tatsächlich so, dass ich eine gewisse Routine brauche – wenn ich sie nicht habe, fühle ich mich oft so, als würde mein Kopf zerplatzen. Aber mein Leben besteht nicht nur aus Asperger. Das muss ich mir in diesen Momenten immer wieder vor Augen führen, mich selbst ermahnen und zwingen, mich neuen Herausforderungen zu stellen. Anders sind weder meine Arbeit noch eine wissenschaftliche Karriere möglich. Es ist nun mal so, dass man als Wissenschaftlerin nicht an einem Ort verharren kann. Ich weiß das, rational, auch wenn ich mich in gewohnter Umgebung, mit vertrauten Abläufen besser fühle. Also zwinge ich mich. Denn ich weiß, dass langfristig die Arbeit das einzige ist, das mich rettet.«

Sarah runzelte die Stirn. »Wovor rettet?«

Marie presste die Lippen aufeinander und wandte ihr Gesicht ab. Sie schwieg. Sarah rechnete schon nicht mehr mit einer Antwort, als Marie sich dennoch dazu durchrang: »Vor mir selbst.«

Es war nicht nur Maries Aussage, sondern auch ihr harter Gesichtsausdruck, der Sarah die Lippen verschloss. Vor mir selbst – die bitteren Worte hämmerten in ihren Gedanken und jagten ihr einen leichten Schauder über den Rücken. Umso mehr sie von Marie erfuhr, desto komplexer wurde das Bild, das sich ergab. Nach ihrem ersten Gespräch über die Behinderung hatte sie den Eindruck gewonnen, Marie lebte mit dem Asperger-Syndrom, weil sie es nicht anders kannte, und hätte sich damit arrangiert. Doch je öfter sie sich trafen und je mehr sie von Marie erfuhr, desto deutlicher wurde ihr, dass ihre Annahmen wohl ein Fehlschluss gewesen waren.

»Wir sollten gehen.« Marie setzte sich auf und warf einen Blick auf ihre Armbanduhr. »Es ist schon fast fünf Uhr. Du wolltest doch abends noch ausgehen.«

Sarah hatte zu Beginn ihres Treffens erwähnt, dass sie sich im »Q15« verabredet hatte – tatsächlich deshalb, weil sie nicht wieder so spät zurückkommen wollte, dass keine Zeit zum Umziehen blieb und sie mit verschwitztem Blümchenkleid und flachen Mokassins in ihr Stammlokal gehen musste. Jetzt bereute sie bereits, dass sie davon gesprochen hatte, denn mit Marie noch länger am Weinberg zu liegen erschien ich im Augenblick viel reizvoller, als die übliche Clique zu treffen.

»Ich muss nicht unbedingt«, sagte sie deshalb. »Wir können ruhig noch bleiben.«

Marie schüttelte den Kopf. »Es ist nicht gut, wenn du meinetwegen deine Freunde vernachlässigst.«

»Ich sehe sie eh ständig.« Sarah deutete auf die Weintrauben. »Komm, essen wir noch die Trauben zu Ende. Ich möchte sie nicht mehr mit nach Hause schleppen, und ich mag keine übereilten Aufbrüche.«

Marie ließ sich wieder zurück auf die Decke sinken und starrte in den Himmel. Sie ließ sie eine Weile in Ruhe und aß Weintrauben, doch bald empfand sie angesichts Maries Wortlosigkeit eine gewisse Beklemmung. Sie konnte mit ihr gemeinsam schweigen, das ja, aber nicht dann, wenn sie das Gefühl hatte, Marie rutsche gerade in einen emotionalen Abgrund. Zaghaft rückte sie zu ihr heran und hielt ihr eine Traube an die Lippen.

Marie sah sie an mit ernstem Blick, öffnete aber den Mund und nahm bereitwillig die Traube in Empfang. Sarah zupfte die nächste von der Rebe und hielt sie Marie hin; eingehend betrachtete sie Maries ovales Gesicht, während die Freundin kaute.

Marie war definitiv hübsch. Die anfänglich so blasse Haut hatte nun einen dezenten Braunton angenommen, die Nase, die anfangs auf sie so stupsig gewirkt hatte, schien ihr nun für Maries Gesicht gerade passend, und erst ihre Lippen … Sarahs Blick blieb an Maries Mund hängen. Sie hatte volle, geschwungene Lippen, und wenn sie sie öffnete, so wie jetzt, da sie bereit war, die nächste Traube in Empfang zu nehmen, blitzten strahlend schöne, weiße Zähne.

Im Nachhinein wusste Sarah nicht mehr, was in sie gefahren war, als sie sich über sie beugte. Die Traube war plötzlich unwichtig; sie sah nur Maries schönen Mund. Wie von selbst senkte sich ihr Kopf. Sie berührte Maries Lippen mit den ihren. Die Berührung war zart, leicht wie eine Feder, fast nur ein Hauch – doch sie brachte Sarahs Herz zum Klopfen und ihre eigenen Lippen zum Zittern.

Erschrocken von ihrem eigenen Tun, zuckte sie kurz zurück, wollte sich aufrichten. Doch im selben Augenblick schlang Marie ihre Arme um sie und zog sie in einer heftigen Bewegung an sich. Maries Lippen fanden die ihren, und Sarah war fern davon, Widerstand zu leisten.

Maries Kuss war nicht sanft, nicht zärtlich. Er war fordernd, leidenschaftlich, zwang sie, ihren Mund zu öffnen und die spitze Zunge, die sich hereinschob, willkommen zu heißen.

Nichts von dem, was Maries Kuss bei ihr auslöste, war Sarah bereits vertraut. Je länger Maries Zunge ihren Mund erkundete, je drängender sich Maries Körper gegen den ihren presste, desto mehr stieg die Hitze in ihrem Inneren, brachte sie instinktiv dazu, auch ihren Unterkörper Marie entgegenzuheben, und entlockte ihr schließlich ein tiefes Stöhnen.

Als Marie sie so plötzlich losließ, dass sie unsanft auf die Seite rollte, fühlte sie sich zunächst wie entwurzelt. Als sich ihre Blicke begegneten, schockierte es sie zutiefst, in Maries Augen dieselbe Verunsicherung und denselben Schreck zu entdecken, den sie in sich selbst spürte.

»Es … es tut mir leid«, stammelte Marie. »Ich … ich … das …« Sie brach ab, erhob sich. »Wir müssen gehen.«

»Schon gut. Kein Problem.« Für Sarah klang ihre eigene Stimme wie die einer Fremden.

Benommen begann sie, die Picknickdecke zusammenzurollen. Marie, die völlig aus der Fassung zu sein schien, marschierte einfach los. Sarah hatte Mühe, sie einzuholen. Im Laufen vesuchte sie ihre Gedanken zu ordnen. Was war da geschehen? Warum hatte sie plötzlich dieses unerklärliche Bedürfnis gehabt, Marie zu küssen? Warum hatte Marie sofort so heftig reagiert? – Wie naiv war sie gewesen!

»Marie«, sagte Sarah leise, während sie weitereilten, als gelte es, einen Zug zu erreichen. »Du … hast das nicht zum ersten Mal gemacht, oder?«

Marie setzte ihren Weg förmlich im Stechschritt fort.

»Marie. Bitte. Rede mit mir!«

Marie blieb stehen und sah sie unverwandt an. »Es tut mir leid.« Ihre Stimme klang, als spräche sie zu sich selbst.

Sarah widerstand dem inneren Drang, Maries Hand zu ergreifen. In ihrem Inneren tobte ein Cocktail aus verschiedensten Gefühlen. Maries Kuss brannte noch auf ihren Lippen; die Glut, die sie in ihrem Körper hatte aufflammen fühlen, war noch nicht erloschen. Andererseits war es genau das, was in ihr sowohl Beschämung als auch Verwirrung hervorrief. Marie war schließlich eine Frau! Frauen küssen keine Frauen – es sei denn, sie sind lesbisch. Von sich selbst glaubte Sarah immer, dass sie es nicht sei. Sie hatte sich nie für Frauen interessiert. Dass es zu diesem Kuss gekommen war, brachte ihr Selbstbild durcheinander.

Sie hatte Maries Lippen nur sanft berührt. Es war letztlich fast nichts passiert. Eigentlich gar nichts. Ein Versehen, eine spontane Laune. Aber Marie … sie hatte sie mit einer so leidenschaftlichen Sicherheit geküsst, dass sie daraus nur eine Schlussfolgerung ziehen konnte: Marie hatte im Küssen von Frauen Erfahrung.

»Hast du das schon einmal gemacht, eine Frau geküsst?«

Sarah ließ nicht locker. Sie wollte es aus ihrem Munde hören.

»Es tut mir leid«, wiederholte Marie, steif und unnahbar wie ein Roboter.

Es tut ihr leid, dass sie mich geküsst hat, dachte Sarah und war unweigerlich gekränkt – auch deshalb, weil Marie nicht auf ihre Frage eingegangen war. Marie wollte weitergehen, doch Sarah stellte sich ihr in den Weg.

»Marie, bitte! Ich will doch nur wissen …«

»Ja!« Marie schrie fast. Sie schlug sich die Hände vors Gesicht, bedeckte ihre Augen. »Ich weiß, was du wissen willst, und warum du das wissen willst, das weiß ich auch. Ja! Ich habe schon vorher Frauen geküsst! Du kannst das Wort ruhig in den Mund nehmen: Ich bin lesbisch!« Sie ließ ihre Hände fallen, verschränkte sie aber gleich wieder ineinander – so fest, so verkrampft, dass die Knöchel weiß hervortraten. »Du musst dich also nicht fragen, woran es lag, dass das passiert ist«, sagte sie mit bebender Stimme. »Es lag an mir. Du kannst nichts dafür. Ich hatte mich nicht unter Kontrolle. Es tut mir leid.«

Wenn sie nochmal sagt, dass es ihr leid tut, mich geküsst zu haben, werde ich ihr den Hals umdrehen, dachte Sarah.

Laut sagte sie: »Es ist nicht schlimm. Ich bin nur … überrascht. Ich … habe nicht gedacht, dass das passiert, ich wollte nur, ich weiß nicht, warum ich dich vorher …« Sie brach ab, weil ihr Gestammel sogar in ihren eigenen Ohren grauenvoll klang.

»Ich sagte ja, ich hatte mich nicht unter Kontrolle«, erwiderte Marie. Sie schien sich beruhigt zu haben, hatte die Hände aber immer noch ineinander verkrampft. »Du kannst nichts dafür.« Sie sah Sarah endlich wieder an. Doch ihr Blick war leer. »Ich will mich nicht immer mit meiner Behinderung entschuldigen, aber es ist nun einmal so. Ich habe große Defizite, die Bedürfnisse anderer zu erkennen, ich lege sie falsch aus. Deshalb klappt es mit Menschen wie mir und dem Rest der Welt nicht. Wir können davor nicht die Augen verschließen, Sarah. Ich weiß, du wolltest mit mir befreundet sein, und du hast dir sehr viel Mühe gegeben und über viele Eigentümlichkeiten hinweggesehen. Aber du siehst ja … es geht nicht.«

Sarahs Magen zog sich zusammen. »Wir waren doch die ganze Zeit über befreundet«, entgegnete sie und unterdrückte den Anflug von Panik, die sich in ihr breit machte. Wollte Marie ihr jetzt die Freundschaft kündigen? »Das mit dem Kuss ist halt passiert. Wir können so tun, als wäre nie etwas gewesen. Es wird nicht mehr vorkommen. Es ist mir egal, ob du lesbisch bist. Ich habe kein Problem damit, auch wenn ich es nicht bin. Ich habe einen Freund.«

Sie schluckte trocken. Hatte sie das wirklich gerade gesagt? Hatte sie von Mario wirklich gerade als ihrem Freund gesprochen? Sie biss sich auf die Lippen, als sie Maries versteinertes Gesicht sah. Es war sicherlich ein denkbar schlechter Zeitpunkt, Mario ins Spiel zu bringen.

»Ich habe nie erwartet, dass du keinen Freund hast.«

Maries Stimme klang schroff und abweisend. »Ich erwarte gar nichts.«

Sie setzten ihren Weg fort – schweigend. Zwanzig Minuten später waren sie an der Straßenbahnstation. Sarah setzte sich neben Marie auf die Wartebank. Marie rutschte sofort zur Seite und vergrößerte den Abstand zwischen ihnen. Sie hatte die Handflächen gegen ihre Schläfen gepresst und wirkte sichtlich angestrengt.

Ihr Verhalten versetzte Sarah einen Stich ins Herz. Was sollte nun werden? Wollte Marie tatsächlich keine Freundschaft mehr? Und das alles wegen einem einzigen Kuss?

»Marie«, begann Sarah zögernd. »Bitte, sei doch nicht so ... komisch. Ich finde es wirklich nicht schlimm, dass das passiert ist. Ich möchte dich nicht als Freundin verlieren. Du bist mir wichtig!«

»Wir können nicht befreundet sein«, sagte Marie unbewegt. »Ich passe nicht in dein perfektes Leben. Ich bin einfach zu anders.«

Sarahs Herz zog sich schmerzhaft zusammen. Tränen traten ihr in die Augen. Sie wollte ihr sagen, dass sie überhaupt nicht verstand, was hier nun vor sich ging, und dass ihr Leben keineswegs perfekt war. Doch in diesem Moment kam die Straßenbahn.

»Bitte steig ein«, sagte Marie leise. »Ich möchte noch hier sitzen. Alleine.«

Sarahs Tränen begannen zu fließen. Doch sie sah ein, dass eine weitere Diskussion keinen Sinn mehr hatte. Marie wirkte, als hätte sie zwischen sich und die Welt mindestens zehn dicke, unüberwindbare Mauern geschoben.

Sarah stieg in die Straßenbahn und vergrub ihr Gesicht in der Armbeuge. Für sie war es, als würde die Welt versinken.

Als die Straßenbahn anfuhr, sah sie noch einmal zurück zur Bank. Sie war leer.

Als Sarah zu Hause ankam, hatte sie ihren Tränenstrom erfolgreich in den Griff bekommen. Doch der Schmerz über das, was geschehen war, saß noch immer tief. Sie versuchte

Marie zu verstehen, doch sie kam immer wieder an jenen Punkt, wo sie ihr Verständnis versagte. Sie hatte ihr doch gesagt, dass sie den Kuss nicht schlimm fand – warum musste Marie so ein Problem daraus machen?

Sarah wollte gleich direkt in ihr Zimmer gehen, doch als sie auf der Terrasse die Stimme ihres Vaters und kurz darauf das helle Lachen einer Frau hörte, war sie trotz ihres Kummers neugierig. Seit dem Tod ihrer Mutter hatte er keinen Damenbesuch mehr zu Hause empfangen, obgleich er sich durchaus mit Frauen traf. Sarah wusste das anhand von Telefongesprächen, die sie mitbekommen hatte, und aufgrund von Hotelrechnungen für Doppelzimmer, die ins Haus geflattert waren. Allerdings hatte sie nie eine der Damen kennengelernt und akzeptiert, dass es für ihren Vater anscheinend nur oberflächliche Affären waren.

Die Frau lachte nochmals. Sie schien sich prächtig zu amüsieren.

Sarah kam das Lachen bekannt vor. Als sie die Terrasse betrat, sah sie ihre Vermutung bestätigt: es war ihre Tante Irene, die offensichtlich zu Besuch gekommen war.

Ihr Vater und sie saßen unter dem Sonnenschirm auf der neuen Teakholz-Bank, vor sich zwei Gläser Wein. Als Sarah um die Ecke bog und freundlich grüßte, schreckten beide aus ihrem Gespräch hoch, als hätte sie sie bei etwas Verbotenem ertappt.

Sarah begrüßte ihre Tante mit einem Kuss auf die Wange. »Ich wusste nicht, dass du heute hier vorbeischaust.«

Ihre Tante errötete.

»Ich habe das spontan beschlossen«, sagte sie, und Sarah verstand nicht, weshalb sie so verlegen zur Seite schaute. Es war schließlich nichts Eigentümliches daran, wenn sie zu ihnen kam. Sie hatten schon des Öfteren gemeinsam die Sonntage verbracht. Sarah wusste, dass Irene sich gut mit ihrem Vater verstand.

»Du bist schon so früh zurück«, meinte Adam Rosenberg nun. »Ich hatte nicht damit gerechnet, dass du jetzt schon da bist. – War es nett?«

»Ja, sehr nett«, erwiderte Sarah und fühlte sich, als würde sie ihm eine faustdicke Lüge auftischen.

»Oh, mit wem warst du denn unterwegs?«

Irene zwinkerte ihr aufmunternd zu. Es war unschwer zu erraten, dass sie davon ausging, dass Sarah mit Mario unterwegs gewesen war.

Ihr Vater übernahm das Antworten für sie.

»Sarah kümmert sich freundlicherweise um eine meiner wissenschaftlichen Mitarbeiterinnen. Frau Felder ist neu in Wien, und Sarah zeigt ihr die Stadt.«

Jetzt wohl nicht mehr, dachte Sarah. Gleichzeitig störte es sie, dass ihr Vater ihre Unternehmungen mit Marie Felder immer noch so darstellte, als erfülle sie seinen Auftrag.

»Oh, das ist nett von dir«, meinte Irene. »In dir hat sie sicher eine gute Fremdenführerin.«

Sarah unterdrückte das Gefühl von Übelkeit, das in ihr aufstieg. Fremdenführerin. Ja, eine Fremdenführerin, die einen Kuss forciert hatte, der dann sehr leidenschaftlich erwidert worden war und letztendlich einer Freundschaft zum Verhängnis wurde, die ihr zunehmend wichtiger erschienen war.

Im Grunde hatte nicht Marie sich zu entschuldigen, sondern sie. Sie war es gewesen, die den Anfang gemacht hatte. Marie hatte nur darauf reagiert.

»Sag mal, hast du geweint?« Ihr Vater betrachtete sie aufmerksam.

Sarah schreckte aus ihren Gedanken hoch. »Nein. Ich habe eine Augenentzündung.« Es überraschte sie selbst, wie spontan ihr diese Lüge über die Lippen kam. Trotzdem, sie wollte keine weiteren Fragen herausfordern. Unter dem Vorwand, sie müsse sich noch für das Ausgehen zurechtmachen, verabschiedete sie sich auf ihr Zimmer.

Als sie die Türe hinter sich geschlossen hatte, dachte sie an Marie, und ihre tiefen Schuldgefühle überkamen sie. Je länger sie darüber nachdachte, desto mehr wurde sie sich bewusst: Sie hatte zugelassen, dass Marie sie berührte, hatte sogar ihre körperliche Nähe gesucht. Sie war es, die Marie zuerst geküsst hatte – was auch immer sie dazu bewogen haben mochte.

Marie hatte ihr gesagt, sie sei unfähig, die Emotionen und Bedürfnisse anderer zu erkennen und darauf richtig zu reagieren. Sarah begann in ihr Kissen zu schluchzen, als sie vor sich selbst zugeben musste: Maries Reaktion hatte nichts mit Asperger zu tun. Marie hatte so reagiert, wie wohl jeder Mensch reagiert hätte. Sie war geküsst worden und hatte den Kuss zu erwidern.

Ich war es, die sie zum Küssen verführt hat, sagte sich Sarah und weinte angesichts dieser Erkenntnis noch mehr.

Sarah verpackte im Hinterzimmer der Galerie Ausstellungskataloge und versuchte sich gedanklich von Marie abzulenken. Sie dachte an ihre Seminararbeit, die sie fertigstellen wollte – und an Marie. Sie rief sich das Bild in Erinnerung, wie Simone und Mike demonstrativ herumgeschmust hatten, und fühlte in ihrer Erinnerung die sanfte Wärme von Maries Lippen. Sie versuchte an Mario zu denken und sich vor Augen zu halten, dass sie wirklich geschafft hatte, was ihr jahrelang unmöglich erschienen war – einen Mann für sich zu begeistern. Doch sofort glitten ihre Gedanken ab und sie fühlte nur noch dumpfen Schmerz in sich, weil sie Maries Freundschaft verloren hatte durch einen einzigen, dummen Kuss.

»… realisieren können. – Sag mal, Sarah, hörst du mir überhaupt zu?«

Sarah, die ihre Arbeit am Boden kauernd durchführte, sah fragend zu ihrer Tante auf. »Entschuldige, ich war abgelenkt.«

Irene zog ihre Augenbrauen nach oben. Sie wirkte nachdenklich. »Vom Verpacken von Katalogen? Erzähl das jemand anderem! – Ich habe gerade davon gesprochen, dass ich darüber nachdenke, die Galerie zu verjüngen. Mir wurde letzte Woche ein Gemälde von Zeppel-Sperl angeboten. Ich glaube, ich werde mich dafür entscheiden. Es ist zwar nicht Julien Opie, der dich derzeit anscheinend am meisten begeistert, aber es ist ein Anfang. Wir können ausprobieren, ob Moderneres bei unserem Kundenstamm Anklang findet. Vielleicht haben wir ja Erfolg.«

»Hmmm«, murmelte Sarah und wickelte den nächsten Ausstellungskatalog in Packpapier. Ob Marie wohl wusste, dass Zeppel-Sperl die Epoche des phantastischen Realismus geprägt hatte?

»Ist das das einzige, was du darauf zu sagen weißt?« Ihre Tante klang enttäuscht. »Ich habe nach unserem letzten Gespräch gedacht, es würde dich freuen, dass ich deinen Input so ernst nehme und auch umsetze.«

Sarah erhob sich seufzend. »Tut es ja auch«, meinte sie. »Ich bin nur heute ... etwas durch den Wind. Vielleicht habe ich zu wenig geschlafen.«

»Ach, du warst bei Mario?« Ihre Tante schmunzelte wissend.

Sarah verspürte Ärger in sich aufsteigen. Konnte Irene an nichts anderes denken? Mario war schließlich nicht der Dreh- und Angelpunkt ihres Lebens! Reichte es nicht schon, dass er selbst sich dafür hielt?

»Nein, war ich nicht!« Sarah erschrak selbst über die Heftigkeit in ihrer Stimme. Trotzdem schaffte sie es nicht, ihre aufgestaute Wut und Verzweiflung in den Griff zu bekommen, und setzte keine Spur milder hinzu: »Es gibt in meinem Leben auch noch andere Menschen und Probleme als Mario, auch wenn du ihn so wunderbar und toll findest!«

»Du lieber Himmel, Sarah, was ist denn los?« Irene runzelte besorgt die Stirn. »Komm, lass uns reden.« Sie legte ihr sanft die Hand auf die Schulter.

Sarah kämpfte mit den Tränen. Es war einfach zu viel: Maries verlorene Freundschaft, Marios übertriebene Besitzansprüche, die Kataloge, die nicht in das störrische Packpapier wollten ...

Sie schniefte und fuhr sich schnell mit der Hand über die Augen. Sie wollte nicht weinen. Und sie wollte ihrer Tante nicht von Marie berichten. Auf keinen Fall konnte sie erzählen, dass sie eine Frau geküsst hatte!

Ihre Tante schob sie mit sanfter Gewalt auf den Klappstuhl. »Manchmal werden Probleme leichter, wenn man
darüber spricht«, sagte sie.

»Manchmal aber auch größer«, erwiderte Sarah lakonisch. »Und manchmal ändert sich auch überhaupt nichts,
weil mir niemand helfen kann, auch du nicht.«

»Das kannst du nicht beurteilen, solange du mir nicht
einmal die Chance gibst, dir zu helfen«, meinte Irene ernst.
»Komm, Sarah. Ich merke doch, dass dich etwas bedrückt. – Es tut mir leid, wenn ich dir wegen Mario zu nahe
getreten sein sollte. Ich dachte einfach, du liebst ihn. Er ist
ein netter Kerl.«

»Ja, das ist er schon«, bestätigte Sarah, weil das Gegenteil einfach eine Lüge gewesen wäre, und fühlte sich
schlecht. »Aber ich weiß einfach nicht …« Sie brach ab,
weil sie das, was ihr beinahe über die Lippen gekommen
wäre, selbst Angst machte: Sie wusste nicht, ob sie etwas
für ihn empfand, was über eine gewisse Sympathie hin-
ausging.

Sie atmete tief durch und beschloss, ihrer Tante zumindest eine Chance zu geben zu verstehen, in welchem Dilemma sie sich befand. Sie wollte nicht undankbar sein – auch,
wenn sie sich nicht viel von ihr erhoffte.

»Stell dir vor, du hättest einen Freund, einen rein platonischen«, begann sie vorsichtig. »Ihr habt ein paar Mal etwas
miteinander unternommen. Anfangs fandest du ihn ein
bisschen komisch, aber du mochtest ihn von Mal zu Mal
mehr – auf einer rein platonischen Ebene, versteht sich. Und
irgendwann geschieht eine kleine Unachtsamkeit … jedenfalls, es kommt zu einem Kuss. Du weißt, dass dieser Kuss
einfach falsch war, und er weiß das auch und entschuldigt
sich hundertmal dafür. Gleichzeitig zeigt er dir aber, dass er
nun keine Freundschaft mehr mit dir will. – Was würdest du
dazu sagen?«

Irene hatte aufmerksam zugehört. Sie antwortete nicht
sofort, sondern schien nachdenklich.

»Bedrückt es dich also, dass dieser Jemand keine Freundschaft mehr mit dir will? Ist es das, worüber du die ganze Zeit nachgrübelst?«

Sarah nickte stumm, und ihre Tante seufzte wieder. »Wenn du mich fragst – ohne Details zu kennen –, für mich hört es sich ganz einfach so an, als wäre dieser Freund in dich verliebt. Deshalb hat er dich geküsst, und deshalb will er keine Freundschaft mehr mit dir – weil es einfach sehr qualvoll ist, mit jemanden nur befreundet zu sein, in den man verliebt ist. Vor allem dann, wenn die Liebe nicht erwidert wird.«

Sarah schluckte. Marie in sie verliebt? Lag das im Spektrum des Möglichen? Dann erinnerte sie sich an Maries streichelnde Hände, den teuren Stecker, den sie ihr für ihr Nabelpiercing geschenkt hatte. Ihre Bemühungen sie zu treffen, obgleich diese Treffen für sie anstrengend waren.

»Möglicherweise hast du recht«, gab sie leise zu. »Aber das ändert wohl nichts an meiner Situation. Ich bin traurig, eine … einen Freund verloren zu haben.«

Die Nachdenklichkeit war aus Irenes Gesicht nicht verschwunden, als sie fragte: »Aber was ist mit dir? Wenn es zwischen Mario und dir nicht die große Liebe ist, wie es scheint, was ist dann mit dir und dem anderen?« Als sie das Entsetzen in Sarahs Gesichtszügen sah, fügte sie rasch hinzu: »Ich meine ja nur … wenn dir der Verlust dieser Freundschaft so nahe geht, ist es für mich nicht abwegig, dass du auch etwas mehr als nur Sympathie für diesen Freund empfindest.«

Sarah schüttelte entschieden den Kopf. »Nein, das ist völlig unmöglich. An so etwas kann ich nicht mal denken.«

»Ist er verheiratet?«

»Nein, das nicht. Aber es geht einfach nicht!«

Irene seufzte erneut. »Ich kann dir nur den Rat mit auf den Weg geben, dass du deinem Herzen folgen solltest, ungeachtet irgendwelcher Rahmenfaktoren. – Ich kann dir eine Geschichte erzählen von einem Mädchen, das es nicht tat und das jahrelang bitter bereut hat. Das Mädchen war noch etwas jünger als du, als es einen Mann kennenlernte, der viel älter war, schon mitten im Leben stand und eine große Karriere vor sich hatte. Das Mädchen und dieser Mann haben ein paar Mal etwas unternommen, sich prima verstanden und wirklich viel Spaß miteinander gehabt. Der Mann hat dem Mädchen dann eindeutige Avancen gemacht – und das Mädchen lief weg, obwohl sein Herz etwas anderes sagte. Doch es dachte die ganze Zeit an den Altersunterschied, und an das, was die Eltern sagen würden. Die Eltern des Mädchens waren sehr katholisch, und der Mann war es nicht.«

»Wie bei meinen Eltern«, warf Sarah ein. »Ich meine … Mama hatte ja auch dieses Problem, dass eure Eltern so katholisch waren, dass sie schon in einem Protestanten das Übel der Welt sahen. Aber Mama hat dann einen Mann mit jüdischen Wurzeln geheiratet, trotzdem.«

»Ja«, sagte Irene nachdenklich. »Aber sie hat auch ein Leben lang darunter gelitten, dass unsere Eltern sich von ihr abgewandt haben, und dass sie nicht einmal dich kennenlernen wollten. – Trotzdem, sie hat getan, was sie wollte. Sie war stärker als ich.«

Als sie bemerkte, was sie da gesagt hatte, schaute sie Sarah erschrocken an. Diese machte eine müde Handbewegung.

»Ich wusste, dass du von dir sprichst«, meinte sie. »Aber was geschah dann weiter? Hast du den Mann jemals wiedergesehen? Wart ihr noch befreundet?«

»Der Mann hat eine Frau kennengelernt, die mir sehr nahe stand. Die beiden haben sich ineinander verliebt und geheiratet. Und ich lernte auch bald jemand anderen kennen, einen Katholiken, der meinen Eltern recht war und der unwesentlich älter als ich war – deinen Onkel. Wie du weißt, haben dein ehemaliger Onkel und ich sehr jung geheiratet. Und wie du auch weißt, war unsere Ehe leider ziemlich unerfreulich.«

»Das tut mir leid.« Betreten sah Sarah ihre Tante an, die zwar ernst, aber keinesfalls traurig wirkte. Das veranlasste Sarah zu einer weiteren Frage. »Hast du diesen Mann später gesehen, der deine Freundin geheiratet hat – und hast du dir dann also des Öfteren gedacht, was gewesen wäre, wenn du nicht weggelaufen wärst?«

Irene nickte. »Ja. Und jedes Mal habe ich mir vorgestellt, wie es wäre, an ihrer Stelle zu sein. Vielleicht hätte ich mit ihm Kinder bekommen, wer weiß? Oder zumindest Kinder adoptiert. Dein Onkel wollte das ja nie.« Sie nahm Sarahs Hand. »Aber jetzt habe ich dich. Das ist fast so, als hätte ich ein eigenes Kind.«

Sarah kämpfte mit den Tränen – nicht wegen Marie, sondern wegen den Worten ihrer Tante. Ihre Aussage berührte sie tief. »Danke«, sagte sie leise. »Aber ... was ist sonst mit dir? Ich meine«, sie wusste, dass sie sich auf dünnes Eis begab, fuhr aber tapfer fort, »trauerst du diesem Mann noch immer hinterher?«

Irene schüttelte den Kopf und lächelte. »Nein. Das muss ich nicht mehr.«

Sarah begriff nicht. Irritiert sah sie ihre Tante an, die ihr die erstaunliche Erklärung sogleich lieferte: »Er ist wieder frei. Wir treffen uns, und diesmal laufe ich nicht weg.«

»Was, wirklich?« Sarah sprang auf und umarmte sie stürmisch. »Ich finde das super!« entfuhr es ihr. »Ich werde Papa davon erzählen. Er freut sich sicher riesig für dich!«

Irene schob Sarah sanft von sich weg und sah sie ernst an. »Das nicht, Sarah. Dafür ist es zu früh. Lass ihn damit in Ruhe, okay?«

»Wenn du meinst.« Sarah atmete tief durch. Sie freute sich aufrichtig für ihre Tante, ahnte aber auch, warum sie ihre neue Liebe vor ihrem Vater vorläufig noch geheimhalten wollte. Sie wollte ihm sicherlich nicht vor Augen führen, dass sie wieder jemanden kennengelernt hatte, während er alleine war.

»Ich wollte dir diese Geschichte nur erzählen, damit du für dich etwas mitnehmen kannst«, meinte Irene nun. »Ich habe meine Liebe wiedergefunden, aber trotzdem Jahre versäumt. Mein Leben könnte ganz anders aussehen, wenn ich mich damals nicht von den Konventionen hätte abschrecken lassen. Deshalb würde ich dir immer raten, deinem Herzen zu folgen und nicht auf Äußerlichkeiten wie einen beträchtlichen Altersunterschied oder eine andere Religionszugehörigkeit zu achten.«

Wenn es nur das wäre, dachte Sarah resigniert. Laut sagte sie: »Es spricht anderes dagegen. Es steht gar nicht zur Debatte, mit ihm zusammenzukommen. – Letztendlich bin ich ja auch mit Mario zusammen.«

Irene nickte. »Ja. Aber ob du mit ihm zusammenbleiben willst, kannst nur du entscheiden.«

Am Donnerstag glaubte Sarah, es nicht länger ertragen zu können. Sie dachte an Marie und war wütend. Auf sich, weil sie am Vortag bei ihr angerufen hatte, und auf Marie, weil sie nicht ans Telefon gegangen war. Sie hatte es sogar nach Mitternacht versucht. Es konnte nicht sein, dass sie nicht zu Hause war! Marie war doch niemals ausgegangen – außer mit ihr.

Neben Wut herrschte in ihr aber auch eine tiefe Traurigkeit. Sie hatte verstanden, dass Marie wahrscheinlich tatsächlich mehr für sie empfand als Freundschaft. Aber warum hatte Marie sich nun gänzlich von ihr abgewandt? Wir hätten doch darüber reden können, dachte Sarah, und trotzdem tat sich sogleich die Frage auf: Und dann?

Vielleicht ist es so wirklich besser, versuchte sie sich selbst zu versichern. Sie würden sich eine Weile nicht mehr sehen, Gras würde über die Sache wachsen, vielleicht hätte sie Marie eines Tages sogar vergessen. Es war sicher eine für alle gute und vernünftige Lösung. Marie hatte sicher richtig und rational entschieden.

Aber wenn es wirklich die bessere Entscheidung war, warum tat es dann so verdammt weh?

Als Sarah glaubte, vor innerem Schmerz zerspringen zu müssen, tat sie das, was sie immer tat, um sich abzulenken: Sie stellte sich in die Küche und begann mit der Zubereitung eines aufwendigen Menüs, auch wenn sie selbst keinen Appetit hatte. Die Ablenkung war erfolgreich.

Als ihr Vater vom Institut nach Hause kam, überraschte sie ihn mit Zucchinicremesuppe, Rindsrouladen, selbstgemachten Kroketten und einem Mokkasoufflee.

»Mir geht es mit dir besser als so manchem Ehemann«, scherzte er, als er am Tisch Platz genommen hatte. »Wie komme ich zu der Ehre? Musst du mir etwas beichten?«

»Nein, ich habe kein Auto kaputtgefahren und auch sonst nichts kaputtgemacht«, erwiderte Sarah und dachte: außer meiner Freundschaft zu Marie.

Mit jedem Löffel Zucchinicremesuppe kam der Schmerz wieder zurück. Sie hörte nur mit halbem Ohr zu, was ihr Vater vom Institut erzählte. Erst als Maries Name fiel, horchte sie auf.

Ihr Vater äußerte sich sehr ungehalten über Marie, nannte sie eine »auf sich konzentrierte Eigenbrötlerin« und »nicht teamfähig«. Er regte sich darüber auf, dass sie es »eiskalt abgelehnt« hatte, im nächsten Semester eine Vorlesungsreihe für Studenten zu halten, und warf ihr »mangelnde Kooperationsbereitschaft« vor. Am meisten ärgerte er sich jedoch darüber, dass sie sich ohne jede Begründung geweigert hatte, der Bitte eines Komitees hochrangiger Wissenschaftler Folge zu leisten und die Ergebnisse einer Publikation, die in der Fachwelt für großes Furore gesorgt hatten, bei einer Abendveranstaltung im Rahmen eines Kongresses laientauglich für anwesende Unternehmer zu präsentieren.

»Sie war im Namen des Instituts geladen«, erboste sich ihr Vater und ließ seinen Ärger an der Rindsroulade aus, die er mit Messer und Gabel traktierte, als ginge es darum, einen wilden Stier zu erledigen. Sarah erkannte, dass er Maries Absage persönlich nahm. Es kränkte ihn, dass damit eine Chance vertan war, das Institut vorteilhaft an die Öffentlichkeit und an die Medien zu bringen. Doch er störte sich auch noch an etwas anderem.

»Ich kann einfach nicht fassen, dass eine junge intelligente Frau sich solch eine Gelegenheit entgehen lässt! Das wäre ein großer Schritt in ihrer Karriere. Wer wird schon als

Mikrobiologe geladen, um etwas vor den Bossen der zehn führenden europäischen Pharmaunternehmen zu präsentieren? – Normalerweise wird es für diese Leute doch erst richtig interessant, wenn die klinische Forschung anläuft. Diese Frau macht sich so viel kaputt.«

Schwungvoll griff er nach seinem Weinglas und trank einen großen Schluck.

Sarah kämpfte mit sich. Sie wusste, Marie wollte nicht, dass jemand von ihrem Defizit erfuhr. Andererseits wollte sie nicht, dass ihr Vater oder auch sonst irgendwer schlecht von ihr dachte. Sie hatte das nicht verdient.

Als ihr Vater sein Weinglas mit den Worten abstellte, Marie Felder sei »eine völlig verschrobene Frau, ein menschlicher Kühlschrank«, hielt sie es für an der Zeit, einzugreifen.

»Papa. Marie kann nichts dafür. Sie macht das nicht absichtlich. Viele Leute machen ihr Angst; sie weiß nicht, wie sie damit umgehen soll.«

»Bitte«, sagte er. Es klang verächtlich. »Wir sprechen von einer Wissenschaftlerin, die zwar jung, aber nicht mehr blutjung ist. Vorträge zu halten sollte da zum fixen Repertoire gehören. Ich habe dafür keinerlei Verständnis.«

Und dann sagte sie es ihm. Sie konnte es nicht mehr für sich behalten – nicht, wenn er so schlecht von ihr dachte und redete. Sie erzählte ihm von Maries Behinderung, klärte ihn über das Asperger-Syndrom auf, von dem er schon einmal gehört hatte, aber nichts Genaues wusste, und bat ihn um Nachsicht.

»Sie ist nur deshalb eine Einzelgängerin und wirkt verschroben, weil sie oft nicht weiß, was andere von ihr erwarten und was sie selber wollen«, schloss sie ihren Bericht. »Ich glaube, wenn sie könnte, würde sie lieber ganz anders sein.«

Er ließ sich ihre Erzählungen durch den Kopf gehen, sah sie nachdenklich an. »Das heißt, du erwartest von mir, dass ich ab sofort Rücksicht auf ihre Eigenheiten nehme und Verhaltensweisen an ihr akzeptiere, die ich bei keinem anderen Teammitglied dulden würde?«

Sie schwieg. Irgendwie hatte sie das Gefühl, dass er sie überhaupt nicht verstanden hatte. Sie erwartete doch nicht, dass er ihr eine Sonderrolle einräumte. Alles, was sie wollte, war Verständnis.

»Einen Vortrag zu halten ist eine enorme Belastung für einen Asperger-Autisten! Manche brechen sogar ihr Studium ab, weil sie es nicht aushalten, ein Referat zu halten«, machte sie einen neuerlichen Vorstoß, ihr Ziel zu erreichen. »Ich habe von Leuten gelesen, die schon bei der ersten mündlichen Prüfung ihres Lebens alles hinschmeißen!«

Begriff ihr Vater denn nicht, um was es hier ging?

»Du magst sie, nicht wahr?«

Es kostete Sarah etliche Selbstbeherrschung, um bei dieser simplen Frage nicht in Tränen auszubrechen.

»Ja«, sagte sie daher nur, versorgte ihren Vater mit Mokka-Soufflee und zog sich in ihr Zimmer zurück. Sie war zu traurig, um weiter mit ihm über Marie zu reden, und an etwas anderes konnte sie im Moment nicht denken.

Am Freitag traf sie Simone zum Shoppen. Es war das Ende des Schlussverkaufs. Sarah schleppte mehrere Taschen mit neuer Kleidung mit sich, als sie nach Stunden nicht mehr wussten, in welches Geschäft auf der Mariahilferstraße, der Wiener Einkaufsmeile, sie noch gehen konnten. Gemeinsam fuhren sie zu Simone nach Hause.

Sarah lehnte sich gegen das Fenster der U-Bahn, betrachtete Simone, die ihr gegenübersaß und inmitten von Tüten und Taschen fast unterzugehen schien, und lächelte angesichts des Bildes, das sich ihr bot. Zum ersten Mal seit Sonntag fühlte sie sich einigermaßen zufrieden.

Es hatte Spaß gemacht, mit Simone durch die Geschäfte zu ziehen, Kleidung zu probieren, sich verrückte Hüte aufzusetzen und sich gegenseitig Styling-Tipps zu geben. Es war ein Tag gewesen, wie es ihn früher des Öfteren mit Simone gegeben hatte.

Jetzt, wo Simone mit Mike zusammen oder auch nicht zusammen war und nicht mehr mit Daniel, Christian, Gigo oder wie auch dessen sonstige Vorgänger geheißen hatten, die meiste Freizeit verbrachte, schien sie wieder etwas übrig zu haben für Unternehmungen wie ausgedehnte Einkaufstouren. Mike war offensichtlich zu beschäftigt, um ständig mit ihr herumzuhängen. Oder war ihr Verhältnis doch nur eine lockere Affäre?

Als sie bei Simone zu Hause angekommen waren, auf ihrem Sofa Platz genommen hatten und Cola tranken, nutzte Sarah die Gelegenheit und sprach sie direkt darauf an.

»Bist du mit Mike jetzt eigentlich fest zusammen?«

Simone zuckte mit den Schultern. »Schon irgendwie. Aber er ist halt ein Künstlertyp. Sehr selbständig. Ich glaube schon, dass er auf mich steht. Er ruft jetzt immerhin schon täglich an, und im Bett ist er ein Ass!« Sie grinste Sarah an. »Und wie ist das mit dir und Mario? Was tut sich da?«

»Ganz okay«, antwortete Sarah ausweichend. Sie hatten sich am Mittwochabend getroffen und ein paar Stunden in einer Bar verbracht. Es wäre wohl ein netter Abend gewesen, hätte sie ihm tatsächlich zugehört. So aber war sie einsilbig, während er sein Bestes gab, um sie zu unterhalten. Sie hatte sich danach gefragt, weshalb er sich überhaupt noch mit ihr traf. War es wegen den Küssen, die er mit ihr austauschte, als er sie nach Hause fuhr?

»Habt ihr …?« Simones Augen hefteten sich erwartungsvoll auf sie.

»Ich fühle mich noch nicht so weit«, sagte Sarah wahrheitsgemäß. Sie sah Simone, die ein verwundertes Gesicht machte, offen an. »Es ist so, Simone. Mir ist einfach nicht danach. Ich muss ihn noch besser kennenlernen …«

»Er rennt dir jetzt schon seit Wochen hinterher«, stellte Simone fest. »Du lässt ihn echt am langen Ast verhungern, oder wie das heißt. – Bist du denn sicher, dass du irgendwann soweit sein wirst?«

Sarah schwieg. Dann entschied sie sich, offen zu sein. Simone war schließlich ihre beste Freundin. Wem sonst, wenn nicht ihr konnte sie ihr Innerstes offenbaren?

»Nein«, erwiderte sie deshalb ehrlich. »Das weiß ich tatsächlich nicht. Ich weiß nicht einmal, ob ich in ihn verliebt bin.«

»Also bitte!« entfuhr es Simone. »Das weiß man doch.«

Sarah hob die Schultern. »Ich weiß es nicht, Simone. Ich habe keine Ahnung, wie sich das anfühlen soll. Vielleicht bin ich es, vielleicht bin ich es nicht. Woher soll ich das wissen?«

Simone betrachtete sie ungläubig. »Ich kann es nicht fassen. Das weiß man wirklich, Sarah! Das fühlt man. Man fühlt sich glücklich, zum Beispiel!«

Ich fühle mich wie ausgekotzt, ging es Sarah durch den Kopf. Denn sowie sie jetzt neben Simone auf der Couch saß, dachte sie an Marie. Auch mit Marie hatte sie auf einer Couch gesessen. Sie dachte daran, wie sie beide umgefallen waren, und wie sich Maries Körper unter ihr angefühlt hatte.

»Man freut sich, den Menschen zu sehen und Zeit mit ihm zu verbringen.«

Sie dachte daran, dass sechs Tage zwischen Sonntag und Sonntag lagen, und dass diese sechs Tage wie eine Ewigkeiten sein konnten.

»Das Herz klopft vor Freude, wenn man ihm dann endlich gegenübersteht.«

Ihr Herz hatte geklopft, als sie auf Marie gewartet hatte, vor vierzehn Tagen, und es hatte einen Sprung gemacht, als Marie endlich vor ihr stand.

»Man nutzt jede Gelegenheit ihn zu berühren, und schon nach dem ersten Kuss will man ihm am liebsten sofort die Kleider vom Leib reißen.«

Sarah dachte an Maries Hand auf ihrem Bauch, den Geruch ihrer Haut, ihre weichen Lippen und ihre fordernde Zunge. Die Erinnerung an den leidenschaftlichen Kuss war so stark, dass sie dasselbe Gefühl eneut in ihr hervorrief. Was wäre passiert, wenn Marie den Kuss nicht abgebrochen hätte? Sie vermochte es sich nicht vorzustellen.

»Und man ist zu Tode betrübt, wenn man aus welchen Gründen auch immer von ihm nichts hört oder ihn nicht sieht.«

Ich bin betrübt, dachte Sarah, außerordentlich betrübt. Komplett verzweifelt. Ich halte es kaum aus. Und plötzlich überkam sie die Erkenntnis, als hätte ihr jemand einen Kübel eiskaltes Wasser ins Gesicht geschüttet: Marie. Sie dachte die ganze Zeit an Marie. Nur Marie, Marie und wieder Marie. Sie war in Marie verliebt. Deshalb tat es so weh, sie nicht zu sehen, deshalb musste sie stündlich an sie denken, deshalb war passiert, was irgendwann als logische Konsequenz aller vorangegangenen zarten Berührungen und Annäherungen passieren musste.

Sarah fühlte, wie ihr der Schock über diese Erkenntnis durch alle Glieder kroch. Ihr war schwindlig, und sie musste sich an der Sofalehne abstützen, um nicht umzukippen. Es war, als würde sie im Taumel widersprüchlicher Gefühle nach unten gezogen.

»Was ist denn?« fragte Simone arglos. »Du bist auf einmal so blass!«

Es durfte nicht sein. Sie konnte sich nicht in eine Frau verliebt haben! Sie war nicht lesbisch. Ehe Marie in ihr Leben trat, hatte sie sich nie für Frauen interessiert. Nie hatte eine andere Frau bei ihr Gefühle ausgelöst. Sie hatte schon oft mit Simone in einem Bett gelegen, hatte sie auch schon nackt gesehen. Nichts war geschehen. Es musste an Marie liegen.

Ich darf sie nicht mehr sehen, sagte sich Sarah und fühlte im selben Augenblick ein schmerzhaftes Stechen im Herzen. Wenn ich sie sehe, wird Schlimmes passieren. Ich bin nicht sexuell anders. Ich bin doch wie Simone, wie Natascha … wie all meine Freunde.

Es hatte sie nie gestört, wenn sie Homosexuelle Händchen haltend auf der Straße sah oder darüber las. Es war ihr egal gewesen, ob Schwule und Lesben heiraten durften. Vor vier Jahren hatte sie selbst mit Simone am Rande der Regenbogenparade, einem jährlichen Umzug Homosexueller durch die Stadt, getanzt. Es war wie eine Love Parade gewesen für sie, ohne Commitment, ohne politischen Hintergrund. Sie hatten die Stimmung gut gefunden, weiter nichts.

Doch jetzt betraf es sie und ihr Leben. Und das durfte nicht wahr sein! Sie dachte an Maries Kuss und all ihre Empfindungen. Es war eindeutig gewesen. Sie hatte reagiert, wie sie noch nie auf eine Berührung reagiert hatte.

Plötzlich war sie Marie dankbar für den radikalen Abbruch. Er war letztendlich auch in ihrem Sinne gewesen. Wenn Marie sie noch länger so dicht an sich gepresst hätte und mit ihrer Zunge die ihre liebkost hätte – sie hätte womöglich noch mehr zugelassen als nur einen Kuss.

Die Vorstellung raubte ihr den Atem; sie schnappte laut nach Luft.

»Sag mal, was ist denn?« Simone klang ehrlich besorgt.

Es lag wohl an der guten Stimmung, in der sie ihre Einkäufe getätigt hatten, und an Simones rührender Besorgnis, dass Sarah ihr offenbarte, was sie nicht länger für sich behalten konnte. Sie musste mit jemandem reden, jemandem, der ihr eine Stütze war.

»Simone. Ich habe Marie geküsst.«

»Du hast *was?*« Simone starrte sie entsetzt an. »Das ist doch nicht dein Ernst!«

»Doch. Ich habe sie geküsst. Oder sie mich. Das heißt, ich habe sie ein bisschen … geküsst, und sie hat mich daraufhin sehr … heftig geküsst.« Ihre Stimme klang kläglicher, als es ihr lieb war.

»Ich hab dir doch gesagt, die ist hinter dir her! Ich wusste es!« Simones Stimme nahm einen beschwörenden Klang an. »Du musst ihr künftig aus dem Weg gehen, hörst du? – Die Frau zieht dich noch hinüber ins Lesbenlager.«

»Natürlich sehe ich sie nicht mehr«, erwiderte Sarah und war in diesem Moment davon überzeugt, dass es so das Beste war. »Eine Freundschaft ist ja jetzt sowieso nicht mehr möglich.«

»Sie war auch vorher nicht möglich«, kommentierte Simone trocken. »Sie ist uralt, sie ist seltsam, sie ist komplett … anders veranlagt. Ihr habt nichts gemeinsam. Es ist höchste Zeit, dass diese Treffen aufhören und du dich wieder anderem zuwendest. Zum Beispiel Mario.«

Sarah sagte nichts. Sie fühlte sich elend. Simone betrachtete sie kurz und meinte dann mit unverhohlener Neugierde: »Abgesehen davon, dass es etwas pervers ist … wie war das, eine Frau zu küssen?«

Warm. Weich. Angenehm.

»Ganz okay«, sagte Sarah, sah die Irritation in Simones Gesicht und fügte rasch hinzu: »Es ist nichts besonderes.«

»Ich nehme an, mit Mario ist es für dich schon etwas ganz anderes.«

»Ganz anders«, beeilte sich Sarah zu versichern – und sagte damit die Wahrheit. Sie dachte an Marios Zunge, die ihr das Gefühl gab, daran zu ersticken. Es war überhaupt kein Vergleich zu Maries raffiniertem Zungenspiel, das sie unweigerlich zum Stöhnen gebracht hatte.

Simone nahm sie bei den Schultern. »Sarah. Es ist ja überhaupt nicht schlimm, einmal eine Frau zu küssen. Es ist, denke ich, sogar ziemlich cool. Es gibt Typen, die stehen richtig darauf, wenn zwei Mädels sich vor ihrer Nase küssen. Männer macht das an. Aber du musst dich jetzt echt um Mario kümmern, sonst ist er weg. Ich wollte es dir vorher nicht sagen, aber ich habe von Mike erfahren, dass sich Mario gestern Abend mit dieser Babsi getroffen hat. Sie hat ja wirklich nicht locker gelassen und ihn permanent angebaggert. Du musst aufpassen, sonst ist er weg. Schau – es ist doch eigentlich eine total coole Sache: Du und ich, wir sind beste Freundinnen, und wir haben jetzt Freunde, die ebenfalls eng miteinander befreundet sind und sogar in einer gemeinsamen WG wohnen. Wenn das kein Zeichen ist! – Setz das bloß nicht aufs Spiel wegen ein paar seltsamer Experimente. Du musst endlich aufs Ganze gehen und ihn das tun lassen, was jeder Mann letztendlich will. Du willst das doch auch, oder? – Du bist die einzige Frau, die ich kenne, die in unserem Alter noch Jungfrau ist! Auch, wenn Mario jetzt vielleicht nicht die Liebe deines Lebens ist – das ist doch im Moment komplett egal. Überleg mal, du triffst erst in fünf, sechs Jahren einen Typen, in den du dich wirklich abgrundtief verliebst, und dann bleibst du das erste Mal bei ihm über Nacht und sagst ihm, er sei dein erster – mit fünfundzwanzig, sechsundzwanzig Jahren! Der denkt doch, mit dir stimmt was nicht! So schnell kannst du ihm gar nicht versichern, wie sehr du ihn liebst, ehe er die Flucht ergreift!«

Sarah spürte einen dicken Kloß in ihrer Kehle.

Was Simone da sagte, klang schlüssig und einleuchtend. Wahrscheinlich war das die beste Lösung, um zu einer normalen Frau zu werden. Einer Frau, die nicht andere Frauen küsste, sondern Männer. Vielleicht hatte sie ja Maries Kuss nur deshalb erregt, weil sie noch nicht wusste, wie es war, endlich richtigen Sex zu haben?

Vielleicht würde sie ja dieselben Gefühle für Mario entwickeln, wenn sie ihn endlich körperlich näher an sich heranließ.

Sarah atmete tief durch.

»Ich denke, du hast recht«, sagte sie zu Simone. »Ich sollte das endlich hinter mich bringen.«

Rühr-mich-nicht-an-Pflänzchen hatte Mario sie genannt, als sie seine Hand wegschob, die mitten in einer belebten Kneipe unter ihren Rock gewandert war. Der Ausdruck hatte sie gekränkt, zumal sie doch nun endlich entschlossen war, das zu ändern. Aber es war ihr peinlich und unangenehm, mitten in Nataschas Geburtstagsgesellschaft auf diese Weise berührt zu werden.

Da Mario nicht aufhörte, sie anzufassen, hatte sie ihm schließlich vorgeschlagen, doch gleich zu ihm in die Wohnung zu fahren. Er hatte ihren Vorschlag sichtlich überrascht, aber auch begeistert aufgenommen. Auch im Taxi war er permanent mit ihrem Schenkel beschäftigt. Sarah war nicht entgangen, dass der Taxifahrer besonders häufig in den Rückspiegel schaute.

Sie war erleichtert, als Mario nun die Tür zu seiner Wohnung aufsperrte. Hier gab es zumindest keine Zuschauer. Doch ihre Erleichterung war nur von kurzer Dauer.

Denn kaum hatten sie die Wohnungstür hinter sich geschlossen, drückte sie Mario unerwartet heftig an die Wand und begann sich gierig über ihre Lippen und ihren Mund herzumachen. Mit einem Ruck schob er sich an sie. Sarah spürte sein steifes Glied, das sich hart gegen sie presste.

Sein Atem ging schneller.

Ich bin kein Rühr-mich-nicht-an-Pflänzchen, rief sich Sarah in Erinnerung. Sie stand still, obgleich sie erschrocken war von der plötzlichen Gier nach ihrem Körper, die ihm ins Gesicht geschrieben stand.

Sein Mund glitt über ihr Dekolletee, fuhr über ihre glatte Haut.

Sie zwang sich zur Ruhe.

Ihr Innerstes war in Aufruhr; sie wollte weglaufen. Die Angst, die sie plötzlich überkam, nahm ihr fast den Atem.

Sie dachte an die Erdbeeren. Waren zwei *Strawberry Margarita* nicht genug, um ihre Furcht vor dem, was jetzt kommen würde, in den Griff zu bekommen?

»Am liebsten würde ich dich hier gleich im Flur nehmen«, keuchte Mario an ihrem Ohr. Er schob ihr Kleid hoch. Seine Finger fühlten sich rau an. Sarah biss sich auf die Lippen.

Als er begann, seine Finger unter ihren Slip gleiten zu lassen, schob sie ihn sanft von sich.

»Nicht hier«, sagte sie. Gewisse Parallelen zwischen Simones Erlebnis auf der Toilette in einer Strandbar und diesem Wohnungsflur taten sich auf. Und wer garantierte schon, dass Mike und Simone, die zwar noch vergnügt im »Q15« weitergefeiert hatten, nicht doch plötzlich hier in der WG auftauchen würden? »Gehen wir in dein Zimmer.«

Zuvor schlüpfte sie ins Badezimmer. Als sie ihre Hände wusch, schaute sie in den Spiegel. Im grellen Licht der Neonröhren wirkte ihre Haut blass und fahl.

Ich muss das tun, sagte sie sich selbst. Es ist eine Erfahrung, die einfach ansteht. Er ist nett. Er ist Mikes bester Freund, und Mike ist der Freund von Simone, und Simone ist meine beste Freundin. Ich will nicht mit sechsundzwanzig noch Jungfrau sein. Und ich bin nicht lesbisch.

Als sie Marios Zimmer betrat, hatte er bereits eine Flasche Wein geöffnet. Er reichte ihr ein volles Glas.

Dankbar nahm Sarah einen Schluck. Vielleicht würde der Alkohol helfen, ihre Ängste in den Griff zu bekommen.

Im Hintergrund lief eine CD mit Rockbaladen. Sie sah sich um. Marios Zimmereinrichtung bestand aus wenigen schlichten Regalen, einem schwarzen Kleiderschrank und einem großen Bett. Am Fenster stand ein Schreibtisch mit PC. Poster von Segelschiffen hingen an den Wänden.

Er stellte sein Weinglas ab, nahm ihr ihres aus der Hand. Seine Hände waren überall, seine Lippen ebenso. Sarah schloss die Augen. Sie erwiderte seine Küsse automatisch, rang nach Atem. Seine Zunge erkundete sie wieder. Er interpretierte ihre Laute in seinem Sinne.

»Komm, lass es uns tun«, flüsterte er erregt. Er stieß sie auf sein Bett, zog ihr das Trägershirt über die Schultern, öffnete geschickt ihren BH.

Er hat das schon oft gemacht, kam es Sarah in den Sinn. Vielleicht war das besser so.

Er zog schnell Hose und Polo-Shirt aus. Nur mit einer Boxershorts bekleidet, legte er sich auf sie, fuhr fort, sie zu küssen und zu streicheln. Seine Hände fuhren ihren Körper entlang. Sein Atem streifte ihr Gesicht. Er roch nach Tequilla und Wein.

Sarah versuchte, an etwas Schönes zu denken. Sie stellte sich vor, mit Marie auf einer Wiese zu liegen und die Vögel zwitschern zu hören.

Sarah verkrampfte sich.

Nicht an Marie denken. Du bist normal. Du küsst keine Frauen.

»Hej, was ist?« Mario sah sie irritiert an. Ihre plötzliche Erstarrung war ihm anscheinend nicht entgangen.

Sarah sagte ihm, was sie ihm die ganze Zeit schon sagen wollte. Es schien ihr besser, es auszusprechen, ehe er von selbst darauf kam. »Ich bin noch Jungfrau. Und ich verhüte nicht.«

»Was, echt?« Er wirkte überrascht – ob von ihrem ersten

Satz oder aufgrund des zweiten, war nicht auszumachen. »Das hätte ich gar nicht gedacht. – Aber wir nehmen eh ein Kondom. Sicher ist sicher.«

Er öffnete die Schublade seines Nachtkästchens und hielt eine kleine, flache und quadratische Packung in den Händen. Sarah dachte daran, dass sie und Simone früher aus Kondomen immer Wasserbomben gebaut hatten, die sie von der Penthouse-Terrasse in der Wohnung ihrer Eltern hinab auf die Straße fallen ließen und Passanten zum Toben brachten. Das war, ehe Simone nach Bibione gefahren war.

Sie küssten sich weiter. Mario zog ihr den Slip aus. Sie fühlte sich nackt. Seine Finger legten sich zwischen ihre Beine und begannen, an ihr zu reiben. Sarah presste die Lippen aufeinander. Es war nicht angenehm.

»Du bist noch ganz trocken«, stellte Mario verwundert fest. »Aber keine Sorge, ich mach dich schon nass.«

In ihren Ohren klang es wie eine Drohung. Warum war sie nicht feucht? Was lief falsch? Funktionierte sie nicht normal?

Sie presste ihr Gesäß auf die Unterfläche des Bettes, um den Druck seiner Finger zu mildern. War das die Vorstufe dessen, was angeblich so herrlich und schön sein sollte, dass es die meisten immer und überall wollten?

Beim ersten Mal ist es nie schön, hatte Simone gesagt. Es war sicher nicht eigenartig, dass sie so empfand – oder doch?

Die Wiese in ihrem Kopf wurde präsenter und lebendig. Sie roch den Duft der Wiesenblumen, hörte Bienen summen und schmeckte süße Weintrauben. Marie neben ihr streckte ihre Arme aus, ihre Lippen berührten sich, alles an ihr wurde weich …

»Na bitte, geht doch«, hörte sie Marios zufriedenen Kommentar. »Ich wusste doch, ich krieg dich schon nass!«

Trotzdem war Sarah froh, als er nun abrupt aufhörte. Er zog seine Shorts aus und riss die Kondompackung auf.

»Magst du …?« Er hatte das Kondom vorsichtig aus der Packung genommen und hielt es ihr hin.

Sarah sah misstrauisch von dem Kondom zu seinem erigierten Glied. Es hatte eine leichte Krümmung. Und es war groß, verdammt groß. Wie sollte das in sie hineinpassen?

»Na ja, fürs Erste mache ich das wohl besser.«

Sarah war froh, dass ihr Mario die Entscheidung abnahm und sich das Kondom selbst überzog. Es reizte sie nicht im Geringsten, dieses große, krumme Ding. Reichte es nicht schon, dass er es bald in sie hineinstoßen würde?

Und wenn schon, es ist halt so, versuchte sie sich zu beruhigen. Du willst doch keine alte Jungfer sein, Sarah.

Als er sich jetzt auf sie legte und sie sein geschwollenes Glied an ihren Oberschenkeln spürte, fragte sie sich jedoch, ob eine alte Jungfer zu sein nicht doch die bessere Alternative war. Seine Berührungen erschienen ihr grob und alles andere als erotisch. Sie verkrampfte sich, wurde steif wie ein Brett.

Bei seinem Versuch, sich in sie zu schieben, scheiterte Mario kläglich.

»Hej, was ist denn?« Seine Stimme klang ungeduldig. »Mach dich locker.«

Sarah versuchte an Marie zu denken, weil dies vorher so gute Auswirkungen gehabt hatte, doch diesmal bewirkte es das glatte Gegenteil: Sie dachte daran, wie sanft sich Maries Haut anfühlte, und ihr Ekel gegen das, was Mario hier mit ihr tat, wuchs zunehmend. Warum tue ich mir das an, fragte sie sich.

Mario versuchte es wieder und wieder, doch allein seine Versuche taten ihr so weh, dass sie nicht anders konnte, als ihre Schenkel fest zusammenzupressen.

»Sag mal, spinnst du jetzt?« Mario war nicht mehr nur ungeduldig, sondern ungehalten. »Das klappt doch so überhaupt nicht!«

Sie schwieg, sah ihn mit großen dunklen Augen an. Sie wünschte sich weit weg.

»Scheiß Jungfrauen!«

Marios wilder Blick machte ihr Angst. Nichts war übrig von jenem sympathischen jungen Mann, der sie umschmeichelt und ihrer Tante gegenüber seinen gesamten Charme aufgeboten hatte. Er legte sich auf sie, drückte sie mit seinem Gewicht nach unten.

»So einfach lasse ich dich nicht gehen«, meinte er, vor Erregung schwer atmend.

Sarah wollte nur weg. Weglaufen vor dem, was er hier mit ihr machen wollte, obwohl sie es gar nicht wollte. Unter Aufbietung ihrer gesamten Kraft stieß sie ihn zurück und sprang vom Bett. Mario versuchte, ihre Hand zu greifen. Sie stolperte rückwärts und stieß heftig gegen das Bücherregal. Ein stechender Schmerz durchfuhr ihren Schädel.

Mit wutverzerrtem Gesicht sprang Mario aus dem Bett. Sie sah seine funkelnden Augen, bekam Panik. Sie wartete, bis er fast bei ihr war, schoss dann nach vorne und griff nach ihrem Trägerhemd. Nur raus.

Blitzschnell hatte er ihren Plan durchschaut, stellte sich vor die Tür.

»Du wirst hier jetzt nicht abhauen«, sagte er drohend. »Wir sind noch nicht fertig.«

Die Angst drückte gegen Sarahs Herz. Sie musste hier weg, ehe Schlimmeres geschah. Und es konnte nur schlimmer werden. Panisch flog ihr Blick im Zimmer umher. Er blieb an einem mittelgroßen Modellschiff hängen, das im Regal stand. Sie griff danach. Es war schwerer, als sie geahnt hatte. Sie brauchte beide Hände, um es zu halten.

»Stell das hin. Sofort.« Marios Stimme klang immer noch drohend, hatte jedoch bereits einen schrillen Unterton. Auch er war nun in Panik, wenngleich auch aus anderen Gründen.

»Lass mich raus. Sofort.«

Sie wunderte sich selbst, dass sie noch in dieser Festigkeit sprechen konnte. Ihr Innerstes bebte. Ihre Nerven lagen blank.

»Den Teufel werde ich tun.«

»Gut. Wie du willst.« Sie hielt das Schiff über ihren Kopf. »Ich zähle jetzt bis drei. Dann bist du weg von der Tür.« Als er sich nicht rührte, begann sie zu zählen. »Eins.« Hoffentlich würde er weggehen. Hoffentlich. »Zwei.« Was sollte sie tun, wenn es ihm letztendlich doch egal war, ob sie das dumme Ding auf den Erdboden schmetterte? »Dr...«

»Stopp!« Mario sprang zur Seite und gab die Tür frei. Sarah ergriff ihre Chance. Mit wenigen Schritten war sie bei der Tür, drückte ihm im Vorübergehen das Schiff in die Hände, hastete den kleinen Gang entlang. Sie war bereits an der Wohnungstür angekommen, wollte sie gerade aufstoßen, als sie seine schwere Hand auf ihrer Schulter spürte. Er riss sie zurück.

Und dann ging alles ganz schnell. Sarah spuckte ihm ins Gesicht, spürte daraufhin den Luftzug der Faust, die auf ihr Gesicht zusauste. Sie fuhr zurück, die Faust streifte ihre Nase. Instinktiv holte sie aus und trat ihm kräftig zwischen die Beine. Sie hörte seinen schmerzerfüllten Schrei, sah aber nicht hin. Nur weg. Sie riss die Haustür auf, flüchtete hinaus, zog sich im Laufen ihr Trägerhemd über die Schulter, rannte die Stockwerke hinab. Als sie unten war, hörte sie Marios Stimme von oben. Er schrie.

»Sarah! Lass uns darüber reden! Komm zurück!«

Ihr Herz raste noch immer vor Panik, als die Tür des Wohnhauses hinter ihr ins Schloss gefallen war. Es regnete, es war kalt. Barfuß hastete sie die menschenleere Seitenstraße entlang, sah immer wieder über ihre Schulter. Erst, als sie sicher war, dass er ihr nicht folgte, lehnte sie sich atemlos gegen eine Hausmauer.

Der Regen fiel ihr ins Gesicht. Die Tropfen vermischten sich mit ihren Tränen und rannen über ihre Wange und über ihren Mund. Doch da war noch etwas anderes. Es schmeckte schwer und süß. Blut. Sarah griff sich an die Nase. Im Licht der Straßenlaterne starrte sie entsetzt auf ihre Hände. Sie waren voller Blut. Sie hatte Nasenbluten. Auch ihr Kopf schmerzte. Sie fasste sich an die Stelle, mit der sie gegen das Bücherregal gefallen war. Sie fühlte nur ihr Haar und wusste, sie verteilte soeben das Blut von ihren Händen darauf.

Toll, dachte sie ironisch. Doch ihre Selbstironie verflog

sofort, als sie an sich herunter sah: Da stand sie, barfuß, blutend, mit dröhnendem Schädel, ohne Handy, ohne Geld, ohne Hausschlüssel, ohne Jacke.

Das alles lag in Marios Wohnung, wohin sie nie wieder zurückkehren würde. Zumindest nicht ohne Begleitung.

Was konnte sie tun? Sie stand mitten im 7. Bezirk, in einer Seitengasse. Bis zu sich nach Hause würde sie zu Fuß mindestens eineinhalb Stunden gehen müssen, und das barfuß und nachts. Und sie würde vor verschlossener Tür stehen, ihr Vater war über das Wochenende zu einem Kongress gefahren. Sie dachte angestrengt nach. Tante Irene schied auch aus, denn sie war an diesem Wochenende mit ihrem neuen Freund unterwegs.

Ein Auto fuhr die Straße entlang. Die Scheinwerfer blendeten sie. Sie trat aus dem Licht der Laterne in die Dunkelheit der Nacht. Es war nicht gut, hier so zu stehen, im Minirock und ohne Begleitung.

Benommen setzte sie sich in Bewegung. Auf der ersten größeren Straße kam ihr eine Gruppe Jugendlicher entgegen. Sie sahen sie an wie ein Alien.

»Was ist denn mit der passiert?«, hörte sie eines der Mädchen angewidert sagen. Keiner blieb stehen und fragte, ob sie Hilfe brauchte.

Sarah wurde bewusst, dass sie auch dann nicht nach Hause hätte gehen können, wenn ihr Vater daheim gewesen wäre. Wenn diese wildfremden Leute schon so auf sie reagierten, was würde erst er sagen? – Er würde bei ihrem Anblick wohl den Schock seines Lebens bekommen. Er würde darauf drängen, dass sie ihm die gesamte Geschichte erzählte. Und wenn sie das schließlich getan hatte, würde er Mario gewiß umbringen wollen, da war sie sich sicher. Auch wenn sie an der Situation ja letztlich nicht ganz unschuldig gewesen war.

Was habe ich nur für einen Blödsinn gemacht, dachte Sarah, und ihre Tränen flossen mehr als je zuvor. Sie ließ sich auf den kalten Stufen eines Hauseingangs nieder und verbarg ihr Gesicht in den Händen. Warum will ich überhaupt Sex mit jemandem, für den ich im Grunde überhaupt nichts empfinde? Nur, weil ich so sein will wie die anderen ... wie Simone?

Scheiß auf das Normalsein! Was war das für eine Freundschaft, die davon abhing, ob sie mit einem Freund vögelte oder nicht? Was war Simone für eine Freundin, wenn sie ihre eigenen Ängste so schürte? Und warum war ihr überhaupt dieser gesamte Freundeskreis so wichtig, diese Freunde, die sich im Grunde nichts mehr zu sagen hatten und jeden Sonntag in der gleichen Kneipe die gleichen inhaltslosen Gespräche führten?

Was hatte ihr ihr Wunsch, so zu sein wie alle anderen, letztendlich gebracht? – Eine blutende Nase, einen dröhnenden Kopf und eine Beinahevergewaltigung.

Plötzlich sah sie es ganz klar: An ihrer Seite würde immer eine Frau sein, nie ein Mann.

Marie hat sich nicht geirrt. Sie hat gesehen, was ich nicht sehen wollte, und getan, was ich mir sehnlichst wünschte, aber nicht wahrhaben wollte.

Sarah erhob sich. Der Regen hatte etwas nachgelassen.

Sie wusste, wo sie nun hingehen würde.

In dem großen Neubau inmitten des 8. Bezirks gab es vier Dienstwohnungen, die das Institut an Gastdozenten oder sonstige Mitarbeiter mit befristeten Verträgen weitervermietete. Sarah kannte das Haus, da sie schon ein paar Mal dabei gewesen war, wenn ihr Vater eine der Wohnungen im dritten Stock an einen neuen Mieter übergeben hatte. Ob Marie tatsächlich in einer dieser Dienstwohnungen lebte, wusste sie dagegen nicht. Sie hatten nie darüber gesprochen.

Dass sie nun trotzdem vor jenem Haus stand, mitten in der Nacht, basierte neben ihrer Verzweiflung auf bloßer Vermutung. Sie konnte sich nicht vorstellen, dass ausgerechnet Marie auf das Angebot einer Dienstwohnung verzichtete und stattdessen selber auf die Suche nach einer Wohnung am freien Markt gegangen war.

Die Türschilder waren wenig hilfreich – die Dienstwohnungen waren mit »Top 23«, »Top 24«, »Top 25« und »Top 26« beschriftet. Während sie noch überlegte, bei welcher Wohnung sie klingeln sollte, hörte sie hinter sich das Klappern eines Schlüsselbundes. Einer der Bewohner des Hauses war offensichtlich gerade von einer Kneipentour zurückgekommen. Als er neben ihr stand und die Haustür aufsperrte, konnte sie seine Fahne riechen. Er ließ sie ins Haus, ohne Fragen zu stellen, bedachte sie jedoch mit einem merkwürdigen Blick.

Sie war froh, nicht weiter zu müssen, denn ihr Fuß schmerzte höllisch. Wenige Meter vor dem Haus war sie zu allem Überfluss in den Scherbenhaufen einer zerbrochenen Glasflasche getreten. Sie humpelte in Richtung des Lifts. Der Mann nahm die Treppe.

Der verletzte Fuß hinterließ am hellen Boden des Hausflurs kleine rote Tupfer. Was nun? – Sie stand im dritten Stock und schaute ratlos von einer Tür zur nächsten. Es gab keine Namensschilder, keinerlei Indizien, wer hinter diesen Türen wohnen mochte. Alle Türen sahen gleich aus.

Mit Logik war hier nicht weiterzukommen. Sie klingelte bei der Nummer 23. Nichts rührte sich. Sie wartete, klingelte erneut. Sie hatte keine Ahnung, wieviel Uhr es sein mochte, doch dass normale Menschen um diese Zeit im Bett lagen, stand außer Frage.

Nichts passierte.

Sie läutete bei Tür 24. Einmal. Zweimal. Dann hörte sie Schritte. Ein Mann mittleren Alters im blauen Pyjama öffnete ihr die Tür.

Er musterte sie von oben bis unten; sie wollte sich gerade für die Störung entschuldigen, da legte er los, auf Englisch, in ungehaltenem Tonfall und aufgebracht. Er war erbost darüber, dass er aus dem Bett gescheucht worden war, und, das begriff Sarah in diesem Moment, er hielt sie für eine Pennerin, eine Ausreißerin, was auch immer.

»Sorry, sorry«, sagte Sarah, doch die Verzweiflung überrollte sie wie eine Woge. Ihre Situation war ausweglos. Sie würde Marie in diesem Haus nicht finden. Sie würde auf der

Straße stehen, blutend, mit diesem stechenden Kopfschmerz, nur mit dem Nötigsten bekleidet, ohne Geld, ohne Handy, ohne Hausschlüssel. Die Welt drohte unterzugehen. Entschlossen sammelte Sarah die gesamte Kraft ihrer tiefsitzenden Verzweiflung und schrie, ungeachtet dessen, dass sie das gesamte Haus seiner Nachtruhe berauben würde, aus vollem Halse: »Marie! Marie!«

Türen gingen auf, sie hörte Stimmen, alles drehte sich um sie. Der Kopfschmerz fraß sich in jede Zelle ihres Körpers.

Und plötzlich, inmitten dieses Chaos, öffnete sich der Himmel.

»Ich bin hier«, sagte eine vertraute Stimme.

Seit Sarah aus dem Bad gekommen war, lief Marie im Wohnzimmer auf und ab. Viel Platz hatte sie nicht zur Verfügung, denn die Wohnung war klein. Sechs Schritte vor, sechs Schritte zurück. Manchmal wechselte sie die Richtung. Dann lief sie fünf Schritte zur Seite, fünf zurück. Sie wirkte wie ein gefangenes Tier, das sich noch nicht mit seinem engen Gehege abgefunden hatte. Ihre Hände hatte sie an die Schläfen gepresst. Sie sprach kein Wort.

Sarah war dankbar darüber, nicht reden zu müssen. Sie konnte jetzt nichts erklären, nicht dazu Stellung nehmen, was vorgefallen war. Sie war erleichtert, dass Marie sie anstandslos in die Wohnung gelassen hatte, ohne Fragen zu stellen. Sie hatte geduscht, hatte das Blut und die Tränen weggewaschen. Nun saß sie, eingewickelt in Maries Morgenmantel, auf deren Sofa und versuchte, mit einer Pinzette winzige Glassplitter zu entfernen, die sich tief in ihre Fußsohle gebohrt hatten. Es fiel ihr nicht leicht. Ihr Kopf schmerzte noch immer.

»Marie, hast du Jod oder so etwas?«

Marie blieb abrupt stehen. Sie starrte Sarah mit leerem Blick an, schien die Frage gar nicht erfasst zu haben. Sarah war fern davon, ihr Verhalten persönlich zu nehmen. Sie wusste, was es für Marie bedeutete, diesen unerwarteten, spontanen Besuch überhaupt empfangen zu haben. Es war eine schier unvorstellbare Unterbrechung gewohnter Abläufe – eine pure Stresssituation.

Sie wiederholte ihre Frage. Marie erwachte aus ihrer Erstarrung.

»Ja, natürlich«, sagte sie hastig. Sie kam mit einem Desinfektionsmittel und Wattepads zurück. Zu Sarahs Erstaunen war sie es, die ihr das Desinfektionsmittel auftrug. Es brannte. Sarah verzog schmerzhaft das Gesicht und stöhnte gequält.

»Tut mir leid«, sagte Marie leise.

Ich wünschte, du würdest dich nicht immer entschuldigen, wenn ich Mist baue, ging es Sarah durch den Kopf, doch sie behielt ihre Gedanken für sich. Zu ihr sagte sie: »Kannst du dir vielleicht meinen Kopf anschauen? Ich glaube, ich habe dort hinten auch eine Wunde.«

Marie tat, wie geheißen.

»Es ist eine kleine Platzwunde«, bestätigte sie. »Aber ich denke nicht, dass es genäht werden muss.«

Das würde gerade noch fehlen – wegen Mario ins Krankenhaus zu wandern!

Marie tupfte die Wunde vorsichtig ab, lehnte sich dabei dicht über Sarah. Das lange T-Shirt, das sie als Nachthemd trug, war ausgeschnitten genug, dass Sarah nichts verborgen blieb. Sie musste sich zwingen, wegzuschauen. Es war jetzt nicht der richtige Augenblick. Außerdem dröhnte ihr Kopf, und es war ihr leicht übel. Sie fühlte sich unsagbar erschöpft.

Ermattet ließ sie sich auf das Sofa zurücksinken. Sie schloss die Augen.

»Im Bett kannst du dich besser ausruhen«, meinte Marie. »Die Couch ist nicht sehr bequem.«

Sarah zwang sich, die Augen wieder zu öffnen. Es fiel ihr schwer.

»Mein Bett ist nebenan.«

»Und du?«

»Ich bleibe hier«, sagte Marie ruhig. »Keine Angst.«

Sarah hätte ihr gerne sofort gesagt, dass ihr nichts weniger Angst machte als die Vorstellung, Marie könne ihr näherkommen. Doch der Kopfschmerz und die Müdigkeit, die sie überfiel, machten es ihr unmöglich.

Sie ließ sich von Marie ins Zimmer nebenan führen, kroch unter die zurückgeschlagene Bettdecke.

»Möchtest du nicht lieber ein T-Shirt?«

Sarah schüttelte den Kopf. »Mir ist so kalt. Ich bleibe lieber noch im Morgenmantel.«

Marie verließ das Zimmer.

Sarah drückte ihren Kopf in das Kissen. Es roch nach Marie.

Der Kopfschmerz klopfte von innen gegen ihre Schläfen wie ein Presslufthammer. Die Wunde an ihrem Fuß brannte. Die Verzweiflung überkam sie mit unvorhergesehener Heftigkeit. Sie fühlte sich leer, missbraucht, einsam, verlassen.

Sie schluchzte in das Kissen.

Die Türe wurde aufgestoßen; das Licht ging an. Marie trat an das Bett. Sie streckte ihr ein Glas mit einer trüben, milchigen Flüssigkeit entgegen.

»Trink das.«

Sarah war skeptisch. Durch einen Schleier von Tränen sah sie zu Marie auf. »Was ist das?«

»Beruhigungsmittel«, erklärte Marie. »Rein pflanzlich. Ich nehme es auch oft, wenn ich mich nicht gut fühle.«

Sarah trank. Minuten später fielen ihr die Augen zu. Das letzte, das sie noch bewusst wahrnahm, war Marie. Sie hatte sich auf ihrer Bettkante niedergelassen und ihre Hand in die ihre genommen.

Sarah schlug die Augen auf, weil sie die Wärme zarter Sonnenstrahlen auf ihrer Wange spürte. Im ersten Augenblick war sie verwirrt, musste erst einmal einordnen, wo sie sich befand. Sie nahm den weißen Schrank wahr, das weiß lackierte Holzregal vor ihr. Es war voller Bücher. Medizinische Mikrobiologie: Immunologie, Virologie, Bakteriologie. Molekulare Genetik. DNA-Protein-Interaktionen.

Ein Blick auf die Buchrücken genügte, um ihr das, was

passiert war, und ihren jetzigen Aufenthaltsort in Erinnerung zu rufen. Beim Versuch, sich aufzusetzen, stieß sie gegen einen warmen Körper. Es war Marie, die offensichtlich ebenfalls eingenickt und halb sitzend, halb liegend, seitlich über ihren Beinen lag. Durch Sarahs Bewegung aufgeschreckt, fuhr sie nun blitzartig in die Höhe.

Sarah begriff, dass sie die ganze Zeit über an ihrem Bett gesessen hatte. Wie lange hatte sie geschlafen? Vier, fünf Stunden? Maries digitaler Wecker am Nachtkästchen zeigte kurz nach zehn Uhr vormittags an.

»Entschuldige«, stammelte Marie. »Ich … ich habe nicht … ich bin eingeschlafen.«

Sie brach ab, wollte aufstehen, doch Sarah fasste sie blitzschnell am T-Shirt und zog sie zurück.

»Marie, ich war total blöd«, erklärte sie ohne Umschweife. »Ich habe gestern den größten Unsinn meines Lebens gemacht, und dabei ist mir klar geworden, dass ich mich kaum dümmer hätte verhalten können.«

Maries Gesicht war ein einziges angespanntes Fragezeichen. Sarah sah ihr an, wie unangenehm es ihr war, dass Sarah sie festhielt und zum Zuhören zwang, doch sie ignorierte es bewusst. Es gab für sie jetzt, da Marie unmittelbar neben ihr war und sie all das, was ihr schon gestern klar geworden war, so deutlich in sich fühlte, keinen Zweifel.

»Marie, ich liebe dich«, sagte sie mit fester Stimme und war selbst überrascht, wie leicht ihr diese Worte über die Lippen gekommen waren.

»Wa… was?« Marie war so blass, dass Sarah damit rechnete, sie könne jeden Moment umfallen. Alles Blut schien binnen Sekunden aus ihrem Gesicht zu weichen.

»Ich liebe dich.«

Marie ließ sich auf die äußerste Kante des Bettes sinken, diesmal absolut darauf bedacht, sie nicht zu berühren. Sie hatte ihr Gesicht in den Händen vergraben, sagte eine Weile kein Wort.

»Wieso?«, fragte sie dann unvermittelt.

»Ich vermisse dich, wenn du nicht da bist. Ich muss immer an dich denken. Ich glaube zu sterben, wenn ich mir vorstelle, dich nicht mehr zu sehen.« Sie betrachtete Maries angespanntes Gesicht, das nicht zu erkennen gab, was in ihr vorging. Marie sagte nichts. Also war sie es, die tapfer mit ihrer kurzen Rede fortfuhr. »Ich mag es, wenn du mich berührst. Ich genieße es, wenn du meinen Bauch streichelst. Ich wollte, dass du mich küsst. Ich habe es mir unbewusst immer gewünscht, habe es indirekt forciert – nur, als es dann passierte, war ich einfach komplett erschrocken.« Sie senkte die Stimme. Obgleich nur sie und Marie im Zimmer waren, und niemand sonst je davon erfahren würde, fiel es ihr schwerer als erwartet, auszusprechen, was sie wirklich fühlte. Doch ihr Wunsch, sich Marie zu offenbaren, war größer als ihre Scham. »Dein Kuss … hat mich erregt. Ich hätte alles mit dir getan, wenn du nicht gestoppt hättest.«

Marie bedeckte ihr Gesicht wieder mit den Händen. Sie schien komplett in sich zusammenzusinken. Die Minuten, die sie unbewegt auf der Bettkante saß, schienen Sarah wie eine halbe Ewigkeit. Doch ihr Instinkt und ihre Erfahrung im Umgang mit Marie sagten ihr, dass es keinen Sinn hatte, sie zu einer Reaktion zu zwingen. Sie musste warten, bis die Freundin von sich aus bereit war, etwas zu erwidern.

»Das ist rein körperlich«, sagte Marie dann plötzlich.

Asperger zwingt mich nicht in die Knie, dachte Sarah, obgleich ihr die Bemerkung wehtat.

»Ist es das, für dich?«

»Lass mich!« Marie riss sich nun los und flüchtete in die einzig unverstellte Ecke des Zimmers. Ihr ganzer Körper bebte.

»Ich weigere mich zu glauben, dass ich nur körperlich reizvoll für dich bin«, sagte Sarah leise. Innerlich war sie in Aufruhr. Sie hatte nicht erwartet, dass das Gespräch mit Marie einfach werden würde. Gefühle zu artikulieren und damit umzugehen, war für sie sicherlich schwerer, als eine DNA unter dem Mikroskop zu analysieren. »Genauso weigere ich mich zu glauben, dass du dich nur aus rein freundschaftlichen Gründen mit mir treffen wolltest. Dass du mir einen silbernen Stecker geschenkt hast, weil du mich nur nett findest, oder aus Dankbarkeit, dass ich mich mit dir treffe. Anscheinend denkst du ja ständig, dass es für jeden Menschen ein Opfer sein muss, sich mit dir ab-zugeben, oder dass du mir dieses teure Geschenk machst, um mich gar langfristig gesehen in dein Bett zu ziehen ...«

»Ich ... ich verstehe gar nicht, was du alles redest!« Marie stand immer noch in der Ecke, in die sie sich geflüchtet hatte, doch sie sah Sarah jetzt direkt an. In ihrem Blick lag nichts als Verwirrung.

Sarah seufzte. Sie erkannte, dass sie so nicht weiterkam, zumal sie sich eingestehen musste, dass ihre gerade getätigte Ansprache sogar für sie selbst verwirrend war.

Sie seufzte, schob die Bettdecke etwas zur Seite und klopfte auf die Matratze neben sich. »Kommst du hierher?«, bat sie mit sanfter Stimme. »Ich möchte dir etwas erzählen.«

Zögernd verließ Marie ihre schützende Ecke, ebenso zö-gernd ließ sie sich auf der Kante des Bettes nieder – peinlich darauf bedacht, Sarah nicht zu berühren.

»Ich möchte dir etwas erzählen«, begann Sarah. »Ich möchte dir erzählen, was gestern passiert ist und warum ich in diesem Zustand vor deiner Tür gestanden bin.«

Sie begann mit ihrem Bericht. Anfangs fiel ihr das Erzäh-len schwer, da sie selbst merkte, wieviel Hintergrundwissen über ihre Clique notwendig war, um den Fortgang der Geschichte zu verstehen. Doch da Marie nicht unterbrach, sondern aufmerksam zuhörte, kam sie immer mehr in den Redefluss hinein. Sie sparte nicht an Einzelheiten – außer, als es um den exakten Ablauf dessen ging, was in Marios Wohnung passierte. Es reichte, dass Marie wusste, dass sie nicht mit ihm schlafen hatte können, weil sie in ihren Ge-danken präsent gewesen und Marios Berührungen nichts in Sarah hervorgerufen hatten außer Abneigung und Ekel.

Das Ergebnis war eine schonungslose Abrechnung mit sich selbst. Als Sarah sie beendet hatte, fühlte sie sich er-schöpft, aber auch auf seltsame Weise erleichtert. Es hatte ihr gut getan, sich alles von der Seele zu reden – unabhängig davon, was von Maries Seite nun an Abwehrreaktion kommen würde.

Marie rutschte zu ihr und ergriff wieder ihre Hand. Dankbar schloss Sarah ihre Finger um die von Marie. Die Berührung war vertraut und vermittelte Geborgenheit.

»Ich war sehr erschrocken«, sagte Marie. »Du warst voller Blut.«

»Danke, dass du mich trotzdem hereingelassen hast.« Ermutigt von Maries Hand in der ihren, rutschte sie zur Seite und schlug die Bettdecke zurück. »Komm. Leg dich zu mir. Bitte.«

Marie wirkte wie eine Katze, deren Instinkt ihr höchste Alarmstufe signalisierte. Einen Moment lang sah es so aus, als würde sie aufspringen und erneut in ihre Ecke flüchten. Doch sie blieb sitzen.

»Das ist nicht gut«, sagte sie steif.

»Weil du Angst hast, dass ich über dich herfalle und dich verführe?«

»Mit mir ist alles so schwierig«, sagte Marie ernst. »Ich weiß das, du weißt das. Wir sind so verschieden. Du bist so jung und lebensfroh. Du fühlst dich in Gesellschaft wohl, plauderst gern. Ich bin ganz das Gegenteil. Ich bin für andere bloß mühsam. Ich will dein Leben nicht kompliziert machen. – Es gibt andere Frauen außer mir. Du hättest mit ihnen mehr Spaß.«

Sarah seufzte. »Du machst mein Leben kompliziert, wenn du mich abweist.«

»Ich will dir nicht wehtun.«

Wir drehen uns im Kreis, dachte Sarah. Es war zum Verzweifeln. Sie hatte ihre Entscheidung getroffen – warum nur fiel es Marie so schwer, sich darauf einzulassen? Hatte sie Maries Begehren nicht genauso gespürt wie ihr eigenes?

»Sieh mir in die Augen und sag mir, dass du mich nicht willst.«

Marie sah sie an, doch es kam kein Wort über ihre Lippen. Sarah musste unwillkürlich lächeln. Maries Schweigen sagte ihr mehr als tausend Worte.

»Du kannst es nicht, stimmt's?«

»Ich will dich nicht seelisch verletzen«, erwiderte Marie, doch ihre Stimme klang unschlüssig, und in ihren Augen stand so deutlich geschrieben, was sie wirklich wollte, dass Sarah ein Stein vom Herzen fiel. Die Sehnsucht in Maries Blick bestätigte ihr, dass Maries Schutzmauer gerade in sich zusammenbrach.

»Und ich will dich nicht länger überreden müssen, mich zu küssen.« Sarah schlug die Decke noch weiter zurück. Wie zufällig lockerte sich dabei der Frottee-Gürtel, der den Morgenmantel zusammengehalten hatte. Der Mantel fiel auseinander und gab den Blick auf ihren nackten Körper frei.

Marie holte tief Luft.

Sie bewegte sich, glitt zu ihr unter die Decke, umfasste sie mit beiden Armen.

Die Selbstsicherheit, die Sarah in den letzten Minuten jäh überkommen hatte, schrumpfte bei Maries erster Berührung in sich zusammen wie ein undichter Luftballon. Ihr Herz begann zu flattern. Ihre Nerven lagen blank, als sie Maries Lippen auf den ihren spürte. Der Kuss ging ihr durch und durch.

Was auf der Wiese durch Zufall geschehen war, hatte Gefühle und Emotionen geweckt, doch es war schnell vorübergegangen – zu schnell, um mehr geschehen zu lassen. Doch Maries Kuss in diesem Bett und ihre Hände, die sich um Sarahs Nacken schlangen, ihr Haar durchwühlten, über ihre nackten Arme streichelten – das war etwas gänzlich anderes. Sarah war erregt. Aber auch aufgeregt. Ihr Herz raste, sie konnte kaum atmen, fühlte sich wie gelähmt.

Marie hielt inne. Sie sah sie fragend an. »Hast du nicht vorher gesagt, du willst mich verführen?«

Sarah verdammte ihr verräterisches Herzflattern und ihren wankenden Mut, der sich erneut verflüchtigt hatte. »Ich ... hab das noch nie gemacht«, erwiderte sie kleinlaut.

Maries Lächeln vertiefte sich. »Ich weiß«, sagte sie ruhig. »Es ist alles nicht so einfach, nicht wahr?«

»Nein«, gab Sarah unumwunden zu. Trotzdem: Der

Rückzieher war ihr peinlich. Was sollte Marie von ihr denken? Erst redete sie auf sie ein, wollte mit ihr schlafen – und jetzt ließ sie sie doch abblitzen? War es nicht ähnlich wie am Vortag mit Mario, auch wenn sie dabei innerlich völlig anders empfand?

Marie rollte sich zur Seite. Vorsichtig schob sie ihren Arm unter Sarahs Nacken und zog sie sanft zu sich.

Sarah drehte den Kopf und blickte in zwei warme, tiefblaue Augen. Marie sah sie an, nicht durch sie hindurch. Sie war da, ganz präsent und unverkennbar im Einklang mit der Situation. Sarah entdeckte keinerlei Anspannung in ihren Gesichtszügen.

»Tut mir leid, dass ich …« Irgendetwas trieb sie, sich zu entschuldigen.

Marie ließ sie nicht ausreden. »Es ist gut, Sarah.« Ihre Stimme klang unglaublich sanft und beruhigend. »Es geht mir nicht darum.«

Für Sarah hatte Maries Aussage mehr Inhalt, als sie selbst erahnen konnte. Es war die Bestätigung dessen, was sie sich erhofft hatte. Sie erwiderte Maries Lächeln.

»Ich bin nur aufgeregt«, meinte sie wahrheitsgemäß. »Es heißt nicht, dass ich nicht will.«

»Ich weiß.« Marie strich ihr liebevoll über die Wange. »Ich habe das gemerkt.«

Sarah sah sie überrascht an. »Du hast das gemerkt? Du meinst: so richtig gespürt?«

Es widersprach allem, was Marie ihr bisher über sich und ihre Wahrnehmung erzählt hatte.

Marie schmunzelte. »Du hast dein Zahnschmerzen-Gesicht gemacht«, erläuterte sie sachlich. »Da habe ich mir gedacht, irgendetwas stimmt nicht. Außerdem habe ich gespürt, dass du dich verspannst.«

»Im Grunde kompensierst du deine Defizite mit ziemlicher Perfektion«, stellte Sarah nachdenklich fest. »Aber woher weiß ich eigentlich, was bei dir von innen kommt, und was du nur tust, weil du denkst, dass es so erwartet wird?«

Sie wusste selbst, dass dies nicht die klassische Einleitung eines romantischen und leidenschaftlichen Liebesspiels war, doch es beschäftigte sie in diesem Moment so sehr, dass sie es nicht für sich behalten konnte. Sie wollte von Marie geküsst werden, weil diese es wirklich wollte – nicht, weil sie dachte, sie müsse es tun, um sich normal zu verhalten.

»Ist das so wichtig?«

»Ja«, entgegnete Sarah ernst. »In gewissen Situationen ja. Ich will, dass du mich magst und nicht nur so tust als ob.«

Marie wurde sehr ernst. Ihr Gesicht wurde wieder angespannt, fast verschlossen. Sie sagte eine ganze Weile nichts. Sarah begann, ihre Aussage zu bereuen. War das wirklich nötig gewesen?

»Ich habe die ganze Woche an dich gedacht«, sagte Marie plötzlich. »Wenn ich im Labor stand … ich konnte arbeiten, aber immer war da dieser Gedanke an dich. Ich habe mich nicht gut gefühlt. Ich dachte, wir würden uns nie wiedersehen. Ich wusste nicht, wie ich es ändern sollte, aber in mir war es so … still. Jetzt bist du hier. Und diese Stille in mir ist weg.«

Sarah strich sanft über Maries Arm.

Ich bin es, die kompliziert ist, dachte sie. Nicht Marie.

Eine Zeit lang lagen sie nur nebeneinander, sprachen beide nichts. Sie streichelten sich gegenseitig zart über Wangen und Arme, berührten sich, genossen einfach die Nähe der anderen.

Es war Sarah, die den Kuss initiierte, jenen Kuss, der den Auftakt zu einer ganzen Reihe von weiteren innigen Liebkosungen bilden sollte – Küsse, die immer leidenschaftlicher wurden. Sarahs Körper wurde weich und leicht. Ihre Angst verflog, und sie war frei von Anspannung, als Marie den Morgenmantel noch weiter öffnete und sanft über ihre Brüste zu streicheln begann.

Sarah genoss das prickelnde Gefühl, das durch ihren Körper flutete. Sie schloss die Augen, überließ sich Maries sanften Händen. Ihr Atem wurde schneller, als Maries Hand langsam zu ihrem Bauch hinunterglitt. Das inzwischen schon fast vertraute Ziehen in ihrem Unterleib meldete sich zu Wort, stärker als nie zuvor. Sarah seufzte leise auf. Marie schob sich sanft nach oben und verschloss ihr die Lippen mit einem leidenschaftlichen Kuss. Sarah merkte an dem heißen Atem, der ihr Gesicht streifte, dass es Marie ähnlich erging wie ihr selbst.

Sarah wurde mutiger. Langsam schob sie ihre Hand unter Maries langes Shirt, berührte erstmals Maries Brüste. Sie waren weich und voll. Maries Atem wurde schneller, als Sarahs Hände über ihre Brustwarzen glitten, und ging schließlich in leises Stöhnen über.

Die Brustwarzen wuchsen unter Sarahs Fingern, richteten sich auf. Ermutigt von Maries Reaktion, ließ Sarah ihre Hände langsam nach unten wandern, streichelte Marie lange und ausgiebig rund um den Bauchnabel. Maries Hand lag auf Sarahs Schulter, sie presste sie fest gegen ihr Schulterblatt und keuchte in Sarahs Mund, was Sarah mehr erregte, als diese je zuvor für möglich gehalten hatte.

Es war die Sehnsucht nach mehr, aber auch unverhohlene Neugierde auf das, was noch kommen mochte, als sie ihre Hand langsam in Maries Slip gleiten ließ. Ihr Herz klopfte, als würde es jede Sekunde zerbersten. Sie fühlte Maries schmalen Haarstreifen, sie fühlte ihre Nässe. Unsicher strich sie vorsichtig über Maries geschwollene Klitoris.

»Sarah …« Marie griff nach ihrer Hand, führte sie nach oben, legte sie auf ihren Bauch. Ihr Atem beruhigte sich nur langsam. »Sarah …« Sie küsste sie zärtlich auf den Mund, umfasste ihren Nacken, zog sie an sich.

»War es nicht … richtig?«

Marie schaute ihr mit der für sie typischen Ernsthaftigkeit in die Augen. »Ich will mit dir schlafen, Sarah«, flüsterte sie heiser. »Aber ich will es nicht gleich. Ich will, dass du darüber nachdenkst, ob du es wirklich willst … mit mir.«

»Ich weiß, dass ich es will«, erwiderte Sarah gekränkt. Ihr Körper glühte. Ihre Neugier und Lust war geweckt worden; sie wollte, dass es endlich passierte. »Und ich weiß, dass ich es mit dir will, Marie.«

»Ich möchte nicht, dass du es bereust«, erwiderte Marie ruhig. »Was dir gestern passiert ist, klingt nach einer sehr unangenehmen Erfahrung. Ich will nicht, dass du es tust, weil du denkst, es muss endlich sein. Denk bitte darüber nach, ob du es wirklich mit mir willst. Ich bin nicht einfühlsam, ich weiß nicht, wie es dir geht, ich merke es einfach nicht. Irgendwann kann ich nicht mehr alles durch meinen Verstand kontrollieren, weil ich mich nicht mehr unter Kontrolle habe. Es kommt immer der Zeitpunkt, da geht es mir nur noch um mich selbst. Ich will dir nicht wehtun.«

»Du meinst, im Bett?« Sarah sah sie fragend an. Als keine Antwort kam, setzte sie hinzu: »Ich fand es bis jetzt wunderbar, wenn das deine Sorge ist.«

»Ich meine in allen Bereichen des Lebens«, entgegnete Marie. »Alles, was bisher war … in dieser Richtung …, endete immer in einer Katastrophe. Ich will auf keinen Fall jemanden unglücklich machen. Aber es passiert, weil ich kein Gespür dafür habe. Weil ich nicht geben kann, was andere geben.«

»Bisher hast du mich unglücklich gemacht, indem du mich nicht mehr sehen wolltest«, erwiderte Sarah ruhig. »Ansonsten bin ich in deiner Nähe glücklich. Ich weiß, dass du gewisse Defizite hast, aber da ich es weiß, kann ich damit umgehen. Denn ich weiß, dass es nicht persönlich gemeint ist.«

Marie seufzte. »Ich glaube nicht, dass das jemanden, der anders empfindet, auf Dauer glücklich machen kann.«

Sarah drückte ihr einen zarten Kuss auf die Lippen und fuhr mit den Fingern durch die kräftigen Locken.

»Muss ich hundert Jahre mit dir vorausplanen?«, fragte sie leise. »Es ist für mich vorerst genug, mit dir jetzt zusammen zu sein.«

»Vorerst. Du sagst vorerst«, bemerkte Marie. »Irgendwann kommt der Punkt, wo du mehr willst.«

»Zum Beispiel was?«

»Stabilität. Die Sicherheit, dass deine Gefühle hundertprozentig erwidert werden. Dass jemand immer für dich da ist. Dass du an erster Stelle stehst.«

»Oh, tue ich das nicht?« Sarah hob in gespielter Überraschung die Augenbrauen. »Ich dachte, bei der Vielzahl deiner Bekannten und Freunde hätte ich mir doch endlich eine gewisse Sonderstellung erarbeitet.«

Maries Miene blieb ausdruckslos. Sarah musste sich mühsam daran erinnern, dass sie keine Ironie verstand.

»Meine Arbeit ist mir das wichtigste«, sagte Marie steif. »Es ist das einzige, was zählt. Menschen interessieren mich nicht.«

Sarah versetzte es einen leichten Stich ins Herz, doch sie war nicht bereit, aufzugeben. Sie hatte in der vergangenen Nacht erkannt, was sie vom Leben wollte. Marie gehörte dazu.

»Dafür, dass dich Menschen nicht interessieren, hast du in letzter Zeit ganz schön viel Interesse an mir gezeigt.«

»Du willst nicht verstehen, was ich dir sage.«

»Doch. Ich will es verstehen.« Sarah streichelte über ihr Gesicht. Ein verschlossenes Gesicht. »Aber das, was du sagst, und das, was du tust, ist so widersprüchlich in sich. Du sagst, du hast die ganze Woche an mich gedacht, aber kurze Zeit später meinst du, deine Arbeit sei dir das Wichtigste. Du sagst, du willst mit mir schlafen, und dann erzählst du mir, wie schrecklich du bist – als würdest du Antiwerbung für dich selbst machen wollen. Ich kann dich nicht verstehen, weil du dich die meiste Zeit deines Lebens selbst nicht verstehst.«

Marie drehte den Kopf wieder in ihre Richtung.

Sarah konnte in ihren Augen sehen, dass sie langsam wieder der unzugänglichen Welt, in die sie während der letzten Minuten des Gesprächs geflüchtet war, den Rücken kehrte.

»Vielleicht ist das so«, sagte sie leise. Sie zeichnete mit ihrem Finger Sarahs Profil nach, verharrte an deren Lippen und streichelte jene Stelle, an der sich ein Grübchen abzuzeichnen pflegte, wenn Sarah lächelte.

Sarah schloss die Augen.

Mit einem Menschen wie Mario wäre alles sehr einfach gewesen, dachte sie. Er hätte sich in mein Leben gefügt wie ein Puzzlestück, das ein Bild komplett macht. Aber mit gewöhnlichen Bildern konnte ich noch nie viel anfangen. Anscheinend ist etwas in mir, das der Komplexität den Vorzug gibt.

»Möchtest du etwas frühstücken?«

Maries Frage riss sie aus ihren Gedanken. Sie öffnete die Augen, sah Marie an, musste unwillkürlich lächeln. Marie, die Frau, die von sich sprach, als sei sie eine verabscheuungswürdige Giftspinne, bemühte sich redlich um ihr Wohlergehen – und das, wo sie laut eigener Aussage kein Interesse an Menschen hatte. Sarah fand das ganz erstaunlich. Ihr Lächeln vertiefte sich.

»Ist das dein amüsiertes Gesicht?« Marie spielte auf ihre gemeinsame Trainingseinheit auf jener Wiese im Lainzer Tiergarten an.

»Ja.« Sarah drehte sich zu ihr und schlang die Arme um sie. Es war ein wundervolles Gefühl, Maries warmen Körper so dicht an ihrem zu spüren. »Frühstücken will ich vielleicht später. Momentan würde ich dich lieber ... küssen. Vorausgesetzt, du willst das so, wie ich es will.«

Sie versanken in einen Kuss, der Sarah darin bestätigte, dass Marie für sie die einzig richtige Entscheidung war, die sie hatte treffen können.

Am frühen Abend übergab Simone Sarahs Tasche mit Handy und Hausschlüssel, Schuhen und BH. Sarah hatte sie von Marie aus angerufen und darum gebeten. Schon am Telefon war ihr Simones reservierter Tonfall nicht entgangen. Sie hatte keine persönliche Frage gestellt, und auch Sarah hatte nichts von sich preisgegeben, außer der Bitte, sie möge ihre Sachen von Mario abholen und bei Marie vorbeibringen. Dass Simone anscheinend nichts dazu zu sagen wusste außer einem kurz angebundenen »Ja, okay«, zeigte ihr deutlich, dass ihre Freundin bereits über das Geschehene ins Bild gesetzt worden war, und zwar in Marios Version.

Als sie sich schließlich an Maries Haustür gegenüberstanden, genügte ein einziger Kommentar von Simone, um ihr diese Vermutung zu bestätigen.

»Dir ist wirklich nicht zu helfen, Sarah.«

Sarah entging nicht die Missbilligung, mit der Simone sie nun musterte. Allerdings war ihr das in diesem Moment herzlich egal.

Simone drückte ihr ihre Habseligkeiten in die Hand. »Ich hoffe, du weißt, was du tust«, bemerkte sie knapp.

Ja, ich weiß was ich tue, dachte Sarah. Seit langer Zeit tue ich wieder das, was ich will, nicht, was du von mir erwartest, damit wir weiter beste Freundinnen sind.

Doch sie behielt ihre Gedanken für sich. Die berauschenden Gefühle in ihrem Herzen durften nicht durch einen Streit mit Simone zerstört werden.

»Mario sieht im Übrigen keinen Sinn dahinter, die Beziehung zu dir fortzusetzen«, ließ Simone sie wissen. Sarah war das von Herzen egal – sie hatte nicht im Entferntesten daran gedacht, ihn nach dem Vorfall in dieser Nacht nochmals persönlich zu treffen.

»Er will sich heute Abend mit dieser Babsi treffen.« Simone sah sie beschwörend an.

Sarah hatte den Eindruck, Hauptdarstellerin in einer drittklassigen Vorabendserie zu sein. Gleichzeitig fühlte sie sich müde, unglaublich müde. Das Gespräch mit Simone erschöpfte sie. Im Grunde hatten auch sie sich nichts mehr zu sagen.

»Ich weiß, was ich will, Simone«, erklärte sie ruhig. »Ich liebe Marie. Ich weiß, dass du das nicht verstehen kannst, aber das musst du nicht. Es reicht, wenn ich mir da sicher bin.«

»Ich hätte nie gedacht, dass du lesbisch bist.«

Simone sprach das aus, als hätte Sarah eine ansteckende Krankheit.

Und ich hätte nie gedacht, dass du so engstirnig und blöd

bist, ging es Sarah durch den Kopf. Doch zu ihr sagte sie nur: »Auf Wiedersehen.«

Sarah wunderte sich selbst, wie groß der Stein war, der ihr vom Herzen fiel, als Simones Silhouette am Ende der Straße aus ihrem Sichtfeld verschwunden war.

Das Ungeheuer tauchte aus dem Meer auf und blies durch große, dunkle Nüstern kleine weiße Wolken in den azurblauen Himmel. Das Schiff trieb auf das Ungeheuer zu, klein wie eine Nussschale, aber größer als die Fische, die im dunklen Gewässer schwammen.

Das Bild, das ihre Tante neu in der Galerie hatte, gefiel ihr. Es war voller Phantasie, voller Lebhaftigkeit und trotzdem voller Tiefe. Es spiegelte das Gefühl wieder, das am Vortag in Maries Armen, in ihr Herz gekrochen war, sich dort festgesetzt hatte und ihre Augen von innen leuchten ließ.

Ihre Tante stellte sich neben sie und betrachtete das Bild ebenfalls.

»Und ist das in deinem Sinne?« Sarah nickte begeistert.

»Ich wünschte, wir hätten mehr davon«, bemerkte sie mit einem Blick auf die düster wirkenden Gemälde alter Meister, die neben dem fröhlichen, bunten Zeppel-Sperl-Bild noch trister wirkten.

»Lass uns das Schritt für Schritt angehen«, meinte Irene vorsichtig. »Wir wissen nicht, ob so etwas überhaupt ankommt. Wir sind eine klassische Alte-Meister-Galerie.«

»Eine von vielen in Wien«, bemerkte Sarah trocken.

Irene seufzte. »Ich weiß ja inzwischen, was du davon hältst. Aber zu den Lebzeiten deiner Mutter blühte die Galerie. Deine Mutter war mit Leib und Seele dabei; in der Kunstszene galt sie als Spezialistin für Alte Meister. Du kannst dich sicher nicht mehr erinnern, du warst noch so klein – aber sie verbrachte manchmal Wochen in Italien, um irgendwelchen verarmten italienischen Adeligen ihre Kunstwerke abzuschwatzen. Die Bilder haben sich hier in Wien sagenhaft gut verkauft. Ich war leider nie so tief in der Szene involviert wie sie. Ich war nur ihre rechte Hand, hatte nicht dieses Netz innereuropäischer Kontakte.« Sie seufzte. »Dein ehemaliger Onkel hat mehr zeitliches Engagement meinerseits leider nicht zugelassen.«

Sarah unterdrückte ihren Impuls, ihre Meinung über den Mann kundzutun, mit dem ihre Tante jahrelang verheiratet gewesen war und über den sie seit ihrem letzten ausführlichen Gespräch so viel Negatives erfahren hatte. »Dein neuer Freund hat hoffentlich keine Probleme damit, dass du eine eigenständige Persönlichkeit bist und dich beruflich engagierst«, bemerkte sie stattdessen und versuchte, dabei nicht zu hart zu klingen. Irene hatte selbst wahrscheinlich genug an ihrer Vergangenheit zu knabbern.

»Nein, er ist an berufstätige Frauen gewöhnt.« Irene wandte sich ab und begann, in ihren Schreibtischschubladen zu suchen. Sarah folgte ihr. Ihre Neugierde war erwacht. Etwas an Irenes kurzer Aussage hatte in ihr den Eindruck erweckt, Irene wolle das Thema »neuer Freund« nicht mehr vertiefen.

Aber warum nicht, dachte Sarah, wenn doch alles so gut läuft, wie sie bei unserem letzten Gespräch anklingen ließ?

»Was macht er eigentlich beruflich?«

»Wer?« Irene kramte weiterhin in ihren Schubladen.

»Dein neuer Freund.«

»Ach so.« Irenes belangloses Abwiegeln wurde von der Verunsicherung, die in ihren Blick trat, widerlegt. Sie fuhr sich mit der Zunge über die Lippen, ehe sie sich doch zu einer Antwort überwinden konnte. »Er ist ... in der Wissenschaft.«

»Oh, interessant. – Was denn? Literatur, Geschichte? Naturwissenschaft?«

»Naturwissenschaft«, erwiderte Irene kurz. Damit ging sie ins Hinterzimmer, um dort ihre Suche nach dem fortzusetzen, was sie zuvor in den Schubladen nicht gefunden hatte. Sarah konnte sich des Eindrucks nicht erwehren, dass ihre Tante vor ihren Fragen flüchtete.

»Ein Kollege meines Vaters, im weitesten Sinne«, stellte sie fest. »Kennt er ihn?«

»Ich denke nicht.« Irene schien ihre Suche aufzugeben und setzte nun Kaffeewasser auf.

»Und wie war das Wochenende mit ihm?«, bohrte Sarah nach. »Wo wart ihr überhaupt?«

»Wir waren in der Steiermark«, antwortete Irene und wirkte wieder etwas entspannter. »Und ja, es war sehr nett.«

»Und wann wirst du ihn mir vorstellen?«

»Irgendwann«, sagte Irene, setzte dann aber hinzu: »Bald.«

Sie lächelte. Sarah fand, dass sie ausgesprochen glücklich wirkte, und freute sich für sie. Sie versuchte sich den Mann vorzustellen, den ihre Tante viele Jahre lang im Herzen getragen hatte, ohne je ein Wort darüber zu verlieren. Wahrscheinlich sah er für sein Alter gut aus, war etwas sportlich und – da bestand für Sarah kein Zweifel – sicherlich sehr elegant und gebildet. Ihre Tante war eine attraktive Erscheinung, wenngleich sie auch stets sehr zurückhaltend wirkte. Sarah hatte früher immer Vergleiche zwischen ihr und ihrer Mutter gezogen. Die zwei hatten sich äußerlich immer recht ähnlich gesehen, wenngleich Sarahs Mutter auch etwas größer gewesen war.

Charakterlich waren sie jedoch völlig verschieden. Sarah erinnerte sich an ihre Mutter als selbstbewusste, kommunikative Frau, die offen auf andere zuging und es verstand, die Leute mit ihrem Charme und Wortwitz in Bann zu ziehen. Irene konnte auch charmant sein – Sarah hatte dies im Umgang mit Kunden schon oft erlebt –, doch sie trat insgesamt viel dezenter auf.

In ihrem ersten Schmerz nach dem Tod ihrer Mutter hatte sie zunächst versucht, in deren Schwester einen Ersatz zu sehen. Doch Irene war, bedingt durch ihre eigene Lebensgeschichte, nicht so für sie dagewesen, wie sie sie gebraucht hätte. Es folgte eine Phase, wo ihr ihre Tante ziemlich egal war. Mehr noch: Sie verachtete sie für das, was sie nicht war, nämlich das Ebenbild ihrer Mutter, und ging ihr aus dem Weg.

Ihr Verhältnis war im Grunde erst nach der Matura wieder enger geworden, als Irene sie bei ihrer Studienentscheidung gegenüber ihrem Vater stark unterstützte und ihr auch sofort angeboten hatte, in der Galerie zu arbeiten, wann immer sie es wollte. Ihr Vater hatte ihr von Kunstgeschichte abgeraten.

»Um auf diesem Gebiet etwas zu erreichen, musst du zu den Superguten gehören«, hatte er ihr gesagt und damit unwillkürlich preisgegeben, dass er seine Zweifel hatte, ob sie je zu dieser Gruppe zählen würde. Trotz ihrer eher unterdurchschnittlichen Noten in den Naturwissenschaften hatte er versucht, sie dafür zu begeistern. Geisteswissenschaftler gebe es wie Sand am Meer, gerade Kunsthistoriker.

Sarah war stur geblieben. Sie hatte sich überhaupt nicht vorstellen können, sich mit Chemie, Mathe oder Physik zu befassen. Die Stimmung zwischen ihrem Vater und ihr wurde von den gegensätzlichen Ansichten über ihre Zukunft eine ganze Weile schwer getrübt.

Irgendwie – Sarah kannte bis heute noch nicht die genauen Umstände – hatte ihre Tante von dem Streit Wind bekommen und sich eingeschaltet. Am nächsten Tag hatte er seiner Tochter mitgeteilt, wenn sie Kunstgeschichte studieren wolle, solle sie es tun. Er sehe ein, dass es besser war, nach Neigung zu studieren als nach rein ökonomischen Gesichtspunkten.

Sarah war ihrer Tante schon damals in Gedanken um den Hals gefallen, beließ es aber bei einem Blumenstrauß, den sie ihr in der Galerie vorbeibrachte. Erst jetzt, wo sie sich durch ihren Ferienjob in der Galerie regelmäßig sahen, waren sie sich näher gekommen.

»Und wie war dein Wochenende?«

Irenes harmlose Frage ließ Sarah unwillkürlich zusammenzucken. »Oh.« Mehr brachte sie zunächst nicht über die Lippen. Die Erinnerungen an Maries Küsse und Berührungen waren sofort präsent. Als sie Irenes Blick bemerkte, der fragend auf ihr ruhte, fügte sie hinzu: »Mario gibt es nicht mehr ... in meinem Leben.«

»Oh.« Das Erstaunen lag nun bei Irene, doch es war nur ein kurzer Augenblick der Verwunderung. »Ging das von dir aus?«

Sarah nickte. »Es war meine Entscheidung. Mein Körper hat irgendwie ... nein zu allem gesagt.«

»Ach, Herzchen.« Irene legte ihr liebevoll die Hand auf die Schulter. »Du wirst schon noch einen netten jungen Mann treffen, bei dem alles passt. Du bist noch so jung.«

Ich habe schon jemanden getroffen, bei dem für mich alles passt, hätte Sarah gerne geantwortet. Es ist allerdings kein Mann.

Zwei Stunden später musste Irene eine wichtige Bankangelegenheit erledigen. Als sie zurückkam, hatte Sarah den Zeppel-Sperl an ein Ehepaar verkauft, das nur durch Zufall an der Galerie vorbeigekommen war.

Sarah hatte bereits die ganze Woche in nervöser Aufregung auf den Augenblick gewartet, in dem sie Marie wieder gegenüberstehen würde. Marie war von einem Treffen am Sonntag ausgegangen, doch auf Sarahs ungeduldiges Drängen hin hatte sie eingewilligt, dass sie sich bereits am Freitag trafen. Da ihr Vater nicht zu Hause war, hatte Sarah sie zu sich eingeladen.

Als sie ihr schließlich die Türe öffnete, wartete Marie erst einmal mit einer Enttäuschung auf. Sarah hatte sich ausgemalt, dass sie sich in die Arme fallen und küssen würden, dass sie sich nicht mehr voneinander würden lösen können. Doch Marie begegnete ihr mit spürbarer Distanz. Sie streckte ihr steif eine rote Rose entgegen und ging auf Sarahs Umarmung nur sehr verhalten ein.

Sarah versuchte ihre Verunsicherung über Maries Verhalten zu verdrängen. Wenig später servierte sie die Vorspeise – eine vietnamesische Gemüsesuppe mit Reisnudeln, die sie häufiger zubereitete. Sie hatte für diesen aufregenden Besuch kein kulinarisches Risiko in Kauf nehmen wollen.

Schweigend begannen sie die Suppe zu löffeln. Sarah erinnerte sich daran, dass ihre ersten Treffen ähnlich schweig-

sam verlaufen waren. Aber jetzt war doch alles anders –
oder nicht?

»Wie war deine Woche?«, durchbrach sie schließlich das
Schweigen.

Marie sah von ihrer Suppenschüssel auf. »Okay. Und deine?«

Geht es noch ausführlicher?, dachte Sarah, erzählte ihr
aber von der Galerie – dass sie sich nun entschlossen hatte,
in den verbleibenden Semesterferien jeden Tag dort zu
arbeiten, und dass sie ihre Tante Anfang November an
einem Wochenende zu einer großen Kunstmesse nach London begleiten sollte, wo sie gezielt Ausschau nach interessanten Werken des phantastischen Realismus halten würden. Sie erzählte von ihrem Wunsch, die Galerie langfristig
zu modernisieren, und davon, dass sie von den Alten Meis-
tern und ihrer in Öl gebannten Trübseligkeit genug hatte.

Marie stellte keine einzige Frage. Sie löffelte ruhig ihre
Vorspeise, danach sagte sie: »Gut.«

Sarah war sich nicht sicher, ob Marie die Qualität der
Suppe oder ihre Pläne mit der Galerie meinte. Ihre anfängli-
che Freude über Maries Besuch verwandelte sich in schmerz-
hafte Unruhe. Warum war Marie heute wieder so besonders
mühsam? – Dass sie zugänglicher sein konnte, hatte sie doch
am vergangenen Sonntag hinreichend bewiesen.

Sarah ging in die Küche, um den nächsten Gang zu holen.
Die Garnelen waren schon fertig. Sie nahm die Pfanne und
drapierte die mit Kräutern und Knoblauch gebratenen
Krustentiere hübsch auf einer Platte. Während sie eine
Schüssel für den Reis aus dem Küchenkasten nahm, dachte
sie mit steigendem Unbehagen daran, wie sich der Abend
weiterentwickeln würde. Sie hatte fest damit gerechnet, dass
Marie nach dem Essen mit ihr nach oben gehen wollte, um
das fortzusetzen, was sie am Sonntag bewusst nicht zu Ende
geführt hatten.

Doch jetzt war sie so distanziert, so teilnahmslos! Wenn
sie nach dem Essen trotzdem immer noch mit ihr sein wollte, würde es dann so zärtlich zwischen ihnen sein, wie sie es

sich erhoffte? Oder würde sich Marie auch da aufs Wesentliche beschränken?

Sarah zuckte unwillkürlich schaudernd zusammen. Im selben Moment entglitt ihr die Porzellanschüssel, in die sie den Reis hatte füllen wollen. Mit lautem Krach fiel sie auf den gefliesten Küchenboden und zerfiel in mehrere kleine Scherben.

Erschrocken stieß Sarah einen Fluch aus. Das hatte gerade noch gefehlt. Sie griff nach Besen und Kehrschaufel und begann, die Scherben zusammenzufegen. Einige Porzellansplitter waren bis unter den kleinen Tisch gerollt, der als zusätzliche Arbeitsfläche diente.

»Sarah. Was ist mit dir?«

Sarah, die am Boden kniete, um die restlichen Scherben einzusammeln, sah auf. Marie stand im Türrahmen und betrachtete sie fragend.

»Mir ist eine Schüssel heruntergefallen. Nichts weiter.« Sarah erhob sich, nun seltsam befangen von Maries direkter Frage, und ließ die Scherben im Mülleimer verschwinden.

»Bist du nervös?«

»Nein. – Ja. – Ich weiß nicht.«

Unter Maries forschendem Blick wurde der Ärger, den sie kurzzeitig verspürt hatte, zur quälenden Unsicherheit. Mit einem Mal trat Marie zu ihr. Sie nahm sie erst bei den Schultern, sah ihr mit einem unergründlichen Gesichtsausdruck in die Augen und zog sie dann an sich. Ihr Kuss war weich, zärtlich, ihre Zunge sanft und fordernd zugleich. Es war, als setzte sie direkt dort an, wo sie vor einigen Tagen aufgehört hatte. Sarah fühlte Glut und Hitze in sich. Sie schwebte.

Als Marie von ihr abließ, zitterte sie leicht.

Sie war wirklich nervös, sehr nervös. Aber ihr Zittern resultierte jetzt nicht mehr nur aus Nervosität.

»Ich bin auch nervös«, sagte Marie unvermittelt.

Sarah sah sie erstaunt an. »Aber ... wieso?«

»Wegen dir«, gestand Marie leise.

Sarahs Herz schlug schneller. Trotz der Freude, die sie bei

Maries Worten empfand, fühlte sie sich nicht minder nervös als zuvor. Zu ihrer Nervosität gesellte sich Verlegenheit.

Sie holte eine weitere Schüssel aus dem Schrank, füllte den Reis hinein und drückte sie Marie wortlos in die Hand; sie selbst stellte die Platte mit den Garnelen auf den Tisch.

»Das duftet köstlich«, sagte Marie, als ihr Sarah Reis und Krustentiere auf den Teller füllte.

Die Weingläser, mit denen sie sich zuprosteten, gaben ein melodisches Klirren von sich. Sie aßen schweigend, doch diesmal empfand Sarah das Schweigen nicht mehr als beklemmend. Marie war nervös. Wegen ihr. Und Marie hatte sie geküsst.

Sie aßen. Nebenbei betrachtete Sarah sie gedankenverloren. Ihr Blick glitt über ihre schlanken Hände, über ihr angespanntes Gesicht, ihre Augen, die rein auf den Teller gerichtet waren und die Umgebung nicht wahrzunehmen schienen. Maries gesamte Aufmerksamkeit galt dem Essen, und dennoch stocherte sie nur darin herum, als wäre jeder Bissen für sie eine Qual.

»Schmeckt es dir nicht?«, erkundigte sich Sarah besorgt. »Ich wusste nicht, ob du Garnelen magst. Wenn nicht, dann lass sie einfach stehen, ich kann dir auch etwas anderes machen … ich habe noch Tofu …«

»Sarah.« Marie fiel ihr ins Wort. Ihr Tonfall klang fast etwas gequält. »Ich mag Garnelen.« Sie atmete tief durch. »Es ist nur so … ich habe jetzt keinen Hunger.«

Sarah konnte das nachvollziehen. Auch sie fühlte sich im Moment merkwürdig appetitlos. War die Suppe als Vorspeise zu üppig gewesen? Oder war es der Anblick von Maries Brust, die sich deutlich unter dem eng anliegenden Shirt abzeichnete und ihr den Atem raubte? Sarah stellte sich vor, wie es sich anfühlte, ihre Brustspitzen zu berühren. Ihr wurde heiß. Schnell leerte sie ihr Weinglas und schenkte sich nach.

»Willst du auch noch etwas Wein?« Sie war aufgestanden und mit der Weinflasche an Marie herangetreten.

»Nein.« Marie legte ihre Hand über das Weinglas. »Ich will … dich spüren.«

Ihre Worte zauberten ein eigenartiges Kribbeln in Sarahs Bauch, das sich in Sekundenschnelle in ihrem gesamten Körper ausbreitete und überall kleine Feuer entfachte. Maries Worte gingen ihr durch und durch.

Zögernd streckte sie die Hand aus nach Marie, die nun auf die Tischplatte starrte, und berührte sie an der Wange.

Marie schaute sie an. Ihr Blick war unsicher, fast verlegen. »Ich bin nicht gut darin, den Anfang zu machen«, sagte sie. »Ich bin nicht romantisch.«

In Sarahs Körper herrschte ein Zustand erwartungsvoller Wärme; sie wusste, sie hatte das noch nie so gefühlt. Eine Empfindung teilte sie jedoch mit Marie: Auch sie fühlte sich unsicher. Das war kein Territorium, auf dem sie sich auskannte.

»Wir könnten das Essen lassen und auf die Couch gehen.«

Marie nickte. Ohne Sarah anzusehen, erhob sie sich. Und dann, als ob eine Sperre in ihr gelöst worden wäre, fasste sie Sarah um die Taille und riss sie mit unerwarteter Heftigkeit an sich. Sarah konnte gerade noch die Weinflasche abstellen, dann spürte sie Maries Lippen auf ihrem Mund, an ihrem Hals, an ihrem Dekolletee. Marie küsste alles an ihr, was nicht von Stoff bedeckt war, erst mit verlangender Heftigkeit und dann, als sich Sarahs Körper ihr willig entgegenbog, schließlich ruhiger, sanfter, zärtlicher.

Sarah suchte ihre Nähe, presste ihren Körper verlangend an sie. Maries Duft nach Honig und frischer Milch, nach Vanille und einer Prise Zimt – er würde von ihr aufgesogen mit jedem Atemzug. Ihre Knie begannen weich zu werden. Maries Arm, der noch immer um ihre Taille geschlungen war, fing sie stützend auf, und gemeinsam ließen sie sich nun sanft auf den Parkettboden gleiten.

Sarah spürte nichts außer Maries Küssen auf ihrer Haut. Jeder Kuss zündete ein weiteres Feuer in ihr. Sanft zog Marie ihr das Oberteil aus, entledigte sie mit einem geschickten Griff ihres BHs. Ihre Lippen umschlossen Sarahs Brustwarze. Sarah hatte das Gefühl, zu verglühen. Mehr als nur bereitwillig ließ sie zu, dass Marie schließlich den Knopf ihrer Hose öffnete und ihr diese inklusive Slip über die Hüften schob. Nackt und schutzlos lag sie nun vor Marie, die sie wieder zu streicheln begann, an den Brüsten, an den Hüften, am Bauch, an den Schenkeln. Und trotz ihrer offenkundigen Schutzlosigkeit war sie frei von Angst und Anspannung. Sie wollte es, wollte es mehr als alles, was sie sich je erträumt hatte.

»Du bist so schön, Sarah.«

Maries Atem ging schneller. Sarah spürte die Anspannung, die ihr Körper abstrahlte, wenn sie sich auf sie presste. Maries Erregung wuchs mit ihrer eigenen. Was sie fühlte, war ähnlich dem, was sie schon am Sonntag empfunden hatte, und dennoch nicht vergleichbar. Alles, was jetzt an Gefühlen in ihr pulsierte, war stark und gewaltig. Es war wie ein brennendes Feuer, das sich von ihrem Unterleib aus bis zu den Zehenspitzen, bis in die Fingerkuppen, ja, bis zu ihrem Haaransatz ausbreitete und alles verbrannte, was sich ihm in den Weg stellte. Wie zum Beispiel das letzte bisschen Vernunft, das ihr bewusst machen wollte, dass sie hier splitternackt auf dem Parkettboden lag, mitten im Wohnzimmer, während Marie zwar unverkennbar erregt, aber noch vollständig bekleidet war.

Das Geräusch eines sich öffnenden Reißverschlusses besiegte ihren Verstand endgültig. Marie umfasste ihre Hand, ihr Griff eisern wie eine Fessel, und führte sie zwischen ihre Beine. Sarah war fern davon, Widerstand zu leisten. Marie an dieser Stelle zu berühren, ihre Nässe zu spüren – es war unsäglich aufregend und brachte sie ebenfalls zum Stöhnen. Geführt von Maries Hand, streichelte sie sie lange und ausgiebig. Die Nässe um ihre Finger nahm zu; Marie stöhnte laut und gleichmäßig.

Auf einmal stoppte sie Sarahs Bewegung, ohne ihre Hand loszulassen, und drückte sie weiter nach unten.

»Geh .... in mich ...«

Ihre Wortfetzen waren ein einziges Keuchen, sie sah Sarah nicht an. Sarah, überwältigt von ihren eigenen Empfindungen wie der Heftigkeit, mit der Marie ihre Erregung zeigte, hörte nichts als ein rauschendes Dröhnen in ihren Ohren, ein pochendes Klopfen an ihren Schläfen.

»In mich.«

Marie verstärkte den Druck auf Sarahs Hand, und Sarah ließ sich leiten. Maries Führung war stark und unmissverständlich. Zwei ihrer Finger fanden wie von selbst in ihr Inneres. Marie bewegte sich heftig, stieß mehrmals gegen ihre Finger, keuchte laut und erregt. Plötzlich hielt sie inne, nur den Bruchteil einer Sekunde. Sarah fühlte, wie sich ihre Muskeln um ihre Finger schlossen, alles, was zuvor schon nass gewesen war, wurde noch nässer. Und Marie schrie auf. Fast im selben Augenblick brach sie über Sarah zusammen.

Ihr Atem wurde erst ganz allmählich ruhiger. Auch für Sarah war es ein langer Weg zurück in die Realität, auf den Boden ihres Wohnzimmers.

Irgendwann kann ich nicht mehr alles durch meinen Verstand kontrollieren, weil ich mich nicht mehr unter Kontrolle habe. – Maries Aussage vom Wochenende kam ihr in den Sinn. War es das, was sie gemeint hatte?

Ab einem gewissen Zeitpunkt, das hatte Sarah trotz ihrer eigenen Erregung gespürt, war es Marie tatsächlich egal gewesen, was sie dabei empfand. Sie hatte aufgehört, sie zu küssen und zu streicheln, hatte sich nur noch auf sich selbst konzentriert.

»Tut mir leid.«

Marie schien sich wieder gefasst zu haben. Sie setzte sich auf, sah zu Sarah hinunter. Ihr Gesicht strahlte nichts als tiefste Unsicherheit aus, nicht jene Entspannung, die Sarah aufgrund ihres gewaltigen Höhepunkts erwartete.

»Bist du … okay?«

Sarah setzte sich ebenfalls auf. Sie griff nach Maries Hand, drückte ihr einen Kuss auf die Handfläche.

»Ich bin okay«, sagte sie sanft. »Und es muss dir nicht leid tun. Ich bin nur etwas … überrascht. Ich wusste nicht, dass es so schnell passiert bei dir.«

Marie schwieg. Eine Weile starrte sie mit ausdrucksloser Miene auf ihre eigenen Zehen, die immer noch in lilafarbenen Socken steckten.

»Ich hatte es lange nicht mehr«, sagte sie dann unvermittelt.

»Wie lange denn schon nicht?« Maries Aussage forderte diese Frage nahezu heraus.

»Musst du das wissen?« Marie runzelte die Stirn.

»Ja.« Sarah streichelte ihr Gesicht, streichelte jede einzelne zarte Falte weg. »Sei keine Geheimniskrämerin, Marie. Lass mich an deinem Leben teilhaben.«

»Ja.« Marie nahm ihre Hand und drückte sie sanft. Es dauerte, bis sie zu einer weiteren Aussage bereit war. »Du hast an meinem Leben mehr teil als irgendjemand anderes.«

Sarah wusste instinktiv, dass sie recht hatte. Gleichzeitig begriff sie, dass jedes Zusammensein mit ihr immer noch ein Schritt für Marie war – vielleicht kein großer Schritt mehr, aber ein Schritt. Es war für sie kein natürliches, lockeres Beisammensein, nicht dieses bloße Genießen, wenn sie sich begegneten. Sarah stellte sich vor, wie es war, nur mit einem Auge sehen zu können und dabei ein Auto durch die Stadt zu lenken. Es mochte vielleicht funktionieren, doch es war gefährlich, weil sie immer leicht etwas übersehen konnte. Und es war anstrengend, zweifelsohne.

So muss es Marie im Leben gehen, dachte Sarah.

»Ich habe in Boston jemanden gekannt«, sagte Marie nun. »Vor zwei Jahren. Seitdem … war nichts mehr.«

»Wie lange wart ihr zusammen?«

»Zusammen.« Marie lächelte. Es war ein schwaches, bitteres Lächeln. »Wir haben uns ein paar Mal getroffen, privat. Sie war Laborassistentin – dort, wo ich geforscht habe. Es ging nicht lange.«

»Ihr wart also Kolleginnen«, schlussfolgerte Sarah.

»Ja, so in etwa.« Marie streichelte ihr vorsichtig über die Wange. Sie sah Sarah zum ersten Mal wieder direkt in die Augen. Sie wirkte ernst, aber nicht mehr ganz so verschlossen wie zuvor. »Die Werke der Alten Meister beruhen auf

Dreieckskompositionen. Bei einigen bedeutenden Werken lässt sich die Anordnung der perspektivischen Tiefen mittels einer Dreisatz-Komponente mathematisch erschließen. Die Formel lässt sich seit dem 15. Jahrhundert auf zahlreiche Werke übertragen – auch auf Werke der Moderne. Es ist unglaublich, dass sich ein Werk berechnen lässt, findest du nicht?«

Der abrupte Themenwechsel brachte Sarah unwillkürlich zum schmunzeln. »Es ist unglaublich, mit was du dich beschäftigst«, bemerkte sie und zeichnete mit ihren Fingern Maries Lippen nach. »Du bist eine sehr belesene Frau.«

»Und du bist eine sehr schöne Frau.«

Marie küsste sie zart. Sarah schmolz wie Wachs in ihren Händen.

Als dem Kuss ein weiterer folgte und Maries Hände wieder über ihren Körper zu gleiten begannen, bündelte Sarah ihre gesamte innere Kraft, die sie trotz Maries erregenden Berührungen noch aufbringen konnte, und schob Marie sanft von sich.

»Gehen wir nach oben in mein Zimmer«, sagte sie.

Sie nahm den brennenden Kerzenständer, der am Tisch gestanden hatte, in die eine Hand, Maries Hand in die andere. Ohne ein Wort zu wechseln, stiegen sie die Wendeltreppe hinauf.

Sarah legte Musik auf. Den Rest überließ sie Marie.

Es ist geschehen, dachte Sarah. Sie kuschelte sich tiefer in Maries Armbeuge. Die Hitze von Maries Körper umhüllte sie wie ein wärmender Mantel. Sie fühlte sich wohl – und glücklich.

Es war nicht das erste Mal gewesen, dass sie in ihrem Bett einen Höhepunkt erlebte. Seit Jahren war es vorgekommen, dass sie mit sich selbst experimentiert hatte.

Doch mit Marie waren ihre Empfindungen intensiver gewesen, deutlicher. Sie hatten nicht nur ihren Körper zum Beben gebracht, sondern auch ihr Herz.

»War es gut für dich?«

Maries leise Stimme zerriss die Stille, die sie umgeben hatte. Die CD war inzwischen zu Ende. Sarah war es nicht einmal aufgefallen. Maries Herzschlag war ihr Musik genug.

Sarah erinnerte sich unwillkürlich daran, wie Simone ihr einst einen Vortrag gehalten hatte über Männer, die nach dem Sex eine Bestätigung haben wollten. »Hab ich es dir gut besorgt, Baby?« Simone hatte ihren damaligen Freund – Sarah konnte sich nicht einmal mehr an dessen Namen erinnern – treffend nachgemacht und sich dann darüber empört, was für ein schwacher Charakter er doch war. So etwas fragen nur Männer ohne Selbstbewusstsein, hatte sie gesagt. Falls du einmal an so einen Typen gerätst, Sarah – den kannst du gleich vergessen. Der ist auch in anderen Lebenslagen unsicher.

Dass Marie ihr nun diese Frage stellte, empfand Sarah keinesfalls als negativ. Im Gegenteil: Es war für sie ein Zeichen, dass sich Marie tatsächlich um ihr Wohlergehen sorgte. Sie wusste, dass bei dieser Frage allein Maries Verstand agierte, nicht ihr Herz, doch es spielte für sie keine Rolle.

»Ja, es war wunderbar«, erwiderte sie.

Maries Shirt kratzte leicht auf ihrer Haut. Sie hatte es trotz aller Bitten nicht geschafft, sie dazu zu bewegen, ihre Kleidung vollständig abzulegen. Gerade einmal die Hose und ihre Socken hatte sie ausgezogen und ihren BH geöffnet.

Sarah hatte schnell eingesehen, dass es keinen Sinn hatte, Marie in dieser Hinsicht weiter zu bedrängen. Sie wusste nicht, was hinter deren Schamhaftigkeit steckte, aber sie beschloss, ihr Zeit zu geben. Der Mount Everest war auch nicht an einem Tag gestürmt worden.

Marie legte die Hand auf ihren Bauch und streichelte über ihre Bauchdecke.

»Du bist eine Bauch-Fetischistin, weißt du das?«, raunte Sarah mit neckendem Unterton und genoss gleichzeitig die zärtliche Berührung. Neben der Person, die sie liebte, danach im Bett zu liegen, zu kuscheln und zu reden, war weit besser als die Vorstellung, ihre Unschuld auf einer Toilette am Strand von Bibione zu verlieren. »Du hattest schon immer eine gewisse Vorliebe für meinen Bauch.«

Marie erwiderte nichts. Sie streichelte sanft weiter, ließ ihren Finger um Sarahs Bauchstecker kreisen.

»Marie – wann hattest du zum ersten Mal den Gedanken, dass du es mit mir tun willst? War das, als wir nach dieser Gartenparty auf meinem Bett lagen?«

Maries Hand glitt weiter nach unten. In Sarahs Oberschenkeln begann es erwartungsvoll zu kribbeln. Sie öffnete ihre Beine, gab Marie Raum, um ihre Hand zwischen ihre Oberschenkel zu legen.

»Früher.«

»Wann ... früher?«

Maries Hand glitt zwischen ihre Beine, und die Antwort auf die Frage wurde plötzlich bedeutungslos. Marie gab sie ihr dennoch.

»Wir waren in diesem Café«, sagte sie leise. »Du hast mir die verschiedenen Kaffeespezialitäten erklärt. Die Kerze, die auf dem Tisch stand, hat auf dein Gesicht geleuchtet und du hast gelächelt.«

»Das ... war ... bei unserem ersten Treffen!«, stammelte Sarah. Dann schloss sie die Augen, gab sich ganz Maries Berührung hin.

Marie war sanft und zärtlich. Und jetzt ging es ihr eindeutig nur noch darum, Sarah zu verwöhnen.

»Ich habe damals nichts von deinem Interesse gespürt«, meinte Sarah nach vielen Minuten kostbarer Glückseligkeit. Sie rollte sich leicht auf Marie und küsste sanft ihre Lippen. »Aber ich glaube, ich habe in dieser Hinsicht Defizite, so etwas zu bemerken.«

»Und ich habe Defizite, es zu zeigen«, stellte Marie sachlich fest.

Sarah grinste. »Und trotzdem hat es letztendlich doch geklappt. – Das zeigt uns, dass immer das passiert, was passieren soll.«

»Es kommt mir vor wie ein Wunder.« Maries Stimme klang nachdenklich. »Ich hoffe, du bereust es nicht.«

»Nein. Ganz sicher nicht.« Sarah küsste sie nochmals. Sie war sich noch nie zuvor in etwas so sicher gewesen wie in diesem Punkt. Was auch immer geschehen würde – sie würde es nie bereuen, dass dieses besondere Erlebnis mit Marie stattgefunden hatte, in ihrem Zimmer, bei Kerzenschein und leiser Musik. Sie wünschte sich, ewig in Maries Armen zu liegen. Es fiel ihr schwer, ihre Enttäuschung zu verbergen, als Marie sich schließlich erhob und ihre Kleidungsstücke zusammensuchte.

»Du kannst hier übernachten. Ich habe extra Frühstück für uns beide besorgt«, unternahm sie den schwachen Versuch, Marie zum Bleiben zu überreden.

Marie schüttelte stumm den Kopf und Sarah spürte, dass sie schon auf dem Weg nach Hause gewesen war, noch ehe sie sich aus ihren Armen gelöst hatte.

»Ich kann nicht bleiben«, sagte sie nun unvermittelt. »Ich muss jetzt alleine sein. Es ist zu viel.« Sie sah plötzlich sehr blass und erschöpft aus.

Sarah brachte Marie zur Tür. »Sehen wir uns morgen?«, fragte sie voller Erwartung – und erntete heftiges Kopfschütteln.

»Ich kann nicht.« Marie wirkte plötzlich gehetzt. Wie ein Tier, das nur eines wollte: flüchten. »Ich brauche Pause.«

»Von mir?« Sarah konnte nicht verhindern, dass ihre Stimme deutlich die Verletzung widerspiegelte, die Maries Worte ihr zugefügt hatten.

»Ja, auch«, gab Marie unumwunden zu. »Ich will Ruhe. Ich will allein sein. Ich …«

»Schon gut.« Sarah legte ihr beruhigend die Hand auf die Schulter. Sie zwang sich selbst, ihren Verstand über ihre Enttäuschung siegen zu lassen. Wenn für Marie ein einfaches Gespräch anstrengend war, da sie sich ständig verstandesmäßig auf jemand anderen einstellen musste – wie musste dann erst diese intime Nähe für sie zu ertragen sein, sofern es nicht nur um ihre eigene Bedürfnisbefriedigung ging? »Ich würde mich freuen, wenn wir den Sonntag miteinander verbringen«, sagte sie hoffnungsvoll.

Marie atmete tief durch.

»Wir werden sehen«, sagte sie dann.

Sie verabschiedeten sich mit einem Kuss, doch Maries Seele war schon lange gegangen. Sarah konnte es fühlen.

Wann war der richtige Zeitpunkt, um ihren Vater davon in Kenntnis zu setzen, mit wem sie zusammen war? – Sarah hatte sich diese Frage in den sechs Wochen, die seit jenem Tag vergangen waren, an dem sie von Mario zu Marie geflüchtet war, fast täglich gestellt.

Am Sonntag, wenn sie gemeinsam frühstückten, lagen ihr die simplen Worte »Ich bin jetzt übrigens mit Marie zusammen« oft auf der Zunge. Doch dann sah sie ihren Vater in seine Honigsemmel beißen, er machte dabei stets ein so glückliches Gesicht, dass sie den Satz herunterschluckte.

Zudem sahen sie sich derzeit seltener als früher. Ihr Vater ging nun häufig abends aus und verbrachte auch die Nächte anderswo. Sarah fragte sich oft, wo er denn schlief, wenn er nicht hier war. Ihr war klar, dass er wohl eine neue Freundin haben musste. Das Verhältnis zu ihr schien aber inniger als zu seinen Liebschaften zuvor.

Sie hatte immer akzeptiert, dass er gelegentlich Freundinnen hatte, sprach ihn aber nie darauf an und empfand auch kein Bedürfnis, die Damen kennenzulernen. Dabei ging es ihr weniger darum, dass eine dieser Frauen den Platz ihrer Mutter einnehmen könnte. Sie wollte nur einfach keine andere Frau im Haus haben. Im Moment war das Haus ihr Haus, sie suchte das neue Sofa aus, die Gartenblumen und das Weihnachtsmenü, und sie allein erntete dafür das Lob ihres Vaters.

Sie wusste: Würde er wieder eine ernsthafte Beziehung führen und mit dieser Frau zusammenziehen, würde sich dies alles ändern. Die Rolle der Tochter war eine andere als die der einzigen Frau im Haus.

Instinktiv spürte sie, dass ihm diese neue Freundin näher

stand als ihre Vorgängerinnen. Denn noch nie zuvor hatte sich eine seiner Affären über Wochen erstreckt, und noch nie zuvor war er so oft mit einer Frau ausgegangen oder auch über das Wochenende weggefahren.

Somit war Sarah meistens allein mit allem, was sie gedanklich beschäftigte. Und das war nicht wenig. Zum einen waren die Semesterferien nun vorbei und die Universität hatte wieder angefangen. Sarah hatte sich zum Ziel gesetzt, zügiger zu studieren. Seit ihre Freundschaft mit Simone auf Eis gelegt war, hatten sich ihre Sozialkontakte drastisch reduziert. Markus und Natascha hatten seit dem Zwischenfall mit Mario lange nichts von sich hören lassen. Auch jene aus der Clique, mit denen sie sich nicht so oft traf wie mit dem harten Kern, hatten sich nicht mehr bei ihr gemeldet. Als Natascha vor zwei Wochen bei ihr anrief, stand dies ganz im Zeichen der Mitteilung, dass Mario jetzt mit Babsi zusammen war. Sarah interessierte das im Grunde überhaupt nicht. Auch ansonsten hatten sie sich wenig zu sagen gehabt, denn Natascha war peinlich darauf bedacht, keine private Frage an sie zu richten. Es war offensichtlich, dass sie von Simone voll und ganz über Sarahs vermeintliche Verfehlungen in Kenntnis gesetzt worden war und jede Konfrontation vermied.

Markus hatte einmal angerufen, um sie zu fragen, ob sie mit ihm ausginge, jetzt, wo sie sich doch gegen Mario entschieden hätte. Sarah zweifelte nicht daran, dass auch er in Simones Informationskreis eingeschlossen war. Seine Frage zeigte ihr, dass er weder ihre Entscheidung noch ihr Verhältnis zu Marie in irgendeiner Form ernst nahm. Es war in ihren Augen ein deutliches Zeichen mangelnden Respekts, sie um ein Date zu bitten, wenngleich er doch inzwischen wusste, dass sie weder an Männern im Allgemeinen noch an ihm im Besonderen interessiert war und außerdem Marie liebte.

Erst jetzt fiel ihr auf, wie eng ihr gesamter Freundeskreis an Simone hing. Jahrelang war sie im Grunde nur Simone hinterher gelaufen, hatte sich an deren Interessen orientiert und sich automatisch mit den Leuten befreundet, die sie auswählte. Jetzt bekam sie die Rechnung ihrer eigenen Passivität präsentiert.

Der andere Grund, weshalb sie allein mit ihren Gedanken war, lag bei Marie. Ihre Gefühle für die Freundin waren mit jeder Woche stärker geworden, doch zu der anfänglichen Glückseligkeit und reinen Freude, die sie darüber empfunden hatte, mit ihr zusammen zu sein, mischte sich allmählich tröpfchenweise Enttäuschung und leiser Schmerz.

Während Sarah am liebsten jeden Tag mit ihr verbracht hätte, fehlte Marie dieses Bedürfnis scheinbar völlig. Wenn sie sich trafen, war Marie zwar meist sichtlich erfreut; ihre Treffen verliefen überwiegend harmonisch, sie schliefen miteinander und Sarah machte die Erfahrung, dass sie es von Mal zu Mal mehr genießen konnte. Doch andererseits war gerade dieser Punkt ein sensibler: Während Sarah mit jedem Quantum Vertrauen, das sie zu Marie, deren Körper und ihrem eigenen Körper hinzugewann, mutiger, begieriger und neugieriger wurde, klammerte sich Marie an starre Abläufe. Sie führte nach wie vor Sarahs Hand, ließ nicht zu, dass Sarah eigenständig auf Entdeckungsreise ging. Sie allein war es, die bestimmte, wo und wann Sarah sie berühren durfte. Weiterhin bestand sie darauf, ihren Oberkörper und ihren Slip zu tragen, während sie intim wurden. Sarah hatte sie in den ganzen sechs Wochen niemals ganz nackt gesehen. Sie hatte sich schon des Öfteren gefragt, was Marie zu verbergen hatte. Gab es Narben an ihrem Oberkörper? Oder hässliche Leberflecke? – Da sie Marie liebte, wäre ihr auch das egal gewesen. Zudem gab es keinen Hinweis darauf, dass es irgendetwas Unansehliches zu verbergen gab. Maries Haut fühlte sich dort gewiss genauso weich und glatt an wie an jeder anderen Stelle ihres Körpers.

Sarah hatte versucht, sie zu überreden, sich endlich ganz nackt zu zeigen. Ich bin doch auch nackt, hatte sie gesagt. Und hier ist niemand außer uns beiden.

Ich will das nicht, hatte Marie strikt abgelehnt.

Auch abseits des Bettes war es manchmal schwer, ihr näherzukommen. Es gab Tage, da war Marie aufgeschlossen und für ihre Verhältnisse redselig. Sie konnten sich unterhalten, als gebe es kein Asperger-Syndrom und als stände nicht das Geringste zwischen ihnen. An anderen Tagen aber war Marie schweigsam und in sich gekehrt. Sie gab sich dann anfänglich distanziert und taute erst allmählich wieder auf. Oft wirkte sie unkonzentriert, ja, komplett geistig abwesend. Sie hörte Sarah nicht zu, schien in ihrer eigenen Welt zu leben. Sarah versuchte dann, sich an die schönen Stunden zu erinnern und sich gleichzeitig vor Augen zu halten, dass dieses Verhalten nicht Maries Persönlichkeit, sondern ihre Behinderung war. Wenn sie diese Frau liebte, musste sie sich wohl daran gewöhnen und damit arrangieren.

Trotzdem, es bedrückte sie, dass Marie nicht dasselbe Bedürfnis nach Nähe hatte wie sie. Es gab viele Abende, die sie allein verbrachte und sehnlichst darauf hoffte, Marie würde sich melden. Meist wurde sie enttäuscht. Marie rief selten an und war nach wie vor nur schwer erreichbar. Wenn Sarah es den ganzen Abend und sogar nach Mitternacht versucht hatte und immer noch nicht abgehoben wurde, gab sie resigniert auf. Es war klar, dass Marie an diesen Tagen einfach nicht telefonieren wollte.

Kam es doch zu einem Telefongespräch, verlief es sehr kurz – telefonieren schien Marie noch schwerer zu fallen als direkte Kommunikation. Sie sprach meist nur in kurzen, abgehakten Sätzen und kam gleich zum Wesentlichen. Sarah wartete vergeblich auf Sätze wie »Ich vermisse dich«, »Du fehlst mir« oder »Denkst du an mich?«

Sie kann das nicht, sagte sie in den Stunden größter Enttäuschung zu sich selbst. Sie hat dir immer gesagt, dass es mit ihr sehr schwierig ist.

Sie musste es akzeptieren. Es führte kein Weg daran vorbei. Also nutzte sie die vielen Stunden ohne Gesellschaft unter anderem, um sich weiter mit Autismus und Asperger zu befassen. Schon bald hatte sie das Gefühl, eine Art Laien-Expertin auf dem Gebiet zu sein. Je mehr Berichte von Betroffenen sie las, desto betroffener wurde sie selbst. Alles, was sie erfuhr, verglich sie mit Marie und deren Verhalten. Wenn sie las, dass viele Asperger-Autisten absolut zurückgezogen lebten und Menschen generell aus dem Weg gingen, sah sie in Marie einen leichten Fall. Sie verschlang die Biographie einer Asperger-Autistin, die keinerlei Berührungen aushielt, aber Spitzenleistungen in der Mathematik vollbrachte, und freute sich, dass Marie zwar intellektuell überragend war, sich aber durchaus gerne berühren ließ – zumindest von ihr.

Auf einem Forum las sie dann aber von einem Asperger-Betroffenen, der einen Alltag mit fünf Kindern meisterte und sich damit zufrieden gab, nach eigener Aussage »kein Partytiger« zu sein und oft »mit dem Gefühl zu leben, die Welt von außen zu betrachten«. Gleichwohl nahm er am Familienalltag teil, so gut er konnte, und führte seit fünfzehn Jahren eine glückliche Ehe. Dieser Bericht bedrückte Sarah, weil er ihr vor Augen führte, dass es durchaus auch Betroffene gab, die mit ihrer Behinderung anders lebten konnten als Marie. Noch bedrückender allerdings waren jene Beiträge auf dem Forum, wo sich Asperger-Betroffene über ihre Selbstmord-Phantasien austauschten und regelrecht daran zu zerbrechen schienen, »nicht wirklich zu dieser Welt zu gehören«.

Je mehr sie las, desto komplexer wurde das Bild, das sie sowohl von der Behinderung als auch von Marie bekam.

Am meisten beschäftigte sie die Frage, ob Marie sie liebte.

Die Welt ist seltsam still ohne dich, hatte ihr Marie zu Beginn ihrer Beziehung gesagt. Wenn sie sich tagelang nicht gemeldet hatte, zweifelte sie daran, dass Marie die Welt wirklich *seltsam* still fand ohne sie – vielmehr hatte sie den Eindruck, sie fand die Welt bisweilen *angenehm* still ohne sie.

Dann aber, wenn sie sich sahen und wenn Marie guter Dinge war, verdrängte sie diese schmerzhaften Gedanken erfolgreich. Sie freute sich, wenn die Freundin ihr aufmerksam zuhörte und bisweilen auch Fragen stellte, was sie als aufrichtiges Interesse an ihrem Leben interpretierte – oder doch als ernsthaftes Bemühen, dieses Interesse zumindest zu zeigen.

Abseits von ihrem Bemühen, noch mehr über Asperger-Autismus zu erfahren, engagierte Sarah sich für ihr Studium und arbeitete nebenher bei ihrer Tante in der Galerie. Sie schätzte es, dass Irene sie immer mehr in die Auswahl neuer Werke einbezog, sie mit wichtigen Künstlern und Kunden bekannt machte und ihren anfänglich aus Übermut und Resignation über die Tristesse der Alten Meister geäußerten Vorschlag, die künstlerische Richtung der Galerie zu modernisieren, zu einem gemeinsamen Vorhaben erklärt hatte. Nachdem der Zeppel-Sperl so schnell verkauft worden war, bemühten sie sich um Werke weiterer Vertreter des Phantastischen Realismus wie Arik Brauer, Hundertwasser, Mac Zimmermann und Paul Wunderlich. Sarah war inzwischen in Begleitung ihrer Tante auf zwei kleineren Kunstmessen gewesen – der einen in Wien selbst, der anderen in Norditalien – und hatte einen Einblick bekommen, wie es war, sich über verschiedene Gemälde, ihre Urheber und deren Marktwert zu informieren, und wie schwierig es bisweilen sein konnte, ernsthafte Preisverhandlungen zu führen oder sich im Wettstreit mit anderen Galerien um ein bestimmtes Bild zu bemühen.

Sie lernte ihre Tante, die sie aus dem Privatleben als eher ruhige, ein wenig schüchterne Person gekannt hatte, dabei von einer ganz anderen Seite kennen. Wenn sie Irene in fließendem Italienisch diskutieren oder sehr konsequent Preise aushandeln hörte, verstand sie immer weniger, warum stets ihre Mutter als die große Kunsthändlerin in der Familie gegolten hatte und Irene in dieser Hinsicht nur wenig Beachtung zugefallen war. Sarah selbst hatte lange nicht gewusst, dass ihre Tante ebenso wie ihre Mutter Kunstgeschichte studiert hatte, und dass sie bereits in den letzten Jahren vor deren Tod als gleichberechtigte Eigentümerin der Galerie eingetragen gewesen war. Für sie hatte es als Kind und als Teenager immer den Anschein gehabt, als wäre Irene nur die Hilfskraft ihrer Mutter gewesen – eine

Art Sekretärin, die für sie Termine vereinbarte oder Schreibarbeiten erledigte.

Wenn sie mit Irene ganze Nachmittage in der Galerie verbrachte, sprachen sie über vieles: über ihre Zukunftspläne mit dem Unternehmen, über Kunst und Künstler, über simple Dinge wie Einkäufe und das, was derzeit in der Zeitung stand. Nur über die Liebe – darüber sprachen sie selten.

Sarah wusste, dass Irene immer noch glückselig mit ihrem neuen Freund zusammen war und viel Zeit mit ihm verbrachte. Manchmal fragte Sarah nach, versuchte herauszukitzeln, wie er hieß, und drängte darauf, dass sie ihn ihr vorstellte oder zumindest ein Foto zeigte. Doch Irene wich stets aus unter dem Vorwand, sie solle sich noch gedulden, es sei noch nicht soweit. Also riss sich Sarah nahezu darum, das Festnetz-Telefon in der Galerie abzuheben, in der Hoffnung, zumindest einmal den Namen und die Stimme des Mannes zu hören, der Irenes Herz erobert hatte. Doch die einzigen Menschen aus Irenes Bekanntenkreis, die sich regelmäßig meldeten, waren Freundinnen, mit denen Irene schon seit Jahren gelegentlich ins Theater oder in die Oper ging, oder Sarahs Vater, der noch irgendwelche rechtlichen oder steuerlichen Belange mit Irene zu klären hatte. Der Anteil an der Galerie, der damals Sarahs Mutter gehört hatte, war durch ihren Tod an ihn übergegangen, und auch wenn er sich nicht um das operative Geschäft kümmerte, war er vertragsrechtlich eingebunden. Irene und er hatten sich damals aus steuerlichen Gründen darauf geeinigt, es bei dieser Geschäftsform zu belassen, zumal für Irene dadurch kein Nachteil entstand. Sowohl offiziell als auch inoffiziell war sie diejenige, die die Galerie führte; ihr ehemaliger Schwager hatte von Kunst wenig Ahnung, war durch seinen Job völlig ausgefüllt und hatte keinerlei Ambitionen, sich in ihre Entscheidungen einzumischen.

Somit blieb Irenes Liebhaber ein Rätsel, und dieses Rätsel trug dazu bei, dass Sarah auch ihre Liebe zu Marie für sich behielt. Manchmal wäre ihr danach gewesen, mit ihrer

Tante über ihre Gefühle zu sprechen, besonders dann, wenn sich Marie wieder länger nicht bei ihr gemeldet hatte. Doch wie konnte sie offen über eine Liebe sprechen, die durchaus Brisanz hatte, wenn Irene selbst nicht einmal offen über ein ganz gewöhnliches Verhältnis zwischen einem unverheirateten Mann und einer alleinstehenden Frau reden konnte?

Obwohl ihre Tante beteuerte, sie sei für sie wie eine Tochter, schien es Sarah in der Realität nicht so. Es mochte Irenes Wunschtraum sein. Sarah stellte sich derzeit öfter vor, wie es wäre, wenn ihre eigene Mutter noch leben würde. Wahrscheinlich hätte ich ihr schon längst von Marie erzählt, dachte sie.

Auch den richtigen Zeitpunkt, um ihrem Vater davon zu berichten, hatte sie wohl verpasst, wie Sarah an einem Abend Ende September erkennen musste. Adam Rosenberg kam von der Arbeit, wirkte gestresst und genervt, und als sie ihn darauf ansprach, nannte er ohne Umschweife den Grund: »Marie Felder geht mir auf den Geist.«

Sarah zuckte bei der Nennung von Maries Namen unwillkürlich leicht zusammen, fragte: »Aber wieso? Du warst doch so begeistert von ihr, anfangs. Du hast davon geschwärmt, wie intelligent sie ist, und wolltest unbedingt, dass sie euer Projekt unterstützt.«

»Ich halte sie nach wie vor für intelligent, und ich brauche sie nach wie vor für dieses Projekt«, erwiderte ihr Vater. »Aber manchmal wünschte ich, sie wäre auch jemand, der umgänglich ist und ins Team passt. Sie tut im Grunde nur das, was ihr nutzt und was sie tun will, nimmt aber wenig Rücksicht auf andere und agiert bisweilen, als wäre sie allein auf der Welt. Das macht keine gute Stimmung im Team, und es zehrt auch an meinen Nerven. Diese Frau ist nicht zu führen.«

»Ich habe dir doch gesagt, dass sie nicht anders kann.« Sarah verspürte nichts als das Bedürfnis, Marie gegen den Rest der Welt zu verteidigen. »Sie macht das nicht absichtlich.«

»Tut mir leid, da bin ich komplett anderer Meinung«,

sagte ihr Vater. »Wenn jemand Forschungsergebnisse, die von einem Team erarbeitet wurden, vorrangig als die seinen verkauft, und das, ohne Rücksprache mit mir als Teamleiter zu halten, steckt da durchaus Absicht dahinter und nicht irgendein Syndrom, mit dem andere, wie ich inzwischen nachgelesen habe, durchaus besser umgehen können als Frau Dr. Felder.«

»Ich kann nicht glauben, dass sie das getan hat«, sagte Sarah. »Zumindest nicht absichtlich. – Und selbst, wenn: Denken nicht die meisten Wissenschaftler nur an sich, wenn es um Publikationen geht und darum, dadurch ihren Erfolg voranzutreiben? Du hast selbst einmal zu mir gesagt, wer in der Wissenschaft Rücksicht auf andere nimmt, bleibt auf der Strecke!«

»Sie hat mich übergangen, und das geht nicht«, erwiderte ihr Vater. »Sie hätte mit mir als ihrem Chef und Vorgesetzten Rücksprache halten müssen, ob sie diese Daten generell publizieren darf oder ob die Kollegen namentlich erwähnt werden müssen. Aber sie tut nur, was sie will. So ist es, Sarah!« Er warf einen kurzen Blick auf ihr ernstes, nachdenkliches Gesicht, und setzte dann in milderem Tonfall hinzu: »Es ehrt dich, dass du sie verteidigst. Ihr seid ja befreundet – wenngleich ich mich immer noch frage, über was du mit ihr redest. Aber sieh den Tatsachen ins Auge: Sie weiß genau, was sie will, und sie geht dabei über Leichen.«

Das stimmt nicht, lag es Sarah auf der Zunge. Sie merkte, dass sie auf ihren Vater ziemlich wütend zu werden begann. Wie konnte er so etwas behaupten? – Sie hatte ihm doch erzählt, was mit Marie los war, und dies allein aus dem Grund, dass er Marie und ihre Handlungsweisen besser verstand!

Doch sie hatte sich und ihre Emotionen zu gut unter Kontrolle, um ihrem Ärger Luft zu machen. »Ich weiß nicht, wie du auf so etwas kommst«, sagte sie stattdessen. »Marie ist nicht so!«

»Wie ich schon sagte: Du nimmst sie in Schutz.« Adam Rosenberg ließ sich nicht von seinem Urteil abbringen. Er sah seine Tochter nachdenklich an. »Ich frage mich wirklich, weshalb du sie noch triffst. Du hast doch wirklich nichts mit ihr gemeinsam.«

Sarah wollte vieles sagen. Sie wollte ihm erklären, wie sie Marie sah, was sie für sie empfand. Sie wollte, dass er ihre Liebe zu dieser Frau nachvollziehen konnte und nicht mehr böse über sie sprechen würde. Doch es war, als würde ihr jemand die Kehle zudrücken. Sie brachte keinen Ton heraus.

Und sie wusste in diesem Moment: Ein besserer Zeitpunkt für ihr Coming-out würde niemals mehr kommen. Sie hatte ihn soeben verpasst.

Sie hatten sich ganze sieben Tage nicht mehr gesehen, fünf Tage schon nicht mehr gehört. Sarah spürte in sich nur noch tiefe Traurigkeit. Als Marie schließlich anrief, war es dennoch Sarah, die um ein Treffen bat. Sie sagte Marie offen, dass sie es kaum mehr aushielt, sie nicht zu sehen. Marie hatte zunächst zögerlich reagiert und erklärt, dass sie derzeit viel Arbeit habe. Schließlich hatte sie dennoch eingewilligt, und nun saßen sie hier auf ihrem Sofa und Sarah fühlte sich trotz Maries Hand in der ihren allein. Denn Marie schien mit ihren Gedanken ganz weit weg zu sein.

Irgendwann hielt Sarah das Schweigen zwischen ihnen nicht mehr aus. »Bitte rede mit mir, Marie! Ich bin deine Freundin. Wenn du mir nicht sagen kannst, was dich bedrückt, wem dann?«

Marie zögerte.

»Dein Vater erpresst mich«, sagte sie nach einer Weile.

»Wie?« Sarah runzelte irritiert die Stirn. Unweigerlich erinnerte sie sich an das Gespräch, das sie mit ihrem Vater vor einigen Tagen geführt hatte.

»Er erpresst mich«, wiederholte Marie, wurde aber sogleich konkreter. »Ich habe vor einiger Zeit Ergebnisse in einem internationalen Leitmedium veröffentlicht und bin nun geladen worden, diese öffentlich zu präsentieren. Ich habe abgesagt. Ich kann das nicht. Aber dein Vater akzeptiert meine Absage nicht. Er besteht darauf, dass ich die

Ergebnisse im Rahmen des Instituts präsentiere. Wenn ich es nicht tue, will er mir Fördergelder streichen, die ich für die Forschung an meiner Habilitationsarbeit brauche.«

»Was?« Sarah war zunächst zu verdutzt, um einen klaren Gedanken zu fassen. Doch das Bild in ihrem Kopf nahm schneller Gestalt an, als es ihr lieb war. Sie erinnerte sich daran, dass ihr Vater den Vortrag und Maries Absage erwähnt hatte. Nachsicht wollte er nicht mehr üben – das war ihr bei ihrem letzten Gespräch deutlich bewusst geworden. Er war offensichtlich tief gekränkt und auch wütend über Maries eigenmächtige Publikation diverser Ergebnisse. Sarah vermutete, dass es ihm weniger darum ging, dass sie niemanden aus dem Team erwähnt hatte, als um die Tatsache, dass er von ihr komplett übergangen worden war. Sie vermutete, dass seine Haltung ihr gegenüber eine völlig andere wäre, hätte sie zuvor mit ihm Rücksprache gehalten. Ihr Vater hasste es, Dinge später zu erfahren als andere, und er wertete seinen Ausschluss aus Informationsströmen stets negativ. Sie glaubte Marie daher sofort vorbehaltlos, dass ihr Vater nun zu diesen Mitteln griff – allein schon aus verletzter Eitelkeit heraus.

Sie drängte die Wut, die in ihr aufstieg, mit Gewalt zurück. Es musste einen rationalen Weg geben, um Marie zu helfen. Mit Wut war niemandem gedient.

»Warum glaubst du, tut er das?«, fragte sie Marie daher vorsichtig. Sie wollte hören, wie Marie die Situation beurteilte.

Marie zuckte hilflos mit den Schultern.

»Welche Ergebnisse hast du denn veröffentlicht?«, erkundigte sich Sarah weiter.

»Das verstehst du nicht«, sagte Marie kurz angebunden.

Sarah seufzte. »Wenn du mir nichts erklärst, kann ich nichts verstehen.«

Marie schaute sie unverwandt an. »Sagen dir chimäre Antikörper gegen CD20-Antigene etwas? Nein? – Natürlich nicht. Warum soll ich dir dann davon erzählen, wenn du sowieso nicht begreifen kannst, um was es geht.«

»Ich erzähle dir auch etwas aus meinem Alltag – ohne den Anspruch zu haben, dass du auf dem Stand einer promovierten Kunsthistorikerin bist.«

»Ich habe durchaus Allgemeinbildung genug, um mich auf diesem Gebiet zumindest so gut auszukennen, dass ich verstehe, um was es geht.«

Sarah streckte die Hand nach ihr aus und zog sie leicht zu sich.

»Marie«, sagte sie sanft. »Beruhige dich. Bitte. Es tut mir weh, wenn du so bist … und so mit mir redest. Ich wollte nur wissen, wessen Ergebnisse du veröffentlicht hast. War es etwas, was du herausgefunden hast, oder hast du es im Namen des Instituts gemacht, oder haben noch andere daran mitgearbeitet?«

»Es sind meine Ergebnisse«, erläuterte Marie mit fester Stimme. »Insofern mache ich mit ihnen, was ich will. Und ich präsentiere sie auch nur, wenn ich will. Und ich will nicht. Punkt.«

»Und warum willst du nicht?«

»Ich will nicht.«

»Aber warum? Ist eine Präsentation nicht immer auch eine große Chance, um weitere Fördergelder zu gewinnen? Als Wissenschaftlerin bist du ja auf Zuwendungen der Industrie angewiesen.«

Marie hatte die Hände ineinandergefaltet. Jetzt begann sie, nervös mit ihren Fingern zu spielen. Sie sah Sarah nicht an, als sie antwortete. »Du weißt das sehr gut, warum ich nicht will.«

»Nein. Warum?«

»Weil ich nicht kann. Deshalb.«

»Weil du nicht vortragen willst? Weil du nervös wirst, wenn du vor so vielen Leuten präsentierst?«

»Es sind die Menschen … der ganze Rahmen. Überall sind diese Menschen und schütteln mir die Hand, reden auf mich ein … ich hasse das! Ich halte das nicht aus!« Marie griff sich an die Schläfen. »Wenn ich mir das nur vorstelle, dröhnt mein ganzer Schädel! Ich will das einfach nicht, will mich dem nicht aussetzen. Ich weiß, dass ich mir Chancen verbaue. Ich weiß, dass es für meine Karriere wichtig wäre. Aber ich kann nicht, verstehst du? Ich habe das schon als Studentin gehasst!«

Sarah rutschte zu ihr und umschlang Maries bebenden Körper mit den Armen. Marie verhielt sich erst wie eine starre Puppe, die gegen einen Willen zu einer Umarmung gezwungen wurde, dann gab sie nach und legte ihren Kopf schließlich auf die Schulter der Freundin.

»Ich verstehe dich«, sagte Sarah leise und begann, ihr sanft über ihr Haar zu streicheln. »Ich hätte davor auch Angst.«

Sie verharrten eine Zeit lang in der Umarmung, ohne zu sprechen. Marie war es schließlich, die sich nach einiger Zeit löste. Sie sah Sarah ernst in die Augen.

»Ich weiß nicht, warum du noch hier bist«, sagte sie. »Warum du dir das mit mir antust.«

»Die Antwort darauf habe ich dir schon gegeben, noch ehe du eine Frage dazu stellen konntest«, erwiderte Sarah ruhig. »Nur wolltest du das damals nicht hören.«

Marie schüttelte den Kopf. »Weil es nicht gut für dich ist.«

Was ist nicht gut daran, wenn ich dich liebe, dachte Sarah verzweifelt. Sie hatte sich so sehr auf den Abend mit Marie gefreut, doch nun war alles mühsam – und dies hauptsächlich deshalb, weil Marie wieder begann, ihr Verhältnis generell in Frage zu stellen.

»Wenn du zu wissen glaubst, dass du keine Beziehung mit mir führen kannst, und der Überzeugung bist, dass du nicht gut für mich bist – warum hast du dir dann überhaupt die Mühe gemacht, mich soweit zu bringen, dass ich mich in dich verliebe? Warum hast du im Auto meine Hand gehalten, warum hast du meinen Bauch gestreichelt, warum hast du mir Komplimente gemacht, warum schläfst du mit mir?«

Sarah fühlte sich am Rande der Verzweiflung.

Dieselbe Verzweiflung stand in Maries Augen, als sie sie ansah.

Sie blieb ihr die Antwort schuldig.

Die Blätter wurden bunt, die Tage kürzer – und die Weintrauben hingen reif an den Rebstöcken. Sarah spazierte mit Marie Hand in Hand durch die Weinberge und genoss die letzten Sonnenstrahlen, die der Frühherbst zu bieten hatte.

Schließlich setzten sie sich auf eine Bank an einer seitlichen Abzweigung des Spazierwegs. Von der Anhöhe, auf der sie sich befanden, konnten sie große Teile der Stadt sehen.

»Wie ist es hier im Winter?«, wollte Marie wissen.

Sarah lehnte sich gegen ihre Schulter. Sie roch Maries Haut, ihr Haar. Milch und Honig. Es war zu süß, um sich überhaupt nur vorzustellen, jemals darauf zu verzichten.

»Kalt und trüb. Es kann bisweilen recht windig sein. Aber hauptsächlich ist es trüb. Es gibt nur ganz wenige Tage, an denen der blaue Himmel zu sehen ist. Schnee gibt es selten.«

»In den meisten Städten ist es im Winter trüb«, meinte Marie und nahm ihre Hand in die ihre.

Wir haben uns an ganz anderen Stellen berührt, uns geküsst, miteinander geschlafen – und trotzdem ist es noch so, dass ich diese Energie und Wärme spüre, wenn sie bloß meine Hand nimmt, dachte Sarah und genoss das angenehme Gefühl von Vertrautheit, dass durch ihren Körper floss.

Sie drehte sich zu Marie und küsste sie sanft auf die Lippen. Marie schloss die Augen. Die sanfte Berührung wurde zu einem leidenschaftlichen Kuss.

»Ich werde dafür sorgen, dass der Winter nicht trüb wird«, versprach Sarah dann. »Ich werde dir Gänsebrust mit Rosmarin kochen, und danach Bratäpfel mit Vanillesoße. Ich werde überall Kerzen anzünden, dir eine heiße Wanne einlassen und dich danach mit ätherischen Ölen massieren.« Sie lächelte zufrieden bei der Vorstellung, wie sie Marie verwöhnen würde.

Marie sagte nichts. Sie starrte auf die Stadt unter ihnen, als suche sie aus dieser Entfernung ein Centstück, das ihr irgendwo zwischen Stephansdom und Institut aus der Tasche gefallen war.

Nach einer Weile meinte sie: »Du tust so viel für mich, Sarah.«

Ihr Tonfall gab nicht zu erkennen, ob sie dies positiv oder gar negativ wertete.

»Ich tue es gern«, erwiderte Sarah und streichelte ihre Handfläche. »Es macht mir Freude, dich zu verwöhnen.«

»Ich kannte noch nie jemanden wie dich«, sagte Marie leise. »Jemanden, der sich soviel Mühe gibt.«

»Ich gebe mir keine Mühe.« Sarah wickelte eine von Maries Locken um ihre Finger. »Es kommt von selbst. Ich sehe dich an, und ich will nur das Beste für dich.«

Marie drückte leicht ihre Hand.

Es war Sarah, die wieder das Wort ergriff. »Ich weiß gar nicht, mit welchen Frauen du zuvor zusammen warst, wenn ich die erste bin, die dich mit diesen Kleinigkeiten erfreut. Für mich ist das selbstverständlich in einer Beziehung.«

Marie hatte ihr unbewusst das Stichwort gegeben, jetzt war sie wieder da, ihre Neugierde. Marie hatte sich auch in den vergangenen Wochen stets bedeckt gehalten, was ihre Vergangenheit in dieser Hinsicht betraf. Sämtlichen Fragen von Sarah war sie ausgewichen. Sarah ging es nicht darum, mit wie vielen Personen Marie sexuelle Erfahrungen gesammelt hatte, doch sie wollte Marie verstehen. Sie wollte begreifen, wieso Marie der Mensch geworden war, den sie nun verkörperte: Jemand, der immer wieder zur Sprache brachte, dass es niemand mit ihr lange aushielt, und der über nette Kleinigkeiten eher erschrocken als erfreut schien.

»Ich komme langsam zu dem Schluss, dass meine Vorgängerinnen allesamt ziemlich unterkühlt waren«, bemerkte sie. »Ich frage mich, wie du mit Frauen zusammen sein konntest, denen es nicht wichtig war, dir den Himmel auf Erden zu bereiten.«

Marie ließ ihre Hand los. »Du siehst das sehr idealistisch«, meinte sie. »In der Realität ist es anders.«

»Unsinn«, erwiderte Sarah überzeugt. »Was soll daran anders sein? Wenn man jemanden liebt, spürt man diesen

Wunsch einfach. Dann ist die Umsetzung des Wunsches die Realität.«

»Ich glaube nicht, dass jemals Liebe im Spiel war … in dieser Art«, sagte Marie langsam, so, als spräche sie zu sich selbst. »Es waren Zweckbündnisse, und es ging nie lange.«

»Zweckbündnisse? – Wie meinst du das?«

»Ich habe die meisten Frauen, mit denen ich je etwas hatte, via Internet kennengelernt.« Marie fuhr sich nervös mit der Hand durchs Haar, sprach aber weiter. »Das Internet ist ein gutes Medium für mich. Die Kommunikation läuft anfangs schriftlich. Ich kann mich rein auf das Wort konzentrieren; ich muss auf nichts anderes achten als auf das Geschriebene. So fällt es mir leichter, mit jemandem in Kontakt zu kommen. Die Frauen hatten sich bereits ein Bild von mir zurechtgezimmert, ehe sie mich trafen, und die Absichten waren noch vor dem ersten Treffen klar. Ich ließ die Erfüllung dieser Absichten dann sehr schnell zu.«

»Das heißt, es ging von vornherein nur um Sex?«

»Ich weiß nicht.« Marie hob die Schultern. »Vielleicht ging es auch um mehr. Aber es hat immer geendet, ehe wir das hätten herausfinden können. Wie ich schon sagte: Ich kann keine Beziehung führen. Das geht einfach nicht.«

Mit uns geht es auch, dachte Sarah. Doch sie wollte nicht schon wieder auf ein Thema kommen, dass in eine mühsame Diskussion ausartete. Dafür war der Tag zu schön, und dafür war Marie heute zu auskunftsfreudig, um diese Gunst der Stunde nicht zu nutzen.

»Ich könnte mir nicht vorstellen, mit jemandem Sex zu haben, den ich noch nicht mehrmals wirklich getroffen habe«, sagte sie. »Ist das nicht ein komisches Gefühl?«

»Ich denke in diesem Moment nur an das, was ich will«, sagte Marie ehrlich. »Ich habe auch ab und zu … Bedürfnisse. Ich erwarte nicht mehr.«

Sarah spürte, wie unerklärliche Traurigkeit in ihr aufkam. Was Marie da sagte, klang deprimierend. Was war das für ein Leben, in dem es nur darum ging, sexuelle Bedürfnisse zu befriedigen und keine Liebe zu erwarten?

Sie nahm wieder Maries Hand, zog sie zu sich.

»Monica war die erste, die ich von Angesicht zu Angesicht kennenlernte«, sprach Marie unerwartet weiter. Auch wenn Marie den Namen noch nicht erwähnt hatte, war Sarah klar, dass es sich um ihre Bekanntschaft aus Boston handeln musste, jene Laborassistentin, die sie schon einmal kurz erwähnt hatte. »Aber es ging auch nicht lange.«

»Was heißt: nicht lange?«

»Vier Wochen. Vielleicht auch fünf«, erwiderte Marie.

Mit uns geht es nun schon acht Wochen, dachte Sarah mit leisem Triumph. »Warum hat es geendet?«

Marie hob die Schultern.

»Ich weiß nicht. Ich bin eben schwierig. Und sie wollte etwas anderes. Sie war nicht einmal lesbisch. Sie war vorher immer mit Männern zusammen; sie träumte auch von Ehe und Familie – zumindest sprach sie häufig davon. Es war für sie ... nur ein Experiment, glaube ich.«

»Hat sie Schluss gemacht?«

»Ja. Aber das ist immer so bei mir. Es kam noch nicht soweit, dass ich den Schlussstrich ziehen musste.«

Sie lächelte schwach. Sarah konnte nicht lächeln. Maries Erzählung klang in ihren Ohren todtraurig. »Hat es dir wehgetan, als sie Schluss gemacht hat?«

»Ich hatte damit gerechnet«, erwiderte Marie. »Im Grunde war es mir dann, als es eintraf, ... egal.«

»Hast du nicht geweint?«

»Ich habe meine Arbeit«, sagte Marie.

Sarah fragte sich, ob ihr bewusst war, dass dies keine wirkliche Antwort auf ihre Frage war. Sie streichelte Maries Hand. Alles, was sie ihr geben wollte, floss aus ihrem Herzen: Liebe. Wärme. Geborgenheit. Es sollte Schluss sein mit kurzen, rein sexuellen Beziehungen in Maries Leben, von denen sie glaubte, es würde genügen, doch in Wirklichkeit fügten sie ihr mehr Schaden zu als Nutzen. Sie, Sarah, würde Marie aus diesem Dauerkreislauf an Enttäuschung, Frust und indirekter Verletzung führen. Durch ihre Liebe.

Schweigend saßen sie noch eine ganze Weile auf der

Bank. Sarah fragte sich, was in Maries Kopf nun vor sich ging, doch sie kam nicht dahinter. Sie traute sich auch nicht, nach Details zu fragen. Marie hatte jetzt viel von sich erzählt. Doch, das wusste Sarah inzwischen, dies konnte plötzlich ins Gegenteil umschlagen – Marie konnte etwas schnell zu viel werden.

»Gehen wir noch zum Heurigen auf ein Glas Wein?«, fragte sie daher, um auf ein anderes Thema zu kommen.

Marie schüttelte den Kopf. »Lass uns zu mir nach Hause fahren und den Wein dort trinken.«

Sarah unterdrückte ein Seufzen. Es überraschte sie nicht, dass Marie abblockte. Seit ihrem ersten Kuss waren sie nicht mehr ausgegangen. Marie wollte sich ausschließlich privat treffen – meistens bei sich zu Hause, denn bei Sarah gab es ja noch deren Vater, der theoretisch jederzeit nach Hause kommen konnte.

Auch Sarah war nicht erpicht auf das Szenario, dass ihr Vater sie und Marie gar in flagranti ertappte. Insofern war es ihr recht, dass ihre Treffen großteils bei Marie stattfanden. Allerdings wünschte sie sich in letzter Zeit immer häufiger, dass diese Treffen sich nicht nur auf Maries Wohnung beschränkten. Sie wollte mit ihr auch einmal auswärts essen, einen Cocktail trinken gehen oder auch ins Kino. Sie hatte das Gefühl, von der Außenwelt nicht mehr viel mitzubekommen – außer in der Uni oder in der Galerie, doch da war Marie nicht dabei, und somit war es etwas völlig anderes.

»Wir könnten doch erst das Gläschen Wein beim Heurigen trinken und dann zu dir fahren«, unternahm sie nochmals den vagen Versuch, Marie zu überzeugen. »Ich kenne einen ganz tollen Heurigen; er liegt sehr romantisch mitten in den Weinbergen, hat vorzügliche Weine – und es sind nicht viele Leute dort. Wir könnten uns an einen der hinteren Tische setzen, da sind wir ganz ungestört.«

»Bei mir zu Hause sind wir auch ungestört«, erwiderte Marie. »Ich will keine anderen Menschen. Du weißt, dass ich das nicht vertrage.«

»Bevor wir uns näherkamen, bist du auch in Cafés gegangen«, rief ihr Sarah in Erinnerung. »Wir waren sogar gemeinsam frühstücken und am See. Überall waren Menschen, und du hast es auch ertragen.«

»Ich musste es ertragen, weil ich keine Wahl hatte. Es war die einzige Möglichkeit, dir nahe zu sein. Jetzt brauche ich das nicht mehr.«

Aber vielleicht brauche ich es, ging es Sarah durch den Kopf.

Marie stand auf und nahm sie in die Arme. Sie küsste sie lange und ausführlich, und Sarahs kleiner Groll auf Maries Weigerung, mit ihr außerhalb der eigenen vier Wände ein Glas Wein zu trinken, schwand mit jeder Berührung ihrer Lippen und Zungen. Marie verstand sich darauf, Feuer in ihr zu zünden.

»Ich will dich bei mir zu Hause haben«, flüsterte Marie. »Ich will mit dir schlafen.«

Sarah wollte es auch.

Doch diesmal störte es sie mehr als zuvor, dass Marie ihre Bluse anbehielt und ihr keine Chance gab, kreativ zu werden. Marie nahm ihr die Zügel aus der Hand, von Anfang an.

Unwillkürlich dachte Sarah an Monica aus dem Labor.

Wie hatte Marie mit ihr Sex gehabt?

Den Tower und die Tower Bridge hatte sie beim Anflug auf London-Heathrow von oben gesehen; am Hyde Park waren sie auf ihrem Weg ins Hotel vorbeigefahren. Die Houses of Parliament waren auf jenem Prospekt abgebildet, der im Hotel für Touristen auslag. Das war alles, was Sarah bisher von Londons Sehenswürdigkeiten gesehen hatte.

Vor zweieinhalb Tagen waren sie und Irene in London angekommen, und seitdem verbrachten sie ihre Zeit damit, eine Messehalle abzulaufen, deren Ausmaße Sarah inzwischen vorkamen wie die Gesamtfläche von Wien. ARS LONDINIUM hieß die bekannte Kunstmesse, die seit genau fünfzig Jahren auf dem großen Messegelände zwischen

Londons Stadtteilen Borough of Hammersmith und Fulham stattfand.

Die Messe ist in diesem Jahr extra groß, wegen des Jubiläums, hatte sich Irene gefreut, als sie für Sarah und sich die Tickets gebucht hatte. Sarah konnte diese Freude inzwischen nicht mehr teilen. Seit sie hier waren, hatten sie von morgens bis abends die Hallen abgelaufen, sich eine immense Anzahl von Bildern flüchtig angesehen und eine etwas geringere Zahl genauer, hatten Interesse an jenen Bildern bekundet, die zu der Linie der »systematischen Verjüngung« passten, die sie im Laufe der nächsten Jahre mit der Galerie vollziehen wollten, und Kontakte mit internationalen Kunsthändlern geknüpft.

Sarah hatte sich dabei im Hintergrund gehalten. Ihr war durchaus klar, dass ihr auf diesem Gebiet die Erfahrung fehlte. Also verfolgte sie aufmerksam Irenes Verhandlungen mit diversen Großhändlern und die spielerisch-elegante Art, wie sie mit Leuten, die ihr wichtig schienen, ins Gespräch kam. Wieder einmal musste Sarah zur Kenntnis nehmen, wie weltgewandt und offen ihre Tante auftreten konnte, wenn sie es wollte.

Nach zweieinhalb Tagen Beobachtung fühlte sich Sarah jedoch erschöpft. Ihre Beine schmerzten von dem langen Gehen durch die Messehallen. Sie hatte den Eindruck, die verschiedenen Bilder gar nicht mehr wahrnehmen zu können. Sie fühlte sich komplett ausgelaugt und müde. Ihre Tante dagegen schien vor Energie zu sprühen. Abends, wenn sie im Hotelzimmer waren, fasste sie bereits Pläne für den nächsten Tag. Sarah erlebte sie hier als komplett durchorganisierte Person. Einerseits faszinierte es sie, wie jemand schon am Vorabend genau wissen konnte, was er am nächsten Tag um wieviel Uhr erledigt haben wollte. Andererseits setzte es sie auch unter Druck. Denn es bedeutete auch, wenig Pausen zu haben und keine Gelegenheit nutzen zu können, sich auf Unvorhergesehenes einzulassen, sich treiben zu lassen.

Ich bin in dieser Hinsicht wohl doch eher die Tochter

meiner Mutter, dachte sie sich, während sie Irene eifrig Notizen machen sah über all das, was sie sich für den Folgetag vorgenommen hatten.

Nach dem Abendessen, das sie aus Gründen der Erschöpfung und Bequemlichkeit bisher stets im Hotelrestaurant eingenommen hatten, gingen sie gleich ins Bett. Aus Kostengründen teilten sie sich ein Doppelzimmer. Wenn Irene neben ihr im Bett lag, dauerte es nicht lange, und Sarah hörte ihre gleichmäßigen Atemzüge. Sie schlief schnell ein – anders als sie selbst. Sie lag lange wach, obgleich sie sehr müde war, und sehnte sich nach Marie. Es schmerzte sie, dass Marie niemals anrief, obgleich sie sie am Tag vor ihrem Abflug darum gebeten hatte.

Bitte melde dich mal, während ich in London bin, hatte sie gesagt, und Marie hatte tatsächlich gefragt: Warum?

Weil ich dich vermissen werde, war ihre Antwort gewesen.

Aber es sind nur vier Tage, hatte Marie erstaunt festgestellt.

Jetzt dachte Sarah an dieses Gespräch. Sie sagte sich, dass Marie nichts dafür konnte, es war nun einmal ihre Behinderung, die sie daran hinderte, diese Sehnsucht nach einem anderen Menschen nachzuvollziehen. Trotzdem tat es ihr weh. Wenn Marie keine Sehnsucht kannte, empfand sie dann überhaupt etwas wie Liebe? Oder war sie, Sarah, nur eine jener Bekanntschaften, über die Marie irgendwann sagen würde: Ich weiß nicht, um was es ging. Ich hatte Bedürfnisse, aber ob da mehr war – ich weiß es nicht.

Sarah grübelte oft über Maries Internetbekanntschaften und Monica, die Labor-Assistentin, nach. Fast wünschte sie sich inzwischen, Marie hätte ihr nie davon erzählt. Seit sie diese Geschichten kannte, neigte sie in dunklen Augenblicken immer mehr dazu, Vergleiche zu ihrer eigenen Situation zu ziehen.

Manchmal telefonierte Irene abends, wenn sie von der Messe kam, mit ihrem Freund. Sie sagte ihr nicht, dass er es war, der da täglich anrief, doch die Zeichen waren für Sarah eindeutig: Wenn ihr Handy klingelte, verließ sie das Zimmer, noch ehe sie heranging, und telefonierte auf dem Gang weiter. Sarah konnte das sogar verstehen angesichts des Tonfalls, den ihre Tante bei diesen Telefonaten an den Tag legte. Sie konnte sie selbst durch die geschlossene Tür des Hotelzimmers ins Telefon flöten hören wie ein Schulmädchen.

In diesen Augenblicken dachte Sarah besonders an ihr Verhältnis zu Marie und daran, wie die Telefongespräche verliefen, die sie für gewöhnlich führten. Kurz. Unemotional. Sachlich.

Wenn sie ihre Tante herzlich lachen hörte, wurde ihr bewusst, dass es zwischen ihr und Marie so gut wie nie Grund gab, gemeinsam zu lachen. Denn Marie lachte kaum. Sie lächelte nur, und das auch nur selten.

Sarah hatte aufgegeben, ihre Tante weiterhin über ihren mysteriösen Liebhaber auszufragen, nachdem sie immer damit vertröstet wurde, ihn »beizeiten« kennenzulernen. Sarah glaubte inzwischen, dass sie »beizeiten« niemals erleben würde.

Auch, wenn sie Irenes Entscheidung, sich hinsichtlich ihres Liebsten bedeckt zu halten, zu akzeptieren versuchte, war sie doch weiterhin neugierig. Wenn ihre Tante am Gang telefonierte, war sie deshalb mucksmäuschenstill – zumindest den Vornamen des ominösen Liebhabers wollte sie erhaschen. Doch er fiel nie.

Einmal klingelte Irenes Handy, während sie unter der Dusche stand. Sarah hob ab in der Hoffnung, vielleicht ihren Freund am Telefon zu haben. Doch dann war nur ihr Vater am Telefon, der sich erkundigen wollte, wie es ihnen in London erging.

»Warum rufst du nicht auf meinem Handy an, wenn du wissen willst, wie es mir geht«, hatte Sarah verwundert gemeint.

»Ich bin nicht durchgekommen«, hatte er erwidert. »Die Leitung war gestört.«

Er hatte dann doch noch kurz mit Irene sprechen wollen,

die inzwischen aus der Dusche gekommen war. Das Gespräch dauerte genau zwei Minuten und hatte so geklungen wie die Gespräche, die sie mit Marie führte. Kurz, knapp und sachlich.

»Was wollte er denn von dir«, hatte Sarah danach gefragt, und Irene hatte geantwortet: »Nichts Bestimmtes. Es ging nur um die Galerie. «

Sarah hasste nichts mehr, als dass sie nicht einbezogen wurde, wenn es die Galerie betraf. Schließlich war das Geschäft ihre Zukunft, und sie wollte über alles informiert werden. Doch im selben Augenblick klingelte das Handy ihrer Tante nochmals, und es war diesmal ganz offensichtlich der Freund.

Am Nachmittag des darauffolgenden Tages – des dritten Tages seit ihrer Ankunft in London – grämte sich Sarah im Stillen noch immer darüber, dass ihre Tante sie nicht über alles informierte, was die Galerie anbelangte, und war obendrein schlechter Stimmung, weil sich Marie noch immer nicht gemeldet hatte. Ihre Füße schmerzten und sie fühlte sich insgesamt am Rande der Erschöpfung, während ihre Tante unverdrossen auf der Suche nach weiteren interessanten Geschäftspartnern durch die Hallen eilte – mit ihr im Schlepptau.

Als sie das Gefühl hatte, zum dritten Mal an diesem Tag durch dieselbe Halle zu laufen – später erkannte sie selbst, dass sie in dieser Halle noch gar nicht gewesen waren –, stellte sie sich ihrer Tante entschieden in den Weg.

»Es ist halb drei Uhr nachmittags. Seit acht Uhr früh rennen wir hier durch die Hallen. Ich kann nicht mehr, Irene! Mir reicht es! «

»Komm, wir sind doch fast durch«, meinte Irene besänftigend. »Nur noch vier Hallen, und wir haben wirklich alles gesehen. «

Vier Hallen erschienen Sarah in diesem Moment wie eine halbe Weltreise. »Ich kann keinen Schritt mehr gehen«, protestierte sie. »Ich brauche jetzt wirklich eine Pause. Du kannst gerne alleine weiterrennen, aber ich setze mich jetzt in dieses Messecafé und tue mindestens eine Stunde lang nichts. Ich habe schon Blasen an den Füßen!«

»Ich hab dich ja gewarnt: Mit neuen Schuhen, und dann noch mit diesen Absätzen eine Messe zu besuchen ist komplett unsinnig«, erwiderte Irene ungerührt. »Davon würde ich auch Blasen bekommen.« Sie selbst trug einen schlichten beigen Hosenanzug und flache Schuhe. Sie seufzte und meinte dann in milderem Tonfall: »Na gut. Dann mach eine Pause, und wir treffen uns in einer Stunde wieder.« Sie warf einen Blick auf das Messecafé, das zwar angeschrieben war, sich aber hinter hohen weißen Trennwänden verbarg. »Das ist allerdings ein VIP-Café – das ist nur für die Aussteller, soviel ich weiß. Das nächste Besuchercafé ist in Halle 7. Ich hole dich dort ab.«

Halle 7 hörte sich für Sarah an, als hätte sie »am Ende der Welt« gesagt. Sie schüttelte den Kopf.

»Hol mich hier ab. Ich komme schon irgendwie dort unter.«

»Aber … du hast keinen Ausstellerausweis«, bemerkte Irene skeptisch, und Sarah dachte leicht entnervt: Himmel, warum muss sie immer so korrekt und regeltreu sein? – Sie war sich sicher, ihre Mutter hätte an ihrer Stelle nicht anders gehandelt als sie, und es zumindest einfach versucht.

Fünf Minuten später saß sie tatsächlich schon auf einer der weißen ledernen Couchgarnituren im abgeschirmten VIP-Bereich. Es war im Grunde völlig simpel gewesen, in das Café zu kommen: Sie hatte dem jungen Bodyguard am Eingang mit einem bezauberndem Lächeln erklärt, sie sei Mitarbeiterin des großen österreichischen Auktionshauses Dorotheum, von dem sie wusste, dass es unter den Ausstellern war, aber sie habe leider ihren Ausweis vergessen. Er hatte ihr bedingungslos geglaubt und sie ohne weitere Fragen eingelassen.

Sie war froh, endlich sitzen zu können, und dann noch in ruhigem Ambiente. Von den zwanzig Couchgarnituren mit Tisch, die es für die VIP Besucher gab, waren nur sieben besetzt. Sarah erinnerte sich mit Grauen an ihren bisher einzigen Besuch in dem allgemeinen Cafe, wo sich die Besucher um Stehtische drängten oder um wackelige Barhocker kämpften.

Ein Blick auf die Speisekarte zeigte ihr, dass hier auch in kulinarischer Hinsicht für mehr Auswahl gesorgt war – freilich auch zu anderen Preisen. Nachdem sie ihren ersten Schock überwunden hatte, dachte sie jedoch: Wenn schon!, und gönnte sich den Luxus eines überteuerten Schinken-Käse-Toasts mit Ketchup und ein San Benedictus-Mineralwasser.

Die Bedienung, die ihr beides servierte, war ungefähr in ihrem Alter, sehr schlank, blond und hübsch. Unter ihrem schwarzen Minirock zeichneten sich die Ansätze eines knackigen Pos ab. Sarah dachte unwillkürlich an Marie. Wie sich ihr Körper in ihren Händen anfühlte. Wie ihr Haar duftete. An ihr lautes Stöhnen, ehe sie zum Höhepunkt kam. Ihr wurde bei diesen Gedanken heiß, und ihre Sehnsucht, allein nur ihre Stimme zu hören, wuchs ins Unermessliche. Doch sie wusste: Sie jetzt anzurufen hatte keinen Sinn. Marie war im Labor. Sarah wusste inzwischen, dass sie nichts mehr hasste, als bei ihrer Arbeit gestört zu werden.

»Do you like her ass?«

Erschrocken und verwirrt starrte sie den jungen Mann an, der plötzlich aus dem Nichts aufgetaucht war.

»Pardon?«

Der junge Mann grinste sie frech an. Sein Gesicht war kantig, seine Haut dunkel getönt. Er hatte breite Schultern, war aber insgesamt ein eher drahtiger Typ und nicht viel größer als Sarah selbst. Seine Kleidung war außergewöhnlich: Er steckte in weit geschnittenen weinroten Pumphosen, trug goldfarbene halbhohe Stiefel mit nach oben geschwungenen Spitzen und eine Art Kimono in tiefem Marineblau, der ihm bis zu den Knien reichte. Sein langes, dunkles Haar hatte er mit einem roten Samtband zu einem Zopf gebunden.

Er war jung, strahlte aber eine Reife aus, die Sarah sonst nur bei Menschen aus der Generation ihres Vaters begegnete. Erst jetzt fiel ihr auf, dass er goldene Kreolen-Ohrringe trug. Sie hatte noch nie zuvor einen Mann gesehen, der Kreolen-Ohrringe trug, genauso wenig einen Mann mit derart lebhaften, stechend blauen Augen.

»Darf ich mich setzen?« Sein Tonfall war ausgesprochen höflich, seine Sprache jetzt sehr kultiviert.

»Bitte«, sagte Sarah höflich – und widmete sich mit besonderer Aufmerksamkeit ihrem Schinken-Käse-Toast. Das, was sie verstanden zu haben glaubte, und diese frech blickenden Augen erfüllten sie mit deutlichem Unbehagen.

»Woher kommst du?« Ihr unwillkommener Gesprächspartner ließ sich durch ihre abweisende Haltung nicht abschrecken.

»Österreich«, sagte sie einsilbig.

Das San Benedictus-Wasser, von dem sie jetzt einen tiefen Schluck nahm, schmeckte trotz seines Preises wie gewöhnliches Mineralwasser.

»Darf ich dich auf ein Glas Champagner einladen?«

Die Frage klang so nett und bar jeder Absichten, und das Wasser schmeckte so leer, dass sie am liebsten sofort eingewilligt hätte. Doch ihre innere Stimme mahnte sie zur Vorsicht. Kein Mann lud eine Frau auf ein sündhaft teures Glas Champagner ein, ohne Absichten zu verfolgen. Was sie nicht wollte, war, irgendwelche Hoffnungen zu schüren und sich damit ein Problem anzulachen.

»Nein, danke«, sagte sie daher artig.

»Darf ich dich auf eine Cola einladen?«

Er gab wohl nie auf. Sarah wollte wieder eine artige Antwort formulieren, doch als sie ihn ansah, blickte sie in diese lebhaften, faszinierenden Augen, in denen unverkennbarer Schalk stand, und sie musste unwillkürlich grinsen. »Warum willst du mich unbedingt einladen?«

Sie war sich sicher, es käme von seiner Seite nun eine wie in diesen Fällen übliche Phrase wie »Weil du so schön bist« oder »Weil ich dich für eine interessante Frau halte und dich näher kennenlernen will«. Doch er grinste sie mit entwaffnender Offenheit an und sagte: »Weil ich heute meinen zweiundzwanzigsten Geburtstag habe, bisher keiner die Zeit fand, mit mir ein Gläschen zu trinken, und weil ich nun endlich darauf anstoßen will. Obendrein bist du hier die einzige, die die Fünfzig noch nicht überschritten hat!«

Sarah ließ ihren Blick durch das Café schweifen. Er hatte recht. Alle, die hier waren, waren deutlich älter und sahen obendrein nicht wie Leute aus, die mit einem jungen Mann, der Kreolen-Ohrringe trug, gern spontan etwas trinken würden. Sie gab ihre Abwehrhaltung auf und willigte ein.

Bald prosteten sie sich zu. Die Champagnerkelche klirrten, als sie aneinander trafen.

»*Happy Birthday*«, sagte sie. »Und danke für die Einladung.«

»*Cheers*«, sagte er. »Ich heiße übrigens Nino. Und du?«

Die nächsten vierzig Minuten verbrachten sie plaudernd auf dem weißen Sofa. Sie erfuhr, dass Nino aus New York kam und sein Onkel ein Galerist war, der hier ausstellte. Sie lachten beide darüber, dass Sarah mit ihrer Tante, einer Galeristin, hier war.

Die Zeit verging viel zu schnell. Dem ersten Champagner war ein zweiter gefolgt. Als Sarah schließlich wieder mit ihrer Tante zusammentraf, war sie vergnügt und heiter. Nino hatte sie die schmerzenden Füße vergessen lassen.

Der plötzliche Umschwung in ihrer Laune entging auch ihrer Tante nicht.

»War in diesem Café irgendetwas?«, fragte sie erstaunt. »Oder gab es da drinnen Aufputschspritzen?«

»So ähnlich.« Sarah grinste. »Ich habe mich einfach sehr gut unterhalten.«

Beseelt von neuer Energie, blieb sie an der nächsten Weggabelung stehen und deutete auf den Eingang zur nächsten Halle.

»Da waren wir noch nicht. *Contemporary Art.*«

»Wir sind noch immer eine Alte-Meister-Galerie«, stellte ihre Tante nüchtern fest. »Über Zeppel-Sperl und andere phantastische Realisten lasse ich mit mir reden. Aber *Contemporary Art*, das ist mir zu abgehoben.«

»Ich will ja nichts kaufen«, sagte Sarah. »Aber anschauen! – Komm schon, ich finde, es ist eine tolle Gelegenheit zu sehen, was sich auf diesem Gebiet tut. Als wir vor ein paar Monaten in der Julian Opie-Ausstellung waren, hat es dir doch auch gefallen! Sei doch nicht so altmodisch!«

»Na ja …« Ihre Tante zögerte. Schließlich rückte sie damit heraus, was ihr zu Sarahs Erstaunen wohl wirklich Sorge zu bereiten schien. »Ich habe irgendwie das dumpfe Gefühl, es könnte dich auf ganz verrückte, unrealistische Ideen bringen.«

»Du hast Angst um die Galerie?« Sarah konnte sich ein Grinsen nicht verwehren. Tatsächlich konnte sie sich langfristig eher eine Animation von Julian Opie in den Verkaufsräumen vorstellen als weiterhin Werke längst verstorbener niederländischer, belgischer und italienischer Künstler, deren Spezialität die Abbildung biblischer Mythen und übergewichtiger Frauen war. »Was wäre schlimm daran, wenn aus einer durchschnittlichen Alte-Meister-Galerie die einzig angesagte, über die Landesgrenzen hinaus bekannte *Contemporary Art Gallery* Österreichs würde?«

»Ich habe das Gefühl, schön langsam hebst du ab«, scherzte ihre Tante. »Liegt das an der schlechten Luft hier? – Und danke für das Prädikat durchschnittlich. Ich liebe es, wenn mein jahrelanges Bemühen, interessante Alte Meister in finanzierbarer Größenordnung zu ergattern, so schmeichelhaft honoriert wird.«

Lachend zog Sarah ihre Tante, die keinen Widerstand leistete, in die nächste Halle. Für sie war es, als würde sie ein Paradies betreten: Überall standen und hingen moderne Skulpturen und technisch animierte Bilder, Kunstwerke die nichts als Farben und Formen zeigten, keine auf den ersten Blick erkennbaren Personen. New Media Art, Pluralismus, Software Art, Stuckismus und andere Kunstrichtungen der Moderne leuchteten hier plakativ, blinkend und farbenfroh aus allen Ecken.

Staunend sah sich Sarah um. Warum endet für Kunsthistoriker das Studium mit Beginn des 20. Jahrhunderts, wenn doch die Moderne so Wunderbares hervorbringt, ging es ihr durch den Kopf. Sie fühlte sich in dieser Welt vollkommen zu Hause. Zeppel-Sperl war ein Anfang. Doch die wahren Schätze ihrer Vorstellungskraft ruhten hier.

»Es ist wundervoll«, stieß sie nun begeistert hervor. »Am liebsten würde ich alles mit nach Hause nehmen!«

»Der österreichische Kunstmarkt ist kein Markt der *Contemporary Art*«, meinte ihre Tante im Hintergrund. »Wir würden auf den Werken sitzen bleiben und bankrott gehen.«

Angsthase, dachte Sarah. Laut sagte sie: »Das käme doch auf einen Versuch an! Märkte kann man schaffen.«

»Ich würde da kein Risiko eingehen wollen«, erwiderte ihre Tante skeptisch, während sie weiter die Reihen der Aussteller entlangschlenderten.

Aber ich, dachte Sarah voller Energie – und blieb plötzlich abrupt stehen. Eine Videoanimation hatte sie in ihren Bann gezogen. Sie befand sich in einem schweren, barocken Bilderrahmen, der ganz im Kontrast zu dem stand, was sich in seinem Inneren befand: ein perfekt an die Größe des Rahmens angepasster Flachbildschirm, der eine computergesteuerte Animation zeigte, die im Grunde sehr simpel war, Sarah jedoch auf eigenartige Weise berührte. Es waren zwei Kugeln, die eine rot, die andere orange, mit rund zehn Zentimeter Durchmesser, die sich aufeinander zu, dann wieder voneinander weg bewegten, aber nie mehr als zwei Zentimeter voneinander entfernt waren, obgleich der riesige Rahmen weit mehr Spielraum zugelassen hätte. Schließlich umkreisten sie sich, berührten sich – und verschmolzen miteinander zu einer doppelt so großen, rubinroten Kugel, die nach einigem Zittern und Vibrieren in der Mitte des Bildschirms zur Ruhe kam, während im Hintergrund Wellen von Licht und Schatten über den Bildschirm zogen. Am Ende strahlte der Bildschirm in gleißendem Licht. Dann begann der Bildwechsel von neuem.

Staunend betrachtete Sarah die Animation, sah den Ablauf ein zweites, dann ein drittes Mal. Noch nie hatte sie sich einem Kunstwerk so verbunden gefühlt. Sie hatte das Gefühl, Teil der Darstellung zu sein, obgleich die abstrakten Kugeln nicht im Entferntesten an menschliche Gestalten erinnerten.

»Ich muss dieses Werk haben!« Sarah drehte sich mit glänzenden Augen zu ihrer Tante um und war überrascht, dass diese eher gelangweilt als fasziniert wirkte.

»Dafür reicht dein Taschengeld nicht«, bemerkte Irene trocken und deutete auf den Preis. Die Animation war mit 52.000 Pfund angeschrieben. Sarah zog scharf die Luft ein.

»Was erwartest du?« Ihre Tante deutete auf das kunstvoll designte Logo, zwei in sich verschlungene Schwerter, das über dem Eingang dieser Ausstellernische hing. »Der Stand gehört der Galerie Adjani, einer der weltweit größten und bekanntesten *Contemporary Art* Galerien der Welt, mit Sitz in New York. Meinst du, die verkaufen irgendetwas im vierstelligen Bereich? Sie haben Ausstellungsräume und einen Auktionsbereich im Zentrum von Manhattan.«

»Dafür, dass du dich nicht für *Contemporary Art* interessierst, kennst du dich ganz schön gut aus«, meinte Sarah verwundert. Gleichzeitig konnte sie ihre Augen nicht von der Animation lösen. Auf den ersten Blick war es eine so schlichte Darstellung – und doch barg das Bild einige Komplexität in sich.

»Adjani ist in der ganzen Kunstwelt ein Begriff«, erläuterte ihre Tante. »Aber die Details kenne ich nur, weil ich neulich zufällig in einer Zeitschrift über ihn gelesen habe. Seine Biographie hat mich beeindruckt. Er hat sich als Kind bettelarmer albanischer Einwanderer hochgearbeitet und verkehrt jetzt in der High Society. – Du kannst ja sehen, ob du im Internet etwas über den Künstler findest; vielleicht hat er Ausschnitte dieser Animation auf seiner Website ...« Sie suchte nach dem Schild, das üblicherweise links oder rechts neben dem Werk angebracht war, doch es fehlte. Sie runzelte die Stirn. »Seltsam. Das Werk eines unbekannten Künstlers?«

»Ich werde fragen«, meinte Sarah. Sie musste einfach

wissen, von wem es war – um es vielleicht wirklich online zu finden. Sie spürte ganz deutlich das innere Band, das sie mit dem Gemälde verband. »Da hinten ist der Tisch mit den Leuten, die zur Galerie gehören.«

Ihre Tante folgte ihrem Blick.

»Das ist Afrim Adjani selbst, ich habe ihn auf einem Foto des Artikels gesehen.« Sie griff nach Sarahs Hand. »Komm, lass uns weitergehen – das hier ist weder unsere Preisklasse noch die Gesellschaft, bei der wir mithalten können.«

Sarah wollte gerade empört einwenden, dass sie doch zumindest einmal fragen könne, wer der Künstler sei, und dass Fragen sicher auch unprominenten Leuten wie ihnen beantwortet würden, doch ehe sie den Mund aufmachen konnte, vernahm sie eine bekannte Stimme hinter sich.

»Gefällt dir mein Bild?«

Sarah fuhr herum. Hinter ihr stand Nino und grinste sie an. »Ich hätte nicht gedacht, dass wir uns so schnell wiedersehen«, meinte er.

»Wie …. was …!« Sarah war immer noch zu perplex, um klar zu denken. Sie deutete auf die gerahmte Videoanimation, in der die beiden Kugeln gerade wieder miteinander verschmolzen. »Was meinst du damit? Das war ein Witz, oder?«

Nun lag das Erstaunen bei ihm. »Dass wir uns wiedersehen ist für dich ein Witz?«

In seinem Tonfall lag stets ein kleines, beabsichtigtes Necken. Sarah hatte dies auch zuvor schon bemerkt. Seine Art zu reden und seine feine, grazile Gestik hatten sie fasziniert und ihn ihr sympathisch gemacht.

»Ist diese Animation wirklich von dir?«

»Natürlich«, erwiderte er, diesmal ohne Schalk in der Stimme. Nun wurde er Sarahs Tante gewahr, die leicht irritiert die Szene mitverfolgt hatte, und reichte ihr die Hand. »Darf ich mich vorstellen? Nino Adjani. Mit Ihrer reizenden Nichte hatte ich bereits das Vergnügen, zwei Gläser Champagner zu leeren.«

Sarah wusste: Den Gesichtsausdruck ihrer Tante würde

sie niemals mehr vergessen. Irene, die bisher bei jedem Kunsthändler, mit dem sie verhandelt hatten, ausgesprochen routiniert und eloquent aufgetreten war und Gespräche auf Deutsch, Englisch, Französisch und Italienisch geführt hatte, schien ihres kompletten Wortschatzes beraubt. Sie starrte Nino Adjani eine ganze Zeit lang völlig fassungslos an, dann krächzte sie: »Nice to meet you.«

Sarah musste unwillkürlich grinsen – und das auch über Nino, der angesichts der sichtlichen Sprachlosigkeit ihrer Tante wohl auch nicht wusste, wie er sich nun verhalten sollte. Sie war die erste aus der Runde, die ihre Sprache wiederfand.

»Nino, wenn dieses Werk wirklich von dir ist – sag mir, was bedeutet es? Was sollen diese Kugeln aussagen?«

»Sie sagen aus, was sie für dich aussagen sollen«, erwiderte er. »Jeder sieht das, was er sehen will. Das ist meine Kunst.«

»Bist du berühmt?« Die netten vierzig Minuten, die sie gemeinsam im Café verbracht hatten, hatten ihr die Angst vor vermeintlich dummen Fragen genommen.

»Nein, noch nicht.« Er lächelte sie mit entwaffnender Offenheit an. »Das mit diesem Werk hier ist nur ein Test. Mein Onkel will sehen, wie das, was ich mache, in der Kunstbranche ankommt, und das unabhängig von meinem Nachnamen. – Darf ich euch miteinander bekanntmachen?« Ehe eine der beiden Frauen etwas dagegen einwenden konnte, hatte er auch schon den großen, bärtigen Mann mit dem eisgrauen langen Haar, der an dem Informationstisch gesessen hatte, zu sich gewunken.

»Onkel Afrim, das ist Sarah aus Österreich mit ihrer Tante, einer Galeristin.«

Afrim Adjani war nicht minder charismatisch als sein Neffe. Auch er hatte sehr lebhafte, ausdrucksstarke Augen. Freundlich reichte er beiden Frauen die Hand. Irene war sichtlich verlegen, und Sarah fragte sich, wieso. Sie fand die Entwicklung des heutigen Tages ausgesprochen aufregend.

»Sarah hat sich spontan in meine Animation verliebt.«

»Und will sie 52.000 Pfund dafür zahlen?« Afrim Adjani sprach mit demselben charmanten Schalk wie sein Neffe.

»Ich würde es sofort, wenn ich das Geld hätte!«, entfuhr es Sarah, und ihre Aussage kam aus tiefstem Herzen.

»Siehst du, Onkel – ich bin mein Geld wert.« Nino schmunzelte. »Komm, Sarah, ich zeige dir die Werke wirklich bekannter Künstler.«

Er hakte sich bei ihr unter, als wären sie alte Freunde, und führte sie durch die Ausstellungsfläche der Galerie. Sarah sah Werke des Neo-Dadaismus, weitere Videoanimationen, neo-expressionistische Werke und vieles, was sie nicht einmal einer bestimmten Stilrichtung zuordnen konnte. Darunter waren Werke von bekannten Künstlern der *Contemporary Art* wie Tom Friedman, Hanna Wilke, Anish Kapoor, Frances Castle und Sheila Clark. Sarah hatte aus Interesse viel über zeitgenössische Kunst gelesen und war daher mit den Namen vertraut. Doch nichts hinterließ in ihr solch einen bleibenden Eindruck wie die Animation mit den verschmelzenden Kugeln, die Nino Adjani geschaffen hatte.

Als sie zu der Animation zurückkamen, durfte Sarah feststellen, dass Irene ihre Sprache wiedergefunden hatte. Adjani und sie führten eine rege Diskussion über Alte Meister – ein Gebiet, in dem Adjani trotz einer gänzlich anderen Ausrichtung seiner Galerie durchaus bewandert zu sein schien.

»Onkel, wenn du dich mit Sarahs Tante so gut unterhältst – warum führen wir die beiden Ladys heute Abend nicht aus?«, unterbrach Nino nun das Gespräch. »Wir könnten im *Locanda Locatelli* meinen Geburtstag feiern.«

Irene machte eine abwehrende Handbewegung, doch Afrim Adjani ignorierte diese und sagte mit charmantem Lächeln: »Eine gute Idee. In welchem Hotel sind Sie denn untergebracht? Ich werde einen Wagen vorbeischicken. Ist neun Uhr recht?«

»Ja, das ist perfekt!«, sagte Sarah schnell, ehe ihre Tante die nette Einladung abweisen konnte, und nannte den Namen des Hotels.

»Also, abgemacht – wir sehen uns um neun; der Wagen kommt eine halbe Stunde früher«, schloss Adjani das Gespräch.

Nino zwinkerte Sarah zu.

Sarah hatte ihren Trolley vom Kofferband gefischt und zog ihn hinter ihrer Tante her, die einige Schritte vor ihr war und es nun sehr eilig zu haben schien, in Richtung Ausgang. Es war nach 17 Uhr, sie waren in Wien gelandet, und mit der Landung waren all jene positiven Gefühle verflogen, die ihr der vorherige Abend mit den Adjanis im Londoner Nobelrestaurant *Locanda Locatelli* beschert hatte. Sie fühlte sich ausgebrannt und frustriert, und sie war sich selbst gegenüber ehrlich genug, um zu wissen, dass ihre schlechte Stimmung nicht vom anstrengenden Besuch der Kunstmesse herrührte, sondern von der Tatsache, dass sich Marie kein einziges Mal gemeldet hatte.

Wenn sie mich wenigstens am Flughafen abholen würde, hoffte Sarah insgeheim auf eine Überraschung, obgleich sie sehr wohl wusste, dass dies ein Wunschtraum war. Marie hatte kein Auto, und es war völlig abwegig, dass sie mit dem Taxi oder Bus fast dreißig Kilometer stadtauswärts fahren würde, um sie abzuholen – zumal sie um diese Zeit sicher noch hochkonzentriert arbeitete und nicht einmal an sie dachte.

Sarah biss sich auf die Lippen, um den inneren Schmerz, den sie fühlte, nicht laut hinauszuschreien. Du hast es gewusst, sagte sie zu sich selbst. Marie war immer ehrlich. Sie hat dir klipp und klar gesagt, dass du niemals die Nummer Eins in ihrem Leben sein wirst. Und du hast geglaubt, du könntest wunderbar damit umgehen …

»Hallo!« Die Stimme ihres Vaters riss sie aus ihren Gedanken. Seine freudige Begrüßung galt jedoch nicht primär ihr, wie sie nun leicht erstaunt feststellen musste, sondern ihrer Tante. Er hatte Irene umarmt und küsste sie links und rechts auf die Wange, ehe er sich Sarah zuwandte und sie ebenfalls mit zwei väterlichen Küssen versah.

»Müde siehst du aus, Prinzesschen. War wohl ziemlich anstrengend, wie?«

Er nahm Irene den Koffer ab und ging neben ihr in Richtung der Tiefgarage. Sarah schlich missmutig hinter ihnen her. Natürlich konnte ihr Vater nicht beide Koffer nehmen. Aber warum stellte er erst fest, dass sie müde aussah, und ließ sie ihren Trolley dann selber zerren?

»Sarah hat einen sensationellen Fang gemacht«, begann Irene auf der Fahrt nach Hause und erzählte die Geschichte vom Abendessen mit den Adjanis. Sarah ärgerte sich über den Einleitungssatz und überließ auch das weitere Erzählen daher ihr.

Ihr Vater zeigte sich beeindruckt. »Und ich dachte immer, du wärest ein bisschen schüchtern, was Männer angeht«, bemerkte er in scherzhaftem Unterton. Sarah entging dennoch nicht der Funken Ernst, der in seinen Worten steckte.

»Ich weiß nicht, wie du darauf kommst«, erwiderte sie emotionslos und wusste doch ganz genau, warum er das dachte.

»Nino Adjani ist ein netter Kerl«, sagte ihre Tante. »Gebildet, aus gutem Hause, reich, etwas verrückt, aber gutaussehend und charmant. Und leider ganz offensichtlich schwul. Sarah hat somit leider keine Chancen.«

»Ich will auch keine Chancen bei ihm haben«, knurrte Sarah verärgert. Sie starrte aus dem Fenster, hinaus auf die hell erleuchtete Ölraffinerie, die sie gerade mit Tempo 80 passierten.

»Manche Menschen fühlen sich halt eher zum eigenen Geschlecht hingezogen«, bemerkte ihr Vater zu allem Überfluss nun in beiläufigem Tonfall. »Warum auch immer.«

»In der Künstlerszene ist das bekanntlich sehr verbreitet«, ergänzte ihre Tante ebenso beiläufig. »Manchmal habe ich den Eindruck, es geht ohnehin nur darum, ein extravagantes Image zu unterstreichen. Wir Heterosexuellen sind in dieser Gesellschaft wahrscheinlich nur langweilige Spießer.«

Sie lachte ein wenig seltsam, und auch Adam Rosenberg schmunzelte.

Sarah kämpfte gegen die leichte Übelkeit, die in ihr aufstieg. »Manche Leute verlieben sich einfach nur zufällig in eine Person, die das gleiche Geschlecht hat«, bemerkte sie. Ihr Tonfall klang bissiger, als sie beabsichtigt hatte. Überrascht drehte sich ihr Vater kurz zu ihr um, ehe er sich wieder auf die Fahrbahn konzentrierte.

»Du nimmst Kritik an diesem Nino aber sehr ernst – dafür, dass du angeblich nichts von ihm willst.«

Sarah unterdrückte ein genervtes Stöhnen. Sie wollte das Gespräch nicht mehr fortsetzen, konnte aber diese Aussage jedoch nicht einfach so stehen lassen. »Das hat nichts mit Nino zu tun. Das ist das, was ich denke – unabhängig von ihm und seiner sexuellen Orientierung. Und ihr hört euch gerade wirklich an wie die größten Spießer!«

Sie verschränkte trotzig die Arme vor der Brust und wünschte sich weit fort.

Wenig später hielten sie vor Irenes Wohnhaus.

»Kommst du mit dem Koffer klar?«

Sarah verdrehte in der Dunkelheit des Autos genervt die Augen. Ihr Vater und Irene standen bei geöffnetem Kofferraum unschlüssig voreinander; der mittelgroße Koffer stand zwischen ihnen wie eine hinderliche Barriere.

Nimm den Koffer und zisch ab; so schwer ist er ja nun wirklich nicht, dachte sie unwillkürlich und war selbst erschrocken über ihre Gedanken. Warum war sie auf einmal so gereizt, was ihre Tante anbelangte?

»Ja, danke, das geht schon.«

Die beiden verabschiedeten sich. Ihr Vater stieg wieder ins Auto, wartete jedoch, bis Irene die Haustür aufgesperrt und im Inneren des Gebäudes verschwunden war. Erst dann fuhr er an.

»Und, war es nett mit ihr in London? Hattet ihr Spaß?«

»Es war anstrengend«, sagte Sarah wahrheitsgemäß und meinte sowohl ihre Tante als auch die Kunstmesse.

»Hmmm«, brummelte ihr Vater. Schweigend fuhren sie durch die schon dunkle Stadt.

Warum sie es sagte, wusste sie in diesem Augenblick

selbst nicht, aber sie sprach es aus. »Wusstest du, dass Irene wieder einen Freund hat? – Sie hat in London jeden Abend mit ihm telefoniert.«

Ihr Vater sah kurz durch den Rückspiegel. Er wirkte erstaunt. »Ah ja?«

War das das einzige, was er dazu zu sagen hatte?

»Hat sie etwas von ihm erzählt?«, erkundigte sich ihr Vater nun. Ganz so uninteressant schien das Thema doch nicht für ihn zu sein.

»Nicht viel«, gab Sarah zu. »Ich hatte ehrlich gesagt gedacht, du wüsstest mehr. Du hast sie doch in letzter Zeit öfter mal getroffen.«

»Na, so oft auch nicht«, meinte ihr Vater und drehte das Radio an.

Toll, dachte Sarah resigniert. Eine fade Kultursendung auf Ö1 scheint ihn mehr zu interessieren als ein Gespräch mit seiner Tochter.

Marie hatte sich auch nach ihrer Ankunft nicht gemeldet, und Sarah hatte sie nicht erreicht. Ihre Traurigkeit war nach und nach schwelender Wut gewichen. Sie hatte sich vieles in Gedanken zurechtgelegt, was sie Marie sagen wollte. Wie konnte Marie sich all diese Tage nicht melden, obgleich sie etwas anderes vereinbart hatten? Sie wollte ihr sagen, dass ihr Verhalten sie verletzte und dass sie darunter litt. Doch als ihr Marie die Türe zu ihrer Wohnung öffnete, wortlos die Arme um sie schlang und sie zärtlich küsste, schmolz Sarahs Wut wie Schnee in der Sonne.

Erst viel später, als sie umfangen in Maries Bett lagen, brachte sie es über sich, das Thema anzuschneiden – vorsichtig, ohne Wut.

»Ich war traurig, weil du dich nicht gemeldet hast. Ich habe jeden Tag auf mein Handy gestarrt und habe so gehofft, dass du anrufst und ich deine Stimme höre.«

Marie sagte nichts, sondern streichelte nur sanft über ihren nackten Arm.

»Hast du irgendwann einmal an mich gedacht?«, schob

Sarah nach und fühlte, wie die Traurigkeit, die durch Maries Berührungen verschwunden war, wieder zurückkam.

»Wenn ich mich nicht melde, heißt das nicht, dass ich nicht an dich denke«, erwiderte Marie nun langsam, ohne sie dabei anzusehen. »Ich sehe aber keinen Sinn dahinter, dich anzurufen, während du auf einer Messe bist und sowieso genug um die Ohren hast.«

»Abends im Hotel hätte ich mich gefreut«, warf Sarah ein.

»Ich kenne deinen Tagesplan nicht. Woher soll ich wissen, wann es gerade passt?«

Sarah konnte spüren, wie sich Maries Körper versteifte. Das Gespräch war ihr unangenehm. Sarah war jedoch nicht bereit, einen Rückzieher zu machen und die Angelegenheit auf sich beruhen zu lassen. Sie wollte, dass Marie verstand, um was es ihr ging.

»Du weißt es, indem du einfach anrufst und fragst, ob es gerade passt«, sagte sie daher. »Wenn es mir absolut nicht passt, würde ich es dir sagen. Abgesehen davon würde ich mir für dich immer Zeit nehmen, egal, in welchem Getümmel ich gerade stecke.«

Marie setzte sich auf und löste damit die Umarmung. »Ich hatte viel zu tun in den letzten Tagen«, sagte sie, ohne jegliche Emotion erkennen zu lassen. »Ich ging außerdem davon aus, dass wir uns sowieso wiedersehen, wenn du zurück bist.«

Nun setzte sich auch Sarah auf. »Ja, natürlich. Aber ich bin nun schon seit zwei Tagen zurück, und erst gestern hast du dich gemeldet.« Sie konnte nicht verhindern, dass ihre Stimme den Ärger widerspiegelte, den sie empfand. »Das klingt für mich nicht danach, als hättest du große Sehnsucht nach mir gehabt.«

»Wir haben uns vor acht Tagen das letzte Mal gesehen«, entgegnete Marie verständnislos. »Das ist keine Ewigkeit.«

Für mich schon, ging es Sarah durch den Kopf. Laut sagte sie: »Vermisst du mich eigentlich überhaupt nicht, wenn du mich nicht siehst?«

Marie starrte sie nun mit großen Augen an. Ihre Lippen zitterten. Sie sagte nichts.

»Tut mir leid«, flüsterte sie dann unvermittelt und sprang aus dem Bett. Sie zog ihre Jeans und Socken an – ihre Bluse hatte sie ohnehin nicht ablegt – und ging ins Wohnzimmer.

Sarah sah ihr perplex nach. War es denn nicht möglich, mit Marie ein konstruktives Gespräch zu führen? – Sie kleidete sich ebenfalls an. Als sie ins Wohnzimmer kam, saß Marie auf der Couch und las konzentriert in einer Fachzeitschrift. Selbst als Sarah neben ihr Platz nahm, sah sie nicht auf.

»Marie«, begann Sarah erneut. »Verstehe mich doch auch ein bisschen. Ich möchte doch nur …«

Sie verstummte, obwohl sie genau wusste, was sie eigentlich wollte, jedoch Angst hatte, ihre Bemerkung könne neuerlich einen absoluten emotionalen Rückzug bewirken. Ich möchte doch nur, dass du mich liebst, wären ihre eigenen Worte gewesen. Doch das Wort »Liebe« hörte Marie offensichtlich nicht gerne. Sie hatte ihr seit ihrem ersten Besuch in Maries Wohnung nie mehr zu sagen gewagt, was sie für sie empfand. Maries erste Reaktion auf ihre Liebeserklärung war ihr noch deutlich bewusst. Was sie jetzt am wenigsten vertragen würde, war Maries Aussage, dass es nicht gut sei, sie zu lieben.

»Ich möchte doch nur, dass du ab und zu an mich denkst und mich nicht völlig vergisst.«

Marie klappte die Zeitschrift zu, hielt sie aber weiterhin in den Händen. »Ich vergesse dich nicht«, sagte sie in sachlichem Tonfall.

Sie sahen sich unverwandt an. Die Verständnislosigkeit in Maries Blick rief Unbehagen in Sarah hervor. Sie kam sich vor, als ginge es darum, einem Blinden die Farben des Regenbogens zu erklären.

»Du hast mich auch nicht gefragt, wie es in London war«, wechselte Sarah nun zu einem weiteren Punkt, der ihr erst jetzt in diesem Augenblick richtig bewusst wurde. Zuvor war keine Zeit gewesen: Kaum dass sie Maries Wohnung betreten hatte, waren sie auch schon miteinander ins Bett gegangen. Marie war über sie hergefallen, als läge ihre letzte sexuelle Begegnung Jahre zurück – oder als wäre es die letzte Gelegenheit für Sex für die nächsten fünfzig Jahre.

Marie legte die Zeitschrift auf den Tisch. »Entschuldige«, sagte sie. Es klang wie ein Automatismus. Dann sah sie Sarah mit unergründlichem Blick an und fragte artig: »Wie war es in London?«

Sarah seufzte innerlich. Sie fühlte in sich eine Mischung aus Ärger und Hilflosigkeit. Leise begann sie von der Kunstmesse zu berichten, von ihrem Essen mit den Adjanis und der Videoanimation, die sie so in den Bann gezogen hatte, doch sie tat es ohne Begeisterung. Marie hörte ihr zweifelsohne zu. Dass sie jedoch erst danach gefragt hatte, als sie darauf angesprochen worden war, hatte Sarah den Elan geraubt. Maries Frage hatte einen schalen Beigeschmack.

Sie hat sich nur aus Höflichkeit erkundigt, dachte Sarah, während sie das Bild beschrieb. In Wahrheit interessiert es sie gar nicht. Warum sonst stellte Marie nun, da sie geendet hatte, keine einzige Nachfrage?

Sie saß nur da – und sagte nichts.

»Afrim Adjani hat mir angeboten, ein Jahr nach New York zu gehen, um in seiner Galerie ein Praktikum zu machen«, konfrontierte sie Marie daher nun mit einer Möglichkeit, die sie selbst fast schon wieder ausgeschlossen hatte – zu abwegig schien ihr der Plan, für ein Jahr in die USA zu gehen. Sie wusste sehr gut, dass dieses Angebot, das ihr Adjani eröffnete, sensationell war – tausende von Kunststudenten weltweit hätten sich alle zehn Finger abgeschleckt und nicht gezögert, zuzusagen. Auch ihre Tante war während des Rückfluges von London darauf zu sprechen gekommen und hatte ihr dringend nahegelegt, das Angebot anzunehmen. Eine einmalige Gelegenheit, hatte sie gesagt. So eine Chance bekommt man nur einmal im Leben.

Doch Sarah hatte sofort abgelehnt. Sie wollte in Wien bleiben. Denn Marie war nun einmal in Wien, nicht in New York. Es war schon schwierig genug, eine Beziehung zu führen, wenn sie beide in derselben Stadt wohnten – wie sollte das erst funktionieren, wenn sie auf zwei verschiedenen Kontinenten zu Hause waren und ein Weltmeer zwischen ihnen lag?

»Oh, das klingt interessant«, meinte Marie nun. »Wann wirst du es machen?«

»Willst du, dass ich es annehme?« Ihr Tonfall klang patziger als beabsichtigt – so patzig, dass selbst Marie erstaunt die Augenbrauen hob.

»Das ist doch nichts, was ich zu entscheiden habe«, erwiderte sie. »Es ist allein deine Entscheidung.«

Ihr ist es wirklich völlig egal, ob ich gehe! – Sarahs Magen zog sich angesichts dieser Erkenntnis schmerzhaft zusammen. »Ich wäre dann nicht mehr in Wien«, sagte sie und suchte in Maries Gesichtszügen verzweifelt nach einem Funken von Bekümmerung.

»Es ist doch sicher interessant, einmal etwas anderes zu sehen als die Stadt, in der man aufgewachsen ist«, meinte Marie lapidar.

Sarah war überrascht, dass ausgerechnet sie, die laut eigener Aussage Umzüge als beispiellosen seelischen Stress betrachtete, so etwas sagte. Gleichzeitig wuchs ihr Kummer. Marie schien überhaupt nicht zu begreifen – oder begreifen zu wollen –, um was es ihr im Grunde ging. »Ist es dir also egal, ob wir uns treffen können?« Sarah bemühte sich um einen sachlichen Tonfall und klang dabei jämmerlicher, als ihr lieb war.

Marie runzelte die Stirn. »Wie meinst du das?« In ihrer Stimme schwang Vorsicht mit, aber auch Irritation. Den Zusammenhang zwischen Sarahs Praktikum, New York und ihren Treffen schien sie tatsächlich nicht herstellen zu können.

»Wenn ich nach New York gehe, sehen wir uns lange Zeit nicht«, stellte Sarah klar.

Marie starrte mit angespannten Gesichtszügen ins Leere. In ihr schien es zu arbeiten. Jetzt wird es ihr bewusst, dachte Sarah hoffnungsvoll.

»Ich werde auch nicht ewig in Wien bleiben. Mein Vertrag ist auf zwei Jahre befristet. Wo ich dann sein werde, weiß ich noch nicht.«

Maries Aussage wirkte auf Sarah wie ein Kübel Eiswasser, der über sie geschüttet wurde. Und ich?! – Sie hatte das Gefühl, vor innerer Verzweiflung im Boden versinken zu müssen. »Ich will dich regelmäßig sehen«, sagte sie. »Aber dir ist das völlig egal, oder?«

Marie presste die Lippen zusammen. Ihre Gesichtszüge gaben nicht zu erkennen, was in ihr vorging. »Ich habe nicht gesagt, dass es mir egal ist«, erwiderte sie nach einer Weile. »Aber ... in zwei Jahren ...« Sie zuckte hilflos mit den Schultern, ehe sie ihren Satz beendete. »In zwei Jahren wird es nicht mehr so mit uns sein, Sarah. Du weißt doch so gut wie ich, dass es irgendwann enden wird. Du kannst das nicht lange aushalten. Niemand kann das.«

»Wenn du dich weiterhin so verhältst, dann sicher nicht.« Sarah erhob sich. Sie wollte plötzlich nur noch weg, weg aus Maries Gesichtsfeld, weg aus der Wohnung. Die Welt war schwarz und roch nach Moder.

»Ich habe dir immer gesagt, es geht mit mir nicht«, sagte Marie. Sie sprach wie zu sich selbst und starrte dabei auf die hölzerne Schreibtischplatte. »Ich will dir nicht weh tun.« Sie sah auf und blickte in Sarahs Gesicht, über das nun dicke Tränen flossen. Mit ihrer Selbstbeherrschung war es vorbei.

»Aber ich tue dir gerade weh.« Marie erhob sich mit einem tiefen Seufzer, trat auf Sarah zu und nahm sie in die Arme.

Sarah schluchzte verzweifelt auf. Ihre Ratio wollte Marie wegstoßen und von ihr davonlaufen, doch ihre Seele schrie nach ihrer Zuwendung und ihrem Trost.

»Sag mir, was ich tun soll«, flüsterte Marie an ihrem Ohr. »Ich weiß nicht, was ich gesagt habe, das dich so zum Weinen bringt. Ich will nichts Falsches sagen, aber ständig passiert es.«

»Ich will nicht ohne dich sein«, stieß Sarah unter Tränen hervor. Allein die Vorstellung, Marie nicht mehr zu sehen, raubte ihr fast den Verstand. Aus ihren Rinnsalen von Tränen wurde ein Strom; ihr Körper wurde von heftigen Schluchzern geschüttelt.

Marie drückte sie noch fester an sich, strich ihr über ihr offenes Haar. »Ich will auch nicht ohne dich sein«, sagte sie schließlich leise. Ihre Stimme klang brüchig.

Sarah schniefte. Sie befreite sich aus der Umarmung, sah Marie durch einen Schleier von Tränen an.

»Wenn das so ist ... warum sagst du dann diese Dinge?«

»Weil es nun einmal so ist«, sagte Marie mit dumpfer Stimme. »Ich bereite mich darauf vor, dass du irgendwann ... nicht mehr da sein wirst.«

Nun war es Sarah, die die Stirn runzelte.

»Verstehe ich das richtig? Du bereitest dich jetzt schon darauf vor, dass unsere Beziehung irgendwann zu Ende sein wird, auch wenn du nicht ohne mich sein willst?«

»Es ist besser für mich, wenn ich mich darauf vorbereite«, wiederholte Marie.

»Das ist verrückt.« Sarah schüttelte den Kopf und fuhr sich mit der Hand über das Gesicht, um ihre Tränen wegzuwischen. »Woher willst du denn so verdammt genau wissen, dass es irgendwann zu Ende sein wird? Vielleicht ist das ja nie der Fall.« Sie versuchte sich in einem schwachen Lächeln. »Dann war die gesamte Vorbereitung umsonst. Soviel Energie verschwendet für nichts.«

»Ach, Sarah.« Marie sah sie mit traurigen Augen an. »Ach.« Sie strich ihr behutsam mit der Hand über ihre noch immer tränennasse Wange. »Tut mir leid, wenn ich dir den Abend verdorben habe«, meinte sie leise. »Und es tut mir leid, dass ich mich nicht gemeldet und dich dadurch offensichtlich verletzt habe. – Ich habe derzeit soviel Stress. Ich habe an dich gedacht – aber das mit dem Anrufen ... das habe ich nicht geschafft. Ich weiß nicht.« Sie zuckte wieder mit den Schultern, wirkte völlig hilflos. Dann atmete sie tief durch. »Dein Vater will unbedingt, dass ich diesen Vortrag halte. Aber ich möchte es nicht, weil ich es nicht schaffe. Ich kann mit Laien nicht umgehen. Da kommen so viele unsinnige Fragen. Im Grunde geht es bei diesem Vortrag nur um einen lästigen obligatorischen Punkt im Abendprogramm, bei dem die Eröffnung des Buffets das Wichtigste ist. Ich hasse so etwas.«

»Für mich ist noch nicht das letzte Wort gesprochen.« – Die Worte ihres Vaters waren Sarah deutlich in Erinnerung. Sie konnte sich vorstellen, dass er derzeit nicht gerade überfreundlich mit Marie umging. Sie wusste aus eigener Erfahrung, wie ungemütlich er sein konnte, wenn etwas gegen seinen Willen geschah – oder eben auch nicht geschah, wenn er es unbedingt wollte.

Sarah atmete tief durch. Ihr gesamter Ärger richtete sich nun gegen ihren Vater. Möglicherweise war er es, der Schuld hatte. Wie sollte Marie denn auch gedankliche und emotionale Kapazitäten für sie haben, wenn ihr Vater ihr in der Arbeit schon ihre gesamte Energie für den Umgang mit Menschen abnötigte, indem er sie unter Druck setzte?

Ihr Entschluss reifte binnen weniger Sekunden. Sie musste Marie helfen.

»Ich werde mit ihm reden«, sagte sie. »Ich will nicht, dass es dir so schlecht geht. Ich werde ihm sagen, dass er dich mit dem Vortrag in Ruhe lassen soll.«

»Nein, Sarah! Nein. Das will ich nicht.« Marie schüttelte heftig den Kopf. »Das ist mein Problem. Ich muss es selber regeln. Du hast damit nichts zu tun.«

»Sei nicht so stur«, bat Sarah. »Ich will dir helfen. Ich bin seine Tochter, ich habe einen guten Draht zu ihm. Wenn du den Vortrag wirklich nicht halten kannst, sollten wir zumindest versuchen, mich als Vermittlerin einzuschalten.« Sie streichelte sanft über Maries abweisendes Gesicht. »Bitte lass mich mit ihm reden. Ich werde ihn davon überzeugen, dass er dort selbst als Gastredner auftreten sollte. Dann bist du aus dem Spiel.«

Marie kaute nachdenklich auf ihrer Unterlippe, ehe sie antwortete. »Ich möchte dich nicht als Vermittlerin zwischen deinem Vater und mir missbrauchen. Das ist nicht richtig.«

»Es ist nicht richtig, wenn du leidest.« Sarah ergriff ihre Hand. »Dieser ganze Umstand belastet unsere Beziehung. Ich will das nicht.«

Marie zog sie an sich. »Ich möchte nicht zwischen dir und deinem Vater stehen«, sagte sie ruhig. »Es ist wahrscheinlich schon so ... schwierig genug für dich.«

»Nur, wenn du so kompliziert bist«, erwiderte Sarah und blickte Marie in die Augen. Dass sie darin nichts als abgrundtiefe Müdigkeit sah, erschütterte sie zutiefst. Es liegt an mir, dachte Sarah. Die Kommunikation mit mir hat ihre letzten Energiereserven aufgebraucht.

Es war ihre Entscheidung, nun bewusst auf die Uhr zu sehen, festzustellen, dass es erst halb zehn Uhr war, und trotzdem den Abschied einzuleiten. Marie stieg sofort darauf ein. Sarah hatte den Eindruck, dass sie über ihren Rückzug dankbar war. Als sich ihre Lippen zu einem Abschiedskuss trafen, konnte sie Maries Erleichterung darüber, dass sie wieder sich selbst überlassen wurde, deutlich spüren.

»Halte diesen Vortrag doch selbst«, würde sie ihrem Vater vorschlagen und gleichzeitig seinem Ego schmeicheln. »Du bist ein brillanter Redner, du machst das so mitreißend, niemand könnte das Institut besser präsentieren als du. Zwing doch nicht Marie zu etwas, was sie gar nicht kann und will. Du belastest sie damit nur unnötig.«

Da er prinzipiell ein Nachtmensch war, konnte sie sich auch darauf verlassen, dass er noch nicht im Bett war – zumal es ohnehin erst kurz nach 22 Uhr war.

»Ich habe dir doch von Maries Behinderung erzählt«, würde sie sagen. »Erinnerst du dich nicht? Warum kannst du nicht ein bisschen Verständnis für sie haben und auf sie eingehen? – Du selbst kannst diesen Vortrag doch viel besser halten. Alle lieben deine humorvolle Art vorzutragen. Es ist ein Heimspiel für dich, das du mit Leichtigkeit bewältigst. Warum willst du ihr etwas aufbürden, was du selber ohne großen Aufwand über die Bühne bringst?«

Sie sah ihren Vater vor sich, sah, wie er ihr aufmerksam zuhörte und wie es ihm schmeichelte, dass sie seine Rhetorik lobte. Doch das Bild, das sie sich selber geschaffen hatte, verselbständigte sich. Sarah hörte ihren Vater fragen: »Warum ist es dir so wichtig, dass Marie von dieser Pflicht entbunden wird?«

»Weil ich sie mag, spielte sie das Gespräch gedanklich weiter durch. »Sehr mag. Sehr, sehr mag.«

Und jetzt war sie an dem Punkt, wo sie das Erstaunen und diese unausgesprochene Frage in den Augen ihres Vaters zu sehen glaubte und wusste: Es war der Punkt gekommen, wo sie ihm nichts länger verheimlichen konnte. Sie musste sich offenbaren. Sie musste ihm sagen, dass sie Marie liebte, musste sich zu dieser Liebe endlich bekennen.

Und ich muss es nicht nur, ich werde es auch, dachte Sarah entschlossen, als sie aus dem Bus ausstieg und den Weg zu ihrem Haus einschlug. Ich werde ihm heute sagen, dass Marie und ich ein Paar sind.

Sarah spürte ein leichtes Magendrücken bei der Vorstellung, wie er reagieren würde. Sicherlich brach er nicht in begeisterten Jubel aus – damit war nun wirklich nicht zu rechnen. Eine Tochter, die mit einer Frau zusammen war, entsprach sicher nicht seinen sehnlichsten Wunschträumen.

Sarah war an der Haustür angekommen, steckte den Schlüssel ins Schloss. Sie straffte die Schultern. Wenn schon, dachte sie. Er muss sich daran gewöhnen. Es wird nie einen Mann in meinem Leben geben; er muss mich so lieben, wie ich bin.

Im Hausinneren war es stockdunkel. Als sie das Licht angeschaltet hatte und in das große, offene Wohnzimmer ging, fielen ihr sofort die Gläser und die leere Weinflasche auf, die auf dem gläsernen Couchtisch standen. Irritiert runzelte sie die Stirn. Es waren zwei Gläser, nicht eines. Hatte ihr Vater Besuch gehabt?

Sie ging zum Tisch. Als sie das Etikett der Flasche sah, begriff sie schlagartig, welchen Stellenwert der Besuch für ihren Vater haben musste: Ein zehn Jahre alter Brunello

Montalcino war kein Wein, von dem er schnell einmal ein Gläschen mit dem Nachbarn trank.

Seine neue Freundin, kam es ihr in den Sinn. Er hat sie hierher mitgebracht! Der Gedanke missfiel ihr, ohne dass sie ihre Gefühle einordnen konnte. Noch nie hatte er eine Frau in dieses Haus gebracht.

Und wo war er jetzt? War er nach dem Gläschen Wein noch zu ihr gefahren? Hatte er sie nach Hause gebracht? Oder waren sie noch ausgegangen?

Tatsächlich hatte sie sein Auto nicht in der Hofeinfahrt stehen gesehen. Ob es in der Garage war, vermochte sie nicht zu sagen. Es hatte keinen Grund gegeben, einen Blick hineinzuwerfen.

Sie horchte in die Leere des Hauses hinein.

Kein einziges Geräusch drang an ihr Ohr.

Er hat sie also tatsächlich nach Hause gefahren, kombinierte Sarah. Wahrscheinlich wollte er nach seiner Rückkehr die Weingläser auch noch verschwinden lassen, ehe ich sie entdecke.

Seufzend entledigte sie sich ihrer Schuhe, löschte das Licht und ging die Treppe nach oben in den ersten Stock.

Dann werde ich also erst morgen mit ihm reden, dachte sie. Und natürlich kein Wort wegen der Weingläser verlieren.

Gedankenverloren drückte sie die Klinke zum Badezimmer herunter – und prallte im grellen Lichtschein, der das ganze Bad erfüllte und nun über die Türschwelle auf den Gang flutete, gegen eine schlanke Gestalt. Eine Gestalt mit Busen und schmalen Hüften, die splitternackt vor ihr stand und nicht minder erschrocken war wie sie selbst. Sie fuhren beide heftig zurück. Während Sarah im ersten Augenblick entsetzt aufschrie, rang die Badbesucherin nur nach Luft.

»Was ... machst ... du ... hier?« Die nackte Gestalt, die niemand anderes war als ihre Tante Irene, hatte als erste die Sprache wieder gefunden.

Das könnte ich auch fragen, dachte Sarah, doch die Erkenntnis über Irenes splitternackte Anwesenheit versetzte ihr einen derartigen Schock, dass sie die Frage nicht laut stellen konnte – zumal sie die Antwort ohnehin wusste.

Wie dumm und blind war sie nur gewesen!

Irenes neuer Liebhaber. Ihr Vater und seine neue Freundin.

Bilder tauchten vor ihrem inneren Auge auf. Irene, die zum Telefonieren stets das Zimmer verließ. Irene, die sich nicht in Details über ihren Freund erging. Ihr Vater, der in London auf Irenes Handy anrief und seiner Tochter vorgaukelte, er wäre bei ihr nicht durchgekommen. Ihr Vater, der am Flughafen zuerst Irene in die Arme schloss und sich dann erst ihr zuwandte. Ihr Vater und Irene, die vor ihrer Haustür so unschlüssig voreinanderstanden und sich so seltsam steif voneinander verabschiedeten. Die beiden hatten ihre Beziehung bewusst vor ihr verheimlicht und dabei keine Mühen gescheut.

Sarah drehte sich abrupt um.

»Fahrt doch zur Hölle«, entfuhr es ihr. »Verdammt!«

Ohne einen klaren Gedanken fassen zu können, rannte sie die Treppe hinunter.

»Sarah! Was soll das!« Die Stimme ihrer Tante hallte durch das Haus und brachte ihren Vater in Spiel. Während sie sich im Hausflur die Schuhe anzog, derer sie sich kurz zuvor entledigt hatte, hörte sie das Quietschen der Schlafzimmertür und seine Schritte auf dem Flur.

Sie vernahm einen leisen, hektischen Wortwechsel zwischen den beiden, dann seine laute Stimme: »Sarah. Komm nach oben. Lass uns reden. Wir wollten dir das sowieso sagen.«

Sarah griff ihre Jacke, schlüpfte hinein. Alles, was sie jetzt nicht wollte, war reden.

»Sarah, bitte. Lauf jetzt nicht weg!«, hörte sie die Stimme ihrer Tante, doch sie hatte die Türe bereits geöffnet und ließ sie nun hinter sich ins Schloss fallen. Schnell lief sie die Einfahrt hinunter, hinaus auf die Straße.

Erst, als sie wieder an der Bushaltestelle war, hielt sie inne.

Wo sollte sie jetzt hin? – Auf keinen Fall wollte sie die Nacht mit diesen beiden unter einem Dach verbringen, wissend, dass sie im Nebenzimmer miteinander Sex hatten. Der Schock saß im Moment noch zu tief.

Der Bus kam schneller als erwartet. Sie stieg ein, ohne einen Plan gefasst zu haben. Sie wollte nicht länger in der Dunkelheit stehen, und sie wollte vermeiden, dass ihr Vater an der Bushaltestelle auftauchte und sie nach Hause lotste. Sie wollte ihm nicht gegenübertreten, und ihrer Tante erst recht nicht. Beide hatten sie über Wochen belogen, Irene noch weitaus mehr als ihr Vater.

Sie erinnerte sich mit Bitterkeit an die zahlreichen Gespräche, die sie in der Galerie über Irenes neue Liebe geführt hatten, und ihre Frage: Was macht er beruflich?

Und ihre Tante, die darauf antwortete: Er ist in der Wissenschaft.

Wie mein Vater, hatte sie gesagt. Wäre das nicht der Zeitpunkt gewesen, an dem Irene hätte ehrlich sein müssen?

Der Bus hatte die nächstgelegene U-Bahn-Haltestelle erreicht. Sarah stieg aus und ging automatisch in Richtung der Gleise.

Wo sollte sie bleiben, außer bei Marie? Sie brauchte sie nicht nur als Übernachtungsquartier, sondern auch zum Reden. Sie konnte jetzt mit ihren Gedanken nicht allein sein.

Marie wird nicht begeistert sein, dachte sie, als sie wenig später in der U-Bahn saß.

Sie erinnerte sich an die unglaubliche Müdigkeit und Erschöpfung, die sie in Maries Augen gesehen hatte, als sie sich voneinander verabschiedet hatten. Was lag näher als die Vermutung, dass sie schon zu Bett gegangen war?

Seufzend griff Sarah nach ihrem Handy. Vielleicht war es besser, ihren unerwarteten Besuch anzukündigen, anstatt unangekündigt vor ihrer Tür zu stehen.

Es dauerte lange, bis abgehoben wurde.

»Sarah?« Maries Stimme klang verschlafen.

»Kann ... kann ich zu dir kommen?«

Im selben Augenblick, in dem sie die Frage gestellt hatte,

bereute sie es schon. Was war, wenn Marie nein sagte? Wo sollte sie dann hin?

»Ja, natürlich.« Maries Antwort kam ohne zu zögern.

»Ist etwas passiert?«

»Hmmm. Ja.« Sarah fühlte, wie der Kummer sie fast zu überwältigen drohte. Ihre Stimme kippte. Sie musste die Zähne zusammenbeißen, um nicht laut aufzuschluchzen. Als sie Marie schließlich gegenüberstand, war es um ihre Selbstbeherrschung geschehen: Noch ehe sie ihr erklären konnte, was der Grund für ihr nächtliches Auftauchen war, brach sie haltlos in Tränen aus.

Marie zog sie wortlos an sich und legte die Arme um sie.

Es dauerte lange, bis sich Sarah wieder soweit im Griff hatte, dass sie sprechen konnte.

»Entschuldige bitte.« Sie hob den Kopf und sah Marie in die Augen. Besorgte, aber immer noch sehr müde Augen.

»Ich weiß, du bist erschöpft ... und, dass du wahrscheinlich lieber alleine sein willst. Aber ich bin so durcheinander. Ich wusste nicht, wo ich hin sollte, ich ...«

»Sarah.« Marie fiel ihr ins Wort und strich ihr sanft über ihr tränennasses Gesicht. »Du kannst immer zu mir kommen. – Tut mir leid, wenn ich vorhin einen anderen Eindruck vermittelt habe. Ich bin nur gestresst. – Willst du ... kann ich dich fragen, was passiert ist?«

Sarah ließ sich resigniert auf der Ecke des Sofatisches nieder und erzählte knapp, was sich bei ihrer Rückkehr in ihr Elternhaus ereignet hatte. Marie hörte ihr mit unbewegter Miene zu. Je mehr sie sprach, desto lächerlicher kam Sarah sich vor. Ihr Vater hatte ein Verhältnis mit ihrer Tante – zwei erwachsene Menschen, beide mittleren Alters und alleinstehend; zwei Menschen, die sich schon seit vielen Jahren kannten und nun eben mehr als nur Freundschaft füreinander empfanden. Eigentlich doch nichts Verwerfliches. Warum aber kränkte sie dieser Umstand dann so sehr?

»Ich weiß auch nicht, warum mich das Ganze so aufwühlt«, schloss sie ihren Bericht. »Aber irgendwie ... missfällt es mir. Ich komme mir nicht nur belogen und hintergangen vor, sondern ich habe auch ein komisches Gefühl, was dieses Verhältnis betrifft. Es kommt mir irgendwie nicht richtig vor.« Sie seufzte und sah Marie ratlos an. »Ich glaube nicht, dass man mich rational nachvollziehen kann. Ich kann mich gerade selber nicht verstehen. Emotional … ist alles durcheinander.«

Marie erwiderte nichts. Stattdessen ging sie nach nebenan ins Schlafzimmer und kam mit einem weit geschnittenen rosa T-Shirt in Überlänge zurück.

»Komm, zieh dich um«, meinte sie leise. »Und gehen wir ins Bett. Das ist um diese Zeit gemütlicher, als auf der Kante eines Tisches zu sitzen.«

Als Sarah aus dem Badezimmer kam, lag Marie bereits im Bett. Die Nachttischlampe tauchte das Zimmer in gedämpftes Licht. Sarah schlüpfte unter die Bettdecke und kuschelte sich an Marie. Premiere, dachte sie mit einem inneren Lächeln. Seit der ersten Nacht, in der sie vor Mario weggelaufen war, war es nicht mehr vorgekommen, dass sie in diesem Bett gelegen hatte, nur um zu schlafen – und dann auch noch mit Marie an ihrer Seite.

Marie löschte das Licht. Eine Weile lagen sie still nebeneinander. Sarah genoss die Wärme, die der Körper der Freundin abstrahlte. Unwillkürlich suchten ihre Lippen Maries Mund, die ihren Kuss sanft und liebevoll erwiderte. Ihre Finger glitten durch Sarahs langes, welliges Haar.

»Ich verstehe, was du empfindest«, sagte Marie plötzlich leise.

Sarah wandte sich ihr in der Dunkelheit des Zimmers erstaunt zu. Dass Marie, die wahrlich keine Meisterin darin war, Gefühle zu erkennen, sie ausgerechnet jetzt verstand, überraschte sie zutiefst.

»Du hattest ein anderes Bild im Kopf. Dein Vater war dein Vater. Deine Tante deine Tante. Jetzt sind beide in völlig anderen Rollen. Dein Vater ist plötzlich in der Rolle eines Liebhabers, und deine Tante nimmt dadurch unwillkürlich den Platz deiner Mutter ein. Es ist verständlich, dass dich das durcheinanderbringt.«

Treffsicher analysiert, dachte Sarah verwundert. Sie hatte nicht erwartet, dass Marie zu solch präzisen Aussagen fähig war, wenn es im Grunde um Gefühle ging.

»Das Verrückte ist, dass ich meine Tante eigentlich mag«, gestand sie. »Aber du hast recht: Ich mag sie als Tante. Ich mag sie nicht als Freundin meines Vaters. Das will ich einfach nicht.«

»Darüber kannst du aber nicht entscheiden. Dein Vater will es so.«

»Wenn es irgendwann auseinandergehen sollte, zerbricht daran die ganze Familie. Es ist nicht so, dass ich unbekümmert sein kann wie bei einer völlig Fremden, die er im Falle einer Trennung nie wiedersehen muss. Er hat mit meiner Tante zusammen die Galerie – zumindest auf dem Papier. Er muss sich mit ihr arrangieren. Ich frage mich, wie das funktionieren soll, wenn sie sich verkracht haben.«

»Bis jetzt sind sie doch noch glücklich«, meinte Marie. »Warum schon darüber nachdenken, was irgendwann einmal sein wird?«

Seltsam, dachte Sarah. Wenn es um unsere Beziehung geht, malst du schon schwarz, ehe die Stimmung überhaupt grau geworden ist! Doch sie behielt ihre Gedanken für sich. Sie lag wohlig in Maries Bett; nichts reizte sie an einer quälenden Debatte.

Sie seufzte. »Ich bin einfach so durcheinander. Ich fühle mich komisch. Ich kann das Gefühl nicht einmal in Worte fassen, weil es dafür keine gibt. Ich fühle mich einfach nur … seltsam. Irgendwie traurig, aber auch unruhig. Nichts ist im Gleichgewicht. – Manchmal kannst du froh sein, dass du nicht so viele Emotionen hast wie die meisten anderen Menschen.«

Sie hatte den Satz bereits ausgesprochen, als ihr bewusst wurde, dass er direkt auf Maries empfindlichsten Punkt zielte. Sie konnte spüren, wie Marie sich in ihrem Arm versteifte, und versuchte den Fehler schnell wieder gut zu machen.

»Ich meine … das war nicht böse gemeint. Ich meinte

nur, dass dir chaotische Gefühlslagen erspart bleiben.« Sie atmete tief durch. »Sorry. Das war eine ziemlich dumme Aussage von mir.«

»Ich weiß, wie sich Chaos anfühlt«, entgegnete Marie, ohne auf ihre Entschuldigung einzugehen. Erleichtert stellte Sarah fest, dass sie sich wieder entspannte. »Es ist nicht so, dass mir da etwas erspart bleibt – ich wünschte, es wäre so. Aber ich fühle mich sehr oft ... sehr seltsam. Ich komme mir dann vor wie ein Alien, das auf einem fremden Planeten gelandet ist.« Sie machte eine Pause, fuhr dann fort: »Früher dachte ich immer: Ich kann reden. Ich kann denken. Ich bin intelligent, ich erkenne sachliche Zusammenhänge leichter als manch anderer. Es kann doch nicht sein, dass ich die Menschen trotzdem nicht verstehe. Aber es gibt einen un-ausgesprochenen Code über Verhaltensweisen, den andere Menschen beherrschen und ich eben nicht. Immer dann, wenn mir das bewusst vor Augen geführt wird, fühle ich dieses Chaos in mir. Es ist, als ob mir der Boden unter den Füßen wegbricht. – Vielleicht empfindest du gerade ähn-lich.«

Sarah suchte erneut ihre Lippen und küsste sie sanft.

Ich liebe dich, Marie. – Zu gerne hätte sie ihr gesagt, was sie in diesem Augenblick empfand. Es war selten, das Marie ihr Einblick in ihr Inneres gewährte, und es berührte sie zutiefst. Doch sie wollte die kleine Tür, die Marie soeben wieder einen Spalt breit geöffnet hatte, nicht mit einem Liebesgeständnis wieder zustoßen. Mit diesen drei Worten hatte Marie bekanntlich ein Problem. Woher es rührte, begriff Sarah noch immer nicht, doch es reichte im Grunde zu wissen, dass dem so war.

»Ich habe mich von niemandem jemals besser verstanden gefühlt als von dir«, meinte sie ehrlich. »Offenbar gibt es zwischen uns doch einen gemeinsamen Code, den auch du beherrschst.«

»Mit dir ist es anders als mit anderen.« Marie drehte sich zur Seite und schlang ihren zweiten Arm um Sarahs Taille. »Du gibst dir soviel Mühe.«

»Ich bin schon viel zu müde, um mir für irgendetwas Mühe zu geben.« Sarah kuschelte sich in Maries Arme. Sie genoss ihren warmen Atem auf ihrer Wange.

Nach einer gewissen Weile setzte sich Marie auf. Sie strich ihr T-Shirt glatt und griff sich eines der beiden Kopfkissen und die zweite Decke.

»Ich gehe nach drüben«, sagte sie und klang dabei wieder sehr sachlich. »Ich schlafe auf der Couch.«

»Aber das Bett ist doch groß genug für uns beide«, bemerkte Sarah überrascht. Doch Marie zog sich zurück in ein unsichtbares Schneckenhaus und baute in Sekundenschnelle eine dicke Ziegelmauer rundherum.

»Ich kann nicht«, sagte sie hastig und stand auf. »Ich brauche Ruhe. Ich brauche Zeit für mich. Wenn ein anderer Mensch neben mir liegt, kann ich nicht schlafen.«

Ihr hastiges Aufstehen und das nachdrückliche Schließen der Tür erinnerten Sarah mehr an eine panikartige Flucht als einen bloßen Rückzug. Sie seufzte. Würde dieser Wechsel zwischen Nähe und Distanz jemals zu einem stabilen Gleichgewicht führen?

Sie dachte an ihren Vater und an Irene. Ob es in dieser Beziehung auch ein Problem gab? Sie gab sich die Antwort selbst: Wahrscheinlich bin ich das Problem dieser Beziehung.

Kurz tauchte ein Bild vor ihrem inneren Auge auf: ihr Vater und ihre Tante im Schlafzimmer, mit sorgenvollen und schuldbewussten Gesichtern, sich fragend, wo sie die Nacht verbrachte, und darüber diskutierend, dass sie es ihr schon längst sagen hätten sollen.

Und wenn schon, dachte Sarah und kuschelte sich in das Bettzeug. Sollen sie keine glückliche Nacht haben. Geschieht ihnen völlig recht.

Als Sarah am frühen Nachmittag die Galerie betrat, war ihre Tante gerade in einem Kundengespräch. Sarah grüßte die Kundschaft, nickte Irene kurz zu und verzog sich ins Hinterzimmer. Sie kam geradewegs von der Uni, hatte fast durchgehend Vorlesungen gehabt und noch nichts im Magen. Hungrig packte sie das Schinkensandwich aus, das sie sich unterwegs in einer Bäckerei gekauft hatte, und schenkte sich eine Tasse Kaffee ein.

Wenig später erschien Irenes Gestalt im Türrahmen. Unwillkürlich musste Sarah daran denken, wie sie in der vergangenen Nacht nackt vor ihr gestanden hatte.

»Ich habe nicht erwartet, dass du heute kommst.«

»Heute ist Dienstag. Ich komme immer dienstags.« Sarah biss in ihr Schinkensandwich. Ihre Tante sollte reden. Sie würde ihr diesen Part weder erleichtern noch abnehmen.

»Sarah.« Ihre Tante seufzte und stützte ihren Ellbogen im Türrahmen ab. »Es tut mir leid, dass das gestern passiert ist. Wir hatten nicht damit gerechnet, dass du so früh nach Hause kommst.«

Sarah verging schlagartig der Appetit. Sie schob das Sandwich zur Seite und sah ihre Tante kühl an. »Ach? – Euch tut es leid, dass ich jetzt davon weiß? Wie lange wolltet ihr es denn noch vor mir verbergen? Wann wolltet ihr mir davon erzählen? Wenn ihr eure Hochzeitseinladungen verschickt?«

»Das steht doch überhaupt nicht zur Debatte.« Irene machte ein paar zögernde Schritte auf Sarah zu, hielt jedoch inne, als sie ihr abweisendes Gesicht sah. »Sarah, bitte. Sei doch nicht so stur. Ich verstehe, dass du überrascht und überrumpelt bist. Wir wollten es dir bald sagen. Wir haben es deshalb herausgezögert, weil«, sie machte eine Pause und seufzte wieder, »weil wir die ganze Zeit gefürchtet haben, dass du so darauf reagierst, wie du dich eben jetzt verhältst. Wir wollten das vermeiden.«

»Weißt du, was ich am schlimmsten an dieser Geschichte finde? Ich meine, abgesehen davon, dass ich es ziemlich eigenartig finde, dass meine Tante die Geliebte meines Vaters ist. Ich finde am allerschlimmsten, dass wir wirklich ziemlich viel Zeit miteinander verbringen und du mich mit Info-Häppchen über deinen neuen Freund abgespeist hast, ohne Klartext zu reden. Für mich ist auch das eine Enttäuschung! Weil ich einfach davon ausgegangen bin, dass wir ein offenes und vertrauensvolles Verhältnis zueinander haben! – Erinnerst du dich noch, wie du vor einiger Zeit gesagt hast, ich wäre wie eine Tochter für dich? Ich kann mir nicht vorstellen, dass mich meine Mutter so lange und so schamlos belogen hätte!«

»Du bist immer noch wie eine Tochter für mich – mehr denn je.« Irene stand wieder auf, begann unruhig in dem kleinen Zimmer auf und ab zu gehen. »Ich verstehe deinen Ärger. Ich gebe zu, dein Vater und ich, wir haben das ziemlich verpatzt. Was gestern passiert ist, tut uns von Herzen leid. Aber willst du uns jetzt bis ans Ende aller Tage dafür verdammen?«

Sarah schwieg und starrte auf die Tischplatte.

Sie hatte sich das Gespräch einfacher vorgestellt. Noch in der Früh war sie davon ausgegangen, dass sie ihre Gefühle diesbezüglich im Griff hatte. Maries verständnisvolle Reaktion auf ihre Emotionen und ihre treffsichere Analyse aller Empfindungen hatten ihre Wut und Enttäuschung auf ein Minimum sinken lassen. Doch jetzt, da sie sich mit Irene im selben Zimmer befand, flammte beides wieder auf und überwältigte sie.

»Wie fühlst du dich eigentlich dabei, wenn du mit dem Mann deiner Schwester Sex hast, und das auch noch in demselben Bett, in dem er mit ihr geschlafen hat?« Ihre Stimme war hart wie ein Peitschenhieb.

Irene zuckte zusammen und blieb ruckartig stehen.

»Ich habe deinen Vater mein Leben lang geliebt, Sarah«, sagte sie. »Und wenn du wissen willst, wie ich mich fühle: ich bin glücklich wie noch nie in meinem Leben. Ich genieße jede Minute, die ich mit ihm zusammen sein kann. Für mich ist es das größte vorstellbare Glück, dass ich diese zweite Chance bekommen habe, ihn zu lieben und von ihm geliebt zu werden. – Und, um dir diese Frage auch zu beantworten: Ja, natürlich fühle ich mich komisch, wenn ich weiß, dass zuvor meine Schwester an meiner Stelle war. Aber ich kann nichts daran ändern. Es ist nun einmal so.

Als ich deinen Vater kennenlernte, war ich gerade einmal neunzehn – so alt wie du jetzt. Er war fünfunddreißig – ein erwachsener Mann, der schon mitten im Leben stand. Du weißt, dass deine Großeltern sehr eigenartige Ansichten von Sitte und Anstand hatten. Und dass sie engstirnig waren. Ein Mann mit jüdischen Wurzeln, auch wenn er ein hochgebildeter Wissenschaftler ist, das war ein absolutes Tabu! Ich wusste das; hatte Angst, ihre Liebe und Achtung zu verlieren. Als ich merkte, dass ich mich immer mehr verliebte und auch er nicht uninteressiert war, zog ich mich aus Angst und falschem Respekt zurück.

Deine Mutter war da ganz anders. Sie war schon älter und verdiente ihr eigenes Geld. Wir waren beide mit deinem Vater befreundet gewesen, auf platonischer Ebene. Als ich mich zurückzog, wurde aus dieser Freundschaft Liebe. Ich habe mich für sie gefreut, auch wenn es mir wehgetan hat. Doch deine Mutter war meine Schwester und gleichzeitig auch der Mensch, der mir emotional am nächsten stand. Ich tröstete mich damit, dass sich die zwei Menschen gefunden hatten, die ich beide liebte. Und wäre deine Mutter nicht gestorben, würde ich mich noch immer mit dieser Vorstellung trösten. Ich hatte in all den Jahren nicht einmal daran gedacht, wie es wäre, an ihrer Stelle zu sein. Und ich hätte gerne weiterhin auf die Erfüllung meiner Träume verzichtet, wenn deine Mutter dann noch am Leben wäre! – Aber du weißt sehr gut, dass wir das nicht beeinflussen können.« Sie straffte die Schultern, wirkte plötzlich entschlossener als je zuvor: »Wenn du mich also verurteilen willst, Sarah, dann verurteile mich. Aber es wird nichts an der Tatsache ändern, dass ich deinen Vater liebe.«

Sarah hatte still zugehört. Auch jetzt starrte sie schweigend auf die Tischplatte. Sie versuchte das Gehörte zu verarbeiten. Ihre Eltern hatten ihr tatsächlich erzählt, sie hätten sich über Irene kennengelernt. Und wie hast du Irene kennengelernt, hatte sie ihren Vater damals neugierig gefragt.

Im Theater an der Josefstadt, hatte er geantwortet. Es lief *Maria Stuart* in einer tollen Besetzung; an der Studentenkassa standen die Leute Schlange in der Hoffnung, noch ein Ticket zu ergattern. Irene stand am Ende dieser Schlange und machte so ein enttäuschtes Gesicht, weil sie erkannt hatte, dass ihre Chance auf eine der billigen Karten minimal war. Da habe ich sie einfach angesprochen und auf eine reguläre Karte an der Abendkasse eingeladen.

Sarah erinnerte sich genau, dass sie damals voller Stolz gedacht hatte: So nett ist mein Papa. Die Frage, weshalb ihr Vater ein wildfremdes Mädchen einfach ansprach und dann auch noch einlud, hatte sie sich damals gar nicht gestellt. Jetzt hatte sie darauf dennoch eine Antwort bekommen.

Sarah seufzte. Sie sah ihre Tante offen an. Wut und Enttäuschung waren immer noch in ihr, doch beides war wieder geschrumpft.

»Ich muss mich erst daran gewöhnen«, sagte sie ehrlich. »Ich finde es noch immer nicht toll und mir wäre es lieber, wenn es nicht so wäre. – Aber lass uns nun zum Alltag übergehen.«

»Ich war bei Marie«, sagte sie zu ihrem Vater, als sie am Abend nach Hause kam und von ihm mit der aus Sorge resultierenden Frage konfrontiert wurde, wo sie die Nacht verbracht hatte.

»Gott sei Dank.«

Sarah hatte vorgehabt, es auch ihm nicht allzu leicht zu machen – sie war noch immer nicht bereit, ihm und Irene einfach zu verzeihen, dass sie ihr nicht früher von ihrem Verhältnis erzählt hatten. Doch als er sie wortlos in die Arme nahm und sie die Erleichterung, die ihm wie ein Stein vom Herzen purzelte, spüren konnte, zeigte sie sich versöhnlicher.

Sie nahmen auf dem Sofa Platz und Sarah ließ sich von ihrem Vater Irenes Erzählung ergänzen.

»Dann hast du meine Mutter geheiratet, weil du Irene nicht kriegen konntest«, meinte sie nachdenklich. Traurigkeit stieg in ihr auf, die von ihrem Vater jedoch im Keim erstickt wurde.

»Nein, so war es nicht! – Als ich Irene das erste Mal an der Theaterkasse sah, sprach ich sie an, weil sie so eine liebe und unschuldige Ausstrahlung hatte. Das gefiel mir. Doch als ich ihre Schwester – deine Mutter – kennenlernte, stand ich einer reifen, selbstbewussten Frau gegenüber, die mich sehr anzog. Irene zeigte damals kein Interesse ... und ich war nicht hartnäckig, denn deine Mutter faszinierte mich auf andere, sehr intensive Weise. Ich habe deine Mutter sehr geliebt. Dass ich jemals mit Irene zusammenkäme, hätte ich mir vor einem Jahr selbst nicht vorstellen können. Der Gedanke war einfach so fern, so gänzlich absurd. Ich hatte auch nicht die geringste Ahnung, dass sie Interesse an mir hatte ... je gehabt hat. Sie hat sich damals als junges Mädchen einfach nur zurückgezogen. Ich wusste gar nicht, weshalb. Ihre Gründe habe ich erst vor kurzem erfahren.«

Er stand auf und legte ihr die Hand auf die Schulter. »Es tut mir sehr leid, wenn wir dir gestern einen Schock versetzt haben. Wir wollten es dir wirklich bald sagen. Ich hoffe, du zeigst in unserem Fall ein bisschen Milde ... und versuchst zu verstehen, dass Liebe und Verliebtsein nicht mit dem ersten grauen Haar aufhören.«

»Ich werde mich wohl oder übel damit arrangieren müssen«, meinte Sarah. »Aber ich möchte nicht, dass Irene hier einzieht. Das ist unser Haus.«

Ihr Vater seufzte. »Momentan steht das nicht zur Diskussion. Wenn es einmal soweit wäre, dann hoffe ich dennoch, dass du es akzeptieren wirst. Sie ist deine Tante, Sarah, keine Fremde. Und sie hat dich wirklich sehr, sehr gern.«

»Trotzdem will ich nicht, dass sie hier mit uns wohnt.«

»Irgendwann wird die Zeit kommen, da willst du auch nicht mehr mit mir zusammenwohnen«, erwiderte ihr Vater. »Du wirst mit deinem Freund in eine eigene Wohnung ziehen, weil du nicht ständig deinen alten Vater um dich haben willst.« Er schmunzelte über seine eigenen Worte.

»Und jetzt wartest du darauf, dass dieser Fall eintritt, damit Irene hier einziehen kann«, stellte Sarah trocken fest. »Toll!«

»Ach, Prinzesschen.« Er fuhr durch ihr Haar, was sie hasste, und sah grinsend zu, wie sie ärgerlich versuchte, ihre verstrubbelte Frisur wieder zu ordnen. »Warte doch einfach ab und sieh nicht alles rabenschwarz.«

»Aber dann tu mir wenigstens den Gefallen und triff dich mit Irene nicht bei uns für eure«, sie schluckte, brachte es aber dennoch über die Lippen, »nächtlichen Aktivitäten.«

Er schüttelte den Kopf. »Prinzesschen, ich wohne hier. Natürlich werde ich Irene auch hier übernachten lassen, zumal du jetzt ohnehin von ihr weißt.« Als er ihr missmutiges Gesicht sah, fuhr er fort: »Umgekehrt würde ich ja auch akzeptieren, wenn du einmal jemanden hier anschleppst. Gleiches Recht für alle.«

Das würde ich gerne sehen, ging es Sarah durch den Kopf. Sie stellte sich vor, wie ihr Vater reagieren würde, wenn sie eines Tages mit Marie zum Frühstück erschien. Sie konnte förmlich sehen, wie seine Gesichtszüge erst erstarrten, dann zu einer entsetzten Maske entgleisen würden.

»Wie du meinst«, sagte sie nur und stand auf. Für sie war das Thema beendet. Sie hatte gesagt, was sie hatte sagen wollen.

»Dann gehen wir über zu *business as usual*«, meinte sie. »Ich könnte Gemüse mit Reis kochen. Oder hast du schon am Institut etwas gegessen?« Sie atmete tief durch, als von ihm keine Reaktion kam. »Oder bist du heute vielleicht schon wieder mit Irene verabredet?«

»Nein, bin ich nicht.« Er grinste. »Ich habe nur überlegt, ob wir uns dazu einen besonderen Wein genehmigen sollten. Schließlich gibt es einen erfreulichen Anlass.«

Sie runzelte die Stirn. »Und der wäre?« Sie konnte bisher nichts wirklich Feiernswertes an diesem Tag finden.

»Marie Felder hat sich gnädigerweise dazu entschlossen, den Vortrag vor der Unternehmergruppe zu halten.« Er grinste breit. »Da siehst du wieder, wie sich Hartnäckigkeit auszahlt. Ich habe nicht locker gelassen, und schließlich hat sie ihren Widerstand aufgegeben.«

Sarah glaubte sich verhört zu haben. Zu gut hatte sie

noch in Erinnerung, wie entschieden es Marie abgelehnt hatte, diesen Vortrag zu halten. Hatten sie nicht vereinbart, dass sie mit ihrem Vater reden würde, um ihn von dem Vorhaben, Marie auf das Podium zu zwingen, abzubringen?

»Du hast sie erpresst«, sagte Sarah sachlich. Anders konnte es nicht sein. Er musste seinen Druck auf Marie erhöht haben – warum sonst sollte sie plötzlich zusagen? »Du hast ihr weiterhin gedroht, ihr Fördergelder für ihre Habilitation zu entziehen.«

»Sieht sie das so?« Er wartete ihre Antwort nicht ab. »Ich sehe, du bist gut informiert. Etwas einseitig zwar, denn so habe ich das nie formuliert. Interessant aber, dass sie es so auffasst und prompt bei dir ablässt. Das legt wieder nahe, dass diese Frau durchaus weiß, was sie tut. Wahrscheinlich hat sie gehofft, du würdest versuchen, mich davon abzubringen, sie vortragen sehen zu wollen.«

»So ein Unsinn!« Sarah musste sich beherrschen, um nicht vor Empörung aufzuschreien. »Marie ist nicht so!«

Ihr Vater zuckte mit den Schultern. »Tja, wie auch immer Marie in deinen Augen ist, das Fazit ist dasselbe: Ich bin immer der Sieger.«

Wie schön für dich, dachte Sarah sarkastisch. Laut sagte sie: »Mir ist heute nicht nach Alkohol. Ich bleibe beim Wasser. Und Hunger habe ich eigentlich auch nicht mehr.«

Mit diesen Worten ließ sie ihn verdutzt zurück.

»Marie, mein Vater hat erzählt, du wirst diesen Vortrag nun doch halten. Wieso?«, fragte sie später am Telefon.

»Es ist besser so«, erwiderte Marie. »Ich denke, es könnte möglicherweise für meine Karriere von Vorteil sein.«

Sie hatte mit ruhiger, fester Stimme gesprochen; dennoch bohrte Sarah tiefer: »Hat mein Vater wieder erwogen, dir weniger Forschungsgelder zuzuteilen?«

Es dauerte, bis Marie antwortete. Das Schweigen in der Leitung sprach für Sarah jedoch bereits mehr als tausend Worte. »Es ist wirklich besser, ich halte diesen Vortrag«, wiederholte sie.

Sarah erinnerte sich deutlich an ihre Angst vor den Menschen im Saal. Der Unmut über ihren Vater wuchs.

»Ich werde mit ihm reden«, sagte sie. »Ich wollte das sowieso. Der Vorfall mit Irene kam leider dazwischen. Ich möchte nicht, dass du etwas tust, was du nicht tun willst.«

»Sarah, nein«, widersprach Marie entschieden. »Ich mache das. Ich will nicht, dass du in etwas hineingezogen wirst, womit du im Grunde nichts zu tun hast. Es ist leider so, dass dein Vater mein Chef ist. Aber es wäre falsch, dich als Vermittlerin zu benutzen. Es ist nicht dein Problem, sondern meines. Ich muss das alleine lösen.«

»Ich möchte aber nicht, dass du dich schlecht fühlst. Ich will dir helfen.«

»Es ist gut, Sarah. Ich habe das für mich entschieden, und ich werde es nun auch tun.« Marie machte eine kleine Pause, schöpfte hörbar Atem und fügte dann hinzu: »Manchmal muss man sich vielleicht zu etwas zwingen. Ich kann solchen Anlässen nicht ein Leben lang aus dem Weg gehen.«

»Ich will nur nicht, dass du dich zwingen lässt«, meinte Sarah unschlüssig. Wenn Maries Entschluss aus der Drohung ihres Vaters resultierte, ihr wichtige Forschungsgelder zu entziehen, hatte sie weiterhin kein gutes Gefühl.

»Es ist schon okay«, erwiderte Marie. »Aber was ist mit dir? Geht es dir besser?«

Sarah war zunächst so überrascht davon, dass sich Marie nach ihrem Befinden erkundigte, dass ihre ersten Worte ein konfuses Gestammel waren, ehe sie einen geraden Satz über die Lippen brachte. Sie erzählte von den Gesprächen mit ihrer Tante und ihrem Vater und schloss mit den Worten:

»Wenn ich mir vorstelle, dass von diesen sechs Milliarden Menschen, die auf der Welt wohnen, ungefähr die Hälfte Frauen sind, dann hätte er ja weiß Gott genug andere Möglichkeiten gehabt ...«

Sie konnte spüren, wie Marie am anderen Ende der Leitung amüsiert lächelte. Heute ist ein guter Tag, dachte sie voller Begeisterung. Marie erkundigte sich nach ihrem Befinden und gab sich humorvoll.

»Das kann man wohl bekanntlich nicht immer so steuern«, sagte sie.

»Ja«, stimmte Sarah ihr zu. Ermutigt von dem guten Verlauf des Gesprächs und Maries Redseligkeit, stellte sie die Frage, die sie stets am meisten beschäftigte. »Wann sehen wir uns?«

»Ich weiß noch nicht.« Maries Tonfall veränderte sich schlagartig. Sie klang nun ernst, zögerlich und wachsam; ganz so, als müsse sie auf der Hut sein, keine zu raschen Entscheidungen zu treffen oder Zusagen zu machen, die sie letztendlich nicht einhalten konnte. Wolken zogen auf an Sarahs blauem Himmel. Warum musste es mit Marie immer wieder so zäh sein?

»Vielleicht übermorgen?«, schlug sie vor.

»Das ist mir zu früh.«

Die Wolken an Sarahs Himmel verdichteten sich und wurden grau. »Also erst am Wochenende«, meinte sie resigniert.

»Ich weiß noch nicht.« Marie blieb beharrlich. »Du warst jetzt gestern die ganze Nacht da … mir ist das zu viel. Ich brauche eine Pause, ich muss mich erholen.«

»Wir können uns auch zusammen erholen. Wir müssen nichts unternehmen. Das Wetter soll ohnehin schlecht sein.«

»Nein.«

Maries Nein klang entschieden und setzte sowohl ihren Planungen als auch dem Gespräch ein Ende. Sie wünschten sich noch eine gute Nacht, dann legten sie auf.

Sarah warf sich auf ihr Bett und vergrub ihr Gesicht im Kissen.

Irgendwann wird die Zeit kommen, da willst du auch nicht mehr mit mir zusammenwohnen, hatte ihr Vater vor ein paar Stunden zu ihr gesagt. Dann wirst du wahrscheinlich mit deinem Freund in eine eigene Wohnung ziehen. Er hat Recht und Unrecht zugleich, stellte Sarah deprimiert für sich selbst fest. Er hat Recht, weil ich es sicher irgendwann will, und er hat Unrecht, weil es niemals eintreten wird. Denn ob ein Paar zusammenzieht, entscheidet bekanntlich nicht nur ein Teil der Beziehung.

Für Marie war es zu anstrengend, sie alle paar Tage zu treffen, und sie konnten nicht einmal im selben Bett schlafen. Wie würde sich da jemals ein gemeinsamer Haushalt realisieren lassen?

Eine Woche später teilte ihr Nino Adjani mit, dass er sein erstes Bild verkauft hatte – jene Animation, die sie auf der Kunstmesse in London so in ihren Bann gezogen hatte. Sarah musste beim Lesen seiner Mail nicht nur über die deutlich durchklingende Euphorie in seinen Worten schmunzeln, sondern auch über die Bezeichnung »Bild«. Nino nannte die Animation immer nur ganz simpel »picture«, so als handele es sich lediglich um ein zweidimensionales Stillleben, das mit zwei Schrauben problemlos an jeder Rigips-Wand hätte befestigt werden können.

Sarah erinnerte sich an den Preis, der an der Kunstmesse angeschrieben war. Nino Adjani war nur unwesentlich älter als sie. Was musste es für ein Gefühl sein, so viel Geld zur Verfügung zu haben?

»Das ist einfach eine ganz andere Welt«, meinte ihre Tante, als sie ihr davon erzählte. »Die Adjanis rechnen in anderen Dimensionen. Sie stinken vor Geld. Für Afrim Adjani ist die Tatsache, dass das Bild seines Neffen um diese Summe einen Käufer gefunden hat, wahrscheinlich nur ein netter Anfang.«

»Ich hoffe, das Bild hat wenigstens jemanden gefunden, der es zu schätzen weiß.« Sarah stieß einen Seufzer aus.

Ihre Tante lächelte. »Oder hat dich der Künstler mehr beeindruckt?«

»Der hat mich auch beeindruckt«, gab Sarah zu. »Schade, dass er nicht in Wien wohnt! Wenn er hier wäre, wären wir sicher befreundet.«

»Du kannst immer noch das Angebot annehmen und nach New York gehen«, warf ihre Tante ein. »Ich würde es dir raten! Ein Praktikum bei Afrim Adjani hat nicht jeder im Lebenslauf. Da würdest du eine Menge lernen, gerade wenn du dich wirklich der *Contemporary Art* verschreiben willst. In den USA spielt sich auf diesem Gebiet am meisten ab. Bei deinem Kunstgeschichte-Studium an der Uni Wien dagegen wirst du es nicht einmal streifen. New York wäre eine tolle Chance, Sarah! Du bist jung, du bist ungebunden … was hält dich hier?«

Ihre Frage war rhetorischer Natur gewesen, doch als Irene in Sarahs Gesicht sah, konnte sie sich die Antwort auf ihre Frage selber geben. »Du bist nicht ungebunden. Das ist es, richtig?«

Sarah wollte erst den Kopf schütteln und entschieden widersprechen. Doch dann ermahnte sie sich selbst: Sie wollte und konnte Marie doch nicht auf ewig verleugnen. Dennoch, ihre Tante sollte nicht die erste sein, die von ihr erfuhr.

»Ja, es gibt jemanden«, sagte sie daher nur.

»Dürfen wir ihn einmal kennenlernen?« Prompt war die Neugierde ihrer Tante erwacht. Sarah konnte es ihr nicht verdenken.

»Irgendwann einmal sicher«, meinte sie. »Erst einmal muss ich mich noch daran gewöhnen, mit wem du zusammen bist.«

»Oh, ja, richtig.« Ihre Tante nahm ihren Tonfall zum Anlass, ebenfalls einen kleinen Scherz zu machen. »Wir müssen erst noch ein paar Jahre im Fegefeuer schmoren, bis sich die Realität wieder eingependelt hat und wir vor dir Gnade finden.«

Dann wurde sie wieder ernst. »Ich habe dir schon einmal gesagt, man soll auf sein Herz hören. Aber trotzdem solltest du nicht darauf verzichten, deine eigenen Pläne weiterzuverfolgen. Es geht schließlich um deine Qualifikation und um deine berufliche Zukunft. Daran muss eine Liebe nicht zerbrechen. Aus den Augen heißt ja nicht aus dem Sinn – für Liebende, und gerade dann, wenn es nur um einen überschaubaren Zeitraum geht.«

Sarah erwiderte nichts darauf. Marie hatte seit vier Tagen nicht mehr angerufen. Aus den Augen, war für sie offensichtlich auch aus dem Sinn. Wie desaströs wäre es dann erst, wenn ein Weltmeer sie trennte?

Ich kann nicht. – Heute nicht. – Es ist mir zu viel. – Ich bin so im Stress mit dem Vortrag. – Ich muss mich abends erholen, ich will mich nicht noch mehr anstrengen. – Ich brauche eine Pause. – Vielleicht in zwei Tagen, falls es mir besser geht.

Sarah hatte in den vergangenen zehn Tagen so viele Absagen von Marie erhalten, dass sie schon gar nicht mehr daran glaubte, sie vor ihrem Auftritt im Palais Herzl zu Gesicht zu bekommen. Dass Marie sie letztendlich fünf Tage vor dem Vortrag zu sich kommen ließ, schien ihr selbst wie ein Wunder und erlöste sie gleichzeitig von den Qualen schmerzvollen Wartens.

Mit jedem Tag, an dem sie sie nicht sah und auch nichts von ihr hörte, war ihre Laune tiefer in den Keller gesunken.

Warum siehst du immerzu aus, als hättest du sieben Tage Regenwetter hinter dir, hatte ihre Tante gefragt, und Sarah schob ihre schlechte Stimmung auf Stress an der Uni, während sie gleichzeitig dachte: Ich sehe so aus, weil ich sieben Tage Regenwetter hinter mir habe!

Jeder Tag, an dem sie Marie nicht traf oder zumindest hörte, war wie ein Tag ohne Sonne. Noch quälender war die Ungewissheit, wann sie sie wiedersehen würde. Es gab keine Perspektive, keine Zusagen, auf die sie sich freuen konnte. Jeden Tag wartete sie sehnsuchtsvoll darauf, dass Marie anrief und ihr sagte, dass sie sie gerne treffen würde. Doch immer war sie enttäuscht worden. Wenn sie sich nicht meldete, rief auch Marie nicht an.

Als Maries Nummer an diesem Nachmittag plötzlich auf dem Handydisplay aufleuchtete, spürte Sarah zum ersten Mal, dass sie sich nicht einmal richtig freuen konnte. Der Schmerz in ihr war zu weit zu ihrem Herzen vorgedrungen.

Wenn du willst, können wir uns heute sehen, hatte Marie ohne großen Elan gesagt. Sarah hatte die Einladung angenommen und sich damit getröstet, dass Marie nur selten Emotionen zeigte und der mangelnde Elan daher ohne größere Bedeutung war.

Nun war sie bei ihr, aß überbackene Nachos, trank mit

ihr Wein und fragte sich, ob sie nicht besser zu Hause geblieben wäre. Denn Marie zeigte sich äußerst einsilbig und wirkte selbst dann abwesend, wenn sie mit ihr sprach. Im Grunde war ihre einzige aktive Tat an diesem Abend gewesen, Sarah steif eine Ehrenkarte für den Abend im Palais Herzl in die Hand zu drücken mit den Worten: »Es wäre für mich besser, wenn du dabei bist.«

Sarah ließ die Ehrenkarte in ihrer Tasche verschwinden. Sie hatte ohnehin damit gerechnet, Marie zu begleiten. So oder so hätte sie ihren Vater begleitet, der ebenfalls als Ehrengast geladen war.

Schweigend knabberten sie ihre Nachos nebeneinander auf der Couch. Dann war die Schüssel leer. Wenn sie jetzt nicht gleich mit mir spricht, gehe ich nach Hause, dachte Sarah resigniert, als sich Maries Hand auf ihren Oberschenkel legte.

»Gehen wir rüber?« Sie wies mit dem Kinn in Richtung Schlafzimmer.

Sarah war im ersten Moment so perplex, dass ihr die Worte fehlten. Es war nicht so, dass sie keine Lust hatte, mit Marie zu schlafen. Doch ihre Frage nach einem Abend, der so wortkarg und emotionslos verlaufen war, überraschte sie dennoch.

»Wenn du willst«, sagte sie und ließ sich von Marie ins Schlafzimmer führen. Bereits auf der Schwelle küsste Marie sie auf den Mund, und der Kuss ließ den Schmerz, der immer noch in ihr wohnte, in ein Hinterzimmer ihres Herzens verschwinden. Maries Küsse waren intensiv und leidenschaftlich, ihre Zunge fordernd und erregend. Mit jedem Kuss wurde es Sarah unwichtiger, dass sie sich zehn Tage nicht gesehen hatten und der Abend bisher so tot verlaufen war. Bereitwillig ließ sie sich von Marie Hose und Slip über die Hüften streifen; ebenso bereitwillig legte sie Shirt und BH ab. Marie küsste ihren Hals und ihre Brüste, umkreiste ihre Brustwarzen mit der Zunge und entlockte Sarah damit kleine, erstickte Laute.

Was geschieht nur mit mir, dachte Sarah, während die

Hitze in ihr stieg. Dass es Marie gelang, sie nur durch einige wenige Berührungen zu erregen, erschien ihr immer noch wie ein Wunder. Marie entledigte sich selbst ihrer Hose und schob Sarah mit sanfter Gewalt ins Bett. Schon lag sie halb auf ihr, saugte an ihren Brustwarzen, ließ ihre Hand zielsicher zwischen Sarahs Beine gleiten.

Sarah öffnete ihre Schenkel, spürte, wie Marie sanft über ihre Mitte streichelte und neue Wellen der Leidenschaft in ihr entfachte. Sie suchte ihrerseits nach Maries Lippen, drang mit der Zunge in ihren Mund, fühlte Maries Erregung so stark wie die ihre.

Marie bewegte sich auf ihr, rieb sich an ihrem Oberschenkel. Sarah spürte die Nässe, die ihre Haut bedeckte und die mit jeder Bewegung zunahm. Die Bewegung und Maries leises Keuchen an ihrem Ohr erregten auch sie mehr und mehr.

Plötzlich griff Marie nach Sarahs Hand und führte sie zu ihrer Mitte – und das war der Moment, in dem Sarahs gierige Lust, sie zu spüren und mit ihr zu schlafen, in sich zusammenschrumpfte wie ein Luftballon, aus dem zischend die Luft entwich. Nicht immer so!, dachte sie. Sie zog ihre Hand zurück.

Marie sah sie irritiert an. »Bitte«, flüsterte sie, immer noch glühend vor Lust. »Geh in mich.«

»Nein.« Sarahs Stimme klang entschiedener als beabsichtigt, und sie war sich im Moment selbst nicht klar, woher sie auf einmal die Entschlossenheit nahm, plötzlich das anzusprechen, was sie schon seit Längerem störte. Sie streckte ihre Hand nach Maries Bluse aus, wollte versuchen, einen der Knöpfe zu öffnen. »Bitte, zieh dich aus. Ich will deine nackte Haut spüren.«

»Nein!« Mit einem leisen Aufschrei glitt Marie blitzschnell zur Seite und drehte sich auf den Bauch. Sie vergrub ihr Gesicht im Kissen. Bewegungslos verharrte sie in dieser Stellung.

Verunsicherung machte sich in Sarah breit. Eine so radikale Reaktion hatte sie nicht erwartet. War es denn zuviel verlangt, wenn sie ihre Freundin nach Monaten des Zusammenseins bei dieser intimen Angelegenheit endlich ganz nackt sehen wollte?

»Marie … warum willst du das nicht? Es ist doch nichts Schlimmes …«

Marie drehte den Kopf nun in ihre Richtung und sah sie an wie eine Fremde. »Das ist mir zu intim.«

Sarah glaubte im ersten Augenblick, sich verhört zu haben.

»Wir schlafen miteinander!«, stammelte sie dann fassungslos. »Du machst ganz andere Dinge mit mir! Da ist es doch vergleichsweise wenig, dich vor mir nackt zu zeigen. Mich ziehst du immer ganz aus!«

»Das ist etwas anderes.«

»Und wieso, bitte schön? Wieso darfst du mich nackt sehen und ich dich nicht?«

»Du bist schön«, kam es von Marie.

»Du bist auch schön«, erwiderte Sarah stirnrunzelnd. »Soviel ich sehen konnte, gibt es bei dir nichts, was du verstecken müsstest. Und selbst wenn du eine Narbe oder eine Warze auf deiner Brust hättest, wäre es mir egal. Ich mag dich, so wie du bist. Aber es stört mich, dass uns immer eine Schicht Stoff trennt!«

»Mir ist das zu intim«, wiederholte Marie, ohne auf das, was Sarah gesagt hatte, einzugehen. »Ich will das nicht.«

Sarah spürte, wie ihre Irritation dem Ärger wich, der in ihr aufkam. Für sie war Maries Logik nicht nachvollziehbar. »Vielleicht kannst du zumindest ein bisschen verstehen, dass es mich stört, meine Freundin niemals nackt zu sehen und zu spüren. Ich finde das merkwürdig.«

»Es hat ja nichts mit dir zu tun. Ich will es einfach nicht.« Die Verständnislosigkeit in Maries Blick war durch nichts zu überbieten. »Es geht doch auch … ohne sich ganz zu entblößen. Ich habe das noch mit niemanden gehabt, ganz nackt.«

Sarahs Augen weiteten sich. »Wie? Du hast dich noch nie dabei ganz ausgezogen?«, fragte sie ungläubig.

Marie schüttelte den Kopf.

»Und deine Ex-Freundinnen haben das akzeptiert?«

»Es hat sie nicht gestört.«

Sarah runzelte die Stirn. Es fiel ihr schwer, sich das vorzustellen. Sie erinnerte sich jedoch, dass Marie erzählt hatte, ihre Affairen wären nie von Dauer gewesen. Am Anfang hatte auch sie selbst darüber hinweggesehen, dass Marie ihre Kleidung nur teilweise ablegte.

»Okay«, sagte Sarah. »Aber mich stört es. Ich will dich sehen und spüren.«

Marie presste die Lippen aufeinander. Sarah erinnerte ihr Gesicht an die Grimasse eines trotzenden Kindes.

»Sag mir einen vernünftigen Grund, weshalb ich als deine Freundin dich nicht nackt sehen darf.« Sie beschloss, nicht locker zu lassen.

»Ich habe es dir schon gesagt«, erwiderte Marie sachlich. »Es ist mir zu intim.«

»Das ist wirklich Schwachsinn!« Überwältigt von jener Wut, die sie bisher auf kleiner Flamme hatte halten können, schlug Sarah nun mit der Faust auf die Bettdecke. »Immer schön Distanz halten! Mich ja nicht zu nahe kommen lassen! Sich nur ab und zu melden, mich nur gelegentlich treffen – ist das deine Taktik, um Intimität in jeder Hinsicht zu verhindern?«

»Du weißt, dass ich es nicht anders kann.« Maries Stimme klang nun dumpf. Ihr Gesicht blieb ausdruckslos und gab nicht zu erkennen, was wirklich in ihr vorging. »Ich war immer ehrlich zu dir. Von Anfang an.«

»Weißt du, was ich glaube?« Sarahs Wut war zu einem lodernden Feuer geworden. »Ich glaube, du willst es einfach nicht! Du willst dich nicht bemühen, und du willst mich nicht!«

»Ich kann mich nicht immer bemühen«, erwiderte Marie unbewegt. »Jede Bemühung ist eine Anstrengung. Ich verkrafte das nicht auf Dauer. Ich bemühe mich, so gut wie ich kann. – Meinst du, sonst hätte ich dich heute kommen lassen? Ich habe so viel Stress auf der Arbeit … und der

Vortrag am Samstagabend ... ich muss so viel vorbereiten! Meine Arbeit nimmt mich ganz und gar in Anspruch. Ich habe im Grunde überhaupt keine Zeit für dich. Aber ich weiß, dass ich dich nach all diesen Tagen treffen muss, um dich nicht zu verletzen. Also bemühe ich mich, obwohl es mich Kraft und Energie kostet. Sag mir nicht, ich würde mich nicht bemühen! – Du willst immer mehr von mir; deine Erwartungen werden von Woche zu Woche größer!«

Sarahs Herz zog sich zusammen. Maries Worte taten ihr mehr weh als alles, was zuvor gesagt worden war. Sie stieg aus dem Bett und suchte auf dem Boden nach ihrem Shirt und ihrer Hose. Während sie sich anzog, sagte sie: »Du musst dich bald nicht mehr bemühen. Du kannst dein Leben künftig ohne lästige Beeinträchtigung weiterleben.«

Maries Miene blieb ohne Gefühlsregung. Ihre Stimme klang völlig ruhig, als sie sagte: »Ich wusste, dass es irgendwann so kommen wird.«

»Ah ja, wusstest du das?« Sarah ließ sich auf die Bettkante nieder und sah sie unverwandt an. Sie hatte noch nicht alles gesagt, was sie loswerden wollte. »Richtig. Du stellst dich ja von Haus aus immer darauf ein, dass deine Beziehungen nicht lange halten, damit du nicht traurig sein musst, wenn es auseinandergeht. Deshalb achtest du auch immer so genau darauf, Distanz zu wahren und es bloß nicht zu innig werden zu lassen. – Weißt du, was du da mit deinem Verhalten betreibst? Eine sich selbst erfüllende Prophezeiung!«

Marie sagte nichts. Sie starrte auf die Bettdecke.

»Ich weiß eigentlich gar nicht, was du generell von mir wolltest und willst – falls du es überhaupt noch willst«, fuhr Sarah mit einer Verbitterung fort, die nicht nur durch ihren Tonfall zum Ausdruck kam, sondern sich auch in ihr Herz fraß. »Wahrscheinlich geht es dir sowieso nur darum, deine körperlichen Bedürfnisse zu befriedigen, frei nach dem Prinzip: Eigentlich will ich nur Sex, und um das zu bekommen, muss ich mich wohl oder übel ein bisschen anstrengen und mich mit ihr beschäftigen. Darum hast du dich anfangs zusammengerissen und dich mit mir befasst – damit ich dir das gebe, was du willst. Jetzt hast du es, aber allmählich wird dir die Sache zu anstrengend und vielleicht auch zu fad, und deshalb bemühst du dich nicht mehr um mich. Weil du keine Notwendigkeit mehr siehst!«

»Nein. Nein, so ist es nicht.« Marie war blass geworden. Ihre Stimme zitterte.

»Ah ja? Und wie ist es dann, wenn es so nicht ist?« Sarah fixierte sie unerbittlich.

Marie schwieg. Sie senkte den Blick, starrte wieder auf die Bettdecke und murmelte etwas Unverständliches.

»Was?«

»Ich mag dich«, sagte Marie nun deutlicher, den Blick aber noch immer gesenkt.

»Du magst mich«, wiederholte Sarah voller Sarkasmus. »Wie schön. Da bin ich aber beruhigt. Bisher habe ich tatsächlich gedacht, du schläfst mit mir, ohne mich zu mögen.«

»Das ist nicht so«, erwiderte Marie, ohne sie anzuschauen. »Aber ich kann wirklich nicht anders; ich habe dir das von Anfang an gesagt. Ich habe Defizite, und daran kann ich nichts ändern. Ich kann nicht mit Menschen umgehen. Es richtet sich nicht gegen dich. Ich kann es generell nicht. Warum kannst du das nicht akzeptieren und mich damit in Ruhe lassen? Du quälst mich!«

Sarah erhob sich. »Keine Sorge, ich werde dich nicht weiter quälen!«, kommentierte sie verbittert. »Ich weiß wirklich besseres als einen anderen Menschen mit meiner Anwesenheit zu belasten. Aber etwas möchte ich dir doch noch sagen: Du machst es dir verdammt einfach. Du sagst, du hast das Asperger-Syndrom, und das dient dir als Rechtfertigung für alles, was du tust. Ich habe mich mit dieser Behinderung beschäftigt, Marie. Ich habe über Menschen gelesen, die weitaus betroffener davon sind als du. Menschen, die kein eigenständiges Leben führen können, die zwar über unglaublich viel Wissen verfügen, aber keinen Beruf ausüben können! Menschen, die komplett aus der Bahn geraten, wenn nicht jeder Tag gleich verläuft!

Aber du bist immerhin in der Lage, deinen Tag zu gestalten. Du bist in der Lage, soweit Beziehungen zu Menschen herzustellen, dass du sogar Sex haben kannst. Andere können nicht einmal das! Du hast Defizite im Umgang mit anderen Menschen – ja. Aber du kannst diese Defizite kaschieren oder zumindest damit umgehen. Vorausgesetzt, du willst es. Aber dazu gehört auch ein gewisses Bemühen. Das ganze Leben ist anstrengend – und das im Übrigen nicht nur für dich. Du musst dich anstrengen, wenn es darum geht, eine soziale Beziehung zu anderen herzustellen. Ich habe keine Mühe, mit anderen Leuten in Kontakt zu treten. Dafür muss ich mich enorm anstrengen, etwas auswendig zu lernen oder komplexe Sachverhalte zu erfassen. Aber im Gegensatz zu dir strenge ich mich an, weil ich weiß, dass es unumgänglich ist. Sonst hätte ich nie lesen und schreiben gelernt, nie Matura gemacht und könnte kein Studium bewältigen. Du aber glaubst, du musst dich in keiner Weise anstrengen, denn du hast ja diesen Stempel bekommen, auf dem steht ›Asperger-Syndrom‹, und für dich heißt das: Ich kann nicht anders, ich bin halt so. Schön für dich, wenn deine Eltern das so akzeptiert und dich nach der Diagnose zu nichts mehr bewegt haben. Es war ein bequemer Weg. Das Ergebnis ist, dass du jetzt ein Leben in Einsamkeit führst und darin resignierst. Wenn du allein so unglaublich glücklich und zufrieden wärst, könnte ich verstehen und auch akzeptieren, dass du dich nicht um soziale Kontakte bemühst. Aber du bist es nicht – das habe ich gemerkt, ohne dass du es extra erwähnen musstest.

Aber jetzt bin ich es, die resigniert. Ich halte das nicht mehr aus, Marie! Ich will dich nicht quälen, aber noch weniger will ich mich quälen! Ich bin nicht masochistisch genug, um 300 von 365 Tagen im Jahr damit zu verbringen, mich nach dir zu sehnen und dann glücklich über die 65 Tage zu sein, an denen ich dich kurz zu Gesicht bekomme – und das in homöopathischer Dosis, denn wenn die Zusammenkunft ein bisschen länger dauert, wirst du bekanntlich unrund. Das einzige, was du ständig willst, ist mit mir zu schlafen – und zwar nach deinen festen Regeln und Vorstellungen. Aber ich will das so nicht, Marie. Eine richtige Beziehung stelle ich mir anders vor. Ich erwarte mehr.«

Marie schaute zu ihr auf. Ihr Blick war leer. »Ich wusste, dass es irgendwann so kommt«, sagte sie leise.

Sarah schloss kurz die Augen. Ihr Maß an Verständnis war nun endgültig überschritten. Insgeheim hatte sie gehofft, durch alles, was sie Marie an den Kopf warf, endlich etwas in Gang zu setzen. Sie hatte erwartet, dass Marie ihr widersprach, ihr endlich sagte, dass sie sie nicht nur mochte, sondern tiefere Gefühle für sie empfand. Maries Reaktion beraubte sie jeder Illusionen.

»Du hast gar nichts begriffen«, stellte sie resigniert fest.

Sarah ließ die Wohnungstür von außen ins Schloss fallen. Sie erwartete, sich jetzt von dem Leiden, das sie die letzten Wochen mit sich herumgeschleppt hatte, befreit zu fühlen. Schließlich hatte sie Marie endlich gesagt, was ihr nicht gefiel, anstatt ihren Kummer weiterhin aus Rücksichtnahme in sich hineinzufressen.

Doch stattdessen fühlte sie sich nur unsagbar traurig.

Sarah hatte nicht geahnt, wie trist die Welt ohne Farbe sein würde. Seit sie aus Maries Wohnung verschwunden war, sah sie alles nur in grauen Facetten. Die Monotonie, die ihre Umgebung ausstrahlte, wirkte sich auch auf ihren Tagesablauf aus. Sie fühlte sich wie ein auf Fixpunkte programmierter Roboter: Aufstehen. Uni. Galerie oder nach Hause gehen. Ins Bett gehen.

Wenn sie im Bett lag, fand sie keinen Schlaf. Denn ihre Gedanken waren nur bei Marie.

Ihr Vater hatte ihr am Tag nach ihrem Streit gesagt, Marie habe sich krankgemeldet. Er war beunruhigt. Sarah wusste auch ohne explizit danach zu fragen, dass es ihm weniger um Maries gesundheitliches Befinden als um den bevorstehenden Vortrag ging. Er fürchtete, Marie wolle sich durch eine Krankmeldung in letzter Sekunde davor drücken.

Sarah fragte sich, was es mit Maries Krankheit auf sich

hatte. Möglicherweise stand sie mit ihrem Abgang und all jenem, was sie Marie an den Kopf geschmissen hatte, in Zusammenhang. Doch Sarah hatte diesen Gedanken schnell wieder verworfen, als sie sich an Maries ausdruckslose Miene erinnerte. Marie hatte sie aus ihrem Leben gestrichen, und es tat ihr nicht einmal weh, da sie ohnehin nicht besonders viel für sie empfunden hatte.

Sie hatte lange darüber nachgedacht, ob sie trotz ihres Zerwürfnisses mit Marie am Gala-Abend im Palais Herzl teilnehmen sollte. Eigentlich war ihr nicht nach Ausgehen. Sie fühlte sich tieftraurig und teilte jetzt Maries Bedürfnis, mit anderen Menschen so wenig wie möglich zu tun zu haben. Doch schwerer als dies wog die Vorstellung, Marie gegenüberzutreten – inmitten vieler Menschen, ohne jede Möglichkeit, ein privates Wort zu wechseln und ihre Situation zu klären. Denn das stand für Sarah fest: Die Lage war eindeutig ungeklärt. Sie war aus Maries Wohnung gestürmt, voller Wut und Enttäuschung. Doch wie sollte es nun weitergehen? – Sie hatte aufgegeben, nach einer Lösung zu suchen, weil sie immer wieder zu dem Punkt gelangte, an dem sie sich in Erinnerung rufen musste, wie schlimm es für sie gewesen war, auf Maries Anrufe zu hoffen, und wie schwierig so manche Treffen mit ihr verlaufen waren.

Du bist seit diesem Sommer nicht mehr richtig glücklich gewesen, hatte ihr Vater ihr unlängst gesagt. Sie hatte das abgestritten. Insgeheim musste sie ihm aber Recht geben. Seit Marie in ihr Leben getreten war und sie Gefühle für sie entwickelt hatte, fühlte sie sich ständig innerlich zerrissen. Es war kein Zerrissensein zwischen zwei Seiten oder Positionen, sondern eine generelle innere Unruhe. Diese Unruhe hatte sie daran gehindert, den Tag so unbeschwert zu beginnen wie früher, Pläne zu schmieden und sich auf Ereignisse zu freuen. Denn das einzige, worauf sie sich tatsächlich gefreut hatte, waren die Treffen mit Marie gewesen. Doch diese waren rar und belastend, und zu Beginn der Woche hatte sie nie gewusst, ob sie Marie einmal, zweimal – oder eben gar nicht sehen würde.

Sie konnte Maries Spiel nicht bedingungslos mitspielen, ohne langfristig daran zugrunde zu gehen. Dennoch: Es war noch lange nicht alles gesagt. Bisher hatte nur sie ihrem Ärger Luft gemacht und Marie Vorwürfe an den Kopf geworfen. Doch was Marie wollte, um was es ihr ging und ob es ihr überhaupt um etwas ging – das wusste sie nicht. Alles was in Maries Innerem vorging, war nach wie vor ein reines Mysterium.

Sarah fasste für sich den Entschluss, mit ihr zu reden. Sie wusste, sie würde nicht eher zur Ruhe kommen, ehe es hier zu einer Aussprache und einem Abschluss gekommen war – so oder so. Da Marie ihr ausdrücklich gesagt hatte, sie könne nicht anders als so sein, wie sie war, hegte Sarah wenig Hoffnung für einen positiven Ausgang.

Mit schwerem Herzen schritt sie an der Seite ihres Vaters die Treppe zum großen Festsaal im Palais Herzl nach oben. Sie trug ein elegantes dunkles Kostüm, hatte ihr Haar zu einem Haarknoten gebunden und fühlte sich für die Räumlichkeiten des Prunkgebäudes dennoch nicht standesgemäß gekleidet. Noch nie zuvor war sie im Inneren des Palais gewesen, der als einer der schönsten Prunksäle Wiens gilt. Als sie den Saal betraten, der für die Veranstaltung vorgesehen war, blieb sie nach ein paar Schritten stehen. Fasziniert sah sie sich um.

Der Saal hatte die Form eines Schiffsbauches. Der Parkettboden war schlicht und stand damit ganz im Gegensatz zu der künstlerischen Kassettendecke, von der große, prunkvolle Luster hingen. Die Wände waren in warmen Beigetönen gehalten; Gestecke aus Winterblumen, Tannenzweigen und vergoldeten Äpfeln schmückten den Saal.

Weihnachtsschmuck, dachte Sarah mit Verwunderung, und ihr wurde erst dadurch bewusst, dass an diesem Wochenende das erste Advent-Wochenende war. Die beginnende weihnachtliche Stimmung in der Stadt hatte ihre Seele bisher nicht erreicht.

Ihr Vater war inzwischen von einem Herrn in schwarzem Anzug begrüßt worden, der offensichtlich zu den Veranstaltern gehörte. Er begleitete beide zu einem der zahlreichen Ehrentische in der ersten Reihe vor der Bühne.

Am Tisch waren bereits zwei andere Herren. Den einen, der im Alter ihres Vaters war, hatte Sarah noch nie gesehen; den anderen dagegen sehr wohl. Ihr Vater stellte ihn ihr als Dr. Gregor Kazynski vor, einen Mitarbeiter am Institut, der für ein Jahr aus Polen für ein Forschungspraktikum nach Wien gekommen war. Sarah errötete unweigerlich, als sie ihm die Hand gab, und auch er wirkte sichtlich verlegen. Vor ihr stand niemand anderer als jener Herr, der ihr damals auf der Suche nach Maries Wohnung im blauen Pyjama die Türe geöffnet und so unwirsch auf die nächtliche Störung reagiert hatte. Sarah tat so, als begegnete sie ihm das erste Mal, und er spielte das Spiel mit.

Sie nahmen Platz. Sarah sah sich um, suchte unweigerlich nach Marie. Doch von ihr fehlte noch jede Spur.

Ihr Vater schien ihre Gedanken zu erraten. »Als ich gestern mit ihr telefonierte, sagte sie mir, sie käme auf jeden Fall«, sagte er mit gesenkter Stimme zu ihr. »Ich hoffe, sie lässt mich jetzt nicht sitzen. Das wäre ausgesprochen peinlich. Immerhin tritt sie unter dem Namen des Instituts auf.«

»Wenn sie versprochen hat, dass sie hier sein wird, ist sie es auch«, erwiderte Sarah. Es ärgerte sie, dass ihr Vater immer nur das Schlechteste von Marie dachte.

Sie ließ ihren Blick nochmals durch den Saal schweifen. Es gab rund vierzig Tische mit je acht Plätzen. Alle Tische waren festlich gedeckt; an Prunk und Glamour war nicht gespart worden. Die Menükarte, die direkt vor ihrem Gedeck platziert war, wies fünf Gänge aus.

»Ach, sieh an.« Die süffisante Stimme ihres Vaters riss sie aus ihren Gedanken. »Ich glaube es nicht. Auferstanden nach Tagen langer Krankheit, aber in völlig neuem Outfit: Dr. Marie Felder persönlich.«

Sie folgte seinem Blick. Marie hatte den Saal betreten und sah sich suchend nach allen Seiten um. Jener Herr im Anzug, der zuvor schon Sarah und ihren Vater zum Tisch begleitet hatte, nahm sich nun ihrer an und begleitete sie in Richtung desselben Tisches.

Sarah hielt unwillkürlich den Atem an. Marie sah umwerfend aus. Sie trug ein schwarzes Abendkleid und dazu passende Pumps. Sarah hatte sie noch nie zuvor in einem solchen Outfit gesehen. Sie war überwältigt. Am faszinierendsten war für sie jedoch die Frisur: Sie hatte ihre Haare etwas kürzen lassen. Leichte Stufen gaben ihren Locken nun mehr Volumen und Leichtigkeit. Als sie näher kam, bemerkte Sarah mit großem Erstaunen, dass sie sogar dezentes Make-up aufgetragen hatte.

Sie ist so hübsch, ging es Sarah unwillkürlich durch den Kopf, und tief in sich spürte sie eine wohltuende Wärme und Vertrautheit.

Dieses Gefühl verflog jedoch schlagartig, als Marie sie nur mit einem kurzen Nicken begrüßte und an jenem freien Stuhl Platz nahm, der am weitesten von Sarah entfernt war – obwohl neben ihr ein Platz frei gewesen wäre.

»Cinderella«, raunte ihr Vater leise. Sarah registrierte eher beiläufig, dass er denselben Vergleich zog, den auch sie bereits angestellt hatte. Ihr Hauptaugenmerk galt Marie, die mit angespanntem Gesicht auf die Tischdecke starrte und nun unmerklich zusammenzuckte, als ein Herr im Alter von Sarahs Vater ihr die Hand entgegenstreckte, sich vorstellte und schließlich neben ihr Platz nahm. Er begann sofort ein Gespräch. Sarah konnte nicht verstehen, was er mit ihr besprach, aber sie merkte an Maries ganzer Körperhaltung, dass ihr die Unterhaltung unangenehm war.

Als der Kellner mit dem Aperitif kam, klammerte sich Marie schier an ihr Sektglas, trank aber keinen einzigen Schluck.

»Diese Frau ist so unkommunikativ«, sagte ihr Vater leise und missbilligend. »Wenn ich mir sie so anschaue …«

»Du weißt ganz genau, woran das liegt.« Sarah wusste, wie schroff ihre Stimme klang, bereute es aber nicht. Die Abneigung ihres Vaters gegenüber Marie machte sie allmählich wütend.

»Trotzdem«, meinte ihr Vater unnachgiebig. »Das ist kein gesellschaftliches Auftreten.«

»Hauptsache, du hast dieses gesellschaftliche Auftreten«, bemerkte Sarah bissig. Sie erntete einen irritierten Blick.

»Du musst es nicht gleich persönlich nehmen, wenn ich Kritik an dieser Frau übe. Es stört mich einfach, wie sie sich verhält.«

»Du findest nichts mehr gut an ihr, seit du einsehen musstest, dass sie sich nicht von dir kontrollieren lässt«, erwiderte Sarah und klang nicht minder bissig als zuvor. »Versteh endlich, dass du nicht Herr über alles bist, das andere tun oder nicht tun.«

Ihr Vater reagierte auf ihre harschen Worte mit einem weiteren irritierten Blick. Er wollte ihr etwas entgegnen, als sich der Saal verdunkelte und nur die Bühne in gleißendes Licht getaucht wurde.

Ein Mann im schwarzen Anzug betrat die Bühne und hielt eine Begrüßungsrede auf Englisch. Bereits nach dem dritten Satz verlor Sarah den Faden – ihre Gedanken und Blicke waren immerzu bei Marie. Auch wenn sie rund eineinhalb Meter Diagonale trennten, konnte sie deren innere Anspannung spüren. Marie fühlte sich sichtlich unwohl. Der unbekannte Herr neben ihr hatte seinen Stuhl nah an sie herangeschoben. Marie ihrerseits war ans äußerste Ende ihres Stuhls gerutscht, um maximale Distanz zu ihm herzustellen. Sie hatte den Blick immer noch starr auf die Tischdecke gerichtet; ihre Hände spielten unruhig mit der Stoffserviette. Sie knotete sie, faltete sie, schenkte ihr ungebührlich viel Aufmerksamkeit. Das Ehepaar, das sich noch zu ihnen an den Tisch gesellt hatte und von Sarahs Vater freudig begrüßt worden war, stupste sich an und tauschte mit Blick auf Marie Flüstereien aus.

Der Herr, der Marie schon vor Beginn der Eröffnungsrede so viel Aufmerksamkeit geschenkt hatte, beugte sich nun zu ihr und wollte ihr offensichtlich etwas sagen. Marie war jedoch so sehr in ihr nervöses Spiel mit der Serviette vertieft, dass sie dies gar nicht bemerkte. Der Herr tippte ihr daher an ihren nackten Oberarm. Es gab keinen Hinweis darauf, dass seine kurze Berührung aus anderen Motiven resultierte als aus der Absicht, ihre Aufmerksamkeit zu gewinnen, doch Marie zuckte entsetzt zusammen und wich noch mehr zurück. Der Herr entschuldigte sich so laut, dass es der ganze Tisch mitbekam. Alle Blicke richteten sich unwillkürlich auf die junge Wissenschaftlerin, die sich noch mehr in sich zurückzog.

Verdammt, dachte Sarah unweigerlich. Warum hast du dich nicht zu mir gesetzt? Sie gab sich die Antwort selbst. Weil sie mit dir abgeschlossen hat, Sarah. Du interessierst sie nicht mehr. Sarah kämpfte gegen die Tränen, die ihr in die Augen stiegen.

Der erste Vortragende hatte inzwischen die Bühne betreten; ein kleiner, drahtiger Mann, wohl kaum älter als Marie. Er wirkte etwas verschroben und beim Sprechen rutschte ihm alle paar Minuten seine Nickelbrille auf die Nase. Von was er sprach – Sarah vermochte es nicht zu sagen. Sie verstand nur, dass es um chemische Prozesse im Körper des Menschen ging; bei allem anderen versagten ihre Sprachkenntnisse nun wirklich. Dieses Fachenglisch war nicht in der Schule vermittelt worden, und sie bezweifelte auch, dass sie den Text auf Deutsch verstehen würde. Als er geendet hatte, klatschte sie trotzdem mit dem Rest der Anwesenden.

Ein weiterer Herr betrat die Bühne. Sarah schätzte ihn auf Ende vierzig. Er hatte schütteres braunes Haar, wulstige Lippen und vorstehende Augen.

Warum müssen alle Männer schwarze Anzüge tragen, ging es ihr durch den Kopf, und warum müssen alle Wissenschaftler so unattraktiv sein? – Im ganzen Saal gab es für Sarah nur zwei Ausnahmen, die sich von der Masse abhoben. Die erste bildete ihr Vater. Sarah fand, dass er für sein Alter gut aussah. Er hatte einen athletischen Körperbau, volles graumeliertes Haar und wirkte – im Vergleich zu jenen Wissenschaftlern, die gerade die Ergebnisse ihrer Arbeit präsentiert hatten – smart und gepflegt. Die zweite Ausnahme war für sie an diesem Abend Marie.

Lächle und leg endlich die Serviette zur Seite, dachte Sarah. Dann wirst du aussehen wie ein Filmstar, der gleich den Oscar verliehen bekommt, und nicht wie jemand, der in Kürze seine Hinrichtung erwartet.

Marie hörte ihre Gedanken nicht. Sie saß blass und angestrengt am Tisch. Die Serviette legte sie erst aus der Hand, als sie auf die Bühne gerufen wurde. Sarah fürchtete, Maries Nervosität werde, als sie ins gleißende Licht der Bühne trat und alle Blicke auf sie gerichtet waren, rapide ansteigen. Mit Erstaunen musste sie feststellen, dass das Gegenteil der Fall war. Marie wirkte nun, da sie am Rednerpult stand, ausgesprochen ruhig und selbstsicher.

Sie begann mit ihrem Vortrag. Wie auch ihre Vorredner hielt sie ihn auf Englisch, einem klaren, sehr flüssigen Englisch mit unverkennbarem amerikanischen Einschlag, und untermalte das Gesagte mit Power Point-Folien, die hinter ihr auf einer großen Leinwand erschienen. Die Folien waren voll von chemischen Formeln und komplex klingenden Fachbegriffen, die Sarah noch nie in ihrem Leben gehört hatte. Am meisten faszinierte sie jedoch, dass Marie im Gegensatz zu den beiden Referenten vor ihr völlig frei sprach. Sie benutzte keinerlei Moderationskarten, Notizen oder sonstige Erinnerungshilfen, sondern sprach aus dem bloßen Gedächtnis.

Wie kann jemand so gut mit so komplizierten Themen umgehen, aber so verdammt schlecht mit Menschen, dachte sie traurig. Warum kann es nicht anders herum sein? Sarah presste die Lippen aufeinander, um der Verzweiflung, die sie in diesem Moment überrollte, nicht laut Luft zu machen. Die Vorstellung, Marie, diese hinreißende, blitzgescheite Frau dort auf der Bühne, endgültig zu verlieren, raubte ihr fast den Verstand.

Ich muss mit ihr reden, nahm sie sich vor. Nach dem Vortrag! Sie konnte kaum erwarten, dass Marie zum Ende kam. Doch als es soweit war, alle applaudiert hatten und Marie an den Tisch zurückkehrte, brach die Selbstsicherheit, die sie Minuten zuvor noch ausgestrahlt hatte, in sich zusammen wie ein Kartenhaus. Als sie wieder auf ihrem Stuhl Platz nahm, war ihr Gesicht trotz des Make-ups schneeweiß, und ihr erster Griff war der zur Serviette. Sie nahm ihr unerklärliches Spiel mit dem Stoff wieder auf und erntete von der Dame, die mit ihrem Mann am Tisch saß, einen deutlich missbilligenden Blick. Marie richtete ihre Augen sofort wieder starr auf die Tischdecke.

»Ich bezweifle, dass viele in diesem Saal verstanden haben, von was in ihrem Vortrag die Rede war«, meinte Sarahs Vater leise. »Das war komplettes Fachchinesisch.«

»Das war bei den Herren zuvor auch nicht anders«, erwiderte Sarah trocken.

»Die Vorträge von Gardener und Müller waren für Laien deutlich verständlicher«, behauptete ihr Vater. »Um Frau Dr. Felders Kauderwelsch zu verstehen, braucht man mindestens ein Biologie-Studium.«

»Ich habe bei den zwei Vorrednern auch nichts verstanden«, zischte Sarah leise zurück. »Nächstes Mal kannst du ja selbst einen Vortrag halten, wenn du glaubst, dass du alles so viel besser kannst als Marie!«

Sie erntete auf ihre Worte den dritten irritierten Blick des Abends – gepaart mit Verständnislosigkeit und Ärger. Sie wusste sehr wohl, dass sie die Geduld ihres Vaters mit ihrem schroffen Verhalten auf eine harte Probe stellte, doch es war ihr in diesem Augenblick egal.

Das offizielle Programm war nun zu Ende; das Licht ging an – und dann war der große Saal plötzlich voller Stimmen. Erleichtert darüber, dass die Vorträge und damit das allgemeine konzentrierte Schweigen vorbei waren, begannen die Anwesenden miteinander zu reden.

»Und Sie glauben also, das C52-Protein befindet sich tatsächlich reichhaltig genug auf Monozyten und Makrophagen, um als Andockstelle für einen rekombinant hergestellten Antikörper zu dienen?«

Sarah entnahm der Frage, dass Maries Tischnachbar von dem Vortrag offensichtlich mehr verstanden hatte als sie selbst.

Marie war so versunken in ihr unruhiges Serviettenspiel, dass er die Frage ein zweites Mal stellen musste, ehe sie realisierte, dass sie angesprochen worden war. Wie schon zuvor, zuckte sie spürbar zusammen. Sie begann zu dem Thema Stellung zu nehmen und tat es in so umfassender, detailgerechter Weise, dass ihr die Aufmerksamkeit ihres Tischnachbarn entglitt. Sarah merkte es daran, dass seine Augen nach ein paar Sätzen im Saal umherschweiften und er von der herannahenden Brokkoli-Schaumsuppe mehr in Bann gezogen wurde als von Maries Ausführungen. Marie bemerkte davon nichts. Sie sprach in derselben Ausführlichkeit weiter.

Die Suppe schmeckte köstlich. Sarah versuchte gerade herauszuschmecken, welche Gewürze in ihr enthalten sein mochten, um sie später einmal zu Hause nachzukochen, als die ältere Dame, die ihren Mann zu diesem Abend begleitet hatte, das Wort an sie richtete.

»Und Sie sind die Tochter von Professor Rosenberg? – Wie schön, Sie kennenzulernen. Sie haben also heute Abend den Herrn Papa begleitet?«

Die Stimme der Dame triefte vor aufgesetzter Rührung. Es war Sarah daher eine besondere Freude, sie zu enttäuschen. »Nein, ich bin mit Frau Dr. Felder hier.« Schließlich hatte sie die Karte für den Abend tatsächlich von ihr bekommen.

Als Marie ihren Namen hörte, sah sie kurz auf. Ihre Blicke trafen sich. Maries Augen spiegelten ungläubiges Erstaunen wieder.

Sarah sah sie mit festem Blick an. Ja, so ist es. Ich bin wegen dir und mit dir hier. Auch, wenn du dich soweit wie möglich von mir entfernt niederlässt und den ganzen Abend kein Wort mit mir wechselst, versuchte sie ihr ohne Worte zu sagen.

Marie senkte schnell den Blick.

»Ach, und dann sitzen Sie gar nicht nebeneinander?« stellte die Dame prompt fest. »Vielleicht möchte der Herr neben Frau Dr. Felder den Platz tauschen?«

Der Herr neben Frau Dr. Felder sah keineswegs so aus, als würde er das tun wollen. Er hatte sich an Marie als Gesprächspartnerin für den Abend festgebissen. Sarah spürte deutlich, wie unangenehm Marie die Unterhaltung war. Er war offensichtlich gerade dabei, ihren Lebenslauf zu durchforsten. Gerade sprach er über Boston – offensichtlich kannte er die Stadt. Es schien ihm nicht aufzufallen, dass Marie auch hierzu nur einsilbig antwortete. Sie war jetzt noch blasser als zuvor. Ihre Hände zitterten leicht, als sie nach ihrem Weinglas griff und einen Schluck trank.

Sarah fühlte sich in diesem Moment schuldig. Sie hatte ihr gesagt, sie müsse sich zusammenreißen und bemühen, so, als läge es tatsächlich in Maries Willenskraft, ihre Empfindungen zu steuern. Sie hatte nicht glauben wollen, dass Marie einfach nicht anders konnte als so zu sein, wie sie war.

Nun sah sie Maries immer blasser werdendes Gesicht, spürte die wachsende Anspannung in ihr, als wäre es ihre eigene, und wünschte sich nur eines: dass sie ihr helfen könnte, sich wohler zu fühlen.

Die Antipasti waren inzwischen serviert worden; Sarah hatte ihren Teller geleert, aber da sie so mit dem beschäftigt war, was in Marie vor sich ging, hatte sie deren Geschmack nicht einmal richtig wahrgenommen. Das nächste Gericht war noch nicht aufgetragen worden, als plötzlich eine Frau mit einem seltsamen technischen Gerät, das an einen Kassetenrekorder erinnerte, an ihren Tisch kam, und sich zielstrebig an Marie wandte.

»Frau Dr. Felder, mein Name ist Tanja Brandstätter vom ORF Hörfunk. Wir würden sie gerne in unserer Reihe *Erfolgreiche Frauen in Männerberufen* vorstellen, und dazu würde ich nun um ein Interview bitten.«

Marie starrte die Frau sekundenlang irritiert an. »Aber ... wieso?«, fragte sie dann.

Nun lag die Irritation auf Seiten der Radiojournalistin. »Was meinen Sie?«

»Wieso Männerberuf?«, wiederholte Marie mit gerunzelter Stirn. »Wissenschaft hat kein Geschlecht.«

»Na ja ... in dem Sinne natürlich nicht.« Die Journalistin geriet sichtlich ins Strudeln. »Aber Sie sind heute immerhin die einzige Frau, die auf dieser Veranstaltung ihre Arbeit vorstellen konnte. Bei anderen Foren dieser Art ist das nicht anders. Frauen sind generell immer unterrepräsentiert. Insofern passt Ihr Profil sehr gut in unsere Sendereihe. Wir hätten an ein Portrait gedacht: Fragen zur Biographie, Fragen zu Ihrer Lebenseinstellung ... und natürlich auch ein paar Fragen zu Ihrer Forschungsarbeit, aber das nur am Rande. Wir richten uns ja in erster Linie an ein breites, wissenschaftlich nicht vorgebildetes Publikum.«

»Nein, ich will das nicht.« Maries Antwort kam schnell. Sie untermalte sie mit einer ablehnenden Handbewegung. Dabei streifte sie ihr Weinglas. Rotwein ergoss sich quer über die weiße Tischdecke und färbte sie binnen Sekunden rosa.

»Du lieber Himmel!«, quietschte die Dame, in deren Welt ein zweites Einkommen für die Existenz einer Familie überflüssig war. »Rotweinflecken gehen nie wieder heraus!«

Einer der Herren am Tisch bemühte sich sogleich, mit einer Packung Tempotaschentücher die Lage in den Griff zu bekommen. Sarahs Vater winkte dem Kellner.

Marie sprang auf. Die verdutzte Journalistin stieß sie dabei fast um. Hastigen Schrittes verließ sie den Saal.

»Was ist denn mit ihr?« Die Journalistin verstand die Welt nicht mehr – und war damit nicht alleine. Bis auf Sarah und ihren Vater kommentierten alle am Tisch den plötzlichen Abgang mit ratlosen Blicken.

»Frau Dr. Felder fühlt sich etwas unwohl«, erklärte Sarahs Vater nun in sachlichem Tonfall. »Gesundheitliche Probleme. Sie war fast die ganze letzte Woche mit einer heiklen Magen-Darmgrippe im Bett; ich nehme an, die Sache ist noch nicht ganz ausgestanden.«

Sarah konnte nicht mehr länger sitzenbleiben. Ihre ganze Sorge galt Marie. Sie entschuldigte sich rasch und verließ den Saal ebenso hastig wie die Wissenschaftlerin wenige Augenblicke zuvor. Im Gang sah sie sich nach allen Richtungen um.

Sie sah Kellner mit Tellern vorbeieilen, die sich anschickten, den nächsten Hauptgang zu servieren. Von Marie fehlte jede Spur. Dann entdeckte sie den Wegweiser zur Damentoilette – und dort wenig später auch die Freundin.

Das Szenario, das sich ihr bot, war auf den ersten Blick grotesk: Marie stand an einem der Waschbecken. Sie hatte sich in eigentümlicher Körperhaltung nach vorne gebeugt; ihre Stirn presste sie gegen den Spiegel. Über ihre Hände ließ sie eiskaltes Wasser laufen.

Zwei Damen, die offensichtlich einem Bedürfnis hatten nachgehen wollen, hatten sich um sie gruppiert und sprachen auf sie ein.

»Geht es Ihnen nicht gut?«

»Sollen wir einen Arzt rufen?«

Sarah ging energisch auf Marie zu, drehte den Wasserhahn ab und griff nach ihrer Hand. Die Hand war nass und eiskalt.

»Komm, Marie«, sagte sie behutsam. »Wir gehen nach Hause.«

»Sarah. Sarah.« Maries Erstarrung schien sich zu lösen. Sie drückte ihre Hand so fest, dass es Sarah wehtat. Willenlos ließ sich Marie von ihr aus der Toilette führen.

»Wenn du hier wartest, hole ich dir deine Handtasche von deinem Platz«, schlug Sarah vor. Marie nickte, ließ aber ihre Hand nicht los. Sie umklammerte sie so fest, als wäre es ihr einziger Halt, um sich vor dem Ertrinken zu bewahren.

Ohne lange zu überlegen, zog Sarah Marie daher mit sich zurück in den Saal. Sie nahm nur am Rande wahr, dass sich einige Leute nach ihnen umdrehten, als sie sich Hand in Hand ihrem Tisch näherten.

Sie angelte nach Maries Handtasche, die vor deren Stuhl am Boden stand. Da Marie noch immer nicht bereit war, ihre Hand loszulassen, war dies kein leichtes Unterfangen. Sie war sich bewusst, dass alle Blicke am Tisch auf sie gerichtet waren, einschließlich dem ihres Vaters. Es gelang ihr dennoch, ihn für einen Moment auszublenden.

»Jetzt holen wir noch deinen Mantel, Liebes, und dann

sind wir gleich zu Hause.« Es ging ihr einzig und allein darum, Maries innere Panik zu bekämpfen.

Sie spürte den stechenden Blick ihres Vaters im Rücken, drehte sich zu ihm um und sagte mit fester Stimme: »Ich fahre mit Marie nach Hause. Wir sehen uns morgen.«

Sie gab ihm keine Chance, etwas zu erwidern, sondern zog Marie schleunigst aus dem Saal.

Marie schlief. Sie war sofort auf ihr Bett gesunken, kaum dass sie die Wohnung betreten hatten, und Sekunden später in bleiernen Schlaf gefallen. Sarah hatte ihr lediglich die Schuhe ausziehen können. Ihr schwarzes Abendkleid trug sie bis zu dem Zeitpunkt, als sie gegen sieben Uhr früh auf die Toilette musste.

Sie ging an Sarah, die es sich mit der zweiten Bettdecke so gut wie möglich auf der Couch bequem gemacht hatte, mit glasigem Blick vorbei. Wenig später hörte Sarah die Toilettenspülung und dann die Dusche.

Als Marie das zweite Mal an ihr vorbeiging, trug sie ihren Morgenmantel. Sie bedachte Sarah wieder mit leerem Blick und schloss die Tür zum Schlafzimmer hinter sich. Dann war die Wohnung wieder still.

Sarah gab ihren Versuch, weiterhin auf der Couch zu schlafen, auf. Es war dort unbequemer, als sie erwartet hatte. Was jetzt, ging es ihr durch den Kopf, als sie mangels Alternativen wieder in das Kostüm schlüpfte, das sie am Vorabend getragen hatte. Sie sah sich in der Wohnung um, als wäre sie zum ersten Mal hier: drei Bücherregale, die voll waren von Fachliteratur, aber nichts anderes enthielten. Es gab keine Fotoalben, keine Romane, keine Kochbücher. Wände, die kahl waren wie in einem Büro, ohne jegliche Bilder. Es gab keine Pflanzen, keine Kerzenständer, keine sonstigen Deko-Elemente.

Ich bin mit einer Frau zusammen, von der ich nicht einmal weiß, wer sie ist, dachte Sarah traurig. Eine Frau, die sich nur für komplexe Proteine interessiert und der alles andere egal ist. Auch ich.

Sie ging zum Schreibtisch hinüber. Neben Maries Laptop lagen sorgsam geordnet drei Stapel an Unterlagen, die mit chemischen Formeln oder seltsamen Notizen beschriftet waren, welche eindeutig mit Maries Arbeit zu tun hatten. Sarah wollte sich gerade abwenden, als sie ihren Namen entdeckte, der einen der Papierbogen zierte.

Marie hatte ihn mit gestochen schöner Schrift nicht nur einmal auf den ansonsten weißen Bogen Papier geschrieben, sondern insgesamt zwölf Mal.

Weiter nichts. Nur ihren Namen.

Für Sarah hatte das Blatt mehr Aussagekraft, als auf den ersten Blick ersichtlich war: Marie hatte seit ihrem Streit doch mehr Gedanken auf sie verwendet, als sie es für möglich gehalten hatte. Warum hat sie mich nicht angerufen, dachte Sarah traurig. Das wäre sinnvoller gewesen, als meinen Namen auf ein Blatt Papier zu kritzeln.

Sie gab sich die Antwort selbst: weil Marie nicht in der Lage war, zu erkennen, was für menschliche Beziehungen zielführend und vorteilhaft war.

Sarah öffnete den Kühlschrank und fand außer einem Stück Butter, einem nicht mehr ganz frisch aussehenden Apfel und zwei vertrockneten Schinkenscheiben nur gähnende Leere vor. Das Brot, das auf dem Küchenkasten lag, war ebenfalls schon hart.

Von was hat sie die letzten Tage gelebt, fragte sie sich. Sie öffnete die Tür zu Maries Schlafzimmer und warf einen Blick auf die Schlafende. Marie atmete ruhig und gleichmäßig; ihre Wangen wirkten bereits wesentlich frischer als am Vorabend. Sarah musste dem Impuls widerstehen, zu ihr zu gehen und ihre Wange zu küssen. Sie wollte sie nicht wecken – nicht, ehe sie ihr zumindest ein Frühstück anbieten konnte.

Eigentlich vermied sie es, sonntags in Wien einen der wenigen geöffneten Supermärkte aufzusuchen. Die Läden waren meist heillos überfüllt – mit Menschen, von denen Sarah vermutete, dass sie im Grunde auch unter der Woche Zeit gehabt hätten, ihre Lebensmittelvorräte aufzufüllen.

Das Einkaufen am Sonntag schien für sie mehr Freizeitbeschäftigung als Notwendigkeit. Sie erledigte den Einkauf schnell und zielstrebig. Nicht zuletzt hatte sie Sorge, Marie könnte aufwachen und erneut Panik bekommen – diesmal, weil ihr Hausschlüssel fehlte.

Ihre Sorge war unbegründet. Als Sarah mit gefüllten Einkaufstüten zurückkam, war es in der Wohnung immer noch so still wie zuvor. Sie begann die eingekauften Lebensmittel teilweise in den Kühlschrank zu räumen und setzte die Kaffeemaschine in Gang. Eine Viertelstunde später duftete die Wohnung köstlich nach Kaffee und den frischen Semmeln, die sie vom Supermarkt mitgebracht hatte. Sarah richtete in Ermangelung eines Tabletts auf einem großen Teller Semmeln, Schinken und Käse an.

Im Nebenzimmer hörte sie die Bettdecke rascheln.

Als sie vorsichtig die Türe öffnete, lag Marie mit offenen Augen im Bett und starrte ins Leere.

Zögernd trat Sarah ein und setzte sich auf ihre Bettkante. »Hallo.«

»Sarah.« Marie drehte den Kopf zu ihr. »Du bist noch hier?«

»Sieht so aus«, erwiderte Sarah zurückhaltend. »Wie geht es dir?«

»Besser.« Marie senkte den Kopf. »Danke wegen gestern. Ich hatte solche Kopfschmerzen.«

»Bitte.« Sarah wusste noch immer nicht so recht, was sie sagen sollte. Also rettete sie sich in das, was am nächsten lag. »Magst du Frühstück?«

»Ich habe nichts mehr zu Hause. Ich bin in den letzten Tagen nicht einkaufen gewesen.«

Sarah lächelte. Sie stand auf und kam wenige Augenblicke später mit dem vorbereiteten Teller zurück. Voller Freude stellte sie fest, dass sich Maries Gesicht beim Anblick des liebevoll dekorierten Tellers erhellte.

Sie stellte ihn auf Maries Nachtschränkchen und platzierte die Tasse Kaffee daneben. »Mit einem Schuss Milch und etwas Zucker«, meinte sie. »Ich hoffe, du magst es so.«

»Danke, das ist perfekt.« Marie setzte sich auf. »Was ist mit dir? Willst du nichts?«

»Doch, schon.« Jetzt war Sarah diejenige, die verlegen zur Seite blickte. Die Erinnerung an alles, was sie Marie beim letzten Besuch an den Kopf geworfen hatte, war wieder präsent, ihre Selbstsicherheit verpufft. In Sarahs Augen erschien es plötzlich als die einzig verständliche Reaktion, wenn Marie nichts mehr mit ihr zu tun haben wollte. Nachdem sie am Vortag selbst erleben musste, welche dramatischen Auswirkungen soziale Stresssituationen auf Maries körperliche und seelische Verfassung hatten, bereute sie die Predigt, die sie ihr gehalten hatte. Sie hatte letztendlich über etwas geurteilt, was sie nicht hatte beurteilen können. »Ich weiß nur nicht ..., ob du das willst.«

»Was will?« Marie begriff nicht, auf was sie hinaus wollte.

»Mit mir frühstücken«, brachte Sarah hervor und kam sich dabei ziemlich kindisch vor.

»Natürlich will ich mit dir frühstücken.«

Erleichtert holte sich Sarah nun ebenfalls einen Teller. Zumindest ihre Anwesenheit stand vorläufig nicht zur Debatte. Sie setzte sich mit ihrem Essen wieder auf die Bettkante. Das Frühstück verlief schweigend. Marie hatte einen enormen Appetit. Sie wirkte völlig ausgehungert.

»Ich habe nicht erwartet, dass du noch zu diesem Vortrag kommst«, sagte sie dann unvermittelt.

»Ich hatte es dir versprochen.« Sarah stellte ihre Kaffeetasse auf das Nachtschränkchen. »Ich versuche immer meine Versprechen zu halten.«

»Ich bin dir sehr dankbar dafür, dass du gestern da warst. Und dass du das für mich getan hast. Irgendwann ... hatte ich ein Gefühl, als würde ich gleich sterben. Das letzte, an das ich mich bewusst erinnere, ist, dass ich auf die Toilette gegangen bin ... und dann weiß ich wieder, dass ich plötzlich neben dir in einem Taxi gesessen bin.«

»Dann fehlt dir sowieso nur ein Bruchteil der Erinnerung«, meinte Sarah. Sie hielt es für besser, Marie mit den

Details zu verschonen. Sicher war es ihr unangenehm zu erfahren, in welcher Verfassung sie sie in der Toilette vorgefunden hatte.

»Jedenfalls ... ich bin dir sehr dankbar.« Marie legte ihre Hand auf Sarahs, so vorsichtig und zögerlich, als erwarte sie, dass Sarah ihr die Hand sogleich entziehen würde. Sarah hatte nichts weniger vor als das. Maries Hand fühlte sich im Gegensatz zum Vortag nun wieder warm und so vertraut an, als hätte es nie einen Streit zwischen ihnen gegeben.

Dennoch kämpften in Sarah widersprüchliche Gefühle. Ihr Herz sehnte sich danach, sich in Maries Arme zu werfen und ihr zu sagen, dass sie sie immer noch liebte. Doch ihr Verstand rief ihr in Erinnerung, wie schmerzhaft es war, Marie zu lieben in der Gewissheit, dass ihre Gefühle nicht gleichermaßen erwidert wurden.

In diesem Moment siegte ihr Verstand über ihr Herz.

Sie stand auf und trug die leeren Teller nach draußen zum Spülbecken. Wir müssen reden, dachte sie, während sie Spülmittel auf das Geschirr tröpfeln ließ und das Wasser andrehte. Nur wie sollte sie ein Gespräch anfangen? Sie konnte, hin- und hergerissen zwischen der Widersprüchlichkeit ihrer Gefühle, nicht einmal klar sagen, was sie wollte. Das einzige, was sie zu äußern im Stande war, war ein klarer, aber unrealistischer Wunsch: Ich möchte, dass du mich so liebst wie ich dich, dass du dieselbe Hingabe für mich empfindest und dass du dich so wie ich vor Sehnsucht fast verzehrst, wenn ich nicht bei dir bin!

Noch während sie diesen Wunsch in Gedanken formulierte, wusste sie, wie unrealistisch er war. Maries Verhalten vom Vortag hatte ihr schließlich eindrucksvoll und schmerzhaft bewiesen, dass sie wirklich nicht anders konnte.

Mit wachsender innerer Verzweiflung schrubbte sie die Teller, als sich plötzlich zwei Arme von hinten um ihre Taille legten. Sarah legte den Schwamm zur Seite, verharrte aber ansonsten in ihrer Bewegung. Sie hatte nicht gehört, dass Marie von hinten an sie herangetreten war. Die Küsse, die ihr Marie nun auf den Nacken gab, nachdem sie ihr langes Haar zur Seite gestrichen hatte, spürte sie dafür umso deutlicher. Mit jeder Berührung von Maries Lippen an der kleinen nackten Stelle zwischen Bluse und Haaransatz flutete eine größere Welle angenehmer Wärme durch Sarahs Körper.

Als Maries Hand unter ihre Bluse glitt und zärtlich um ihr Nabelpiercing strich, war es um Sarahs Widerstand geschehen. Sie drehte rasch das Wasser ab, wandte sich zu Marie um und zog sie an sich. Ihre Lippen berührten sich. Aus einem ersten vorsichtigen Kuss wurden mehrere intensive Liebkosungen, die Sarah zunehmend vergessen ließen, welche Gründe zu ihrem Zerwürfnis geführt hatten.

Sie wollte Marie nur noch küssen, überall, spüren – und lieben. Und das nicht nur im Geiste, sondern mit ihrem ganzen Körper. Dass auch Maries Leidenschaft wuchs, war nicht zu ignorieren. Sie hatte sich eng an Sarah gepresst; ihr Atem ging schwer.

»Bitte … bitte!« Sarah rang nach Atem, löste sich mit aller Willenskraft, die sie aufbringen konnte, von Maries Lippen. »Lass uns ins Schlafzimmer gehen.«

Ein unsicherer Blick streifte sie. Marie hielt sie immer noch umschlungen, schob sie nun aber etwas zurück und meinte leise: »Bist du sicher? – Dann sagst du wieder, ich will nur das eine …«

»Nein. Nein, so hab ich das nicht gemeint.« Jetzt bloß keine Diskussion. Sarahs Körper glühte, ihre Knie fühlten sich an wie Gummi, und sie wollte nur noch eines: mit Marie ins Bett.

Sie ließ Marie keine Zeit für weitere Worte und Überlegungen. Entschlossen nahm sie sie bei der Hand, zog sie mit sich ins Schlafzimmer und schob sie auf das Bett. Marie gab einen kleinen erschrockenen, aber auch verzückten Laut von sich, als sie hinterrücks auf die Bettdecke fiel. Sarah entledigte sich blitzschnell ihrer Kleidung und ließ sich dann in Maries Arme sinken. Eine halbe Ewigkeit verbrachten sie damit, sich intensiv zu küssen und zu streicheln.

Es war Sarah, die ihre Hand schließlich tiefer wandern ließ und in Maries Schlafanzughose schob. Marie öffnete bereitwillig die Beine. Sarah strich ihr sanft über den Slip. Sie fühlte ihre Nässe. Maries leises Stöhnen trieb ihre eigene Erregung nach oben. Sie wollte ihre Hand gerade unter Maries nasses Höschen gleiten lassen, als Marie sie plötzlich von sich schob und sich aufsetzte.

»Warte.« Marie zog die Schlafanzughose aus, verharrte kurz – und entledigte sich dann zügig ihres Oberteils und ihres Slips.

Sarah hielt den Atem an. Fasziniert glitt ihr Blick über Maries Körper. Sie hatte nie daran gezweifelt, dass Marie auch da, wo sie sie bisher nur hatte fühlen dürfen, wunderschön war. Sie jetzt zu sehen, als makellose Nymphe, stellte sämtliche Berührungen für einen Moment in den Schatten.

»Du bist wunderschön«, flüsterte sie fasziniert.

Maries Augenlider flackerten. »Bitte ... sieh mich nicht an. Ich ... geniere mich, wenn du mich so ansiehst. Bitte.«

Sarah wollte ihr versichern, dass es keinen Grund zur Scham gab, doch als sie die tiefe Unsicherheit in Maries Gesichtszügen bemerkte, behielt sie ihre Worte für sich. Dass Marie sich überhaupt auszog, war schon ein deutlicher Schritt. Mehr sollte sie nicht verlangen.

Gehorsam schloss sie die Augen, schlang ihre Arme um Marie und fühlte erstmals ihren nackten Körper. Ihr Herz schlug schnell. Es war ein wundervolles Gefühl. Sie strich über Maries nackten Rücken, fühlte ihre glatte, nackte Haut.

»Das fühlt sich wundervoll an«, hauchte Sarah in Maries Ohr.

Marie sagte nichts. Sie hatte begonnen, sich an Sarahs Schenkel zu reiben. Sarah erwiderte ihre gleichmäßige Bewegung. Gemeinsam steigerten sie ihre Erregung.

Sarah löste die enge Umarmung schließlich, ließ ihre Hand zwischen Maries Beine gleiten und strich über ihre geschwollene, nasse Klitoris. Marie quittierte jede ihrer Berührungen mit einem Stöhnen, das leise begann und mit jeder Bewegung von Sarahs Hand heftiger wurde. Sie spreizte die Beine und hob ihr Gesäß an. Sarah wusste, was sie jetzt wollte. Dass Marie sich erstmals vor ihr ausgezogen hatte, ermutigte sie jedoch zu neuen Taten. Diesmal wollte sie ihr nicht geben, was sie verlangte – nicht so, gebunden an das von Marie definierte Schema.

Sie hielt inne, nahm ihre Hand weg, setzte sich auf.

»Was …?« Marie schaute sie fragend an.

Sarah lächelte verschmitzt, gab ihr einen kurzen Kuss auf den Mund und begann sie dann sanft vom Hals an abwärts zu küssen. Sie verharrte lange an Maries Brüsten, konnte nicht genug davon bekommen, ihre Brustwarzen mit der Zunge zu umkreisen, und verfolgte fasziniert, wie sie sich aufstellten und sich ihr steif und fest entgegenreckten.

Warum habe ich das nicht schon viel früher tun dürfen, ging es ihr durch den Kopf. Zumal es Marie ganz offensichtlich gefiel. Sie hatte die Augen geschlossen und stöhnte leise in ihr Kopfkissen.

Sarah küsste sie weiter; küsste sie unterhalb ihres Busens, küsste ihren Bauch. Als sie mit ihren Lippen jenseits des Bauchnabels angelangt war, begriff Marie, was sie vorhatte. Abrupt setzte sie sich auf, stieß Sarah sanft, aber nachdrücklich von sich.

»Nein, Sarah. Nein.« In ihrem Blick lag blankes Entsetzen.

Sarah hob fragend die Augenbrauen. »Und wieso nicht?«

Maries unerwartete Reaktion hatte ihr einen Schock versetzt, der ihre eigene Erregung auf der Stelle untergrub. Wie oft hatte sie davon geträumt, Marie zu schmecken – ihr auf diese Weise Lust zu verschaffen. Nie hatte sie es gewagt. Zudem hatte ihr Marie keine Gelegenheit gegeben. Doch jetzt hatte sie sich immerhin ausgezogen – ein Anfang. Das Brechen mit alten Mustern. Der Beginn von etwas Neuem.

»Ich … ich will das so nicht.« Maries Stimme zitterte. Sie starrte Sarah an, als hätte diese ihr gerade den Untergang der Welt verkündet.

»Warum nicht?«

»Ich ... kann das so nicht.« Marie griff nach der Bettde-cke und zog sie über ihren nackten Körper.

Sarahs Selbstsicherheit wurde unter der Decke begraben. Sie war zu weit gegangen, eindeutig. Es war so wunder-voll gewesen, der erste Schritt zu einem neuen Anfang. Warum musste sie immer mehr verlangen?

Ich hätte mir denken können, dass sie es nicht will, schalt sie sich in Gedanken selbst. Sämtliche Hoffnungen, die Marie und eine gemeinsame Zukunft betrafen, brachen wieder über ihr zusammen wie ein Kartenhaus. Sie würde immer mehr wollen, als Marie ihr geben konnte – in jedem Lebensbereich. Das Gefühl der Zerrissenheit, das sie in den vergangenen Tagen bereits in sich getragen hatte, kehrte mit einem Schlag zurück.

Sie liebte Marie, aber sie würde so nicht leben können.

Besser, ich gehe, dachte sie sich.

Dann sah sie in Maries Augen – und erschrak. Denn das, was sich in deren Blick widerspiegelte, war eindeutig Angst. Sie erkannte, dass Gehen das denkbar schlechteste war, was sie jetzt tun konnte.

»Marie.« Sie schlüpfte zu ihr unter die Bettdecke und leg-te vorsichtig den Arm um sie. Marie ließ es still geschehen. Sie verharrten eine ganze Weile in dieser Position ohne sich zu bewegen. Als Sarah fühlte, dass sich Marie etwas ent-spannte, streichelte sie sanft über ihre Wange und meinte leise: »Wir müssen das nicht tun. Tut mir leid.«

Marie schwieg beharrlich. Sie klammerte sich an der Bettdecke fest wie am Vortag an Sarahs Hand.

»Ich habe Angst«, sagte sie plötzlich und sprach damit das aus, was Sarah zuvor in ihren Augen gesehen hatte.

»Ich würde dir nie wehtun.« Sarah küsste sie zärtlich in die Halsbeuge. »Ich wollte nur etwas Neues ausprobieren. Aber es muss nicht sein, wenn du es nicht willst.«

»Ich habe Angst, dich zu verlieren.« Maries Stimme war so leise, dass sich Sarah anstrengen musste, um sie zu ver-stehen. Ihre Worte trafen sie mitten ins Herz und widerleg-ten jene Annahme, die ihr die ganze Zeit im Kopf herum gespukt hatte: dass sie Marie im Grunde nichts bedeutete, weil diese zu solchen Empfindungen nicht fähig war.

»Ach, Marie.« Sarah kuschelte sich noch dichter an die Freundin heran und küsste ihr Schlüsselbein.

»Ich weiß, dass es so kommen wird, und dass du nicht auf Dauer mit jemandem wie mir zusammen sein kannst«, flüsterte Marie. »Ich sollte glücklich und dankbar sein über jede Minute, die du mit mir verbringst, obwohl ich so bin. Aber ich habe Angst vor der Zeit, wenn du nicht mehr da bist.«

Sarah setzte sich auf und sah zu ihr hinunter. Maries Blick war ins Leere gerichtet.

»Sieh mich an, Marie. Bitte.« Die Augen wandten sich ihr zu, blickten aber weiterhin in die Ferne – durch sie hindurch. »Ich bin hier. Ich liege bei dir im Bett. Ich habe dich in den Armen gehalten und werde es auch nachher noch tun. Aber wie lange unsere Beziehung dauert, hängt nicht nur von mir ab.«

»Ich weiß«, erwiderte Marie dumpf. »Und genau das macht mir Angst. Denn egal, wie sehr ich mich bemühe – es wird nicht ausreichen, um dir das zu geben, was du willst.«

»Weißt du eigentlich, was ich will?«

Marie schwieg. Sie hielt die Bettdecke immer noch an sich gepresst wie ein Schutzschild.

»Ich will mit dir zusammen sein«, gab Sarah sich selbst die Antwort auf ihre Frage. »Ich will dich regelmäßig sehen, ich will dich jeden Tag hören, ich will mit dir Spaß haben und ich will mit dir schlafen. Was ich nicht will, ist immer im Ungewissen zu schweben, was du für mich empfindest, ständig auf deine Anrufe warten, darauf hoffen, dass du mir Audienz bei dir gewährst, mich ständig dafür rechtfertigen müssen, dass ich mit dir zusammen sein will, und in jeder Hinsicht starre Abläufe einzuhalten, weil du nicht von deinen Gewohnheiten abweichen willst. Die Frage, die ich dir stelle, ist genau dieselbe: Was willst du, Marie? Wie stellst du dir die Zukunft vor? Mit mir? Ohne mich?«

Marie flüsterte etwas Unverständliches und drehte den Kopf zur Seite.

»Nicht so«, dachte Sarah. Keine Sekunde länger mochte sie in diesem Zustand der Ungewissheit verharren. Sie wollte das Gefühl der Zerrissenheit zwischen Herz und Verstand endgültig los haben. Ein offenes Gespräch schien ihr die einzige Lösung.

»Ich habe dich nicht verstanden, Marie. Bitte sprich lauter. Es ist mir wichtig, was du willst.«

Als Marie sich ruckartig zu ihr umdrehte, standen in ihren Augen Tränen. Noch nie zuvor stand die Pein ihres Lebens ihr mehr ins Gesicht geschrieben als jetzt.

»Ohne dich will ich nicht mehr leben!« Die Tränen begannen ihr über das Gesicht zu laufen. Sie drehte sich sofort wieder zur Seite und schluchzte in das Kissen. Sarah fühlte sich mit der Situation so überfordert, dass sie zunächst nicht wusste, was sie tun sollte. Maries Aussage, an deren Wahrheitsgehalt es keinen Zweifel gab, warf sie komplett aus der Bahn. Auch sie war verzweifelt gewesen, hatte geweint – aber niemals hatte sie mit dem Gedanken gespielt, nicht mehr leben zu wollen. Je länger sie Maries heftiges Schluchzen verfolgte, desto bewusster wurde ihr jedoch, dass die Aussage in einem Gesamtzusammenhang zu sehen war. Es hatte schon zuvor genügend Hinweise gegeben, dass Marie das Leben, das sie führte, nicht besonders schätzte. Familie, Freundeskreis, Partnerschaft, Liebe, Intimität, vertraute Kommunikation – Marie hatte das jahrelang nicht gehabt. Alles weitere stand daher auf äußerst wackeliger Basis.

»Marie. Marie.« Sarah beugte sich über sie, küsste ihre tränennasse Wange. »Bitte, hör auf. Du musst ohne mich gar nicht leben. Ich will auch nicht ohne dich sein. Glaubst du, ich wäre sonst hier? – Die letzten Tage waren entsetzlich für mich. Ich habe gedacht, du willst mich nie wiedersehen ...«

»Ich habe dasselbe gedacht.« Marie drehte sich wieder zu ihr. Sie fuhr sich mit dem Handrücken über die Augen. »Ich habe mich noch nie so grauenhaft gefühlt – nicht einmal

annähernd. Ich weiß überhaupt nicht, was mit mir los ist ...
ich kann mich nicht konzentrieren, kann nicht klar denken!
Nicht einmal zur Arbeit konnte ich gehen.«

»Mir ging es ähnlich.« Sarah legte ihr Bein über Maries
und küsste nochmals ihre trockenen Lippen. »Das einzige,
was ich will, bist du.«

Zögernd streckte Marie ihre Hand aus, strich ihr über die
Wange, sah sie nachdenklich an. »Ich weiß nach wie vor
nicht, warum du so etwas noch sagen kannst.«

»Dann ist dein IQ vielleicht doch nicht so hoch, wie man
ermittelt hat.« Sarah küsste sie erneut auf die Lippen. »Ich
könnte es dir auch nochmals sagen, aber du willst es ja nicht
hören ...«

Sie stieß mit der Zunge gegen Maries Lippen und war erleichtert, als diese sich öffneten und sie willkommen hießen.
Marie schien sich wieder zu entspannen. »Vielleicht will ich
es doch hören«, flüsterte Marie plötzlich.

»Ich liebe dich.« Sarah küsste ihre Stirn, ihre Nase, ihre
Lippen. Als sie zu ihren Wangen kam, merkte sie, dass diese
wieder von Tränen benetzt waren. Sie versuchte es mit
einem Scherz, um der Situation die Dramatik zu nehmen.
»Hej – wenn ich gewusst hätte, dass du wieder zu weinen
beginnst, hätte ich mir den Satz lieber verkniffen ...«

»Entschuldige.« Marie strich sich wieder verschämt über
die Augen. »Ich bin das nicht gewohnt.«

»Ich liebe dich«, wiederholte Sarah. »Ich kann das so oft
wiederholen, bis du dich daran gewöhnt hast.«

»Ich kannte noch nie zuvor jemanden wie dich.« Marie
ließ endlich die Bettdecke los und umschlang Sarahs Nacken
mit beiden Händen. »Du bist für mich wie ein Wunder ... in
allem, was du tust.«

Sarah fühlte sich nicht wie ein Wunder, sondern trotz ihrer zur Schau gestellten Souveränität im Grunde eher verunsichert. Maries ungewohnte Emotionsausbrüche und Aussagen waren ihr mehr an die Nieren gegangen, als sie erwartet
hatte.

»Meine Vorgängerinnen müssen ziemliche Nullen gewesen sein«, verbarg sie ihre Unsicherheit erneut hinter einem Scherz. »Ich glaube, im Vergleich zu ihnen kann ich nur gewinnen.«

»Ich habe dir schon einmal gesagt, dass es ganz andere Verhältnisse waren.« Marie küsste sie innig. »Es war nicht so wie mit dir.«

»Ich verstehe immer noch nicht, wieso sich keine darum bemüht hat, dich im Zusammenhang mit deinen Defiziten zu verstehen.«

»Sie wussten das doch gar nicht.« Marie suchte wieder ihre Lippen, doch Sarah wich ihr aus und schaute sie ungläubig an.

»Was meinst du damit? Du hast ihnen nichts von Asperger erzählt?«

»Nein, natürlich nicht. – Warum sollte ich auch?« Marie runzelte die Stirn. »Du warst die erste, der ich selbst davon erzählt habe.«

»Wieso?« Sarah war verwirrt.

»Ich will nicht, dass mich jeder nur nach meiner Behinderung beurteilt«, erklärte Marie. »Dir habe ich es nur erzählt, weil ich nicht wollte, dass du dich weiterhin meinetwegen schlecht und schuldig fühlst.«

»Aber wie sollen dich andere Menschen verstehen, wenn sie nicht wissen, warum du dich so kompliziert verhältst?«

»Ich will nicht anders sein«, erwiderte Marie. »Meine ganze Kindheit und Jugend lang war ich anders, war immer diejenige, die keinen Zugang zu anderen fand. Heute bin ich erwachsen und versuche mich im Griff zu haben. Es gibt keinen Grund, jedem Menschen zu erzählen, worunter ich leide.«

»Tut mir leid – ich muss dich enttäuschen.« Sarah sah ihr ernst in die Augen. »Es fällt anderen Menschen auf, so sehr du dich auch bemühst. Als ich dich das erste Mal getroffen habe, habe ich mich sofort gefragt, was mit dir nicht stimmt.«

»Deshalb meide ich solche Situationen.« Marie griff in ihr Haar, spielte mit einigen Strähnen. »Ich versuche, Menschen aus dem Weg zu gehen, weil ich nie so sein werde wie andere, so sehr ich mich auch darum bemühe.«

»Und das wirkt erst recht seltsam«, meinte Sarah nachdenklich. Sie dachte an den vergangenen Abend und an Maries seltsames Spiel mit der Serviette. »Es wäre in manchen Situationen durchaus besser, wenn es alle wüssten, dann würde sich niemand darüber wundern, wie du dich verhältst. Und anderen Menschen, die unter Asperger leiden, würdest du Mut machen, weil sie sehen, wie gut du trotzdem dein Leben bewältigst.«

»Ich weiß nicht, ob ich da ein so tolles Beispiel und Vorbild bin.« Marie seufzte. »Gerade habe ich wohl ziemlich versagt.«

»Gestern Abend war in der Tat nicht deine Sternstunde.« Sarah lächelte und küsste ihre Nasenspitze. »Aber du sprichst phantastisches Englisch. Und du hast hinreißend ausgesehen. Die kürzeren Haare stehen dir sehr gut.«

»Danke.« Marie wirkte sichtlich verlegen. »Ich glaube trotzdem, dass fast niemand irgendetwas von meinem Vortrag verstanden hat. Deshalb hasse ich es auch so, vor Laienpublikum vorzutragen. Es ist nicht möglich, wissenschaftliche Sachverhalte einfach auszudrücken.«

»Du könntest das üben«, schlug Sarah vor. »Du wärest eine Rarität auf weiter Flur: die erste Wissenschaftlerin, die auch in Laiensprache Klartext spricht.«

Marie seufzte. »Ich weiß gar nicht, ob ich das will. Das zieht nur Leute an – wie diese Journalistin.«

»Ich glaube, sie wollte einfach nur ein Interview, das in ihre Sendereihe passt«, meinte Sarah. »Wie gesagt, gestern war nicht deine Sternstunde.«

»Nein, in der Tat nicht.« Marie drehte sich seitlich zu ihr und suchte ihre Lippen. Sie versanken in einen zärtlichen, intensiven Kuss. Marie presste ihre Mitte an Sarahs Schenkel und begann sich wieder daran zu reiben. Ihr Atem wurde heftiger, und auch Sarahs Erregung kam zurück. Ihr Mund suchte nach Maries Brust und entlockte ihr auf diese Weise ein tiefes Stöhnen. Als sie merkte, wie sehr Marie auf ihr Tun ansprach, begann sie sanft zu saugen. Zufrieden nahm sie zur Kenntnis, dass die Brustwarze größer und Maries Stöhnen heftiger wurde.

»Geh tiefer«, flüsterte Marie.

Sarah wollte ihr die Hand zwischen die nassen Schenkel schieben, doch Marie hielt sie am Handgelenk fest.

»Nein. So wie …du es vorher wolltest.«

Es dauerte einige Augenblicke, ehe Sarah verstand, was sie meinte. Zweifelnd sah sie in Maries angespanntes Gesicht.

»Bist du sicher?«

»Nein.« Marie lächelte zaghaft und unterband Sarahs Widerspruch, zu dem sie sofort ansetzte, indem sie ihr zwei Finger auf die Lippen legte. »Ich werde dir sagen, wenn ich es nicht mag. Aber lass es uns versuchen.«

Zögernd schob sich Sarah entlang ihres Körpers nach unten.

Ich will nicht, dass sie das nur aus Sorge zulässt, dass sie mich sonst verliert, ging es ihr durch den Kopf. Zögernd strich sie über Maries Schamlippen, wartete ihre Reaktion ab. Marie lag ganz ruhig vor ihr. Zu ruhig. Sarah erinnerte ihre Körperhaltung unweigerlich an ein Tier, dass in resignierter Lähmung seine Opferung abwartete.

Vorsichtig senkte sie dennoch ihre Lippen auf Maries Mitte und kostete von ihrem Saft. Erstaunt stellte sie fest, dass sie nicht in der Lage war, den Geschmack in Worte zu fassen. Sie hatte damit gerechnet, dass es salzig oder zumindest nach Meer schmeckte, doch dem war nicht so. Sie senkte den Kopf erneut und leckte sanft und gleichmäßig über Maries Klitoris. Marie gab ein kurzes Stöhnen von sich und griff nach ihren Händen. Sarah spürte den festen Griff ihrer Finger – und damit auch, was in Marie vor sich ging. Die nervöse Anspannung von zuvor war Erregung gewichen. Maries Fingernägel bohrten sich mehr und mehr in ihre Handflächen; ihr Atem wurde zu Stöhnen und ihr Stöhnen zu Keuchen.

Du lieber Himmel, dachte Sarah, während sie Maries Klitoris immer weiter anschwellen fühlte. Sie ließ ihre Zunge über Maries Perle tanzen, rief immer mehr Nässe hervor, spürte am festen Griff von Maries Händen, wie nahe sie dem Höhepunkt war.

Maries Schenkel begannen zu zittern.

»Sarah … Sarah …« Marie keuchte ihren Namen, dann überrollte sie der Orgasmus wie eine heiße Woge. Sie schrie, ließ Sarahs Hände los, krallte sich in das Laken und riss daran. Als Sarah aus ihrer Versenkung auftauchte, lag sie schwer atmend auf der Seite, das Leintuch an sich gepresst.

»Na?« Sarah legte sich lächelnd zu ihr an die Seite. »Ich versuche es mal mit einer klassischen Frage …«

»Nein, bitte nicht.« Marie erwiderte ihr Lächeln. Ihr Atem ging immer noch schwer. »Ich sage dir die Antwort darauf auch so: Es war nicht so unangenehm, wie ich erwartet hatte.«

Da Marie noch nie einen Scherz gemacht hatte, dauerte es einige Schrecksekunden, ehe Sarah begriff, was sie damit sagen wollte. Kichernd näherte sich Maries Gesicht.

»Warte nur«, stieß sie hervor. »Ich werde mich für diese Aussage bitter rächen.«

Maries Lächeln wurde breiter. Sie gab ein kurzes, glucksendes Geräusch von sich.

Oh mein Gott, diese Frau kann lachen!

Sarahs Erstaunen spiegelte sich in Maries eigenen Augen wieder. Das glucksende Geräusch wiederholte sich und wurde schließlich zu einem kurzen, hellen Lachen. Sarah stimmte darin ein.

»Lass diesen Augenblick nie vergehen«, dachte sie sich, während sich Maries Arme um sie schlossen. Sie schloss die Augen, so als sei es die einzige Möglichkeit, um diesen kostbaren Moment zu konservieren.

Als Sarah am Abend zu sich nach Hause zurückkehrte, fand sie ihren Vater und Irene am Esstisch vor. Die beiden hatten offensichtlich gemeinsam zu Abend gegessen. Als sie die finstere Miene ihres Vaters sah, ahnte sie bereits, was kommen würde.

Schon als sie mit der völlig paralysierten Marie am Abend zuvor im Taxi gesessen hatte, war ihr bewusst gewesen, dass ihr schnelles gemeinsames Verschwinden ein Gespräch nach sich ziehen würde. Sie hatte auch realisiert, dass ihr Vater die Titulierung »Liebes«, mit der sie Marie vor allen Leuten angesprochen hatte, ebenfalls zur Kenntnis genommen hatte.

Und wenn schon, dachte sie und straffte die Schultern. Ich wollte es ihm ohnehin schon lange sagen.

»Möchtest du noch etwas essen?« Irene begrüßte sie deutlich freundlicher als ihr Vater. »Es wäre noch ein Schnitzel übrig ... und die Kartoffeln könnte ich dir noch einmal aufwärmen.«

Sarah schüttelte den Kopf. Das verschlossene Gesicht ihres Vaters raubte ihr den Appetit. Obendrein konnte sie nicht völlig darüber hinwegsehen, dass Irene für ihn gekocht hatte – in ihrer Küche!

»Ich weiß nicht, was du dir eigentlich dabei gedacht hast«, begann Adam Rosenberg, nachdem sie seiner Aufforderung, sich zu setzen, Folge geleistet hatte. Sein harscher Tonfall und seine provokante Frage trafen sie wie ein Faustschlag in den Magen.

»W ... wie?«

»Tu nicht so unschuldig.« Auf der Stirn ihres Vaters bildete sich eine steile Falte – ein schlechtes Zeichen. Das letzte Mal war diese Falte erschienen, als sie darauf beharrt hatte, Kunstgeschichte zu studieren. »Glaubst du eigentlich, du kannst mich für blöd verkaufen?«

»N ... nein ...«

»Wie lange läuft das schon?«

Aus der Bahn geworfen von seinem harschen Einstieg, war ihr Verstand so blockiert, dass sie nicht einmal seine Frage verstand.

Er stand auf und legte die Hände auf die Stuhllehne. »Gut.« Sie sah an seinen steinernen Gesichtszügen und den dennoch zuckenden Mundwinkel, dass er sich extrem beherrschen musste, um sie nicht anzuschreien. Noch immer verstand sie nicht, auf was er eigentlich hinaus wollte. »Du willst mich also weiterhin für dumm verkaufen. Schön.« Er bedachte sie mit einem nahezu tödlichen Blick. »Ich bin enttäuscht. Maßlos enttäuscht.«

»Also ... macht das bitte unter euch aus.« Irene stand auf und begann hektisch, das Geschirr abzuräumen. Sarah verstand immer noch nicht, auf was ihr Vater letztendlich hinaus wollte. Sie stand unter Schock. Noch nie hatte sie ihn so erlebt.

»Sag mir nur das eine: Warum Marie Felder?« Er fixierte sie mit seinem immer noch tödlichen Blick.

Sarahs Blockade begann sich zu lösen. Sie begriff, dass es zu spät war, selbst den ersten Schritt zu tun und ihm freiweg von sich und Marie zu erzählen.

»Weil ich sie liebe«, sagte sie schlicht, denn es war die einzige Antwort, die sie ihm geben konnte.

»Das kann nicht sein! Verdammt!« Ihr Vater verlor nun endgültig die Beherrschung. Seine Faust traf den Tisch mit einer Heftigkeit, dass die Gläser tanzten. Sarah zuckte entsetzt zusammen.

»Adam, bitte!« Irene, die das restliche Geschirr holte, warf ihm einen warnenden Blick zu, ehe sie wieder in der Küche verschwand.

»Ich will nicht, dass du sie liebst«, sagte ihr Vater mit klarer Stimme, ohne sie dabei anzusehen. »Ich will nicht, dass du mit ihr ein Verhältnis hast. – Du bist meine Tochter, verdammt!«

Sarah atmete tief ein. Bleib ruhig, ermahnte sie sich selbst. Er meint das nicht so. Es ist nur der erste Schock.

»Und wenn ich sie liebe, bin ich nicht mehr deine Tochter?«, fragte sie leise.

Ihr Vater begann, unruhig im Zimmer auf und ab zu marschieren. »Ich wollte für dich immer das Beste!« Seine Miene war steinern. »Und das will ich immer noch. Ich will für dich als meine Tochter nicht jemanden wie sie.«

Er blieb vor dem Esstisch stehen und stützte sich mit den Handflächen darauf ab. Er sah sie ernst an. »Ich will nicht, dass du weiter mit ihr Kontakt hast. Ich will nicht, dass du sie weiter triffst. Ich weiß, es wird in der ersten Zeit hart für dich werden, aber langfristig ist es für dich das Beste. Sarah, diese Frau ist dein Untergang!«

Sarah schloss die Augen. Nach den liebevollen und intensiven Stunden in Maries Armen traf sie die Reaktion ihres Vaters wie ein Schlag. Sie hatte nicht erwartet, dass er in Jubel ausbrechen würde. Doch auf eine solch heftige Reaktion war sie nicht vorbereitet.

»Ich werde sie weiter lieben, und natürlich werde ich sie weiter treffen«, sagte sie und bemühte sich, das leichte Zittern in ihrer Stimme zu verbergen. Bitte, versteh mich doch, dachte sie, aber in den Augen ihres Vaters stand nur unerbittliche Härte. »Du wirst es mir nicht verbieten können.«

»Die Frau ist krank! Sie ist verhaltensgestört.«

»Sie hat eine Behinderung. Sie weiß es, ich weiß es, und welche Schwierigkeiten sich eventuell daraus ergeben, ist etwas, das allein uns beide angeht.«

»Zum Teufel, nein!« Ihr Vater schrie nun regelrecht. Seine Augen funkelten wütend. »Es betrifft auch mich! Ich bin dein Vater! Ich will nicht, dass meine Tochter mit so jemandem zusammen ist! Du hast gesehen, wie sie sich gestern Abend verhalten hat ...«

»Sie hat von vornherein gesagt, dass sie sich dieser Stresssituation nicht aussetzen will, weil sie dem nicht gewachsen ist«, erwiderte Sarah. Sie wunderte sich über sich selbst, dass sie immer noch so ruhig bleiben konnte. »Du warst es, der sie quasi dazu gezwungen hat!«

Ihr Vater ging nicht darauf ein, sondern schmetterte ihr sein nächstes Argument ins Gesicht.

»Die Frau ist um rund zwölf Jahre älter als du! Sie wird dich immer dominieren!«

»Nein.« Noch nie war es Sarah leichter gefallen, eine klare Aussage zu treffen. »Marie dominiert mich in keiner

Weise. Es mag sein, dass uns auf dem Papier zwölf Jahre trennen – in der Realität ist es nicht so.«

»Um so schlimmer«, entgegnete ihr Vater trocken. »Das ist alles nicht normal.«

Sarah erhob sich. Sie fühlte sich müde und ausgelaugt. Sie sah, dass die Wut in seinen Gesichtszügen blanker Verzweiflung gewichen war, und er tat ihr leid. Sie erkannte, dass es an diesem Abend keinen Sinn mehr haben würde, mit ihm über die Normen der Normalität zu diskutieren, und dass er in seinem derzeitigen Zustand weder Verständnis aufbringen konnte noch wollte.

»Es tut mir leid, dass es dich so trifft«, sagte sie daher traurig. »Ich hatte mir immer gewünscht, du würdest dich freuen, wenn ich mich einmal verliebe. Als dies bei Marie der Fall war, habe ich es dir nicht gesagt, weil ich mich genau vor dieser Reaktion fürchtete. Ich kann dir nur sagen, dass deine Haltung nichts an meiner Liebe zu ihr ändern wird. – Vielleicht bist du ja morgen bereit, mit mir vernünftig zu reden. Ich bin jetzt müde, ich will ins Bett und ich möchte nicht länger angeschrien werden. Gute Nacht.«

Sie ließ ihren Vater in seiner zornigen Hilflosigkeit zurück.

Sarah sollte mit ihrer Einschätzung recht behalten. Als sie am nächsten Tag tatsächlich nochmals mit ihrem Vater darüber redete, zeigte er sich zwar immer noch ablehnend, war insgesamt aber wesentlich zugänglicher als am Vorabend und hielt sich mit Pauschalaussagen bezüglich dessen, was normal oder unnormal war, spürbar zurück. Auch Sarah war nun auf das Gespräch vorbereitet und argumentierte – besonders dann, wenn er mit grotesken Behauptungen aufwartete.

Danach wusste sie, dass ihr Vater sie nach wie vor liebte und akzeptierte, und hatte realisiert, dass seine erste Reaktion aus schlichter Besorgnis um ihr Wohlergehen herrührte. Es gelang ihr nicht, ihn soweit zu bringen, dass er ihr Verhältnis voll akzeptierte, aber immerhin konnte sie ihm das Versprechen abringen, sich Marie gegenüber fair zu verhalten und Privates von Beruflichem zu trennen. Was sie absolut nicht wollte, war, dass ihr Vater Marie auf ihr Verhältnis ansprach und ihr möglicherweise vorwarf, sie hätte seine süße Tochter auf Abwege gebracht. Sie wusste – wie auch immer Marie darauf reagieren würde und konnte, es würde der falsche Weg sein. Ehe ihr Vater nicht bereit war, Marie als ihre Partnerin so zu akzeptieren, wie sie war, konnte ein Gespräch zwischen den beiden nur in eine Katastrophe münden.

Einige Tage später saß Sarah mit Regelschmerzen und einer Wärmflasche auf dem Bauch am Computer und checkte ihre Mails. Überrascht stellte sie fest, dass ihr Nino Adjani geschrieben hatte. Er berichtete ausschweifend von seiner Geburtstagsparty in New York und nannte Namen, die sie gewöhnlich nur aus den Klatschspalten jener Illustrierten kannte, die beim Friseur auslagen. Amüsiert schüttelte sie den Kopf. Ihre Tante hatte recht: Das war wirklich eine andere Welt.

In Gedanken bei Nino, wollte sie die Mail gerade schließen, als sie entdeckte, dass ihr noch ein Attachment angehängt war. Neugierig klickte sie darauf.

Sekunden später starrte sie wie vom Donner gerührt auf das Schauspiel, das sich auf ihrem Monitor bot: zwei Kugeln, die eine rot, die andere orange, die miteinander zu tanzen schienen, sich aneinander näherten, auseinander drifteten, und schließlich wieder zusammenfanden, um miteinander zu verschmelzen, während sich im Hintergrund Licht und Schatten abwechselten. Nino Adjani hatte ihr seine Videokunst als digitale Animation geschickt.

Von dem unerwarteten Geschenk ganz in Bann gezogen, verfolgte Sarah das Verschmelzen der beiden Kugeln. Lange konnte sie sich jedoch nicht konzentrieren. Ihre Gedanken glitten ab zu dem Gespräch, das sie mit ihrem Vater geführt hatte. Vieles von dem, was er gesagt hatte, rumorte noch in ihrem Inneren.

»Ich will das Beste für dich«, hatte Adam Rosenberg wiederholt beteuert. »Verstehst du nicht, dass ich mir etwas anderes für dich vorgestellt habe als eine 32-Jährige mit einer Sozialstörung?«

Sie verstand ihn – aus seiner Sicht. Sie dachte unwillkürlich an Mario, der die Augen ihrer Tante bereits zum Leuchten gebracht und ihren Vater ganz sicher in den siebten Himmel befördert hätte, und daran, dass er sicherlich all das verkörpert hatte, was sich ihr Vater für sie wünschte. Ein junger Mann aus guter Familie mit vielen Hobbys und einem großen Freundeskreis, smart, aufgeschlossen, kommunikativ.

»Wenn schon eine Frau, warum dann ausgerechnet sie?«, hatte ihr Vater gefragt, doch es war keine Frage gewesen, sondern im Grunde ein Vorwurf.

»Weil du mich mit ihr bekannt gemacht hast«, hatte sie ihm den Ball zurückgespielt und gewusst, dass ihre Antwort dasselbe Niveau hatte wie seine Frage.

»Du wirst mit Marie nie ein gesellschaftliches Leben haben«, hatte er schließlich einen seiner letzten Trümpfe aus dem Ärmel geschüttelt. »Du wirst keine Freunde haben, du wirst nur zu Hause sitzen, du wirst einsam sein.«

Darauf hatte sie geschwiegen, denn sie wusste, dass dies nicht völlig aus der Luft gegriffen war. Sie dachte an all die Momente, in denen sie gerne mit ihr unter Menschen gegangen oder in einer Lokalität eingekehrt wäre. Marie hatte sich konsequent geweigert. Letztendlich waren sie tatsächlich fast nur bei ihr in der Wohnung gewesen – oder, schlimmer noch, sie hatte einsam daheim gesessen und darauf gewartet, dass Marie anrief und bereit war für ein Treffen. Würde sich daran jemals etwas ändern? – Sarah hatte ihre Zweifel. So sehr sich Marie auch bemühte, Asperger würde immer Teil ihres Lebens und ihrer Persönlichkeit sein. An ihrem Bemühen, ihr entgegenzukommen, zweifelte Sarah nicht mehr. Dennoch war ihr klar, dass Marie Asperger nicht abschütteln konnte wie einen alten Mantel. Sie würde niemals zu einem Partytiger mutieren, und sie würde in der Kommunikation und sozialen Interaktion mit Menschen immer Probleme haben – auch mit ihr, Sarah.

»Ich wünsche dir alles, alles Glück der Welt«, hatte ihre Tante am Nachmittag zu ihr gesagt, als sie ihr in der Galerie half. »Wenn dieses Glück in den Armen dieser Frau liegt, soll es so sein. Ich habe dir gesagt, es ist meistens besser, seinem Herzen zu folgen als zu tun, was andere erwarten. Ich stoße meine Maxime jetzt nicht um, weil du zufällig mit dieser Frau zusammen bist, Sarah. Ich habe nur Sorge, dass du dabei auf der Strecke bleibst. Eine Beziehung mit jemandem zu führen ist schwer genug. Sie mit jemandem zu führen, der Probleme hat, Emotionen zu erkennen und zu zeigen, ist gewiss eine zusätzliche Herausforderung.«

»Marie wird nie für dich da sein können, wenn du sie brauchst«, hatte ihr Vater in dieselbe Kerbe geschlagen. »Sie ist viel zu beschäftigt mit sich selbst.«

Im ersten Augenblick hatte sie diese Behauptung genauso getroffen wie die Aussage, sie werde mit Marie nie ein gesellschaftliches Leben haben. Doch je mehr sie darüber nachgedacht hatte, war ihr eines bewusst geworden: Marie war bisher immer für sie da, wenn sie sie am meisten brauchte. Sie hatte sie aufgenommen, als sie ohne Schlüssel und Handy aus Marios Wohnung gestürmt war; sie hatte sie in den Arm genommen und ihr Trost gespendet, als sie wegen des Verhältnisses ihres Vaters zu ihrer Tante so durcheinander gewesen war.

Trotz aller Argumente gegen diese Beziehung – was sie für Marie empfand, war Liebe. Sie wollte sie nicht aufgeben, konnte sich nicht vorstellen, künftig auf sie zu verzichten. Und trotz aller Argumente gegen diese Beziehung – die stärksten Argumente, die sie an deren Sinnhaftigkeit zweifeln ließen, lieferte sie sich selbst.

Ohne dich will ich nicht mehr leben, hatte Marie gesagt. Für Sarah bestand kein Zweifel, dass sie es in diesem Augenblick ernst gemeint hatte. Die Frage war nur, welchem Stellenwert Marie ihr auf Dauer einräumen konnte, und ob sie selbst langfristig mit dem zufrieden sein würde, was ihr Marie entgegenbrachte.

Am Sonntag hatten sie über vieles geredet, aber nicht

darüber, wie es weitergehen sollte. Auch bei den kurzen Telefonaten, die sie seither täglich geführt hatten, war eine gemeinsame Zukunft und wie diese aussehen könnte, nie angesprochen worden. Marie hatte sich von sich aus gemeldet, was zweifelsohne als deutliches Zeichen ihres Bemühens zu werten war. Die Telefonate waren jedoch sehr stockend verlaufen und hatten maximal fünf Minuten gedauert.

Das Klopfen an der Türe riss sie aus ihren Gedankengängen. Ihr Vater steckte den Kopf herein. »Du hast Besuch«, erklärte er kurz angebunden. »Marie Felder.«

»Was?« Sarah drehte sich überrascht um. Augenblicke später stand Marie tatsächlich in ihrem Zimmer. Ihr Vater schloss die Türe geräuschvoll von außen und tat auf diese Weise seinen immer noch vorhandenen Unmut kund.

Marie stand unschlüssig im Zimmer, schien nicht zu wissen, wie sie sich verhalten sollte. Sarah legte die Wärmflasche beiseite, erhob sich und begrüßte sie mit einem Kuss, den ihre Besucherin vorsichtig erwiderte. Sarah wusste inzwischen, dass Marie anfangs immer einige Minuten brauchte, um in die innigere Umgangsweise, die sie miteinander pflegten, hineinzufinden.

Sie nahm ihre Hand und zog sie zu ihrem Bett.

Marie nahm vorsichtig Platz. Ihr Blick fiel auf die Wärmflasche, die Sarah auf dem Schreibtischstuhl zurückgelassen hatte. »Ich habe nicht gewusst, dass du krank bist«, sagte sie nun zögernd. »Wenn es dir zu viel ist ... ich kann wieder gehen ...«

Sarah ließ sich in die Kissen fallen und rutschte zur Seite.

»Komm zu mir aufs Bett. – Ich freue mich riesig, dass du hier bist.«

»Dein Vater ...« Unschlüssig blieb Marie auf der Bettkante sitzen.

»Mein Vater klopft üblicherweise an, ehe er in mein Zimmer stürmt. Im Übrigen weiß er inzwischen, dass du mehr bist als eine platonische Freundin.«

»Ja.« Marie zögerte noch immer. »Ich glaube, er findet das nicht gut.«

»Mag sein.« Sarah hob die Bettdecke an. »Komm schon. Es reicht, wenn ich das gut finde. Er muss sich eben erst daran gewöhnen.«

Als Marie endlich neben ihr lag, kuschelte sie sich dicht an sie. Die Hitze von Maries Körper war wirkungsvoller als die Wärmflasche zuvor und linderte ihre Schmerzen.

»Was hast du?«, fragte Marie nun.

»Regelschmerzen. Am ersten Tag ist es bei mir immer schlimm. Tut mir leid, wenn ich gerade nicht so brauchbar bin.«

»Das macht nichts.« Marie legte ihre Hand auf ihren Bauch und streichelte ihn behutsam.

»Bauchfetischistin«, dachte Sarah unwillkürlich und genoss ihre Nähe und ihr Streicheln. Eine ganze Weile sprachen sie nichts, und Sarah wurde voller Staunen bewusst, dass es noch nie zuvor jemanden in ihrem Leben gegeben hatte, mit dem sie so lange in Schweigen verharren konnte, ohne sich unwohl zu fühlen. Letztendlich hatte es auch mit Marie gedauert, bis sie an diesem Punkt angelangt war. Sie hatte sich Zeit ihres Lebens so daran gewöhnt, dass alle Leute sie rund um die Uhr mit Worten überschütteten, dass es ihr anfangs schwer gefallen war, Stille zu akzeptieren.

»Du hast mich überrascht«, sagte Sarah dann. »Eigentlich waren wir erst morgen verabredet.«

»Ja … entschuldige«, sagte Marie sofort. Sie versteifte sich in Sarahs Armen. »Ich wollte nicht unhöflich sein.«

Sarah unterbrach sie und schob ihr Kinn in ihre Richtung, so dass sie ihr direkt in die Augen sah.

»Du bist nicht unhöflich. Ich freue mich sehr, dass du hier bist. – Das ist übrigens mein freudiges Gesicht. Vielleicht etwas anders als das freudige Gesicht, dass ich dir schon mal gezeigt habe, aber mit Regelschmerzen wirken die Gesichtszüge unter Umständen etwas anders.«

Sie lächelte über ihren eigenen Scherz, und ihr Lächeln vertiefte sich, als sie sah, dass auch Maries Mundwinkel zuckten.

»Ich habe schon damals auf der Wiese am Wilhelminenberg geahnt, dass das komplexer wird, als du mir weißmachen wolltest«, erwiderte sie dann auch noch.

Sarah kicherte übermütig. Sie schlang ihre Arme um Marie und küsste sie. »Ich habe nicht geahnt, dass du es schaffst, dich einmal vor acht Uhr abends von der Arbeit loseisen zu können.«

»Es hat Überwindung gekostet, aber als ich den ersten Schritt aus dem Labor gesetzt hatte, hat es sich eigentlich ganz gut angefühlt.« Marie lächelte scheu. »Im Übrigen bin ich schon viel früher gegangen. Nämlich um halb sechs Uhr.«

»Was, und dann kommst du erst um kurz vor acht Uhr zu mir?«

Es hatte ein Scherz sein sollen, doch Marie verstand ihn nicht. Erschrocken starrte sie Sarah an. »Ich … ich musste im Handy-Shop so lange warten«, stotterte sie schuldbewusst. »Da waren so viele Leute.«

»Handy-Shop?« Sarah löste sich aus der Umarmung. Vor Verwunderung vergaß sie völlig den Hinweis, dass ihre Anmerkung nur als Scherz gedacht gewesen war. »Was machst du in einem Handy-Shop?«

»Ein Handy kaufen«, sagte Marie mit einer Selbstverständlichkeit, die durch nichts zu überbieten war. Sie stand auf und holte aus ihrem Rucksack tatsächlich einen rechteckigen Karton mit buntem Aufdruck.

»Du hast tatsächlich ein Handy gekauft«, stellte Sarah verblüfft fest.

»Ja.« Marie nahm das Gerät und seine Einzelteile vorsichtig aus der Verpackung. »Ich kenne mich damit nicht aus. Vielleicht kannst du mir helfen?«

»Ja, natürlich!« Sarah baute mit wenigen geschickten Griffen das Gerät zusammen und fischte den Akku aus dem Karton. Sie steckte das Gerät an die Steckdose.

»Was jetzt?«

Marie sah skeptisch auf das Gerät. »Jetzt muss der Akku erst einmal vollständig aufgeladen werden«, erklärte Sarah. »Sag – ist das dein erstes Handy?«

Marie bestätigte ihre Vermutung mit kurzem Nicken. Sarah schien es unvorstellbar, dass jemand, der nur unwesentlich älter war als sie, nicht schon seit Jahren ein Handy besaß.

»Es gab vorher niemanden, der mich anrufen wollte«, schob Marie nach. »Und niemanden, für den ich immer erreichbar sein wollte.«

Sarah drehte langsam den Kopf in ihre Richtung. »Und das ist jetzt anders?«

Marie betrachtete lange das Handy, als suche sie die Antwort auf diese Frage auf der Tastatur. Dann sah sie Sarah lange an.

»Du hast mir einiges gesagt in letzter Zeit«, begann sie schließlich zögerlich. »Du hast mir sehr viele Dinge an den Kopf geworfen, die ich zuvor noch von niemandem gehört habe. Du bist die erste, die mir vor Augen gehalten hat, dass es Menschen gibt, die gravierendere Defizite haben als ich und die auch irgendwie damit leben, und dies nicht selten glücklicher.«

Sie machte eine kleine Pause, starrte wieder auf das Handy, fuhr aber schließlich mit kräftigerer Stimme fort: »Dein Vergleich ... hat mich zum Nachdenken gebracht. Ich kann sehr leicht sehr komplexe Sachverhalte begreifen und tue mich sehr schwer, Menschen zu verstehen. Bei dir, hast du gesagt, ist es umgekehrt, und dass du dich bemühen musst zu lernen. Es ist wahr, dass meine Eltern mich teilweise in meiner Welt gelassen haben, sobald die Diagnose gestellt war. Sie haben mich gefördert, damit ich ein selbständiges Leben führen kann, haben mich auf spezielle Schulen und zu Verhaltenstherapeuten geschickt, aber das war es. Sie haben mich nicht mehr dazu gezwungen, am sozialen Leben teilzunehmen, wenn ich es nicht wollte oder konnte. Möglicherweise habe ich mir es daher tatsächlich einfach gemacht, mich noch weiter zurückgezogen, als es eigentlich nötig war.«

Sie hob den Kopf und richtete ihren Blick wieder auf Sarah. »Du hast mir gesagt, du willst mich regelmäßig sehen und jeden Tag hören, weil es sonst keine richtige Beziehung ist. Ich verstehe das – allerdings nur rational. Ich selbst empfinde nicht weniger für dich, auch wenn ich dich mehrere Tage nicht sehe und höre. Für mich ist dieses Gefühl immer da – egal, ob du mir gegenübersitzt, ob ich im Labor arbeite oder allein in meiner Wohnung bin. Ich glaube auch nicht, dass ich mich in dieser Hinsicht ändern kann. Vielleicht ist das ein Detail meiner Behinderung, vielleicht auch ein Charakterzug. Ich habe nicht dieses ausgesprochene Bedürfnis, eine bestimmte Person immer um mich zu haben. Aber ich verstehe, dass dein Empfinden anders ist und dass du diese Regelmäßigkeit unserer Treffen und tägliche Anrufe brauchst, um dich wohlzufühlen. – Ich möchte dich nicht verlieren, Sarah. Du .... du bist der erste Mensch, der mir überhaupt je so nahe gekommen ist. Wenn das deine Bedingungen sind, damit du weiter mit mir zusammen sein willst ..., ich werde mein Bestes geben, sie zu erfüllen. In Zukunft bin ich für dich erreichbar – wann immer du mich sprechen willst.«

Sarah kauerte immer noch am Boden, genau vor jener Steckdose, in die sie den Akku des Handys gesteckt hatte. Jetzt richtete sie sich auf, machte einen Schritt auf Marie zu, wollte sie umarmen – wurde aber von einer radikalen Handbewegung gestoppt.

»Ich bin noch nicht fertig.« Maries Stimme klang nun ungewohnt. »Dich zu verlieren wäre für mich sehr schlimm. Ich habe dieses Gefühl noch nie zuvor gehabt ... dieses Gefühl, den Boden unter den Füßen zu verlieren. So hat es sich für mich angefühlt in den Tagen, in denen ich nicht wusste, ob du mich noch sehen willst. Ich kann mir im Moment nicht vorstellen, wie es sein würde, ohne dich zu sein – ohne das, was du mir entgegenbringst. Du hast mein Leben so verändert. Du gibst allem Farbe ... und es fühlt sich so warm in mir an. Aber wenn du dich anders entscheidest, muss ich es akzeptieren. Ich weiß, dass es mit mir oft nicht so ... angenehm ist, das habe ich dir ja schon immer gesagt. Ich kann mich bemühen, noch mehr als zuvor, aber vieles, was für dich und andere selbstverständlich ist und von innen kommt, wird bei mir immer eine Art antrainiertes Verhalten und Bemühen sein.

Mit mir wirst du kein gemeinsames Leben führen können mit einem großen Freundeskreis und vielen gesellschaftlichen Anlässen. So sehr ich mich da auch bemühen will – ich kann es nicht. Menschengruppen überfordern mich völlig. Ich bekomme stechende Kopfschmerzen, die Welt beginnt sich um mich zu drehen, mir wird fast übel. Ich halte es nicht aus. Was ich am meisten genieße, ist das Alleinsein und die Stille – in der Gewissheit, dass ich nicht alleine sein muss. Ich kann mir vorstellen, dass es sich möglicherweise für Menschen wie dich völlig absurd anhört, was ich sage. Aber genauso ist es.«

Sie machte eine Pause, schien darüber nachzudenken, was sie noch sagen wollte. Sarah nutzte die Gelegenheit, um an sie heranzutreten und ihr sanft die Hand auf die Schulter zu legen. Marie griff nach ihr und zog sie in Höhe ihres Bauchnabels, wo sie sie fest mit beiden Händen umschloss.

»Du bist jung, Sarah«, sagte sie dann leise. »Ich will dir nicht dein Leben nehmen. Aber ich will dich auch nicht verlieren.« Der Blick, mit dem sie ihr nun in die Augen schaute, spiegelte pure Hilflosigkeit wider. »Im Grunde habe ich keine rationale Lösung parat, wie sich das alles in Einklang bringen lässt.«

Sarah lehnte sich gegen sie. Marie hatte vieles endlich ausgesprochen. Es war für Sarah eine Zusammenfassung und eine nochmalige Verdeutlichung dessen, was es bedeutete, wenn sie auch in Zukunft eine Beziehung führten. Bei alledem aber zählte für sie ein Satz am allermeisten: »Ich will dich nicht verlieren.«

»Ich will dich auch nicht verlieren«, erwiderte sie. »Ich liebe dich, Marie.«

»Sarah.« Marie zog sie dicht an sich. Eine Weile verharrten sie wortlos in der Umarmung. Als sie sich schließlich voneinander lösten, sagte Marie: »Es wird Bereiche in deinem Leben geben, die ich nie mit dir teilen kann, aber auf die du nicht verzichten kannst und sollst. Das heißt, du musst diese Bereiche deines Lebens so gestalten, als ob es mich nicht gäbe. Du sollst auf nichts verzichten – meinetwegen. Du musst das wissen und auch leben, denn sonst wird es mit uns nicht funktionieren, weil du unglücklich sein wirst. Und irgendwann würdest du mich dann nicht mehr lieben, sondern wohl eher hassen. Ich möchte nicht, dass es soweit kommt, daher ist es mir wichtig, das gleich anzusprechen.«

»Ich will dich nicht verlieren«, hatte Marie gesagt. Der Satz hallte noch immer in Sarah wider, wärmte ihr Inneres, erhellte ihr Herz. Sie hatte das, was Marie danach gesagt hatte, sehr wohl zur Kenntnis genommen, doch diese einzige Aussage und Maries ernsthaftes Versprechen, sich künftig mehr zu bemühen, waren ihr in diesem Moment genug.

»Ich möchte auch, dass es nie soweit kommt«, erwiderte Sarah. »Und ich weiß, dass ich etwas ändern muss ... dass ich nicht mehr meine Zeit damit verbringen kann, darauf zu warten, ob du mit mir etwas unternimmst oder ob ich dich sehe. Ich weiß, dass ich mich wieder darum bemühen muss, einen Freundeskreis aufzubauen, um auch die Bereiche zu füllen, die du nicht mit mir teilen kannst. Ich war in der letzten Zeit zu blockiert in all meinen Gedanken und Aktivitäten, weil ...«

Sie verstummte. Im letzten Augenblick war sie sich unsicher, ob sie Marie mit ihrer tiefgründigsten Sorge konfrontieren sollte, oder ob sie sie damit wieder verunsichern würde, rang sich aber schließlich dennoch dazu durch. »... weil ich immer das Empfinden hatte, ich sei dir nicht wichtig. Dass es mit mir so ist wie mit all meinen Vorgängerinnen.«

»All deinen Vorgängerinnen.« Marie lächelte flüchtig. »Das hört sich sogar in meinen Ohren schrecklich an, weißt du das? – Als wäre es ein ganzes Heer.«

»Na ja«, Sarah hob hilflos die Schultern. »Ich weiß ja nicht, wie oft ..., ich meine, wie viele ...«

Sie wurde unweigerlich rot, als sie Maries fragenden Blick auf sich ruhen fühlte.

»Das musst du auch nicht im Detail wissen«, sagte Marie

ernsthaft. »Ich habe dir gesagt, was es dazu zu sagen gibt. Was vor dir war, ist für mich nicht von Bedeutung gewesen. Es ist nicht vergleichbar. Du bist mir wichtig.« In Maries Augen stand nichts als uneingeschränkte Ehrlichkeit.

Sarah atmete tief durch. Sie schmiegte sich dicht an Marie, deren Herz genau so bebte wie das ihre. »Komm zurück ins Bett«, sagte sie leise. »Ich möchte dich einfach nur spüren.«

Sie wollte Marie mit sich ziehen, als sie bemerkte, dass deren Aufmerksamkeit auf ihren Schreibtisch gerichtet war. Am Monitor ihres PCs wiederholte sich zum x-ten Male Nino Adjanis Animation.

»Was ist das?«

Marie löste sich aus ihrer Umarmung und betrachtete interessiert den Bildschirm.

»Ein Geschenk von diesem Nino, den ich in London kennen gelernt habe«, wollte Sarah gerade erklären, doch ein erneuter Blick auf den Monitor raubte ihr Sekunden lang die Sprache. Denn auf einmal begriff sie, weshalb sie diese Animation vom ersten Blick an so in ihren Bann gezogen hatte: Die Kugeln standen symbolisch für Marie und sie.

So, wie sich die schwebenden Bälle verhielten, so verhielt es sich auch mit ihnen: Sie umkreisten sich, tanzten oft um sich selbst herum, drifteten in ihre eigenen Richtungen – und fanden doch immer wieder zusammen, verschmolzen, waren ein großes Ganzes. Im Hintergrund wechselten Licht und Schatten – aber was überwog, war das Licht.

Ja, es hatte Schatten gegeben, und es würde sie immer wieder geben. Doch in diesem Punkt würde sich ihre Beziehung wohl nicht von den Beziehungen unterscheiden, die andere miteinander führten. Überall gab es Debatten oder Meinungsverschiedenheiten. Was zählte, war letztlich, dass die Schatten immer wieder vom Licht verdrängt wurden.

ENDE

Carolin Schairer

wuchs in Niederbayern auf und lebt in Wien. Die Diplom-Journalistin arbeitete für verschiedene Medien im Print- und Rundfunkbereich und schrieb als Freie für Zeitungen und Magazine. Sie war in der Medienbeobachtung sowie in der Markt- und Meinungsforschung tätig, außerdem in der PR eines Großunternehmens. Seit 2005 erschienen im Ulrike Helmer Verlag bislang zwanzig Romane und Krimis von Carolin Schairer, u.a. »Die Spitzenkandidatin« und »Ellen«.